Nik Aaron Willim
Asadullah Haqmal

GRÜNE TIGER

Nik Aaron Willim
Asadullah Haqmal

GRÜNE TIGER

Thriller

KJM Buchverlag

Linda, so vieles liegt noch vor uns, so viele Wege
zu gehen, keinen gehe ich ohne dich. NIK

www.grünetiger.de

1. Aufl. August 2021

Simrockstr. 9a, 22587 Hamburg
www.kjm-buchverlag.de
ISBN 978-3-96194-136-0

Satz, Gestaltung: Svenja Wiese, Hamburg
Cover und Umschlaggestaltung: Rothfos & Gabler, Hamburg
Entwicklung: Norbert Klugmann, Hamburg
Lektorat: Katrin Köhler, Hamburg und Heiko Arntz, Wedel
Korrektorat: Rainer Kolbe, Hamburg
Herstellung: Eberhard Delius, Berlin
Druck & Bindung: CPI, Leck

ES IST HÖCHSTE ZEIT ZU HANDELN

1

»Verdammter Regen!« Ean sah hoch zu der dunklen Wolkendecke, die unterkühlten Hände in den Hosentaschen vergraben. Unaufhörlich prasselten Tropfen auf ihn herab. Seine kurzen braunen Haare waren schon ganz nass. Er verharrte einige Sekunden so, aber der Himmel blieb trist und grau, kein Sonnenstrahl wollte den Morgen retten. Seufzend blickte Ean auf seine Sportuhr, ein teures Modell, Geschenk seines Sponsors.

6.50 Uhr. Eine brutale Zeit.

Hinter ihm drängten sich einige Schüler unter die mickrige Überdachung der Haltestelle. Mädchen und Jungen aus seinem Viertel, genauso schlecht gelaunt wie er. Ein verfluchter Montag an der Bushaltestelle nach viel zu kurzen Osterferien.

Gähnend wühlte Ean in seiner Jackentasche nach einem Kaugummi. Er zog das silbrige Papier ab und warf es in eine Pfütze. Der frische Pfefferminzgeschmack verbesserte seine Stimmung, wenn auch nur geringfügig.

»Das ist Umweltverschmutzung.«

Es war noch früher Morgen, aber die Umweltpolizei war bereits hellwach. Ean atmete entnervt aus. Das hatte ihm gerade noch gefehlt. Sich umzudrehen war nicht nötig, Jakobs belehrender Tonfall war ihm wohl bekannt.

»Kümmere dich um deinen eigenen Kram«, knurrte Ean. Er sah den empörten Blick des dreizehnjährigen Ökofreaks praktisch vor sich. Aus dem Augenwinkel bemerkte er, wie dieser einen Schritt auf ihn zu machte. Tatsächlich: Jakob hob seinen Müll auf.

»Gott wird dich dafür belohnen«, murmelte Ean.

Jakob schaute ihn an wie ein besonders großes Stück Abfall.

Ean lockerte seine Schultern mit kreisenden Bewegungen und blickte die verregnete Straße hinunter.

Warum bin ich nicht mit dem Fahrrad gefahren? Als er begann, seine Entscheidung ernsthaft zu bereuen, ertönte das Motorgeräusch des Busses. Alle reihten sich hintereinander auf, was auch an diesem Morgen nicht ohne Gedränge vonstattenging.

Die Vordertür des Busses öffnete sich und Ean marschierte durch den Gang bis zu Piet, der einen Platz neben sich freigehalten hatte.

»Danke, Bro«, nuschelte Ean, als Piet die Jacke zur Seite nahm und er sich auf den Sitzplatz schmiss. Ean kannte Piet schon lange, aber erst in der Oberstufe, als sie gemeinsam in eine Klasse kamen, hatte ihre Freundschaft richtig begonnen. Nun war Piet ein fester Bestandteil in Eans Leben.

»Na, regnet es draußen?«, begrüßte ihn Piet und betrachtete schadenfreudig Eans nasse Haare. Ein Sache, die Piet selbst nie passieren würde, viel zu wichtig war ihm seine Frisur, viel zu wichtig war ihm sein gesamtes Aussehen.

»Sei einfach still.«

»Schon mal was von Regenschirmen gehört?«, stichelte Piet und hob seine in Form gezupften Augenbrauen.

»Ich bin nicht der vom anderen Ufer«, sagte Ean und blickte verächtlich auf den Regenschirm neben Piets Schulrucksack.

»Sorry, dass ich nicht krank werden möchte.«

Ean massierte seine rechte Schulter. Seit der Verletzung an seiner Bizepssehne vergangenes Jahr war sie noch nicht wieder voll einsatzfähig. Doch mehr als ein paar Tage pausieren konnte er nicht. Die Muskeln brannten, als hätte er gerade erst mit dem Training aufgehört. Vergangenen Freitag hatte er wieder einmal übertrieben, aber Ean liebte es, seinen Körper herauszufordern. Als wäre die Schmerzgrenze sein größter Rivale. Seit mehreren Jahren betrieb er Leistungssport. Judo, um genau zu sein. Er war Kampfsportler durch und durch, ein verdammt guter noch dazu. Einer, der es zu den Olympischen Spielen schaffen konnte. Ean war stolz auf seine Leistung, seinen Willen und sein Können. Vor allem war er stolz auf die Aussicht, sein Land eines Tages international vertreten zu können, denn die Teilnahme an den Olympischen Spielen war nun einmal die größtmögliche Ehre für einen Sportler.

»Wo steckt Leyla?« Ean ließ seinen Blick durch den vollen Bus schweifen. Übermüdete Gestalten in jeder Sitzreihe. Als hätten alle in den Ferien zu wenig Schlaf bekommen. Dazwischen ein paar kleine Stinker, die mit ihren Fingern auf den beschlagenen Scheiben malten.

»Woher soll ich das wissen? Bestimmt ihr morgendlicher Denkspaziergang«, sagte Piet.

»Hm-hm«, stimmte Ean zu.

Leyla ging gerne mal eine halbe Stunde zu Fuß zur Schule. Aber im Regen?

In diesem Moment kam Ean ein anderer Gedanke. Mit einem Schlag verschwand der Missmut über den ins Wasser gefallenen Wochenstart. Er drehte sich zu seinem Freund und näherte sich seinem Gesicht so sehr, dass er die Stellen erkannte, wo Piet seine Pickel mit Make-up überdeckt hatte.

»Hast du die Alte noch rumgekriegt?«

Vergangenen Samstag war es Ean nicht entgangen, wie Piet wieder die Aufmerksamkeit aller Ladys auf sich gezogen hatte. Im örtlichen »Tanzlokal«, wie sie den Club *Lala* spöttisch nannten, hatte er Heimrecht. Piet wirkte auf die Mädchen wie ein Magnet. Ean wusste nicht, woran das lag, auch wenn er den Freund an jedem Wochenende in Aktion sah und hörte, wie die Mädchen in der Schule über ihn redeten. Es war unbegreiflich und magisch, wie dieses männliche Duckface-Model ihm die Show stahl.

»Der Gentleman genießt und schweigt«, sagte Piet.

»Erzähl schon!«, drängte Ean. »Die war echt heiß. Hast du sie abgeschleppt?«

»Kann schon sein.«

Ean kannte das. So defensiv reagierte Piet nur, wenn etwas Unangenehmes passiert war. Dann lohnte es sich, dranzubleiben und so lange nachzufragen, bis er mürbe wurde. Die gebräunte Haut, die perfekt hochgestylte Frisur und seine Markenklamotten rückten Piet optisch dicht an die männlichen Instagram-Models. Das war ihm auch bewusst. Leider brachte ihn all dies nicht selten dazu, Dinge zu tun, die er später bereute – besonders wenn Alkohol im Spiel war.

»Was ist? Bin ich jetzt dein Freund oder nicht? Erzähl doch einfach!«

Ean griff nach dem Ärmel der Calvin-Klein-Jacke und zog den Freund näher zu sich heran. Aber Piet blieb ungerührt, starrte nur auf die Rücklehne des ranzigen Sitzes vor ihm.

»Ich muss dir nicht alles erzählen«, murmelte er.

Der Bus schlängelte sich durch die Vororte und erreichte schließlich das Viertel, in dem sich die beiden großen Gymnasien befanden. Die Stadt in Norddeutschland, die Ean seine Heimat nennen durfte, zählte knapp fünfzigtausend Einwohner. Kein Kaff, aber beileibe auch noch keine Großstadt. Ean fühlte sich hier wohl. Man konnte alles machen, von Kino über Gyms bis hin zum Feiern, und trotzdem hatte man nicht das Chaos einer Stadt wie Hamburg. Selbst wenn man die vielen Erinnerungen, die er nun schon hier gesammelt hatte – sei es auf Spiel- oder Sportplätzen, auf Dates oder beim Training – streichen würde, wäre die Stadt immer noch nach seinem Geschmack. Nichts was Rezo über Aachen sagen würde.

Als der Bus nach einer Viertelstunde die Endhaltestelle erreichte, stand die Hälfte der Schüler bereits im Gang. Ean zählte – eins, zwei, drei –, der Bus bremste ab und die ungeduldigen Jugendlichen wurden nach vorne geschleudert. Jeden Morgen das Gleiche. Eine ewige Wiederholung, sinnlos und dumm. Überrascht starrte Ean das Mädchen an, das bäuchlings auf seinem Schoß gelandet war. Hastig drückte sie sich von seinen Oberschenkeln ab und floh zu ihrer Freundin. Ihre Miene verriet, dass sie gerade nicht Teil dieser Welt sein wollte. Doch der Bus leerte sich wie üblich nur sehr langsam, sodass sie gezwungen war, seine Nähe noch einige Augenblicke zu ertragen.

»Du weißt schon, dass die selbst für dich ein wenig zu jung ist?«

Piet sprach so laut, dass es jeder mitbekam. Normalerweise hätte Ean das witzig gefunden, aber diesmal übertrieb Piet.

»Hast du nicht gesehen, dass ihr das auch so schon peinlich war?«, fragte er, als die Schülerin verschwunden war.

»Ich habe nur gesehen, dass die Kleine dir fast an die Hose gegangen wäre.«

»Du gehörst in die Hölle.«

»Und du in den Knast.«

Die beiden Zwölftklässler warteten, bis sich der Bus fast geleert hatte, dann erhoben sie sich und stiegen aus. Bevor Piet einen Fuß auf den nassen Asphalt setzte, öffnete er seinen Regenschirm und gab Ean dabei mit einem der Metallstreben einen Kinnhaken.

»Das sind dreißig Meter«, sagte Ean vorwurfsvoll und deutete auf das Schulgebäude.

»Bei deinem Rasenmäherschnitt würde ich mir auch keine Sorgen um meine Frisur machen.«

Piet schaffte es, jede Situation in eine komische Szene zu verwandeln. Wenn man mit ihm unterwegs war, hatte man das Gefühl, in einem *Fack ju Göhte*-Film festzuhängen. Das war einer der Gründe, warum Ean ihn als Freund schätzte.

Ean musste noch einige Scherze über sich ergehen lassen, dann betraten sie das Hauptgebäude. Eans kleiner Bruder behauptete, dass das Bauwerk an dunklen Tagen Ähnlichkeiten mit der Zauberschule Hogwarts aufweisen würde. Auch ohne Türme. Zaubern konnte hier allerdings niemand, und überhaupt war sein kleiner Bruder ein ziemlicher Vogel.

»Puh, diese Stufen habe ich echt nicht vermisst«, schnaufte Piet übertrieben, als sie in den vierten Stock hinaufgingen.

»Du bist so eine Pussy – unfassbar.«

Als sie in den Flur einbogen, riss Simon, ein Klassenkamerad von ihnen, die Tür auf und rief: »Er kommt! Er kommt!«

Ean runzelte die Stirn. Was war denn da los? Er selbst alberte auch hin und wieder herum, doch einige Mitschüler verhielten sich wie die Fünftklässler im Bus. Als Ean den Klassenraum betrat, waren alle Augen auf ihn gerichtet. Diese Stille! Wenn eine Lehrerin oder ein Lehrer hereinkam, war es nie so leise.

»Was ist los?«, fragte Ean in die Runde.

Die ganze Klasse brach in Gelächter aus. Simon, ein schmächtiger Typ mit Justin-Bieber-Frisur, klappte hastig die Tafel zu. Er rieb lachend die Tränen unter seiner Brille weg und brachte japsend hervor: »Piet, musst du nicht mal wieder auf Klo?«

Piet war auf seinen Platz geschlichen, offenbar wusste er, weshalb die Stimmung in der Klasse so beflügelt war.

Ean sah zu Piet, dann zu Simon. »Was habt ihr, verdammt?«

Simon zückte sein Handy und öffnete mit schnellen Wischbewegungen ein Video. Dann übergab er es an Ean. Die Kameraführung war hektisch, ließ nicht viel mehr erkennen als verschwommene Farben. Man hörte ein wildes Durcheinander besoffener Stimmen, die sich etwas zubrüllten, unterlegt mit dumpfen Diskobässen. Ean wollte es Simon gerade zurückgeben, als das Gewackel innehielt und die Kamera von oben in eine Klokabine hineinfilmte.

Ean erkannte das blonde Mädchen wieder, das sich am Samstag an Piet rangemacht hatte. Sie stand mit leicht zerzausten Haaren vor jemandem. Ihr Satin-Top mit Wasserfallausschnitt gewährte dem Betrachter einen tiefen Einblick in ihr Dekolleté.

Plötzlich riss Ean die Augen auf. »Wooah! Habe ich da gerade Piets Schwanz gesehen?«

»Jaaa!« Simon heulte vor Begeisterung.

In dieser Sekunde hatte die Kamera auch Piet erfasst. Nur, im Vergleich zu ihr war er bereits fast vollständig ausgezogen.

»Warum hat er nur noch Socken an!? What the Fuck?«

»Man weiß es nicht, man weiß es nicht«, japste Simon selig.

Ean blickte auf das Display und verstand nun, warum es sein Freund im Bus vorgezogen hatte zu schweigen. Nach diesem Video brauchte er sich bei keinem Unternehmen mehr zu bewerben – jedenfalls nicht außerhalb der Pornobranche. Die letzten zehn Sekunden der Aufnahme brannten sich in Eans Kopf ein, wie es so schnell kein Schulstoff schaffen würde. Gerade als Piet den Versuch startete, dem Mädchen das Top abzustreifen, bemerkte sie die Kamera. Dann ein Blick zum halbnackten Piet. Dem starken Alkoholkonsum zum Trotz schien sie in diesem Moment zu realisieren, was gerade dabei war zu geschehen. Eilig entriegelte sie die Tür. Im selben Moment setzte wieder heftiges Kameragewackel ein. Dann hörte man eine wutschnaubende Stimme. »Mach das aus, du Arsch!« Schließlich wurde das Display schwarz.

O mein Gott, ging es Ean durch den Kopf. Ein klein wenig freute es ihn, dass Piet so etwas passiert war. Er empfand es als eine Art ausgleichende Gerechtigkeit. Und wenn er auch mit seinem Freund mitlitt, konnte er doch nicht dem Verlangen widerstehen, ein weiteres Mal auf Play zu drücken.

»Ich verstehe es immer noch nicht. Warum bist du fast komplett nackt und sie hat noch alles an? Wer macht so etwas?«

Piet war bleich geworden. Er starrte vor sich hin und sagte mit tonloser Stimme: »Alter, weißt du, wie betrunken ich war?«

»Die Frage ist eher, wie betrunken *sie* war«, mischte sich Marie ein.

In diesem Moment betrat Herr Roland den Raum. Die Schülerinnen und Schüler suchten in gewohnter Lässigkeit ihre Plätze auf. Für einen Moment herrschte Stille. Herr Roland sah sich verwundert um. Er schien zu ahnen, dass etwas im Busch war. Und er hatte sich nicht getäuscht.

Als er die Tafel auseinanderklappte, brach sofort ohrenbetäubendes Gelächter los. *Piet AKA Lalaficker* stand da in großen Druckbuchstaben.

»Kann mir einer sagen, was das zu bedeuten hat?«, fragte Herr Roland hörbar genervt.

»Das wollen Sie nicht wissen«, antwortete Marie.

Herr Roland, der in seinen Fünfzigern war, sah sich um: »Wer war das?« Sein Blick blieb an der Justin-Bieber-Frisur hängen. »Simon, ich tippe mal auf dich. Ich verwarne dich zum letzten Mal. Wenn du in Zukunft nicht …«

»Ich war es.«

Leyla hatte die Hand gehoben und presste reumütig ihre Lippen aufeinander. Leyla war Deutsch-Afghanin und besaß ein einmaliges Aussehen. Pechschwarze Locken umrahmten ihr hellbraunes Gesicht. Sie hatte eine schlanke, aber weder sportliche noch magere Figur. Das Auffälligste an ihr aber waren die Augen – stechend blau und umrahmt von dunklen Schatten. Schatten, die immer dort waren, ob sie ausgeschlafen hatte oder nicht.

Herr Roland betrachtete seine Ausnahmeschülerin. Es war

ihm anzusehen, dass er Leyla nicht glaubte. Doch dann klappte er resigniert die Tafel wieder zu.

»Okay«, sagte er. »Anscheinend habt ihr euch in den Ferien gut amüsiert. Oder zumindest einer von euch.«

Simon feixte und warf Leyla einen dankbaren Blick zu.

Ean lehnte sich zu Piet hinüber: »Falls du es nicht mitbekommen hast: Roland meint dich.«

Piet funkelte ihn wütend an. »Reicht es jetzt mal?«

Leyla lächelte zu ihnen rüber, bemühte sich dann aber um eine ernste Miene.

»Ean, lass ihn in Ruhe«, sagte sie und band ihre dunklen Haare zu einem Zopf zusammen. Nichts lag ihr näher, als sich über Piets peinlichen Eskapaden zu amüsieren, aber sie kannte auch Gnade. Sie holte ihr Notizbuch heraus, wobei eine Zeichnung herausrutschte und auf den Boden segelte.

Ean bückte sich, um danach zu greifen. Es war die Bleistiftzeichnung eines Jungen. Er inspizierte das Bild, bevor er es zurückgab. Leyla war eine ausgesprochen gute Zeichnerin – unverschämt gut, nur gab sie ihre Fähigkeiten ungern zum Besten. Er wusste, dass Leyla es gerne hatte, wenn Leute sie unterschätzen. Sie war seine beste Freundin und selbst ihm erzählte sie bei weitem nicht alles. Oft ließ sich nur erahnen, was sie wirklich beschäftigte. So war es für die Klasse ein Rätsel, wie ein einziges Notizbuch sämtliche Schulordner ersetzen konnte. Nur Ean wusste, dass das Buch noch nicht einmal Mitschriften vom Unterricht enthielt, der Großteil bestand aus Zeichnungen und persönlichen Stichwörtern.

Die ersten Minuten des Deutschunterrichts plätscherten dahin, bis es klopfte und Hektor den Raum betrat. In seiner dunkelblauen Wolfskin-Jacke und den braunen Wanderschuhen sah er aus, als sei er gerade auf einer Trekking-Tour in den Bergen. Die dreckigen Sohlen hinterließen schlammige Spuren, von der Kleidung perlte die Nässe ab.

»Bitte entschuldigen Sie die Verspätung«, sagte er mit ruhiger Stimme. Ean staunte immer wieder, wie ernsthaft und selbstbewusst Hektor auftrat. Meinungen anderer berührten ihn genauso wenig wie stürmisches Wetter. Er zeigte nicht den geringsten Anflug von Schuldbewusstsein, dass er am ersten Schultag nach den Ferien eine Viertelstunde zu spät zum Unterricht erschien. Dabei war das ein höchst untypisches Verhalten von ihm. Hektor war sonst immer pünktlich. Immer.

»Darf ich erfahren, warum du zu spät bist?«, fragte Herr Roland.

»Wir standen im Stau.«

Ohne Herrn Roland anzublicken, streifte Hektor die Kapuze ab. Seine blonden Haare waren trocken.

»In Ordnung. Setz dich hin, damit wir auch die letzten Albernheiten der Ferien hinter uns haben.«

Hektor suchte seinen Platz in der hinteren Ecke auf. Als Herr Roland sein Lehrmaterial durchsuchte und den Schülern damit eine Verschnaufpause verschaffte, nutzte Leyla die Gelegenheit: »Was ist passiert?« Leyla hatte ein sehr ausgeprägtes Gespür dafür, Verstimmungen sofort zu erkennen.

»Nichts, was soll passiert sein?«

Mit seinen markanten Wangenknochen, den stechend grünen Augen und dem kurzen blonden Haar sah Hektor im Grunde noch ein bisschen besser aus als Piet. Aber im Gegensatz zu Piet machte er nichts daraus. Weder sein Aussehen noch sein Klamottenstil schienen ihn zu interessieren.

In diesem Moment hörte man Herrn Roland tief seufzen: »Ich muss noch einmal ins Lehrerzimmer. Also – benehmt euch zivilisiert. Und bleibt von der Tafel weg.«

Kaum war Roland draußen, rief Tim: »Hey Piet, ich glaube, er muss aufs Klo. Oder was sagst du als Fachmann?«

»Witzig, Tim, sehr witzig.« Piet klatschte lustlos in die Hände. Die meisten brachen wieder in Gelächter aus.

Hektor blieb stumm. Anstatt sich zu erkundigen, was das Theater sollte, blieb er in Gedanken versunken.

»Wie war der Jagdurlaub in Fürt?«, fragte Ean und klopfe seinem Freund auf die Schulter. Ean wusste, dass Hektor wieder einmal seinem skurrilen Hobby nachgegangen war. »Hat ein Wildschwein dein Jagdhaus gestürmt, oder was ist los?«

»Ich war nicht in Fürt, sondern in der Pfalz. Wir sind erst heute Morgen wiedergekommen.«

»In der Pfalz?«, fragte Leyla und sah aus dem Augenwinkel, wie Tim und Simon in den Unterlagen von Herrn Roland wühlten.

Ean war überrascht. »Du fährst doch sonst immer in den Fürter Forst.«

»War auch geplant. Aber das Gelände wurde gerodet, vollständig platt gemacht. Das ganze Dorf ist verschwunden.«

»Oh-oh«, kam es über Eans Lippen. Die Sache schien Hektor wirklich nahezugehen und Ean glaubt zu wissen, warum. Hektor war dort unten im Fürter Forst aufgewachsen, auf einem großen

Bauernhof. Er hatte ihnen zwar nur ein einziges Mal davon erzählt, aber das war einprägsam gewesen.

Auf dem Hof hatten nicht nur sie gelebt, sondern noch ein halbes Dutzend andere Familien. Es war ein enges Zusammenleben gewesen. Jeder half jedem, und die Kinder wurden praktisch von allen gemeinsam großgezogen. Hektors Vater war Gärtner gewesen und Hektor selbst ein kleiner Tierliebhaber. Angeblich war er ein sehr glückliches Kind gewesen, er hatte Freude an allem, was diese Welt und besonders der Wald ihm zu bieten gehabt hatten. Doch dann war überraschend Hektors Mutter gestorben. Und das war das Ende der Idylle. Hektors Vater ertrug das Leben auf dem Bauernhof nicht mehr. Alles erinnerte ihn an seine verstorbene Frau. Also beschloss er, fortzuziehen, in den Norden. Für Hektor brach damit zum zweiten Mal eine Welt zusammen.

Sein einziger Trost und letztes Überbleibsel der Kindheit waren seither die gemeinsamen Jagdausflüge mit seinem Vater in genau diesen nun abgeholzten Fürter Wald.

»Der gesamte Wald gerodet? Dürfen die das denn?«, fragte Leyla mit gesenkter Stimme.

»Anscheinend.« Hektor verzog das Gesicht. »Diese Verbrecher haben die komplette Landschaft zerstört! Alle Waldwege, den ganzen Ort … unser Gehöft.« Hektor starrte vor sich hin. Die Wut schien ihn zu zermürben.

»Verbrecher? Von wem redest du?«, fragte Ean vorsichtig.

»Graukohle AG.«

2

Piet hob hilflos die Arme. »Habt ihr das verstanden?«

»Geht so«, brummte Ean.

Sie waren erst seit fünf Tagen wieder in der Schule, doch die Ferien schienen bereits eine Ewigkeit her zu sein. Vor Eans geistigem Auge tanzten die Vektoren. Er besaß einige Stärken, Mathematik gehörte sicherlich nicht zu ihnen. Jede Unterrichtsstunde quälte sich so mühsam vorwärts, dass er die Hälfte der Zeit gedanklich beim Kampfsport war. Bei Youtube hatte er vor der Schule ein Video von einem japanischen Judoka gesehen und dabei einen ihm bis dahin völlig unbekannten Griff kennengelernt. Nicht, dass er schon alles wusste, aber dieser Griff war eine wahre Augenweide gewesen. Er freute sich jetzt schon auf das nächste Training, wo er ihn ausprobieren würde.

»Wieso fängt die Frau gleich so schwer an?«, jammerte Piet, während sie über den Flur Richtung Treppe schlenderten. »Mein Gehirn ist noch nicht so weit.«

Leyla nahm die Vorlage dankbar auf. »Bist du mit den Gedanken noch bei deinem *Lala*-Klo-Aussetzer?«

Piet war nicht zu Scherzen aufgelegt. »Sorry, dass ich nicht Frau Meyers Lieblingsschülerin bin und meine Noten geschenkt kriege. Ich hatte ausnahmsweise mal alle Hausaufgaben, und du?

Nichts. Aber erzählst irgendwas vom Kreuzprodukt, was keiner hören will, und zack, wieder 14 Punkte. Just not fair. Ich muss halt doch mit meinen äußeren Qualitäten überzeugen.«

Im Spiegel an der Flurwand überprüfte Piet sein Aussehen. Duckface. Linke Seite, rechte Seite, Optimierung von Hemd und Kragen, und das Ganze von vorn.

Auf dem Weg zur Mensa kamen sie an einer Fensterreihe vorbei, durch die sie in den Schulhof schauen konnten. Die Ansammlung von mehreren Dutzend Schülerinnen und Schülern erinnerte sie daran, dass heute offensichtlich Freitag war. Demonstrationstag für alle Schulschwänzer. Ihr Erkennungsmerkmal, die Schilder mit den klugen Öko-Sprüchen, trugen die Kids so stolz wie Ean seine Wettkampf-Medaillen. Piet machte sich in traditioneller Piet-Art über die Demonstranten lustig, doch Ean hörte nur mit halbem Ohr hin. Er erkannte in der Menge den Rotschopf seines fünfzehnjährigen Bruders. Das war neu. Er wollte es gerade kommentieren, als er etwas anderes entdeckte.

»Schau dir das an, Hektor, das ist was für dich.«

Er deutete in die Richtung, las die Aufschrift des Schildes: »*Achtung! Graukohle AG zerstört!*«

»Da gehe ich hin«, entgegnete Hektor prompt.

»Auf die Demo?«

Hektor antwortete nicht, starrte nur unverwandt das Schild an.

»Und als Nächstes haben wir alle Rastalocken und waschen uns nicht mehr«, kam es von Piet. Als niemand auf seinen Scherz einging, legte er nach: »Ich werde sicherlich nicht auf Ökofreak umschulen, nur weil du in einen anderen Wald umziehen musst. Das schafft jeder Ameisenhaufen. Nimm dir ein Beispiel an denen.«

Leyla sagte: »Um es nochmal für dich zu übersetzen, Piet. Hier geht es nicht um Ökofreaks. Dir ist doch bewusst, dass der Wald eine ganz besondere Bedeutung für Hektor hatte.«

Ean pflichtete ihm bei: »Wir sollten mitgehen – für Hektor. Mathe und Physik direkt hintereinander ist sowieso eine Zumutung.«

Die vier brachen Richtung Fußgängerzone auf, ohne sich bei den Lehrern abzumelden. Es war ohnehin klar, wo die Schüler freitagvormittags steckten, wenn sie nicht im Unterricht auftauchten. Vor einigen Wochen hatte die Act-Now-Bewegung in ihrer Stadt Einzug gehalten, seitdem marschierten immer mehr mit Schildern bewaffnete Schülerinnen und Schüler durch die Straßen.

Die Demonstrierenden strömten durch die Fußgängerzone Richtung Marktplatz. Geplauder, Lachen, vereinzelte Protestrufe, eine positive und erwartungsvolle Stimmung. Ean hatte mehr Aggressivität erwartet, und jetzt war er Teil eines bunten Treibens, das mehr mit Party zu tun zu haben schien als mit Politik.

»Dein Bruder ist schlauer, als ich dachte«, sagte Piet nach einer Weile. Ean folgte dem Blick seines amüsierten Freundes. Er sah Rob, der mit einigen seiner Klassenkameraden an einem Tisch im *Queenburger* saß und Chickenwings verspeiste.

»Dieser Hund«, knurrte Ean und marschierte auf das Fast-Food-Restaurant zu. Er stieß die Eingangstür auf und baute sich vor den Jungs auf.

»Ach, sieht so dein Streik aus?«

Rob blickte zu seinem großen Bruder auf, ohne das Kauen einzustellen.

»Weißt du wie anstrengend es ist, Schilder hochzuhalten?«,

sagte er mit vollem Mund. »Da brauch man Energie.« Er wischte mit fettigen Fingern über das Display seines Handys.

Ean nickte in Richtung Marktplatz. »Ihr geht da aber gleich noch hin, oder?«

Rob zuckte mit den schmalen Schultern. Er besaß längst nicht die breite Figur seines drei Jahre älteren Bruders. »Mal sehen. Vielleicht bestell ich mir auch noch was.«

Piet und Leyla waren zu ihnen getreten. Piet nahm eine Pommes von Robs Tablett. »Also, ich feier deinen Bruder.«

»Hey Piet«, sagte Rob. »Weißt du schon, dass ein nettes Video von dir herumgeht?«

Piet tunkte eine zweite Pommes in die Mayonnaise. »Hör ich da Neid mitschwingen, Robi?«

»Nein!«

»Robi, ich wäre mal ganz leise«, entgegnete Piet und griff nun auch nach einem Chickenwing. »Hast du überhaupt schon mal ein Mädchen angefasst?«

Der Rothaarige verzog sein Gesicht, die Frage war ihm peinlich. »Ähh. Na klar.« Er lief rot an. »Nerv mich nicht.«

Um nicht in Vergessenheit zu geraten, beugte Ean sich zu seinem Bruder hinunter: »Ich hab dich was gefragt. Ich will nicht wissen, was Papa dazu sagt.«

»Ean«, bremste Leyla ihren Freund. »Spiel nicht den Moralapostel. Du bist doch auch nur hier wegen Hektor.«

Wie aufs Stichwort stieß dieser die Tür auf: »Können wir langsam mal los? Anscheinend geht da vorne richtig was ab.«

Durch die offene Tür hörte man Lautsprecheransagen und Gejohle.

»Cola ist auch nicht gut für dich«, sagte Piet und nahm sie Rob einfach weg. Dann folgte er Ean und Leyla zur Eingangstür. Er prüfte ein letztes Mal kritisch sein Outfit in der Tür, befand es für gut und trat dann zu den drei Freunden auf den Bürgersteig.

Der Marktplatz quoll über vor Menschen. Auch die Straßen, die von allen Himmelsrichtungen auf den Platz führten, waren gefüllt mit Schülern, und es schienen immer noch mehr zu werden. Überall ragten beschriftete Banner und Schilder aus dem Menschenmeer. Am Rand des Marktplatzes war ein schwarzes Podest errichtet worden, das mit gewaltigen Boxen ausgestattet war. Aus den Lautsprechern drang dröhnende Musik. Die Menschen redeten laut, es wurde gelacht, die ersten Sprechchöre ertönten. Alles zusammen erzeugte eine elektrisierende Geräuschkulisse.

»Okay, anscheinend sind nicht alle bei *Queenburger* hängengeblieben«, gab Ean zu.

Leyla sah sich lächelnd um. »Unkreativ sind die Ökos auch nicht. Manche Plakate sind ziemlich witzig.« Sie deutete amüsiert auf eines. *Dieses Plakat ist genauso schlecht wie unsere Klimapolitik* war da betont lieblos auf ein Stück Pappe gekritzelt worden. Und auf einem anderen stand: *Ich bin so sauer, ich habe sogar ein Schild gebastelt.*

Piet hatte anderes im Blick: »Die Öko-Damen sind auch nicht von schlechten Eltern.«

Ohne auf Leylas empörtes Kopfschütteln zu achten, wandte er sich zwei Mädchen zu. »Na? Beeindruckend das Ganze, oder?«

Die Mädchen lächelten Piet an und schon hatte sich das Aufstehen heute Morgen für ihn gelohnt. »Auf eurem Plakat steht *Fuck me and not the planet*. Meint ihr das ernst?«

Die beiden Schülerinnen brauchten einen Moment, um zu begreifen, dass sie sich nicht verhört hatten. Ihr Lächeln verschwand und machte einer Grimasse aus Zorn und Ekel Platz.

»Da steht ›*fuck you*‹! Kannst du nicht lesen? Wichser.«

Erschrocken schaute Piet erneut hin. »Uff, das ist jetzt natürlich peinlich.«

»Noch peinlicher ist, dass du eine Cola von *Queenburger* in der Hand hast.«

»Ja, nicht wahr? Die habe ich gerade aufgehoben. Das geht ja überhaupt nicht, die einfach in die Botanik zu schmeißen …«

Piet wollte weiterreden, doch das eine Mädchen hob abweisend die Hand, und die beiden verschwanden in der Menge.

»Bravo, Piet«, kommentierte Leyla. »Wir wäre es, wenn du uns Frauen einfach mal eine Pause gönnst.«

»Mach dich doch lieber an die ran«, schlug Ean vor und deutete auf ein Mädchen, das gerade das Podium betrat. Die Versammlung brach in Jubel aus.

»Sieht genauso anstrengend aus wie diese Maisie Young.«

Leyla sah Ean an, dann zurück zum Podium.

»Wie konnte ich das vergessen?! Maise soll heute hier in unserer Stadt sein. Das dort vorne ist Maisie Young.«

»Ernsthaft?«, stieß Ean hervor. Das ist *die* Maisie Young aus England? Wie konnte ich nicht mitbekommen, dass sie hier ist?«

»Zu viel ›GTA 5‹-Spielen? Zu wenig Nachrichten-Hören?« Leyla lächelte ihn herausfordernd an. »Aber was amüsiere ich mich über dich, ich hatte es ja selbst vergessen.«

Durch die Lautsprecher ertönte ein »Moin« mit englischem Akzent, die Menge antwortete begeistert ebenfalls mit »Moin«.

»Hello Germany!«

Zwei Worte reichten aus, um alle Anwesenden in Jubel ausbrechen zu lassen. Als würde Capital Bra oder Loredana vor ihnen stehen.

»*I'm so proud, that so many of you step up for our climate. For far too long the people with power got away with doing nothing against this crisis.*«

Ihre Stimme war kindlich, doch sie trug ihre Worte mit einer solchen Überzeugung und Willenskraft vor, dass niemand darüber nachdachte, dass hier eine Sechzehnjährige zu Tausenden Schülern sprach.

»*They refuse to understand that their actions are essential for our future! And we are angry! They just don't care that it is our future world, which will be destroyed. But we will not accept that! This will end and we will strike until they start to do something! Because we have done our homework and they have not! We will be patient and we will continue until we are satisfied.*«

Stürmischer Jubel brach aus. Er verebbte nicht, sondern ging in einen lauten Sprechchor über. »Maisie, Maisie, Maisie«, hallte es über den Platz.

Diese Maisie Young faszinierte Ean. Er hatte sie stets für eine Art Witzfigur gehalten, aber in diesem Moment – auf diesem Platz, als Teil seiner Welt – war etwas anders geworden.

Leyla sah Ean von der Seite an. »Du bist ja ganz hin und weg«, sagte sie spöttisch.

Ean zuckte mit den Schultern, ohne den Blick von dem Podest zu nehmen.

»Ich kenne dich«, fuhr Leyla fort. »Das ist der Blick, mit dem du Kramp angesehen hast, als er zu den Olympischen Spielen fahren durfte und du nicht.« Leyla hielt inne. »Du würdest dich gerne da oben sehen.«

»Was? Nein. Das ist das Letzte, was ich will.« Er schaute in Leylas blaue Augen. »Warum sollte ich vor irgendwelchen Öko-Idioten eine Rede halten wollen?«

»Überleg's dir«, sagte Leyla.

»Außerdem bewirkst du etwas«, sagte Hektor, der Leylas letzte Worte mitbekommen hatte. »Diese … Öko-Idioten … machen nämlich das Richtige. Jedenfalls wollen sie das Richtige. Ihnen fehlen nur noch einige Millionen Mitmachende.«

»Was ist los mit euch?« Ean sah seine Freunde mit großen Augen an. »Wollt ihr jetzt ernsthaft einen auf Maisie machen? Wollt ihr jeden Tag Schilder mit euch rumschleppen? Ihr nehmt diesen Öko-Scheiß wirklich ernst?«

»Hab schon Dümmeres gehört«, sagte Leyla schulterzuckend. »Das Thema geht uns schließlich wirklich *alle* an.«

Auf dem Rückweg lästerten die Vier über Piets jüngstes Desaster mit der Frauenwelt. Er wurde nicht müde, den Schlamassel mit seinem Lesefehler auf dem Schild erklären zu wollen. Und die anderen wurden nicht müde, ihm dringend eine Flirt- und Sexpause zu empfehlen.

Ean gingen die Reden nicht aus dem Kopf. Die von Maisie, aber auch die von den anderen, die nach ihr ans Mikro getreten waren. Es war nicht nur der Inhalt, der ihn angesprochen hatte. Da war noch mehr. Es war die Stimmung, die Friedlichkeit, der Zusammenhalt. Der Spirit. Und all das ohne Drogen, am helllichten Tag, an einem Freitag, mit Polizisten, die nicht unangenehm auffielen, und mit erwachsenen Zaungästen, die das Treiben der jungen Leute – soweit Ean das beobachten konnte – überwiegend gutzuheißen schienen.

»Leute, sind wir nächsten Freitag wieder dabei? Wer hat schon Lust auf Physik?«

»Bin dabei!«, antwortete Hektor.

Leyla lächelte nur vor sich hin und fummelte in ihrer Handtasche herum.

»Auf jeden!«, stimmte Piet mit blitzenden Augen zu. »Wir lernen aus unseren Fehlern. Nächstes Mal nehme ich eine Mate mit. Am besten zwei oder drei. Die Demos sind voller Frauen und alle wollen politisch korrekt leben. Und lieben.«

3

Einen Monat später schlenderten die Freunde bereits zum vierten Mal durch die Fußgängerzone. Sie hatten Artikel gelesen, Hektor hatte sich sogar Bücher bestellt, hatten mit Leuten geredet, Schilder hochgehalten und in Sprechchöre eingestimmt. Die Welt hatte nicht darauf reagiert. Es war, als wäre sie taub und blind und immun gegen alles, was auf den Demos gesagt und gefordert wurde. Als würde jede Aktion nur in einer Blase stattfinden. Der Einzige, der sich halbwegs zufrieden zeigte, war Piet. Er beklagte sich hauptsächlich darüber, dass die Öko-Damen zu viel »Busch« hätten. Aber er fand niemanden, der das Thema mit ihm vertiefen wollte.

Hektor sprach endlich aus, was allen auf der Seele lag: »Ist doch alles sinnlos hier. Dein kleiner Bruder sitzt schon wieder drüben bei *Queenburger*, Marie wird immer noch mit diesem fetten Mercedes abgeholt, und Präsident Duck leugnet weiterhin den Klimawandel.« Die Frustration lag wie ein Schatten auf seinem Gesicht.

»Meine Eltern haben gerade einen Flug nach Mallorca gebucht – für ein Wochenende«, ergänzte Ean und stöhnte verächtlich.

Leyla sah ihre Freunde an. »Hey. Wir sind erst seit einem Monat dabei. Und trotzdem tappt ihr schon in die gleiche Falle wie so viele andere auch.«

»Was für eine Falle?«, fragte Ean.

»Ihr werdet selbstgerecht.« Sie sah Ean eindringlich an. »Du deutest mit dem Finger auf die anderen, aber wie sieht es mit dir selbst aus? Wie oft fliegst du zu deinen Kampfsportevents?«

Ean stutzte. Verdammt, sie hatte recht. In Sachen ökologischer Fußabdruck war sein Leben eine Katastrophe.

Leyla fuhr fort: »Ihr solltet mehr Geduld haben. Es kann Jahre dauern, bis Proteste Wirkungen in der Politik zeigen. Aber ich verstehe natürlich, was ihr sagen wollt. Irgendwie fühlt sich das alles nicht zielführend an.«

»Zielführend! Geht's nicht noch ein bisschen verquaster?«

Hektor blieb abrupt stehen und packte Ean so fest an der ohnehin schon entzündeten Schulter, dass ein greller Schmerz seinen Arm entlangschoss. Wütend schlug er Hektors Hand zur Seite. Hektor schien das nicht zu stören, er bemerkte es nicht einmal.

Wie zu sich selbst sagte er: »So machen wir das! Wir geben ihnen das, was sie uns gegeben haben. Dann kommt garantiert Bewegung in die Sache.«

»Drück dich so aus, dass man dir folgen kann«, sagte Ean gereizt und massierte dabei seinen Sehnenansatz.

Hektor hob den Kopf und sah die Freunde mit sonderbar entrückter Miene an.

»Die machen unseren Wald platt, wir machen ihre Autos platt. So machen wir das.«

Eine alte Dame, die auf dem Bürgersteig auf sie zukam, machte einen großen Bogen, um heil an dem seltsamen Quartett vorbeizukommen.

»Stimmt was mit deinem Kopf nicht?« Leyla sah Hektor fast verängstigt an.

»Gerechtigkeit!«, brach es aus Hektor heraus. »Diese ewigen Streiks bringen doch nichts. Wie lange geht das jetzt schon? Monate! Aber wen juckt es, ob ein paar tausend Kids zwei Schulstunden schwänzen? In Zeitungen steht nichts mehr, im Fernsehen erst recht nicht. Die Erwachsenen beschweren sich über die Faulheit unserer Generation und dass wir kein Interesse für Politik haben. Aber alle tun hier etwas und wir bekommen gesagt: Ihr habt keine Ahnung, überlasst es den Profis. Das ganze Umweltthema interessiert da oben gar keinen mehr. Wusstet ihr, dass die Graukohle AG vom Staat subventioniert wird? Das können wir nicht weiter zulassen!«

In Hektors ohnehin schon harten Gesichtszügen zeichnete sich eine Entschlossenheit ab, die seine Freunde bei ihm nicht kannten.

Leyla versuchte einzulenken: »Ich verstehe ja, was du meinst. Wir nutzen noch immer Kohle, obwohl sie ganz und gar nicht mehr zukunftswürdig ist. Aber mit Gewalt versuchen, die Dinge zu beschleunigen? Glaubst du wirklich, das ist ein möglicher Weg?« Falten lagen auf ihrer Stirn. Ean trat zu Hektor und legte ihm eine Hand auf den Arm. »Findest du nicht, dass du dich da in was reinsteigerst?«

Selbst Piet, der sonst an ernsthaften Debatten wenig interessiert war, sagte: »Also, es ist nice, mit euch auf Protesten zu sein, aber so sehr juckt mich die Umwelt jetzt auch wieder nicht.«

Hektor schüttelte Eans Hand ab. »Leute, ihr versteht das nicht. Ihr nehmt das alles auf die leichte Schulter. Keine ungeliebte Physik, Öko-Mädels checken, schön im Chor grölen, sich wie ein besserer Mensch vorkommen, weil man sich ausnahmsweise nicht den Fraß von *Queenburger* antut. Aber bloß nichts tun, was die Sache wirklich voranbringt!«

Hektors Stimme war laut geworden, hier und da drehten sich verwundert Passanten in der Fußgängerzone um.

Piet schüttelte den Kopf und tat so als gehöre er nicht dazu. »Das ist ja peinlich mit dir, Hektor.« Leyla schaute ihn vorwurfsvoll an. Dann sagte sie zu Hektor: »Wir nehmen das alles ernst. Wir sind doch hier, zusammen mit dir. Oder?«

»Und was haben wir bis jetzt erreicht?« Herausfordernd blickte Hektor einen nach dem anderen an. »Da seht ihr es. Es ist völlig sinnlos! Die Demos sind wie eine wöchentliche Aufführung unserer Theater-AG. Ich bin weg.«

Damit wandte er sich ab und lief in die Richtung, aus der sie gekommen waren.

Den ganzen Tag schrieben die Freunde Nachrichten in ihrer WhatsApp-Gruppe »Dreamteam«, doch von Hektor kam keine Reaktion. Erst am nächsten Tag meldete er sich, und was er schrieb, klang überraschend euphorisch.

»Graukohle ist Geschichte, kommt vorbei, heute ist Samstag, heute wird gefeiert!!!«

Ean las verwundert die Botschaft. Er war nicht scharf auf Feiern. Feiern war ein Synonym für Saufen. Saufen war Gift für einen Sportler. Trotzdem schrieb er. *»Bin dabei!«*, denn er war erleichtert, dass Hektor sich offensichtlich wieder beruhigt hatte, und er könnte auch wie gewöhnlich einfach um halb eins abhauen. Piet schrieb: *»Cool!«* Und Leyla ließ es sich nicht nehmen, das Bild einer Toilette mit Daumenhoch-Smiley zu senden.

»Hektor!«, rief Ean freudig, als der Kumpel ihm am Abend die Haustür öffnete. »Gott sei Dank. Ich dachte, du rennst jetzt rum und zerstichst irgendwelche Reifen.«

»Nein«, erwiderte Hektor lächelnd, »ich habe etwas Besseres für euch.«

Ean betrat den geräumigen Flur des Einfamilienhauses. Auf dem Boden erstreckte sich ein brauner Teppich mit geometrischen Linien, zur Linken befand sich ein Spiegel, daneben die Garderobe. Auf dem Nachbargrundstück bellte ein wachsamer Hund. Ean beschlich ein ungutes Gefühl.

»Bitte lass es Freikarten für den Club sein«, sagte Ean hoffnungsvoll. Erst Hektors Ausbruch und sein radikales Abwenden, jetzt die übertrieben gute Laune, die Ean ihm nicht abkaufte. Über die Jahre hatte er Hektors Macken kennengelernt. Hier stimmte etwas ganz und gar nicht.

»Leyla und Piet sind schon da, wir haben auf dich gewartet.«

Ean folgte seinem Freund schweigend hinauf ins Obergeschoss, wo sich Hektors Zimmer befand. Wie immer war es tipptopp aufgeräumt. Nichts lag herum, alles war an seinem Platz. Hektor war der einzige Mensch, von dem Ean wusste, der nicht nur sein Bett selbst machte, sondern auch die Ränder der Decke zwischen Matratze und Bettgestell schob, sodass sie vollkommen glatt war.

Auf dem kleinen Zweisitzersofa unter dem Fenster saßen Leyla und Piet dicht nebeneinander. Er bemerkte den grübelnden Blick von Leyla, die sich über irgendetwas den Kopf zu zerbrechen schien. Ean entging auch nicht, dass sie sich heute ein wenig geschminkt hatte. Piet sah mit einem Grinsen zu Ean auf und schickte ihm einen Kuss zu.

In der Ecke des Raums stand Hektors Jagdgewehr in einer Sicherheits-Vitirine. Ean wunderte sich jedes Mal wieder. Welcher Jugendliche hatte so etwas in seinem Zimmer herumstehen! Wenigstens war Hektor noch nicht auf die Idee gekommen, sich Hirschgeweihe an die Wand zu hängen.

Ean setzt sich auf einen hölzernen Klappstuhl neben den Schreibtisch, und Hektor kam zur Sache: »Haltet euch fest.« Er schaltete seinen PC ein. »Ich habe ein kleines Video für euch.«

»Niemand will wieder Piets Schwanz sehen«, sagte Ean gequält.

»Der Tag wird kommen, an dem es euch langweilig wird«, seufzte Piet. Niemand achtete auf ihn.

Hektor setzte sich an seinen Schreibtisch und loggte sich mit schnellen Fingern bei Facebook ein. Dann drehte er den Bildschirm so, dass alle gut sehen konnten.

»Ist das die Graukohle-Seite?«, fragte Leyla, die sich vorgebeugt hatte, skeptisch. Piet setzte sich aufrechter hin, um besser sehen zu können.

Mit einem geheimnisvollen Lächeln scrollte Hektor zu einem Post, der das eingefrorene Bild eines Videos zeigte. Er drückte auf Play, und es erschien eine schwarzvermummte Gestalt, von der nur die Augen zu sehen waren. Sie waren stechend grün.

»*Graukohle AG – dieser Name drückt alles aus, was nicht nur in diesem Land, sondern auf der ganzen Welt falsch läuft*«, ließ die Gestalt vernehmen. »*Der Name steht für Machtmissbrauch, überheblichen Kapitalismus und Rücksichtslosigkeit. Rücksichtslosigkeit gegenüber den Menschen, den Tieren und allen anderen Lebewesen. Ihr seid dafür verantwortlich, dass sich Brände, die man bekämpfen müsste, immer weiter ausbreiten. Ihr seid dafür verantwortlich, dass immer weiter Geld in politische Parteien fließt, die nur dazu da sind, um eure zerstörerischen Ziele zu verwirklichen. Jeder weiß, dass die Rechten den Klimawandel leugnen, damit sie Menschen wie euch glücklich machen. Ihr verfluchten Verbrecher, ihr wollt ein Feuer legen. Denkt ja nicht, dass wir blind zusehen werden. Denkt ja nicht, dass wir nicht zurückschlagen werden. Graukohle AG wird brennen!*«

Das Video war zu Ende, das Bild fror ein.

Hektor drehte sich erwartungsvoll um, doch er sah in ratlose Gesichter.

»Fürs Protokoll«, sagte Leyla schließlich. »Ich habe dich echt lieb, Hektor, aber du bist ein noch größerer Idiot als Piet, und das möchte was heißen.«

»Was? Warum?« Hektor hatte offenbar mit etwas mehr Begeisterung gerechnet.

»Das auf dem Video bist du?«, fragte Leyla.

»Wie kommst du drauf?« Hektor verschränkte die Arme vor der Brust.

»Hektor! Natürlich bist du das. Jeder Dummkopf erkennt, dass du das bist.«

»Fuck, Hektor, was soll der Scheiß?«, meldete sich Ean zu Worte.

Hektor sprang auf und ging ein paar Schritt im Zimmer auf und ab. »Leute! Die können mich nicht erkennen.«

»Du hast dem internationalen Energiekonzern Graukohle AG auf deren Facebook-Seite gedroht?« Piet begann zu lachen.

»Was heißt gedroht? Ich habe nur gesagt, dass das aufhören muss.«

»*Graukohle AG wird brennen* … Nööö, ist keine Drohung«, fuhr Piet fort. Er lachte erneut.

Ean schüttelte den Kopf. »Ich dachte, wir gehen heute feiern, weil du den Kopf freikriegen willst. Aber offensichtlich ist dein Kopf schon frei. Von den letzten Resten Verstand.«

»Alles gut«, sagte Hektor beschwichtigend, »beruhigt euch. Die wissen nicht, wer das war. Es soll ihnen nur zu denken geben. Das muss ja wohl noch erlaubt sein in einem freien Dingsbums … Land.« Aber sein Gesicht zeigte, dass ihm dämmerte, eventuell einen Fehler begangen zu haben.

»Warst du wenigstens so schlau, einen sicheren Browser zu verwenden?«, fragte Leyla hoffnungsvoll.

»Ganz normal Chrome.«

»Du bist verloren.« Leyla ließ sich resigniert gegen die Sofalehne sinken. »Es war schön, dich kennengelernt zu haben. Wir werden dich natürlich regelmäßig im Gefängnis besuchen. Wir wechseln uns ab. Einer hat bestimmt immer Zeit, auch wenn wir dann natürlich alle längst an der Universität sind. Universität? Kennst du? Das ist das, wo man lernt, um später einen tollen Job zu kriegen. Natürlich nur, wenn man in Freiheit ist.«

Hektor setzte sich wieder an den Schreibtisch, sah in die Runde. »Immerhin habe ich etwas getan!«, sagte er gereizt. »Ihr könnt weiter auf eure Kindergeburtstage gehen und im Chor singen …«

»Du hast noch nicht mal deine Stimme verstellt«, fiel Ean ihm ins Wort. »Was stimmt denn bloß nicht mit dir? Das war purer Aktionismus. Purer Aktionismus ist ein anderer Begriff für: dumm, dumm, dumm.«

Leyla wischte seinen Einwand mit einer ungeduldigen Handbewegung fort. »Okay, völlig egal. Gleich stehen BKA, LKA und der Verfassungsschutz vor der Tür. Wenn du Glück hast, klingeln sie. Wenn nicht, braucht ihr hinterher eine neue Haustür. Aber das ist dann ja das Problem deines Vaters und nicht mehr deins …«

»Okay Leyla«, sagte Ean, »es reicht.«

Leyla setzte sich wieder auf. Sie strich sich das schwarze Haar nach hinten, schloss für einen Moment die Augen und sagte dann zu Hektor: »Okay, möchtest du uns nicht verraten, wie viele Aufrufe deine Solo-Performance hat?«

Hektor zögerte. Offenbar wusste er nicht, ob Leyla es ernst meinte. Als sie ihn weiterhin erwartungsvoll ansah, wandte er sich wieder dem Computer zu. Er aktivierte das Fenster mit dem Video und las die Zahlen ab: »Gut dreißigtausend Aufrufe und etwas über viertausend Kommentare.«

Einen Moment lang war es still im Raum. Schließlich erhob sich Leyla, um Hektors Behauptungen zu überprüfen.

Sie beugte sich vor. Stieß einen leisen Pfiff aus.

Piet grinste. »Digga, das geht ja ab wie ein Waldbrand in Australien. Dreißigtausend Aufrufe in … ja, in was, in vier Stunden? Auf der Graukohle-Seite?«

»Und die Kommentare …« Leyla nahm die Maus und scrollte die Posts durch. »*Das Drecksunternehmen soll brennen … Umweltverschmutzer, rodet euch selbst! … Enough is enough …*«

Leyla scrollte und scrollte.

»Jetzt bin ich wohl kein Idiot mehr«, schnaubte Hektor und richtete sich auf.

»Doch, du bist noch immer ein Idiot«, sagte Leyla, »aber augenscheinlich ein berühmter.«

Schließlich drängten sich alle am Bildschirm. Aus den Kommentaren sprach so viel Zustimmung, so viel Solidarität!

Leyla sagte: »Die Leute beten dein Video an. Als hätten sie nur auf so etwas gewartet … *Umweltverschmutzer wie die sollten legal gejagt werden.*«

»Seht ihr endlich ein, dass es viele bewegt und begeistert, wenn wir *wirklich* etwas unternehmen?«

In Hektors Augen funkelte Triumph. Er wusste, dass er seine Freunde fast überzeugt hatte.

In diesem Moment hörte man draußen auf der Straße Motorengeräusche. Hektor trat ans Fenster und sah, wie ein dicker Mercedes GLS direkt vor dem Gartentor hielt. »Verdammt …«, entfuhr es ihm.

Die anderen sprangen auf und starrten ebenfalls hinaus. In der Dämmerung war nicht zu erkennen, wer in dem SUV saß. Eans Fantasie spielte ihm üble Streiche. Er glaubte Männer in schwarzen Anzügen zu sehen, mit Headsets im Ohr, die sich bereit machten, das Haus zu erstürmen, um Hektors Laptop zu beschlagnahmen und sie alle zusammen in Handschellen abzuführen.

Doch als sich schließlich die Vordertüren öffneten, entstiegen dem Wagen keine Beamten, sondern Josephine und Marie.

Ean sah zu Hektor. »Was? Was machen die beiden hier? Hast du die eingeladen?«

Hektor wollte etwas sagen, doch Piet kam ihm zuvor.

»Das war ich.« Er grinste. »Sonst haben wir Männerüberschuss, das mag niemand.«

Ean stieß angestrengt Luft aus und schaute Unterstützung suchend zu Leyla. Die zuckte nur mit den Schultern.

Ean wies auf den Computer. »Kein Wort über das Video. Je weniger sie wissen, desto besser«, ordnete er an, bevor er zur Treppe ging. Die anderen folgten ihm.

»Hallöchen«, begrüßte Marie ihn freudig und winkte, als Ean die Haustür öffnete. Josephine schwenkte eine Sektflasche.

Beide hatten sich aufgestylt. Hohe Schuhe, knappe Kleidung und aufwendig geschminkte Gesichter verwandelten die Schulmädchen in heiße Partygirls. Ean lächelte Marie zu. Er fand sie auch schon attraktiv, wenn sie in den dunklen Morgenstunden noch mit ihrer Jacke bekleidet im Klassenraum saß und ihm ein verschlafenes Lächeln zuwarf. Er freute sich, wenn sie mit ihm die Gruppenarbeit machen wollte, und liebte es, wenn er ab und zu eine WhatsApp-Nachricht von ihr bekam. Aber jetzt konnte er kaum die Augen von ihr lassen und wünschte sich gleichzeitig, Parfüm benutzt zu haben.

Doch wie nicht anders zu erwarten, drängte sich Piet vor. »Hallo Ladys!«

Er lud sie ins Haus ein, als wäre es seins. Geübt spielte er Gastgeber und nahm Marie die Daunenjacke ab, während er Josephine ein Kompliment zu ihrer Frisur machte. Sie hatte ihre blonde Lockenpracht wirklich prima in Szene gesetzt.

Ein langgezogenes »Heeey« kam von Marie, als sie Leyla sah und ihr ein Küsschen links und rechts gab. »Du siehst gut aus, Leyla.« Ean wusste, dass sie nicht ansatzweise so viel Aufwand betrieben hatte wie die anderen beiden. Sie sah gut aus auf ihre eigene, ganz besondere Art. Geübt erwiderte sie das Kompliment.

»Und du erst, Marie. Der Rock steht dir unglaublich gut. Und die Wimpern – wow.«

Marie lächelte freudig. Leyla hatte anscheinend genau den richtigen Nerv getroffen.

Als Josephine und Marie mit Piet vorangingen, sah Leyla zu Ean und verdrehte die Augen. Leyla hasste diese Art von Smalltalk, deswegen legte sie auch keinen großen Wert darauf, mit diesen Mädchen befreundet zu sein. Seit sie vor fünf Jahren in ihre Klasse gekommen war, hatte Leyla vor allem Kontakt zu den drei Jungs geknüpft. Sie hatten Leyla damals bei sich aufgenommen und sie so behandelt, als wäre sie schon immer da gewesen. Kein Mädchen, kein Junge hatte diese Vertrauensbasis übertrumpfen können, und Leyla hatte auch nicht mehr weiter danach gesucht.

Im Zimmer stellten die Mädchen ihren Sekt auf den Tisch, Piet holte Gläser aus Hektors Schrank. Marie ließ den Korken knallen.

Josephine, die sich eine Weile im Zimmer umgesehen hatte, sagte: »Okay, was ist los bei euch? Ihr verhaltet euch komisch.«

Leyla presste ihre Lippen aufeinander, Ean half aus.

»Wir haben uns nur ein … ein Spiel von Liverpool angeguckt.«

»Das sind die mit diesem Klopp aus der Werbung? Der hat irgendwie was. Dieses Lächeln.«

Josephine kassierte verwunderte Blicke. Der Typ war Mitte fünfzig!

Ean ließ sich neben Marie aufs Bett fallen und hob sein Glas. Bevor sie miteinander anstießen, betrachtete sie misstrauisch das Getränk in Eans Glas: »Trinkst du wieder O-Saft pur?«

Die beiden hatten dieses Spiel schon oft gespielt, und auch heute drohte sie ihm auf ihre süße Art. »Ean!« Und er genoss es.

»Piet trinkt für mich mit«, sagte er und deutete auf den Freund, der gerade sein Glas zur Hälfte mit Wodka füllte.

»Niemand geht nüchtern ins *Lala*«, sagte Piet. »Nüchtern hält das da niemand aus.«

Ean spielte den Beleidigten. »Wieso bekomme ich eigentlich jedes Mal Ärger, wenn Leyla dort drüben auch nichts trinkt?«

Leyla hob unschuldig ihre Hände. Selbstverständlich kannte jeder den Grund, trotzdem sagte sie: »Religion. Der Islam heißt jeden herzlich willkommen.«

Ean tat noch immer beleidigt. »Gott hat dich so oder so lieb. Leistungssport hat dich nicht lieb, wenn du Alkohol trinkst.«

»Das ist etwas anderes«, stellte Marie klar. »Heute sind *wir* hier. Heute musst du trinken.«

Josephine beendete die Diskussion. »Lasst uns eine Runde Beer-Pong spielen.«

Sie verbrachten den Abend mit Lachen, Trinken und Spielen. Keiner verlor ein Wort darüber, was Hektor getan hatte. Doch die Sache ging Ean unaufhörlich im Kopf herum. Es kostete ihn alle Mühe, das Video nicht zur Sprache zu bringen oder zum PC zu gehen und die Entwicklung der Kommentare weiterzuverfolgen. Diese Standfestigkeit konnte er aber nicht auf allen Gebieten durchhalten. Schlussendlich unterlag er Maries Charme und Drängen und begann ebenfalls zu trinken.

Als er nach unten gehen wollte, um aus der Küche Bier zu holen, bot Marie ihm ihre Hilfe an.

Als er die geöffnete Kühlschranktür hielt, stellte sich Marie dichter neben ihn, als es unbedingt nötig gewesen wäre. Für einen winzigen Moment standen die beiden wie erstarrt da. Schließlich gab Ean sich einen Ruck. Mit pochendem Herzen wandte er sich zu Marie um. Das blasse Licht des Kühlschranks wirkte wie ein

Scheinwerfer in dunkler Nacht. Es brachte die silbernen Verzierungen auf ihrem Top zum Schimmern. Sie kam ihm schöner denn je vor. Und immer gab es dieses Neckische zwischen ihnen – er liebte es. Als Maries Finger seine Hände berührten, hatte er das Gefühl … ein Zittern ging durch seinen ganzen Körper. Sanft zog er Marie näher zu sich. Ein kurzer Blick zu ihren roten Lippen. In Ean geriet alles durcheinander, er schoss in den Himmel hinauf, um im nächsten Moment in die Knie gezwungen zu werden. Ean beugte sich langsam zu ihr. Seine Hand befand sich auf dem Weg zu ihrem Gesicht – als Piet in der Tür auftauchte.

»Hey, haben wir noch Wodka?«

Beide fuhren herum und wichen einen Schritt auseinander.

Piet trat zwischen sie, als wäre er blind für das Offensichtliche. Er starrte in den Kühlschrank, ohne fündig zu werden.

Marie stemmte die Hände in die Hüften. »Äh, hallo Piet, kannst du vielleicht wieder verschwinden?«

Piet sah sie mit gespielter Überraschung an. »Oh, sorry, ich dachte, ihr seid hier fertig.«

Ean wurde wütend. *Du kleiner Pisser*. Er wusste, dass Piet sein Spiel gerade sehr genoss. Er wollte ihn schnappen und aus der Küche befördern, als die anderen von oben herunterkamen.

Josephine rief ihnen schon von der Treppe zu: »Tim hat geschrieben, dass es super voll ist und wir lieber kommen sollen.«

Piet wandte sich zu ihr um. »Er oder der Club?«

»Wahrscheinlich beide.«

Zwanzig Minuten später setzte das Großraumtaxi sie vor dem *Lala* ab. Eine hundert Meter lange Schlange hatte sich vor dem

Eingang gebildet. Überall lungerten kleine Grüppchen herum und tranken die letzten Schlucke aus ihren Wegmischen. Autos fuhren vor. Die dazugehörigen Besitzer präsentierten zu lauter Musik ihre aufgemotzten Golfs. Flaschen klirrten auf dem Asphalt. Gegröle erfüllte die Nacht. Hier war Piet in seinem Element, hier war er der Anführer ihrer Clique, dies hier war sein Revier.

Selbstbewusst schritt er Richtung Eingang, natürlich nicht ohne noch einmal an sich herunterzuschauen und sein Outfit zu überprüfen. Die enge Jeans von Diesel, das kurzärmelige Hemd von Hugo Boss, die Nikes und die perfekt sitzende Frisur.

Samstagnacht – jetzt begann der wichtigste der Teil der Woche für Piet, auf diesen Moment lebte er seit Montag hin. Ean, der ihm mit Marie und den anderen folgte, fühlte sich schäbig neben ihm. Er hatte sich einen grauen Pulli übergeworfen und seine schwarze Vereinscap aufgesetzt. Schlicht und sportlich, so war er nun mal. Er warf einen Blick zu Hektor und hoffte, dort ein noch schlechteres Outfit vorzufinden, musste aber zugeben, dass der Freund mit Jeans und blaurotem Holzfällerhemd verhältnismäßig gut aussah. Leyla trug ein beige-rosafarbenes Top, das einen quadratischen Ausschnitt hatte. Der Farbe harmonierte perfekt mit ihrer braunen Haut. Im gleichen Rosa war auch ihr Rock, der weit und luftig bis über die Knie ging. Ihr Mode-Idol war Billie Eilish, wie Ean wusste. Zu viel Freizügigkeit, so hatte sie ihm einmal erklärt, lenke nur ab von ihr als Person. Wahrscheinlich würden ihr trotzdem wieder Dutzende ein Getränk ausgeben wollen und jedes Mal würde sie verneinen. Sie tanzte gern zur Musik, aber um mit betrunkenen Männern etwas anzufangen, dafür ging sie nicht in einen Club.

»Diese Idioten«, knurrte Hektor neben Ean.

»Was ist los?«

»Die Schweine schmeißen ihren Fast-Food-Müll einfach da hin.« Er deutete auf die Jugendlichen, an denen sie gerade vorbeigekommen waren.

»Entspann dich, Hektor. Weißt du, wie oft wir schon irgendwo Müll hingeschmissen haben?«

»Heißt nicht, dass das richtig war«, warf Leyla ein.

»Nein, aber das müssen wir nicht gerade jetzt ausdiskutieren«, antwortete Ean leicht gereizt.

»Poste doch dein Video auf der Pinnwand von dem Typen«, warf Piet ein und grinste Hektor an. »Plus die ersten fünftausend Kommentare. Das wird dem Umwelt-Ferkel eine Lehre sein.«

Piet hatte den kritisch guckenden Türsteher erreicht. Der überragte ihn um beinahe zwei Köpfe – ein furchteinflößender Riese mit schwarzem Vollbart. Grimmig nahm er Piets Ausweis entgegen, schaute flüchtig drauf und gab ihn zurück. Doch als Piet die Karte fast schon wieder in der Hand hielt, zog der *Lala*-Typ sie noch einmal zurück.

»Moment«, sagte er mit leichtem Akzent. »Bist du nicht der von letzter Woche mit dem Klo?«

Die überlegene Aura des versierten Partyhelden zerplatzte wie eine Seifenblase. Ein Showmaster, der nicht auf die Bühne gelassen wird, würde keine Show rocken können. Unruhig trat Piet von einem Bein aufs andere und suchte nach der Ausrede, die zu seinem Türöffner werden könnte.

»Du hast Hausverbot. Sieh zu, dass du abmarschierst«, grollte der Türsteher von oben herab.

In diesem Augenblick trat Leyla vor: »Imran. Er gehört zu mir.«

»Salamu aleykum. Wie geht's dir, Leyla? Schön, dich zu sehen.«

»Aleykumu salam. Alles gut. Ich hoffe bei dir auch? Du weißt, ich muss mitkommen. Einer muss auf die Jungs aufpassen«, sagte sie, als hätte sie eine schwere Pflicht zu erfüllen. Doch der Türsteher verschränkte die Arme vor der Brust und ließ seinen Blick über Piet und den Rest der Truppe schweifen.

»Imran, ich bitte dich nicht oft um einen Gefallen«, fügte Leyla hinzu.

Der hob einen Zeigefinger. »Nee, nee, nee, komm mir nicht so, Mädchen. Du weißt, ich kann nicht.«

»Imran, bitte! Ich werde den ganzen Abend auf ihn aufpassen. Guck ihn dir doch an. Wir können den armen Kleinen nicht hier draußen lassen.« Leyla lächelte ihr charmantestes Lächeln.

Imran fuhr sich durch den seidenen Bart, während er Piet kopfschüttelnd betrachtete.

»Nur, weil du es bist. Wenn irgendwas passiert, kriegt ihr alle zusammen Hausverbot. Ist das klar?«

»Mach dir keine Sorgen. Danke.« Leyla drückte dankbar seinen Oberarm, als er sie eintreten ließ.

Während der langen Diskussion hatte sich der Vorraum fast vollständig geleert und sie gingen ohne weitere Verzögerung an die Kasse.

»Was würdest du nur ohne mich machen«, sagte Leyla, während sie ihren Eintritt bezahlte.

»Ich wäre auch alleine reingekommen«, gab Piet zurück. »Ich hatte ihn fast schon so weit.«

Ean nickte. »Klar, und morgen kaufst du den Laden.«

Piet wollte etwas erwidern, aber Hektor lenkte seine Aufmerksamkeit ab.

»Schämt ihr euch nicht, so etwas zu verteilen?«, fuhr er den Kassierer an, der ihnen die allseits beliebten Knicklichter des Clubs zuschieben wollte. Verwirrt zog der Kassierer die Leuchtstäbe zurück und bediente die Nächsten.

»Plastik, wo du hinsiehst, überall Plastik«, sagte Hektor, als er die fragenden Blicke der Freunde nicht länger ignorieren konnte.

»Was ist denn los mit dir, Brudi?«, prustete Piet los. »Hast du zu viel CO_2 geschnüffelt?«

»Du übertreibst wirklich ein wenig«, gab auch Leyla zu bedenken.

Ean hielt sich aus der Umweltdiskussion heraus. Er hatte bereits die Arme hochgerissen und schwenkte sie im Takt der Musik durch die Luft. Dies würde sein Abend werden, das stand für ihn hundertprozentig fest. Hochmotiviert drängte er Richtung Mainstage.

»Erst zur Bar und eine Runde bechern. Piet gibt aus«, rief er.

»Was tu ich?«

»Du gibst aus, weil du ohne uns jetzt draußen vor der Tür den Mond anheulen würdest.«

»Dreh mal nicht so frei, Ean.«

Ean hörte gar nicht zu. Die stickige Luft, der klebrige Boden, die Menschenmassen – das waren eigentlich alles Gründe, nicht feiern zu gehen. Aber jetzt, hier, in diesem Moment, wow. Vor ihnen öffnete sich die Tanzfläche. Als er sie betrat, fing gerade ein neuer Song an. Ean hielt abrupt inne.

»O mein Gott! Ist das etwa ein Remix auf Maisie Young?«

Aus den Lautsprechern dröhnte ein schneller Beat, darüber lag ihre Stimme. »*Right here is where we draw the line, right here, right now, right here, right now*«, wiederholte sie immer wieder, während sich der Song weiter aufbaute. Ean war endgültig nicht mehr zu halten.

»Yeees, das ist unser Mädchen!«, schrie er.

Ein vorbeitanzender Besoffener fühlte sich angesprochen und brüllte dem Sportler ins Ohr. »How dare you? How dare you?«

Ean musste sich zusammenreißen, um nicht komplett auszuticken, denn er wusste, dass Marie ihn dann nicht mehr ernst nehmen würde. Als sie wenig später an der Bar standen, hatte er sich wieder ganz gut unter Kontrolle. Gemeinsam kippten alle die bestellten Tequila Shots, bis auf Leyla, die an einem Fruchtgemisch nippte.

Josephine verzog ihr Gesicht, als sie das leere Schnapsglas abstellte. Marie sagte etwas, doch bei der lauten Musik war sie nicht zu verstehen. Worte waren ab jetzt unnötig. Stattdessen nahm Ean ihre Hand und zog sie auf die Tanzfläche. Schatten und Lichter in allen Farben durchzuckten die Atmosphäre. Blitzlicht schoss passend zum Beat durch den Raum und bunte Scheinwerfer fuhren wie Tentakeln über die Menge. Die Menschen tanzten, als gäbe es kein Morgen. Der DJ hätte heute Avicii blass aussehen lassen. Tanzende Mädchen bewegten sich wie Göttinnen, und Jungs beteten sie an.

Ean aber hatte nur Augen für Marie. Wenn das Licht ihr Gesicht traf, schienen ihre Wangen zu glitzern und jedes Mal sah sie noch schöner aus als zuvor … wie sie sich zur Musik bewegte …

wie sie ihn anlächelte … Fuck, er hielt es nicht mehr aus. Es war ihm egal, was die anderen dachten … Er ging auf Marie zu, legte ihr von hinten seine Hände auf die Hüften. Sie ließ es zu, presste sich an ihn. Er roch ihr Parfüm, als seine Lippen über ihren Hals strichen. Der Duft, die Nähe, die Musik … Es raubte ihm den Verstand. Er fuhr mit seinen Händen über ihren Körper. Spürte ihre weiblichen Rundungen. Die Zeit schien stillzustehen …

Als »110« von Lea gespielt wurde, gab die Atmosphäre ihm seine Chance. Die Menschen wurden ruhiger, bewegten sich langsamer. Marie drehte sie sich zu ihm um. Er spürte ihren Atem. Ohne noch eine Sekunde zu zögern, neigte er seinen Kopf und küsste sie. O Gott, er küsste sie! Endlich! Warum hatte es so lange gedauert, bis das hier geschehen konnte? Er legte seine Hand an ihren Hals und intensivierte den Kuss. Die tanzende Masse, das Geschrei der Betrunkenen, die Musik, alles rückte in den Hintergrund. Er ließ seine andere Hand an ihr hinuntergleiten, bis sie an ihrer Hüfte angelangte, wo sie nur dünner Stoff von der nackten Haut trennte. Vom Rausch getragen, schob er seine Hand unter ihr Oberteil, Richtung BH … als eine Hand auf seiner Schulter ihn zurück in die Realität der Tanzfläche riss.

Wütend fuhr er herum, bereit zuzuschlagen, wenn es sein musste. Doch dann erkannte er Leylas Gesicht. Etwas Panisches lag darin.

»Was willst du?«, schrie er.

»Piet!«

Der Ausdruck ihrer Augen genügte, um Ean in Alarmbereitschaft zu versetzen. Er warf Marie einen entschuldigenden Blick zu und folgte Leyla. Allerdings nicht ohne sich zu schwören, seinen Freund zu verprügeln, falls sich diese Aktion als unnötig erweisen sollte.

»Was ist denn los?«, rief er, als sie den Gang betraten, der zum Kassenbereich führte. Die Antwort war ein gehetzter Blick von Leyla. Ean hatte Mühe ihr zu folgen.

»Ich habe versucht, mit ihnen zu reden«, sagte sie schwer atmend, »aber …«

In diesem Augenblick sah Ean, was los war: Oliver … Im Außenbereich schubste ein blonder Typ Piet mit voller Wucht gegen die Wand. Vier weitere Typen hatten sich um ihn aufgebaut, feixend und grölend. Gelackte Schnösel, Hemd in der Hose, Hilfiger-Pullover über der Schulter und edle Oxford-Schuhe an den Füßen. Einer tippte Oliver, dem Anführer, auf die Schulter und deutete auf Ean und Leyla.

»Sieh an, die Asylantin hat Verstärkung geholt.« Belustigt drückte der Typ seine Zigarette an Piets Hemd aus, der schrie auf.

»Ich soll sie doch nicht wegwerfen, hast du gesagt.«

Dieser verdammte Snob! Oliver und seine Kameraden waren wie die Typen aus amerikanischen Filmen, welche es nur durch Daddys Spende nach Yale geschafft hatten, jedoch Meister darin waren, diesen Fakt auszublenden. Zu viel Geld, zu viel Gel und vollkommene Abwesenheit von Bodenständigkeit.

Ohne zu zögern, trat Ean zwischen die beiden. »Oliver, was soll der Scheiß?«

Der Typ wandte sich Ean zu. »Will der Kampfsportler mir jetzt eine verpassen?« Er trat nah an Ean heran. »Na los. Mach doch!«

»Sei doch nicht gleich so aggressiv«, versuchte Ean ihn zu beruhigen, was allerdings keine seiner Stärken war.

»Dein kleiner Spast von einem Freund wollte erinnert werden, wo sein Platz ist.« Oliver und seine Freunde gingen auf ein Internat etwas außerhalb der Stadt. Abgehobene Schülerinnen und Schüler mit reichen Eltern, die jeden Außenstehenden wie einen Menschen zweiter Klasse behandelten.

»Was soll er den gemacht haben, dass ihr ihn nun zu fünft schikanieren müsst?« Ean drehte sich zu Piet herum. »Was hast du denn getan?«

Dieser hob nur verständnislos die Arme. »Nichts!« Ergänzte aber flüsternd, sodass nur Ean es hörte: »Vielleicht habe ich seine Alte gevögelt.«

Ean betrachtete seinen Freund erst fassungslos, dann abfällig. Kurz beschäftigte ihn der Gedanke, einfach zu Marie zurückzukehren, aber was für ein Freund wäre er dann? Piets Verhalten hin oder her. Hinter sich hörte er Olivers Stimme.

»Ean, wie wäre es, wenn du jetzt einfach deine Yogamatte einrollst und abmarschierst?«

Noch mehr als Piets Verhalten regte Ean diese Selbstgefälligkeit auf. »Nein! Ihr verpisst euch jetzt!«

Ean schubste den Schnösel von sich weg.

»Hast du gerade … du hast mich gerade … Was glaubst du eigentlich, wer du bist?«

Einer seiner Kumpels schüttelte demonstrativ fassungslos den Kopf. »Das war ein Fehler, Mann.« Er wandte sich an den Blonden. »Der Pöbel von heute weiß nicht mehr, wo sein Platz ist.«

Auch Leyla trat jetzt vor Piet. Mit ihrem Blick suchte sie nach einer gewaltfreien Lösung. »Ihr habt recht, alles was ihr sagt stimmt, und Piet ist ein Idiot. Wir gehen jetzt einfach wieder rein.«

»Oh, Frau Ausland spricht akzentfrei. Kann man von den ganzen anderen Heimatlosen nicht behaupten.« Er musterte Leyla von oben bis unten. »Die Schleiereule scheint mit Intelligenz gesegnet zu sein.«

Leyla blieb gelassen. »Witzig, das von jemandem zu hören, der mehr Gel in den Haaren hat als Gehirnmasse im Kopf.«

»Uuhh«, ging es durch die Runde und Oliver trat ein Schritt auf Leyla zu. »Schlagfertig, wie ich sehe. Gefällt mir. Ohne die Augenringe hätte ich dich glatt als Putze eingestellt.«

Leyla blieb ruhig. »Dann danke ich Gott für meine Augenringe«, stieß sie leise hervor.

»Jetzt mal nicht frech werden. Sonst wird aus Putzfrau ganz schnell Strichmädchen.«

Mit der Schnelligkeit eines Profis verpasste Ean dem blonden Schnösel einen Kinnhaken. Der stolperte überrumpelt zurück und brauchte einige Zeit, um sich wieder zu orientieren.

»Hast du Wicht mich gerade geschlagen?«

Einer seiner Mitstreiter startete einen Seitenangriff. Jetzt rächte sich der ungewohnte Alkoholgenuss – Ean sah den Schlag zu spät kommen. Die Faust traf ihn seitlich am Kopf. Nur mit Mühe konnte er den folgenden Hieb abwehren, um danach umso energischer mit zwei flachen Händen dem Angreifer gleichzeitig auf beide Ohren zu schlagen. Der nächste Schlag ging in die Niere, der übernächste ins Gesicht. Geschockt sackte sein Gegner auf die Knie und wurde von seinen Kameraden aufgefangen, bevor er vollständig zu Boden gehen konnte.

Die Schlägerei drohte zu eskalieren, doch in diesem Moment drängten sich schwarz gekleidete Türsteher durch die Schaulustigen. Oliver erkannte seine Chance: »Guckt euch an, was dieser Hampelmann mir angetan hat.«

Imrans Blick fiel auf Leyla. »Da chia ke?« Dann nickte er Oliver zu. »Ich kümmere mich darum.«

Als die Schnösel abgezogen waren, wandte er sich Ean und Leyla zu. In seinem Gesicht stand Enttäuschung.

Nach einer halben Stunde und langen Erklärungen wurde ihnen gestattet zu gehen. Die beiden anderen Mädchen warteten draußen, wo Marie aufgelöst nach Eans Hand griff. »Alles in Ordnung mit dir?«

Ihre Besorgnis gefiel Ean gut. Zwar bereute er nicht, Piet Beistand gegen diese arroganten Wichser geleistet zu haben, trotzdem hätte er jetzt lieber noch immer mit Marie auf der Tanzfläche gestanden.

»Ja, alles in Ordnung.« Er machte eine wegwerfende Handbewegung. »War nur ein Haufen Poser.«

»Was wollten die denn von euch?«, fragte Josephine sichtlich schockiert.

»Das würde ich auch gerne wissen – Piet.« Ean wandte sich an seinen Freund.

Der machte große Augen. »Es war überhaupt nichts. Ich habe ihnen nur gesagt, dass sie ihre Kippen nicht in den Busch werfen sollen. Umweltverschmutzung und so.«

Während Hektor verständnisvoll nickte, entgleisten Ean alle Gesichtszüge. »Du hast dem Typen, dessen Vater die halbe Stadt gehört, gesagt, er soll seine Kippen nicht wegwerfen? Oh mein Gott! Wie hirnlos kann man sein? Und für so eine Scheißaktion hole mir fast eine Kopfwunde?«

Er dreht sich zu Leyla um und hoffte, von ihr Unterstützung in seiner Empörung zu erhalten. Doch Leyla sah eher verwundert als wütend aus.

Sie wandte sich an Piet. »Du hast ständig deine Zigaretten da hingeworfen. Woher dieser plötzliche Sinneswandel?«

»Hä? Das war früher, in unserem alten Leben. Aber jetzt sind wir doch alle auf dem Ökotrip.«

4

Am Nachmittag des folgenden Tages saßen die vier Freunde in der *Flussmöwe*. Das Café lag idyllisch am Ufer des schmalen Flusses, der sich durch die Stadt schlängelte. Es war überschaubar klein und modern designt. In der Woche wurde es gern von Studierenden aufgesucht, die mitten im Trubel stundenlang auf ihren Laptops herumtippten. Mittags aßen hier Businesstypen ihr Sandwich. Am Sonntag ging es ruhiger zu. Es war ein Ritual der vier Freunde, dass sie sich nach einer langen Partynacht in der *Flussmöwe* trafen, Gedächtnislücken füllten und die Weltlage diskutierten. Die einzigen zwei Dinge, die ihnen dabei in die Quere kommen konnten, waren Kopfschmerzen und Piets nächtliche Eroberung, von der er sich manchmal schwer trennen konnte.

Leyla war etwas zu spät erschienen, und nun warteten alle darauf, dass sie sich endlich würde entscheiden können. Unter Druck Entscheidungen zu treffen war ihr schon immer schwergefallen. Jedes Getränk, jedes Stück Kuchen wurde minutenlang auf seine Pros und Contras hin abgewogen. Eine nervenaufreibende Prozedur für die anderen am Tisch.

Piet seufzte demonstrativ. »Ich geb dir einen kleinen Gratis-Tipp: Am Ende landest du immer bei deinem Tee.«

Leyla schloss die Augen. »Nein. Keinen Tee heute. Warum

überhaupt der Stress? Ich nehme einfach einen Cappuccino … oder nein, ich nehme heute einen Kakao. Einen Kakao. Definitiv.«

Piet hob den Arm, um nach der Bedienung zu winken. »Hey, guckt mal. Heute ist Alva da.«

Alle sahen sich um.

»Könnt ihr es vielleicht noch offensichtlicher machen?«, protestierte Leyla. Doch auch sie betrachtete Alva mit bewundernden Blicken.

Ean entging das nicht. »So hast du mich noch nie angeguckt.«

»Du siehst auch nicht aus wie ein Supermodel.«

Alva war an ihrer Schule und in ihrem Jahrgang. Sie war groß und blond, und sie hätte rein äußerlich wirklich ein Topmodel abgegeben, wie Ean sich eingestehen musste. Jetzt schwebte sie lächelnd zwischen den Tischen hindurch und kam zu ihnen. »Na, was darf ich euch bringen?«

»Drei Cappuccinos«, bestellte Piet und raunte Ean zu: »Und einen Blowjob, bitte.«

Ean biss sich auf die Unterlippe und konnte sich nur mit Mühe zusammenreißen.

»Ich hätte gerne einen Kakao«, sagte Leyla und warf Piet einen vernichtenden Blick zu. Alva schrieb alles auf ihren Block. Als sie gehen wollte, hielt Leyla sie auf: »Oder – Pardon – wäre es möglich, dass ich doch einen Kamillentee bekomme? Danke.«

Piet schlug sich mit der flachen Hand laut klatschend gegen die Stirn.

Alva nickte. »Kein Problem. Letzte Wahl?«

Das hätte sie nicht sagen sollen, denn damit warf sie Leyla auf ihre Startposition zurück.

»Sie nimmt Kamille«, sagte Ean schnell.

»Ihr seid die stressigsten Leute, die ich kenne«, murrte Leyla, als Alva außer Hörweite war.

»Das sagt die Richtige«, entgegnete Piet und unterzog seine Fönfrisur der rituellen viertelstündlichen Überprüfung im Smartphone.

Leyla schüttelte den Kopf. »Hilfe zu besorgen war gestern definitiv die falsche Entscheidung. Ein paar Schläge hätten dir vielleicht gut getan.«

»Scheiß Kapitalistenschweine«, meldete sich Hektor zu Wort. »Was denken die eigentlich, in welcher Zeit wir leben? Denen ist alles egal. Klima, Umwelt, Gleichberechtigung. So ein Abschaum. Widerlich.«

Einen Moment herrschte Schweigen. Ean registrierte, wie Alva Leyla einen verstohlenen Blick zuwarf. Gläser klirrten, die Kaffeemaschine zischte und Ean sagte: »Was passiert mit uns?«

Drei überraschte Augenpaare richteten sich auf ihn.

»Ich meine, wir sitzen hier und reden über Kapitalistenschweine, weil Piet sich mit irgendwelchen reichen Schnöseln angelegt hat. Wegen einer Zigarette! Und Hektor erteilt der Graukohle AG eine öffentliche Kampfansage.«

Leyla nickte betrübt. »Du hast ja recht«, murmelte sie. Ihr Haar war mit einer Schleife zu einem losen Zopf zusammengebunden. Einzelne Strähnen umrahmten ihr Gesicht. »Aber gleichzeitig … gleichzeitig fühlt es sich auch gut an, oder nicht? Die Generation unserer Eltern, die lebt … wie lange noch? Und was werden sie uns hinterlassen? Eine Müllhalde. Als würden sie eine letzte Party in unserem Haus feiern und noch einmal alles schön …«

»Vollsauen und vollkotzen«, beendete Hektor den Satz. »Sie besaufen sich, verprügeln Schwächere, haben die falsche Arbeit, haben zu viele Kinder, denen sie nichts beibringen, und genießen einfach ihr absurdes Leben.«

Leyla nickte. Dann lehnte sie sich vor und guckte jeden Freund der Reihe nach an. »Von denen können wir nichts erwarten, darin sind wir uns einig. Aber was ist mit uns?«

»Du willst dich engagieren?«

»Bleibt uns was anderes übrig? Wie heißt es so schön – wer nicht zur Lösung beiträgt, ist Teil des Problems.«

»Ich bin dafür, dass wir was machen«, sagte Hektor. »Ihr habt gesehen, wie die Leute gestern im Internet reagiert haben. Ich habe heute Morgen fast alle Kommentare gelesen. Achtundneunzig Prozent sagen: Ich habe recht. Beziehungsweise der schwarze Rächer in dem Video.«

»Schön für dich. Du hast jetzt viele neue Freunde«, sagte Ean. »Aber wir können ja schlecht das Graukohle-Kraftwerk in die Luft sprengen. Oder?«

Hektor hatte schon wieder diesen Blick. »Können wir nicht?«, fragte er und seine grünen Augen funkelten. »Warum denn eigentlich nicht?«

Ean sah seinen Freund entsetzt an. »Was?! Ich weiß gar nicht, wo ich anfangen soll! Weil dabei Menschen sterben können? Weil wir keine Bomben haben? Weil wir keine Armee sind und weil … Warum antworte ich überhaupt darauf?«

Leyla spielte mit der Kerze auf dem Tisch. Sie krümelte für ihr Leben gern mit Kerzen herum. Eigentlich mit allem, was sich zerkrümeln ließ, besonders wenn sie nachdachte. Dabei murmelte sie: »Wenn wir uns wirklich für die Öko-Themen einsetzen möchten und weil Schilderhochhalten auf Dauer wirklich wenig bringt, dann brauchen wir etwas, wo alle hingucken.«

»Facebook«, sagte Hektor. Alle außer ihm lachten.

In diesem Moment brachte Alva die Getränke. Schweigend verfolgten die vier, wie ihre Schulkameradin eine Tasse nach der anderen auf den Tisch stellte.

Piet war es, der das unangenehme Schweigen brach. »Hey Alva. Leyla würde dich gerne auf ihre Bar-Mizwa einladen.«

Leylas Miene verdüsterte sich. Sie nahm Piet ins Visier. »Bar-Mizwa ist eine Feier im Judentum für Dreizehnjährige, die ihre Religionsmündigkeit erhalten. Ich bin Muslimin und keine dreizehn mehr, und im Übrigen heißt besagte Feier bei Mädchen Bat-Mizwa.«

Ean war überzeugt, dass Piet nur herausposaunt hatte, was ihm gerade durchs Hirn gerauscht war. Sein Lachen sorgte dafür, dass über Alvas Lippen ein Lächeln huschte. Hektor blieb unbeteiligt. Man sah ihm an, wie sehr er sich wünschte, dass dieses Mädchen einfach ging und sie weiter über mögliche Aktionen sprechen konnten.

Als hätte Piet noch nicht genug provoziert, schaute er der weggehenden Alva demonstrativ lüstern nach.

Leyla war noch immer aufgebracht, Piets Blick machte die Sache nicht besser.

»Kannst du dich nicht einmal zügeln? Habe ich dich jemals vor Mädchen verbal angegriffen? Nein, habe ich nicht. Und wieso musst du ihr jetzt wie ein schwanzgesteuerter Wicht auf den Arsch gucken?«

»Wir sind hier nicht in Afghanistan«, konterte Piet. »Hier kann man Frauen hinterhergucken, ohne dass einem der Lümmel abgeschnitten wird.«

Leyla ließ sich gegen die Stuhllehne fallen. »Geht das schon wieder los.«

»Männer! Und Frauen!« Hektors Stimme verriet Ungeduld. »Lasst uns weiter nachdenken!«

Leyla nickte. Selbst Piet wurde wieder ernst.

Ean lieferte einen ersten Vorschlag ab. »Wie wäre es, wenn wir die Schulbusse ansprayen?«

Piet runzelte die Stirn. »Wir sind doch keine Vorstadtgangster.«

»Dann zerstechen wir die Reifen der SUVs.«

»Du guckst eindeutig die falschen Filme.« Leyla lachte spöttisch und spielte wieder mit dem Wachs. »Fragen wir uns lieber – wo würden alle hinschauen und sich dann auch noch extrem darüber aufregen?«

»Ein Öko-Lesben-Porno!« Piet war bereit, sich von den Freunden Lob abzuholen.

Leyla seufzte. »Du bist ein Idiot, ich kann es nur immer wiederholen, du bist und bleibst …« Leyla brach ab und betrachtete den Womanizer mit plötzlichem Respekt. »… ein Genie.«

Drei verwirrte Blicke richteten sich auf Leyla.

»Überlegt doch mal«, fuhr Leyla aufgeregt fort. »Nackte Frauen sind selbstverständlich ein Magnet. Wir müssen sie nur an einem repräsentativen Ort platzieren und grün anmalen.«

Ean begriff. Aktionen, die im Grenzbereich gesellschaftlicher Normen und Werte spielten, hatten Leyla schon immer fasziniert.

Auch Hektor freute sich und nickte Leyla zu.

»Hallo?«, meldete sich Piet. »Ich habe gerade den Grundstein für die Idee gelegt.«

»Auf Piet!« Ean hobt seine Tasse.

Mit klirrendem Porzellan besiegelten sie ihren ersten Coup. Allerdings besaß er eine sehr kurze Halbwertzeit, denn keine Minute später verkündete Ean: »Verdammt, wir kommen zu spät. Guckt hier.«

Er hatte in seinem Handy gegoogelt und zeigte Bilder mit protestierenden nackten Frauen herum. Es gab nackten Protest für Tierschutz und nackten Protest für Frauenrechte.

Piet schnappte sich das Handy und sagte versonnen: »Warum haben die Ladys nicht bei uns protestiert?«

Leyla seufzte resigniert. »Vielleicht lassen wir wirklich besser die Finger davon. Würden die so was in einem arabischen Land tun, gäbe es ein Blutbad.«

Ean schaute Leyla an. Blutbad! Das Wort löste aus den nebulösen Gedanken ein klares Bild.

Er schaute in die Runde. »Ich weiß, was wir tun werden.«

5

»Machst du endlich mal die Scheinwerfer aus? Sonst können wir gleich selbst die Polizei rufen.«

Hektor befolgte stumm Eans Anordnung, während der VW-Bus langsam über das holprige Pflaster rollte. Es war zwei Uhr nachts. Vereinzelte Läden hatten ihre nächtliche Beleuchtung eingeschaltet. Sie mussten also nicht in völliger Dunkelheit operieren.

Drei Tage waren seit ihrem Beschluss vergangen. In dieser Zeit hatten sie alle nötigen Vorbereitungen getroffen. Ean hatte sogar ein Training ausfallen lassen, das tat er sonst nur, wenn eine Verletzung ihn dazu zwang. Hektor hatte seinen Schlaf auf vier Stunden reduziert und Piet war nicht auf Dates gewesen.

Hektor hielt den Wagen an. Vor ihnen befand sich eines der wenigen historischen Bauwerke ihrer Stadt. Ein großer Springbrunnen, der eine fünf Stockwerke hohe Wasserfontäne in den Himmel schoss.

»Okay, ziehen wir das wirklich durch?« Ean drehte sich nach hinten um.

»Die Frage kommt früh. Natürlich ziehen wir das jetzt durch.« Leyla öffnete leise die Schiebetür. Sie hatte eine dunkle Mütze aufgesetzt. Das Haar fiel ihr auf die Schultern wie ein schwarzer Umhang.

Nach ihr sprang Piet aus dem Bus. Trotz schwarzem Dresscode sah er wie immer perfekt gestylt aus. »Digga, wir sind so krasse Special Agents.«

Ean legte den Zeigefinger auf die Lippen. Ein letzter prüfender Blick, ob unliebsame Zeugen in der Nähe waren. »Okay, ihr kennt den Ablauf. Hektor, du fängst an.«

Ohne ein weiteres Wort schnappte Hektor sich den Rucksack und stieg über den Brunnenrand ins kniehohe Wasser. Vorsichtig watete Hektor einige Meter, bis er stehen blieb und im Wasser nach etwas tastete. Als er sicher war, die richtige Stelle gefunden zu haben, griff er in den Rucksack und holte eine Plastiktüte heraus. Diese drückte er unter Wasser. Wenige Augenblicke vergingen, dann verringerte sich die Höhe der Wasserfontäne. Hektor hatte die Tüte vor den Zugang zur Pumpe gehalten, die die das Plastik nun anzog, sodass kaum noch Wasser hindurchdrang. Hektor grinste seinen Freunden zu, bevor er zu dem großen Steinblock in der Mitte des Brunnens ging. Hier befand sich eine mächtige Schale aus Stein, die einen Großteil des herabfallenden Wassers auffing. Hektor watete darauf zu, bis er direkt vor dem Steinklotz stand. Dann holte er eine Spraydose aus dem Rucksack und sprühte auf die Vorderseite des Steinblocks. Jetzt musste er nur noch in das obere Becken gelangen.

»Wäre das nicht eigentlich deine Aufgabe, Ean? Du bist doch der Athlet von uns«, fragte Leyla leise, während beide das Geschehen beobachteten.

»Nein, nein. Hektor macht das schon.«

In diesem Moment schaffte es Hektor, sich über den Rand der Schüssel zu ziehen. Nun stand er direkt vor dem Wasserstrahl oder vor dem, was noch davon übrig war. Erst holte er einen Holzkeil, danach einen Hammer aus seinem Rucksack.

Jetzt wurde Ean doch ein wenig nervös. »Was haben wir uns eigentlich dabei gedacht?«, entfuhr es ihm. »Das könnte ein böses Ende nehmen.«

»*No risk, no fun*«, entgegnete Leyla leise, ohne den Blick abzuwenden. Für einen Rückzieher war es jetzt ohnehin zu spät. Hektor hielt bereits das Holz ans Loch, aus dem der Wasserstrahl kam. Er begann, mit dem Hammer heftig darauf einzuschlagen. Zig Fontänen spritzten wild in alle Richtungen wie ein außer Kontrolle geratener Wasserwerfer. Hektor versuchte sein Gesicht abzuwenden, doch er wurde von einem Strahl so stark erwischt, dass er beinahe abgestürzt wäre.

Piet bekam einen Lachanfall. Leyla und Ean hielten die Luft an. Ean hoffte inständig, dass die Plastiktüte noch immer an Ort und Stelle war. Wenn sie sich löste und der Druck in den Rohren schlagartig anstieg, würde sich das Holzstück in ein Geschoss verwandeln. Hektor schwebte gerade in Lebensgefahr.

Mühsam hatte der sich erneut zur Fontäne vorgekämpft und begann wieder auf das Stück Holz einzuhämmern, bis es sich schließlich komplett verkeilt hatte. Der Wasserstrahl erstarb fast vollständig.

Der erste Teil war vollbracht. Ean spürte, wie ihm der Schweiß den Rücken hinablief.

»Er hat es geschafft. Wir sind dran.«

Während Hektor sich an den Abstieg machte, öffneten die anderen die Heckklappe. Zum Vorschein kamen haufenweise Kuscheltiere. Alle waren auf ihre Dachböden gestiegen und hatten die Stofftiere aus Kindertagen in Säcke gestopft und abtransportiert.

»Ein bisschen schmerzt es schon«, murmelte Ean, als sie begannen, einigen Tieren die Köpfe abzureißen, anderen die Beine.

Leyla lachte. »Was schmerzt dich? Das Verstümmeln oder der Abschied?«

Minuten später trieben unzählige Kuscheltierleichen im Brunnen. Für einen kurzen Moment dachte Ean daran, wie es wäre, wenn hier wirklich Tierleichen den Brunnen besudeln würden. Wenn echter Leichengestank sich auf dem Platz ausbreiten würde.

Plötzlich ertönte ein lautes Zischen. Hektor hatte die Plastiktüte entfernt, früher als abgesprochen, das Wasser lief nun wieder mit Hochdruck.

»Warum jetzt schon?«, fragte Ean aufgebracht. Doch die Fontäne schoss nicht mehr in den Himmel hinauf, sie verhielt sich eher wie ein Gartenschlauch, den man mit dem Daumen zuzuhalten versucht.

»Warum nicht?«, antwortete Hektor.

Ean war schlau genug, jetzt nicht dagegen anzugehen. Wütend riss er einem großen Tiger den Kopf ab und warf ihn vor die kniehohe Mauer des Brunnens. Aber sie waren zu laut geworden. Aus dem Augenwinkel bemerkte Ean, wie in dem Gebäude zu ihrer Linken im dritten Stock ein Licht anging. Ein Mann trat auf den Balkon, ein Telefon am Ohr.

»Fuck!«

Überall lagen die Tiere herum, die verkümmerte Fontäne spuckte ihr Wasser in alle Richtungen, nur nicht nach oben. Aber der entscheidende Part ihrer Aktion war noch nicht vollbracht.

Im Laufschritt eilten sie zum Bus.

»Danke dafür«, sagte Piet vorwurfsvoll zu Hektor und zupfte an seinem klitschnassen Shirt. Der Sprühnebel hatte alles und jeden in einem Umkreis von fünfzig Metern bewässert und durchweicht. Doch Piets Vorwurf erreichte Hektor gar nicht. Mit seinen geweiteten Pupillen wirkte er, als würde er sich auf einem Trip befinden.

»Fuck! Die Polizei!«, rief Ean in diesem Moment und versteckte sich hinter dem Bus. Wie konnten die so schnell hier sein?

Ein Streifenwagen fuhr langsam an der gegenüberliegenden Seite des Platzes entlang. Ean schloss für einen Moment die Augen. Bitte nicht wegen so einer Aktion in den Knast!, schoss es ihm durch den Kopf. In diesem Moment wurde der Wagen langsamer und blieb schließlich ganz stehen. Selbst wenn die Cops sie nicht bemerkt hatten, der Bus war nicht zu übersehen. Die Sirene heulte auf. Ean überlegte fieberhaft. *Wegrennen?* Er war schnell, doch was war mit den anderen? Wo waren sie überhaupt?

Ean hörte, wie der Polizeiwagen wieder Gas gab. *Was hatte das zu bedeuten?* Als er vorsichtig an dem Bus vorbeilugte, sah er nur noch, wie das Auto verschwand.

Im selben Moment erhob sich Leyla, die sich hinter dem Brunnen versteckt hatte. Sie drückte den »Auflegen«-Button ihres Telefon und grinste. »Die Messerstecherei am Bahnhof sollte wichtiger sein als wir.«

Ean stieß Luft aus. »Verdammt, ich habe mich schon im Gefängnis gesehen.«

»Ich hatte mich für den Fall vorbereitet«, entgegnete Leyla.

»Lasst uns weitermachen«, drängte Hektor.

Kurz darauf fanden sich alle vor dem Kofferraum wieder.

»Besiegeln wir es«, sagte Leyla. »Seid ihr bereit?«

Piet und Ean nickten. Dann griff Hektor nach dem ersten Kanister. Die anderen sahen zu, wie er den Verschluss aufdrehte und begann, tiefrotes Kunstblut ins Brunnenwasser zu kippen. Fasziniert verfolgten sie, wie das wolkige Gebilde sich im Wasser ausdehnte.

Als der Kanister leer war, sah Hektor auf. »Worauf wartet ihr?«, fuhr er die anderen leise an. »Die Bullen werden schnell merken, dass am Bahnhof nur ein paar Obdachlose schlafen.«

Ean sah unwillkürlich zur anderen Seite des Platzes. »Wir sind so gefickt, wenn die zurückkommen.« Er griff ebenfalls nach einem Kanister und schraubte ihn auf. »Kriminell werden für die Umwelt. War doch immer unser Kindheitstraum.«

Nacheinander entleerten sie alle fünf Kanister im Brunnen.

»Wir müssen uns beeilen«, sagte Ean. »Wenn die Farbe die Pumpe erreicht, wird das Auto auch getroffen.«

Eine Minute später hatten sie die Kanister wieder im Bus verstaut. Als sie ins Auto steigen wollten, hielt Leyla plötzlich inne. Sie blickte auf die weiße Wand des Hauses direkt vor ihnen.

»Leyla, steig ein«, drängte Ean.

»Ich habe eine Idee.«

»Es reicht für heute mit Ideen«, zischte Piet. »Kannst du jetzt einfach mal einsteigen? Ich will nach Hause!«

Leyla beugte sich zu Hektor vor. »Dürfte ich das Spray noch einmal haben?«

Mit Spraydose und schnellen Schritten ging Leyla zu der Mauer. In der Dunkelheit konnten die anderen nicht erkennen, was sie dort schrieb. Immer wieder sah sich Piet um. Die Polizisten konnten jeden Augenblick zurückkommen. Endlich war Leyla fertig und machte kehrt, doch im gleichen Moment kam der Mann auf dem Balkon erneut zum Vorschein, das Handy am Ohr. Aber statt einzusteigen, ging Leyla zum Kofferraum und schnappte sich einen Kanister, in dem noch ein kleiner Rest Farbe war. Sie schien das Schicksal wirklich herausfordern zu wollen. Die anderen sahen zu, wie Leyla erst einen Schuh und danach die Socke auszog. Sie tränkte sie mit der roten Flüssigkeit und eilte erneut zur Mauer.

»Ich sag's euch, wir gehen alle in den Bau wegen ihr«, murmelte Piet. »Lass sie opfern.«

Wenige Sekunden später saßen alle im Auto.

»War das jetzt so wichtig?«, fragte Ean. »Wir haben unser Statement doch hinterlassen.«

Sie lächelte nur. »Wart's ab.«

6

Gemeinsam waren sie nach ihrer nächtlichen Aktion zur Schule gefahren. Vor dem Klassenzimmer angekommen, drehte Leyla sich noch einmal um.

»Kein Wort, Jungs! Verlieren wir unsere Anonymität, ist unsere Geschichte gleich am Anfang zu Ende.«

Nacheinander betraten sie den Raum. Simon lachte Leyla entgegen.

»Deine Augenringe sind heute aber gut am Start, was?«

Mit einer Armbewegung schob er seine Schulutensilien von Leylas Tischhälfte auf seine eigene. Offenbar hatte er seine Hausaufgaben wieder in den letzten Minuten vor Unterrichtsbeginn erledigt, und erledigt hieß: abgeschrieben.

Er wandte sich an Ean. »So wie Leyla aussieht, hat sie gestern auch Bayern gegen Dortmund geguckt.«

Ean sah zu Leyla, die sich gerade einen Lippenpflegestift auftrug. Die Ringe unter ihren Augen waren tatsächlich ausgeprägter als sonst. Wie auch nicht?

»Krankes Spiel, oder?«, fuhr Simon unterdessen fort.

Ean war nicht nach Konversation zumute, doch er wusste, Simon würde keine Ruhe gegeben, wenn er ihm nicht ausführlich Bericht erstatten würde.

»Ja«, sagte er, »ein beeindruckendes Spiel. Lewandowski scheint nicht zu altern. Aber Haaland? Mann oh Mann. Unter dem Druck, aus der Position, so ein Tor. Nicht schlecht. Und da ich weiß, was deine nächste Frage ist: Ja, der Platzverweis für Can war richtig. Wie kann man so unsportlich sein?«

Leyla drehte sich zu Ean um. Ihr Blick verriet deutlich, dass sie sich fragte, woher er all das wusste. Doch für ihn war es eine Selbstverständlichkeit. Ein guter Athlet wusste, was in der Sportwelt vor sich geht.

»Aber sag mal, was ist denn da auf dem Marktplatz los?«, schaltete sich Piet mit betont gelangweiltem Tonfall in das Gespräch ein. Ean warf ihm einen wütenden Blick zu, doch Simon zuckte nur mit den Schultern. Er schien nur Bahnhof zu verstehen. Doch Tom neben ihm beugte sich vor und nickte wissend: »Voll krass. Auf Insta gibt's Fotos …«

In diesem Moment betrat Herr Drews das Klassenzimmer. Er stellte seine Tasche auf den Stuhl und die unvermeidliche Tasse Kaffee auf den Tisch – er trank das Zeug wie andere Wasser. Dann schob er seine Brille nach oben und lächelte in die Runde: »Guten Morgen allerseits …«

»Was soll denn das?«, zischelte Ean in Piets Richtung. »Wir haben gesagt: *keinen Ton*. Also halt dich dran!«

»Ich habe doch nichts über uns verraten.«

»Halt einfach deine Klappe …«

»Können vielleicht auch die beiden Diskutanten da in der Ecke mir ihre Aufmerksamkeit schenken?«, fragte Herr Drews, der sich wie üblich auf die Tischkante gesetzt hatte. »Verbindlichsten Dank. Wie einige von euch vielleicht schon mitbekommen haben dank der sogenannten sozialen Medien, die ihr ja so rege nutzt, wurde unser Marktplatz über Nacht ein wenig verunstaltet.«

Allgemeines Gemurmel im Raum.

Piet machte eine zufriedene Miene. »Siehst du? Wissen schon alle.«

Herr Drews fuhr fort. »Ich weiß, dass ihr in anderen Fächern schon über diese Act-Now-Bewegung gesprochen habt. Aber nach dem, was ich mir gerade angesehen habe, ist es nun auch ein Thema für den Kunstunterricht.«

Simon meldete sich, wartete aber nicht, bis er drangenommen wurde. »Was ist denn da passiert?«

»Das, mein lieber Simon, wirst du gleich mit eigenen Augen sehen. Denn ich habe heute Morgen gleich als Erstes einen Ausflug dahin beantragt.«

Als sie zehn Minuten später den Marktplatz erreichten, sah Ean sich fasziniert um. Er konnten es kaum fassen. Überall Schaulustige. Frauen und Männer auf dem Weg zur Arbeit. Alte Leute, Kinder. Und sie waren nicht die einzige Schulklasse, die einen Ausflug hierher machte. Alle standen um einen von der Polizei abgesperrten Bereich herum. Fotografen gingen ihrer Arbeit nach, sogar ein Filmteam des NDR war vor Ort.

Ean hatte vieles für möglich gehalten, aber dieser Anblick übertraf seine wildesten Fantasien. Das Brunnenbecken sah aus, als wären dort hundert Delfine geschlachtet worden. Natürlich war der Wasserspeier ausgeschaltet worden, doch die einst hellen grauen Steine hatten sich fast komplett rot verfärbt. Etliche Pfützen verzierten den Platz, als habe es Blut geregnet. Und erst die Tiere! Krokodile, Tiger, Leoparden, Elefanten und Affen lagen verstreut und verstümmelt herum, auch sie blutbesudelt. Ean stand vor dem Schauplatz eines Massakers. Auf einer Mauerseite prangte in aufgesprühten Buchstaben: *EGAL?*

»Worüber freust du dich so?«, fragte Herr Drews, der neben ihn getreten war.

Ean zuckte schuldbewusst zusammen. Er hatte nicht gedacht, dass sein Blick so verräterisch war. »Es ist doch ziemlich … beeindruckend, was hier veranstaltet wurde, oder?«, erwiderte er überrumpelt.

»Beeindruckend ist es in der Tat«, sagte Herr Drews versonnen. Ean sah sich um. Leyla stand etwas abseits bei dem Filmteam. Sie sprach mit der Kamerafrau und wies mit dem ausgestreckten Arm auf die Häuserwand, die sie in der Nacht besprüht hatte. Kurz darauf kam sie zu ihm.

»Und?« Leyla lächelte ihn erwartungsvoll an. Der gesamte Platz war eine Provokation, aber der Satz an der Hauswand war die Krönung. Er war die Kampfansage.

Schwarz auf ziemlich Weiß stand dort:

ENJOYING YOUR LIFE?

Als sie eine halbe Stunde später wieder im Klassenzimmer waren, setzte Herr Drews sich erneut auf die Tischkante.

»Ich weiß, ich weiß, wir sind alle aufgewühlt. Aber lasst uns gemeinsam darüber sprechen. Was durften wir da eben erleben?«

»Dass irgendwelche Leute den Marktplatz zerstört haben?«, kam es aus der ersten Reihe.

»Das geht auch mit melden, Anna. Ja, Christin?«

»Eine Protestaktion.«

»Uuuh«, kam es von Sven, »darauf wäre ich jetzt nicht gekommen.«

Herr Drews legte den Kopf schief. »Na gut, Sven, dann lass uns an deinem Wissen teilhaben.«

»Es geht doch ganz klar um die Umwelt. Wir lassen die Tiere sterben und so.«

»Und weiter?«

»Ja also, ich glaube, die wollten damit bezwecken, dass uns das Sterben der Tiere nicht mehr egal sein soll.«

»Okay.« Herr Drews nickte bedächtig. »Kennt ihr Künstlerinnen oder Künstler, die ähnlich aktivistisch vorgehen?«, fragte er und lieferte Simon die erhoffte Vorlage.

»Banksy!«, rief er.

»Das ist jetzt nicht unbedingt ein Aktivist im herkömmlichen Sinne, aber politisierend ist er durchaus. Stimmt. Erzähl ruhig, was du von ihm weißt.«

»Ja klar, er ist ein Künstler, der Wände anspraytt, und inzwischen, glaube ich, auch andere Sachen macht. Ach so – und er macht vieles illegal.«

Christin meldete sich, und Herr Drews nickte ihr zu.

»Ich habe auch schon von Banksy gehört und ich finde das sehr gut und mutig, was er macht. Ich meine, er zeigt doch wenigstens, was falsch läuft in unserer Gesellschaft, oder nicht?«

Ean meldete sich. Die Freunde sahen ihn besorgt an. Doch Ean warf ihnen einen beruhigen Blick zu, bevor er anfing zu sprechen. »Also, ich finde nicht, dass es hier um Kunst geht«, sagte er mit kräftiger Stimme, »sondern vielmehr um eine Botschaft.«

Herr Drews schüttelte den Kopf. »Bei Kunst geht es immer um eine Botschaft. Jeder Künstler, jede Künstlerin versucht etwas zu sagen.«

Ean ärgerte sich. Herr Drews sprang nicht darauf an. Er kam von Banksy nicht mehr los und zettelte eine Diskussion über diesen Künstler an. Kein Wort fiel über die Umwelt oder darüber, dass die Generation ihrer Eltern ihnen die Zukunft kaputt machte. Drews schien die Themen Tierquälerei und Umweltschutz absichtlich zu umgehen.

Als sich die Stunde dem Ende näherte, fragte er: »Und was wäre jetzt euer Fazit?«

Die üblichen Hände schnellten in die Höhe, doch Herr Drews wartete.

»Dirk, sag du mal etwas.«

Bitte nicht, dachte Ean. Er konnte diesen Jungen nicht ausstehen.

»Äääh …«, begann er. Die klassische Dirk-Eröffnung.

Ean fiel ihm gereizt ins Wort. »Warum reden wir die ganze Zeit über diesen Banksy, wenn so ein *Kunstwerk* hier in unserer Stadt gemacht wurde? Die wollten damit doch konkret etwas sagen – über unsere Welt und nicht über diesen Banksy!«

Er hatte lauter gesprochen als beabsichtigt. Die ganze Klasse sah überrascht zu ihm her.

»Nun, ein Kunstwerk ist das gewiss nicht«, sagte Herr Drews. »Das kann man nun wirklich nicht behaupten.«

»Vielleicht soll es auch gar kein verdammtes Kunstwerk sein, sondern ein … ein Weckruf.«

»Entspann dich«, zischte ihm Piet von der Seite zu.

Herr Drews fuhr ungerührt fort. »Das Töten von Tieren – denn darauf willst du augenscheinlich hinaus – ist menschlich. Homo sapiens durfte nun mal die kognitive Revolution erleben, und das ermöglichte ihm, die Vorherrschaft über alle Gattungen und Arten auf der Erde zu erlangen …«

Ean starrte seinen Lehrer fassungslos an. Wie konnte man erst mit der Klasse zum Schauplatz der Aktion gehen und danach so eine lächerliche Aufarbeitung machen! Was sollte das mit den Gattungen und Arten?

Ohne abzuwarten, dass Herr Drews den Unterricht beendete, erhob sich Ean und verließ mit schnellen Schritten den Klassenraum.

Auf dem Schulhof holten die anderen ihn ein.

»Bist du komplett retardet, Ean? Mir sagst du, ich soll mich unauffällig verhalten, und fünf Minuten später rastest du selbst aus?« Piet war ehrlich empört.

»Ich konnte es nicht mehr hören«, wehrte sich Ean. »Der Kerl feiert eine halbe Stunde diesen Banksy als Helden wegen seiner tollen Kunst. Aber nicht ein einziges Wort über Sinn und Zweck unserer Aktion.«

Leyla schüttelte den Kopf. »Was hast du denn erwartet? Dass Drews seine Meinung ändert, nur weil du laut wirst? So kannst du dich nicht aufführen. Sonst kannst du dir gleich *schuldig* auf die Stirn tätowieren lassen.«

Ean wollte protestieren, doch Leyla ließ ihn nicht zu Wort kommen. »Wenn du so weitermachst, bringst du uns alle in Gefahr. Tu einfach so, als wäre dir die Umwelt gleichgültig. So wie du es dein Leben lang gemacht hast.«

Nur Hektor schien die Ruhe bewahrt zu haben. »Also ich fand es gut«, sagte er, eher zu sich selbst als zu den anderen.

In diesem Moment vibrierte Eans Handy in der Hosentasche. Auf dem Display stand *Henry*. Ein guter Freund von ihnen, der mittlerweile eine andere Schule besuchte. Wenn er sich meldete, dann ging es für gewöhnlich um irgendein Game wie Warzone oder ein witziges Video, das unbedingt angeschaut werden musste. Henry war darüber hinaus ein ziemlich talentierter Hacker und hatte ihnen so manche Klassenarbeit vom PC ihrer Lehrerin vorab besorgt. Ein guter und durch und durch nützlicher Freund.

Ean nahm das Gespräch an. »Hey Henry, was gibt's?«

»Hey Digga, ist Hektor in der Nähe?« Henry war gebürtiger Armenier, und anders als Leyla hatte er sich auch nach vielen Jahren in Deutschland einen starken Akzent bewahrt.

»Jo. Ist er.«

»Okay. Kannst ihm sagen, dass bald die Kriminalpolizei vor seiner Tür steht.«

»Was?«

»Jo. Er hat da so ein kleines Video gepostet.«

»Ich stell dich mal auf laut«, sagte Ean und sah zu den Freunden.

»Moin Leute«, kam es aus dem Lautsprecher. »Hören mich alle? Hektor, was soll ich sagen … Ich habe fünf Minuten gebraucht, um die IP-Adresse herauszufinden, von der aus das Video gegen diese Graukohle AG hochgeladen wurde …«

Hektors Gesichtsmuskeln verkrampften sich. Seine Zähne mahlten.

Leyla sagte: »Ist es möglich, das zu löschen?«

»Never. Ist schon überall im Internet.«

»Und die IP-Adresse verschleiern?«

»Nein, Mann, bin ich vom KGB?«

Henry war geschickt am Computer, aber seine technische Ausrüstung war ziemlich primitiv.

»Außerdem haben die doch schon ein Gegenvideo hochgeladen.«

»Ernsthaft?«, sagte Ean verblüfft.

»Ja. Wieso bekommt ihr so was nicht mit? Heute Morgen haben die eine Pressekonferenz gemacht.«

»Der Konzern?«

»Jo.«

»Kann man die sehen?«

»Ich schick euch das Video …«

Ean betrachtet das Display seines Handys, bis Henrys Nachricht erschien. Er öffnete sie und startete das Video.

Man sah ein Podium mit drei Mikrofonen, hinter denen eine Frau und zwei Männer saßen. Im Hintergrund prangte das Logo der Firma. Der Mann in der Mitte ergriff das Wort.

»*Sehr geehrte Damen und Herren, liebe Pressevertreterinnen und Pressevertreter, nach internen Absprachen innerhalb des Unternehmens wurde beschlossen, dass wir nicht juristisch gegen die unbekannte Person in der Videobotschaft vorgehen werden, die uns vergangenen Freitag auf unserer Facebook-Seite gedroht hat.*

Wir als Konzern setzen weiter darauf, dass die Demonstrantinnen und Demonstranten die Entscheidungen der Regierung anerkennen. Nach wie vor sehen wir bei den adressierten Parteien einen Mangel an Verständnis dafür, dass wir Millionen Haushalte und mehrere tausend Unternehmen zuverlässig mit Energie versorgen. Große Teile der Bevölkerung ebenso wie der Parteien unterstützen die Rodungen. Weiterhin hat die Graukohle AG sich dazu verpflichtet sämtliche abgeholzten Waldgebiete wieder aufzuforsten, Gruben zu bewildern und Dörfer nach allen Vorgaben ordnungsgemäß umzusiedeln. Da Umweltgruppen an dieser Stelle die Weitsicht zu fehlen scheint, rufen wir erneut die Politik dazu auf, schnellstmöglich ihre Pflicht wahrzunehmen und umfassend zur sachlichen Aufklärung beizutragen.

Die im Zusammenhang mit dem Video angekündigten Proteste der ›Organisation Baumgarde‹ verurteilen wir weiterhin. Auch hier sehen wir einen fehlgeleiteten Aktionismus am Werk, der durch nichts legitimiert ist. Danke sehr.«

Eine Reporterin hatte noch eine Frage: »*Wollen Sie sich nicht zu den konkreten Vorwürfen äußern?*« Doch die Vertreter von Graukohle waren bereits aufgestanden und verließen das Podium.

Leyla sah auf. »So einfach kommen wir davon?« Sie schüttelte ungläubig den Kopf. »Es ist ihnen zu viel Arbeit, jeden kleinen Fisch zu jagen?«

»Bald werden wir ein großer Fisch sein«, sagte Hektor mit grimmiger Miene.

»Nicht irgendein großer Fisch«, sagte Ean. »Wir werden der beschissene Hai sein, der sie zerfleischt.«

Auf dem Weg zum Klassenzimmer bemerkte Ean aus den Augenwinkeln die Neuntklässler. Sie waren zu dritt und entsorgten ihren *Queenburger*-Müll so, wie er es bis vor einigen Wochen auch getan hatte – im Vorbeigehen im Gebüsch. Exakt in diesem Moment tauchte Jakob auf. Der bekennende Angehörige der Umweltpolizei besaß einen Instinkt für akute Fälle von Umweltverschmutzung. Ean stand zu weit entfernt, um alles zu verstehen, doch es fielen Worte wie »verpiss dich« und »kleines Opfer«.

Bei diesen Worten zog sich in Eans Brust etwas zusammen. Es wäre ein Leichtes gewesen, rüberzugehen und sich die drei Jungs vorzuknöpfen. Doch wollte er das? Eigentlich hatte er kein Interesse, so zu werden wie dieser nervige Bengel, und bis vor kurzem hatte er das auch noch laut ausgesprochen. Doch inzwischen hatte sich das geändert. *Er* hatte sich geändert. Er wollte Anführer sein und Leuten wie Jakob die Richtung zeigen. Er wollte wie Maisie Young sein und sich vom Beifall der Menge mitreißen und emporheben lassen. Aber hatte der kleine Jakob es nicht überhaupt erst vorgemacht? Fing damit nicht die Umweltpolitik erst an – nicht mit Reden, sondern mit Handeln? Aber zwischen dem Entsorgen eines Pappbechers im Abfallkorb und dem Abschalten eines AKW lag ein weites Feld, in dem sich die unterschiedlichsten Akteure tummeln konnten. Da war Platz für kleine Jungs wie Jakob und für wildentschlossene Aktivisten wie Hektor und sogar für coole Typen wie ihn, Ean – Leute, die ihr Gewissen am liebsten nach zweiundzwanzig Uhr entdeckten. Denn wenn er ehrlich war, dann wollte er nur höchst ungern seinen Ruf verlieren als Typ, der gerne Deutsch-Rap hörte und Kampfsport betrieb.

Piets Stimme holte Ean in die Wirklichkeit zurück: »Digga, was stehst du da dumm rum? Was sollen die Ladys von dir denken?«

»Geht schon mal vor.«

Als er sich umdrehte, war von Jakob und seinen Peinigern nichts mehr zu sehen. Nur der Müll hatte sich nicht von der Stelle bewegt.

Das kann jetzt nicht wahr sein, dachte Ean. Ein unsichtbares Band schien an ihm zu ziehen. Zielstrebig ging er auf das Gebüsch zu. Er konnte selbst nicht glauben, dass er das gerade tat.

Beim Gebüsch angekommen, vergewisserte er sich ein letztes Mal, dass niemand zuschaute. Dann nahm er die Tüten und Becher an sich. Er warf sie in die nächste Tonne und entfernte sich danach zügig.

7

Das Gelände der einstigen Landesgartenschau diente der Stadt seither als weitläufiger Park. Hübsch angelegte Kanäle, Rabatten, Beete und Bäume bildeten ein beliebtes Erholungsgebiet mitten in der Stadt. Im Sommer trafen sich die Jugendlichen hier zur abendlichen Trinkerei. Ean und seine Freunde kamen aber auch gerne nach der Schule hierher – zum Chillen oder um die Zeit bis zu den nachmittäglichen Aktivitäten zu überbrücken.

An diesem Nachmittag hatten sich die vier Freunde ein zentrales Plätzchen auf einer der Wiesen gesichert. Piet entzündete gerade einen Joint, was ihm einen kritischen Blick von Ean einbrachte. »Ist Rauchen nicht auch schlecht für die Umwelt?«

Als Antwort pustete ihm Piet den Qualm ins Gesicht.

Ean hustete demonstrativ. »Hör auf mit der Scheiße. Du weißt, dass ich das hasse.«

»Ah, ich werde positiv getestet«, äffte Piet Eans stetige Vorsicht nach.

»Habt ihr das schon gesehen?« Hektor war seit Stunden ununterbrochen mit seinem Handy beschäftigt. Ob Facebook, Snapchat, ja sogar TikTok, ganz zu schweigen von den normalen Medien – überall tauchte ihr Spruch: ENJOYING YOUR LI~~F~~E? auf. Dazu die Bilder vom Marktplatz: der Brunnen, die Stofftiere, das

Kunstblut. Eine einzige Aktion hatte sie zu Berühmtheiten gemacht – hier in der Stadt und weit darüber hinaus. Was wohl passieren würden, wenn sie noch größere Geschütze auffuhren?

Ean stützte sich auf seine Ellenbogen und rupfte gedankenversunken Grashalme ab, während sein Blick auf ein Pärchen fiel, dass sehr intensiv küsste.

Auch Piet hatte sie entdeckt: »Ich glaube, die Alte hat mir schon mal einen geblasen.«

Ean lachte.

Leyla warf ihm einen vorwurfsvollen Blick zu. »Warum lachst du auch noch, Ean? Dein Lachen ist die Grundlage für seinen nächsten idiotischen Spruch.«

Ean sah Piet ernst an. »Piet, sie hat recht, du bist ein Idiot.«

»Hundertsiebenundachtzig Kommentare und der Text ist von unserer Lokalzeitung«, rief Hektor, der im Schneidersitz saß und seine Umwelt ausgeblendet zu haben schien. »Schaut euch bloß die Kommentare an: ›Endlich ein Statement. Der Brunnen war eh hässlich.‹ Oder der hier: ›Habe mir im Zuge der Protestaktion eine Dokumentation über Tiger angeschaut. Es ist erbärmlich, dass wir diese majestätischen Geschöpfe bald ausgerottet haben werden!‹ Das hier ist auch gut: ›Die Leute, die das gemacht haben, haben verstanden, dass etwas gewaltig schiefläuft in unserer Gesellschaft‹«.

Hektor scrollte eifrig, dann hielt er inne. Seine angespannten Kiefermuskeln verrieten, dass er auf einen Kommentar gestoßen war, der ihm gar nicht gefiel. Er las vor: »›Ihr verdammten Schweine, was redet ihr hier? Ein so wichtiges historisches Baumwerk …‹« Hektor lachte gehässig. »Der Trottel hat ›Baumwerk‹

geschrieben …« Er las weiter: »›… derart zu verunstalten, sollte mit Gefängnis bestraft werden. Diese Typen sollten beten, dass sie mir nicht in die Finger geraten.‹«

»Vielleicht sollten wir ihm mal einen Besuch abstatten«, sagte Ean grimmig.

»Bääm – eins aufs Maul von der Green Squad«, rief Piet, wobei er seine Hand zur Faust ballte.

»Green Squad«, sagte Leyla nachdenklich. »Ist es schon so weit?« Sie strich sich eine widerspenstige Strähne hinters Ohr.

»Wie meinst du das?«, fragte Hektor.

»Sie meint, dass wir einen Namen brauchen«, sagte Ean und fügte hinzu: »Und wir brauchen endlich Masken. Der Typ auf dem Balkon am Brunnen hätte leicht unsere Gesichter erkennen können.«

»Ladyyys! Ihr geht ja richtig ab. I like it! Wie wäre es mit Masken, wo ein behaarter Sack vom Kinn hängt?«

Ean warf Piet einen abschätzigen Blick zu. »Und du hast mal behauptet, dass THC bei dir nicht mehr wirkt. Aber mal im Ernst. Wie wäre es mit einer ausgestorbenen Tierart?«

»Ja, Brudi! Affen oder so.«

»Die Masken-Idee ist echt gut, Ean!«, sagte Hektor.

»Alter, das mit dem Affen war meine Idee.« Piet zog eine beleidigte Miene, während er die Ärmel hochkrempelte, offenbar um Sonne an seine Haut zu lassen.

»Wie wär's mit Green Amok?«, fragte Leyla mit ihrer sanften Stimme.

Hektor hatte gar nicht hingehört. »Hört euch das an«, rief er aufgeregt, den Blick aufs Handy gerichtet. »›Falls diejenigen, die das mit dem Brunnen gemacht haben, dies hier lesen – falls ihr wirklich was für die Umwelt machen wollt, schickt über Facebook-Messenger eine Nachricht an Mandinka Konate. Sie ist mein Patenkind bei Help International und sie leidet wirklich unter den Folgen des Klimawandels …‹«

Ean sprang auf. »Fuck! Halb vier! Mein Training fängt an! Das gibt Ärger …« Er schnappte sich sein Fahrrad. »Okay, folgender Plan. Leyla, du denkst dir einen Namen aus! Hektor, du schreibst dem Mädchen auf Facebook! Ich besorge Masken. Und Bob Marley, du rauchst in Ruhe zu Ende.«

8

Fünf Tage später jagte Ean mit seinem Fahrrad über die Stadtwiesen. Laute Musik dröhnte aus seinen Kopfhörern, obwohl sein Vater ihm tausend Mal gesagt hatte, dass er das lassen solle. Scheiß drauf, dachte Ean. Wird schon nichts passieren. Und was gab es Besseres als ein paar Motivationssongs von Kontra K am Morgen?

Ein Mann mit Hund fluchte ihm hinterher, als Ean dicht an ihm vorbeifuhr. In der letzten Nacht hatten Ean und die anderen kaum geschlafen. Sie hatten Mandinka Konate auf Facebook angeschrieben. Sie hatte geantwortet, und seither war nichts mehr wie vorher. Ean konnte einfach nicht fassen, wie blind sie gewesen waren. Sie hatten keine Ahnung gehabt, wie es auf der Welt wirklich zuging. Es war, als hätte man sie von all den Katastrophen und den Horrorszenarien abgeschirmt. Ihre Eltern, die Lehrer, die Politik, die Medien – niemand thematisierte es. Nicht mal in den Nachrichten war die Rede von dem, was er und seine Freunde in der letzten Nacht erfahren hatten. Er kam sich vor, als würde er im Capitol der *Tribute von Panem*-Trilogie leben und jetzt erst herausfinden, dass noch zwölf weitere Distrikte existierten. Gebiete, in denen die meisten Menschen in größter Armut lebten. Wild entschlossen hatten sie ihren zweiten Coup geplant, der möglichst vielen Leuten zeigen sollte, was auch sie vorher nicht einmal geahnt hatten.

Er war spät dran, denn er hatte vor der Schule noch eine dringende Verabredung. Ohne nach links und rechts zu sehen, überquerte er die Straße vor der fremden Schule. Ebenfalls ein Gymnasium. Auf dem Schulhof standen die Schülerinnen und Schüler. Er herrschte große Aufregung. Offensichtlich war irgendetwas geschehen. Ean konnte sich ein Grinsen nicht verkneifen, denn er wusste sehr gut, was passiert war.

Ean stellte sein Fahrrad ab und drängte durch die Menge, bis er seinen Freund fand. »Till, du hattest geschrieben? Was ist los hier?«, fragte er unschuldig und deutete um sich.

»Du wirst es nicht glauben.«

Ean kannte Till vom Judo. Seit Jahren trainierten sie schon zusammen. Till war groß und breit. Genau der Typ, den man an seiner Seite haben wollte, wenn es Stress gab. Nur war er wahrscheinlich zu nett, um am Ende wirklich zuzuschlagen. Sein Freund war ein guter Kämpfer, vor allem ein sehr kräftiger. Leider befand er sich bereits am oberen Limit seiner Leistungspotenzials, während Ean sich immer noch steigerte.

»Die Schule ist geflutet. Alles wurde unter Wasser gesetzt.« Ean nickte, als könne er es kaum fassen. »Weiß man schon, wie?«, hakte er nach.

»Fabi meint, sie haben nachts mit Knetmasse den Abfluss der Waschbecken in allen Toilettenräumen verstopft und dann die Wasserhähne aufgedreht.« Till schüttelte den Kopf. »Wer macht so etwas?«

»Irgendwelche kleinen Spackos, die witzig sein wollen«, sagte

Mirko, Tills Banknachbar, und trat mit verschränkten Armen zu ihnen.

»Oder jemand will eine Botschaft senden«, kommentierte Ean.

»Was denn für eine Botschaft? Mehr Schwimmunterricht?«

Ean betrachtete Mirko geringschätzig. In seinen Augen war er ein Großmaul. Till zuliebe ging er nicht darauf ein und sagte stattdessen: »Ich will es sehen.«

»Wenn du nasse Schuhe bekommen willst, bitte sehr«, sagt Mirko und wandte sich ab.

Till folgte seinem Teamkameraden.

Tatsächlich lief das Wasser schon die Stufen vor dem Hauptgebäude herunter, und als Ean die Tür öffnete, schwappte noch mehr heraus. Er stieß einen leisen Pfiff aus. Was für ein Anblick! Der komplette Flur stand zentimeterhoch unter Wasser. Die Treppe zum ersten Stockwerk war der reinste Wasserfall.

»Haben sie das Wasser nicht abgedreht? Warum läuft das noch immer?«, fragte Ean. Tief in seinem Innern meldete sich das schlechte Gewissen. Aber die Idee stammte von Leyla. Sie hatte gesagt: Wenn man Menschen aufklären will, wo starten, wenn nicht in den Zentren der Bildung?

Till zuckte die Schultern. »Ich nehme mal an, die sind abgedreht. Aber wenn auch der dritten Stock geflutet ist, muss das Wasser ja irgendwohin. Mich würde ernsthaft interessieren, wie diese Penner reingekommen sind.«

Ean hätte es ihm sagen können. So schwierig war es nicht gewesen. Er selbst hatte vorgeschlagen, sich einschließen zu lassen. Herausgekommen waren sie am Ende durch ein Fenster im Souterrain. Ein Kinderspiel.

Zwei Schüler kamen mit platschenden Schritten um die Ecke des Flurs.

»Es ist alles unter Wasser!«, rief der eine begeistert.

Der andere hielt ein graues Kleidungsstück in Händen, das Ean sehr bekannt vorkam. »Die Bio- und Chemieräume hat es am schlimmsten getroffen. Und die Turnhalle!«, rief der Junge.

Inzwischen waren die beiden bei Ean und Till angekommen. »Und das haben wir gefunden …«, sagte der mit dem Kleidungsstück in Händen. Er hielt es hoch. Eine Jacke.

»Die hing über einem Spiegel in den Toiletten.« Eine Jeansjacke, hellgrau und abgewetzt. »Vielleicht ist die von den Tätern. Da wurde was draufgeschrieben.« Er hielt die Jacke an den Schultern hoch und betrachtete den dunkelgrünen Schriftzug auf der Rückseite: *Grüne Tiger.*

Ean bewunderte noch immer Leylas Einfallsreichtum.

Der Junge ließ die Jacke sinken. »Das gibt so was von schulfrei!«, sagte er.

Ean seufzte theatralisch. »Meine Schule wurde leider nicht geflutet.«

Er sah auf seine Sneaker. Er stand knöcheltief im Wasser. Anfangs war er wenig begeistert von der Idee gewesen, weil er meinte, dass sie Wasser verschwenden würden, doch er wurde eines Besseren belehrt. In Deutschland herrschte kein Notstand, kein existenzieller Wassermangel. Völlig anders sah es dagegen in anderen Teilen der Erde aus. Meistens waren es jene Länder, wo Fabriken für die westlichen Staaten Kleidung produzierten, wo Kaffee angebaut oder Avocados gezüchtet wurden. Verrückte Welt. Weniger zu baden, um Wasser einzusparen, hätte ihm sofort eingeleuchtet. Aber dass eine Tasse Kaffee hundertfünfzig Liter Wasser kostete? Selbst wenn er viermal am Tag ein Bad nehmen würde, wäre er immer noch besser als Lehrer Drews, der alte Kaffeesäufer.

»Hey, was macht ihr hier drin?«, hallte eine Frauenstimme durch den Gang.

»Oh-oh, Frau Hansen«, murmelte einer der Jungen.

»Raus mit euch! Aber ganz flott! Das gesamte Gebäude ist gesperrt. Mann, Mann, Mann … Ich will keinen von euch hier drinnen sehen. Schlimm genug das alles. Fehlt noch, dass sich hier jemand verletzt.«

Ean wandte sich ab. Er hatte gesehen, was er sehen wollte. Gemeinsam gingen sie zurück auf den Schulhof.

Als sie bei Mirko und weiteren von Tills Mitschülern ankamen, starrten alle auf ihre Handys. Es herrschte betretene Stimmung.

»Was ist los?«, fragte Till und sah in die Runde.

»O mein Gott. Wie schrecklich ist das bitte?«, sagte ein Mädchen. Auch die anderen Gesichter wirkten verstört.

»Schick mal rüber, ich will es auch sehen«, sagte Till und stupste Mirko mit dem Ellenbogen an.

»Ist schon in der Klassengruppe.«

Till holte sein Handy heraus, öffnete WhatsApp und spielte das Video ab.

Ean musste nicht hinsehen. Er kannte das Video bereits …

Man sah ein jugendliches Mädchen mit nach hinten gebundenen dunklen Locken und brauner Haut. Sie saß auf einer dünnen Matratze vor einer schmutzigen Wand, von der der Putz abbröckelte. Das Mädchen sah viel zu ernst aus für ihr Alter. Sie wirkte erschüttert und resigniert. Der Blick war gesenkt.

»*Mein Name ist Mandinka*«, sagte sie. Sie sprach Englisch mit starkem Akzent. »*Ich wohne …*« Sie brach ab, setzte erneut an. »*Ich wohnte mit meiner Familie auf einer Insel der Salomonen. Gemeinsam mit zehn anderen Familien waren wir ein Dorf, wo die meisten Menschen als Fischer arbeiteten. Ich kann mich nicht erinnern, wann es angefangen hat, weil ich da noch zu klein war, doch seit Jahren kam das Wasser immer näher, von allen Seiten. Am Anfang war es nicht schlimm, doch mit den Jahren kam es immer dichter an unser Dorf heran …*«

Das Mädchen starrt unverwandt zu Boden, als würde sie sich schämen.

»*Mein Papa und die anderen Männer begannen, einen Ring aus Erde um das Dorf zu bauen, und das Wasser wurde davon auch zwei Jahre aufgehalten. Aber eines Nachts kam ein großer Sturm und die Wellen waren so groß, dass sie die Erdmauer einrissen. Die Hunde heulten schon seit Stunden. Mein Vater holte uns aus den Betten, ich hatte noch nicht einmal Zeit, mich anzuziehen, denn das Wasser war bereits in unserem Haus. Er befahl mir, meinen kleinen Bruder an die Hand zu nehmen. Als wir rausrannten, schrien alle und versuchten, auf die Dächer zu klettern, doch die Wellen rissen die bereits brüchigen Häuser ein. Wir wussten nicht, wohin wir sollten. Wasser strömte durch das ganze Dorf und wir konnten uns kaum auf den Beinen halten. Tische und Stühle schwammen durch die Gegend und prallten gegen uns. Alle schrien. Es war dunkel und der Sturm heulte wie ein böses Monster.*«

Auf ihrem Gesicht zeichneten sich die erlebten Schrecken ab.

»*Vater schickte uns vor, weil er noch meine Großmutter holen musste. Sie kann nämlich nicht mehr laufen. Ich zog meinen Bru-*

der am Ärmel hinter mir her, immer in Richtung der hohen Bäume. Alle anderen wollten auch dahin. Ich wusste, dass dort nicht Platz für alle war, also zog ich meinen Bruder immer schneller. Überall waren Wind und Wasser. Es war schrecklich, doch wir waren kurz davor, es zu schaffen, und auch mein Bruder lief schneller, denn ich musste nicht mehr so stark ziehen. So dachte ich zumindest.«

Tränen rannen über ihre Wangen.

»*Aber als ich mich umdrehte, hatte ich nur seine Jacke in der Hand.*«

Sie hob das abgewetzte Kleidungsstück hoch. Ean drehte sich zu dem Schüler um, der die Jacke in den Toiletten gefunden hatte, um ihn herum hatte sich eine Menschentraube gebildet. Denn es war *exakt* die gleiche Jacke. Sie hatten das Stück kopieren lassen, als Überbleibsel eines indirekten Mordes.

Mandinka im Video fuhr fort: »*Er war weg. Ich schrie seinen Namen, doch er war einfach in der Dunkelheit verschwunden. Ich rannte zurück, das Wasser riss mich um und trug mich fort. Erst an der nächsten Hauswand konnte ich mich fangen. Ich schrie seinen Namen immer wieder und ließ mich mit der Strömung treiben.*«

Mandinka hob ihren Kopf und schaute zum ersten Mal in die Kamera. Ihre Augen verrieten, wie die Selbstvorwürfe sie zerfraßen.

»*Ich habe meinen kleinen Bruder nicht wiedergesehen. Ich wollte mich selbst ertränken, aber mein Vater fand mich, bevor ich es tun konnte.*«

Schluchzend wischte Mandinka sich die Tränen vom Gesicht.

»*Menschen sagten mir, dass der Klimawandel schuld ist und nicht ich, aber ich verstehe das nicht. Wir haben kein Auto und auch keinen Strom auf unserer Insel gehabt, wieso wurden wir bestraft? Ich habe alles verloren. Unsere Familie hat alles verloren, das ganze Dorf hat jetzt nichts mehr.«*

Das Bild im Video flackerte. Schwarzweiß. Als wieder etwas zu erkennen war, war Mandinka verschwunden. Dafür war eine Gestalt in dunklem Pullover zu sehen. Das Gesicht der Gestalt, ja ihr ganzer Kopf war verdeckt von einer dunkelgrünen Tigermaske. Schwarze Konturen und Schatten ließen sie aussehen wie den Gott einer uralten Religion – aus der Vergangenheit zurückgeholt durch den Zerstörungswahn der Menschen. Auferstanden, um das natürliche Gleichgewicht wiederherzustellen. Gesandt von Mutter Erde, um den Menschen in seine Schranken zu weisen. Jetzt öffnete die Gestalt mit einem Knurren das Maul und entblößte vier weiße Fangzähne. Das Markanteste an der Maske waren aber nicht die Zähne, sondern der menschliche Handabdruck mitten im Gesicht. Rot und wulstig stach er aus dem schimmernden Dunkelgrün hervor. Die grässliche Farbe des Abdrucks kündete von der Brutalität des Menschen. Denn sie war eingebrannt in Fell und Fleisch.

Dann begann der Tiger zu sprechen. Die Stimme klang, als würde sie die Schmerzen der Leidenden am eigenen Leib spüren. Der knurrende Unterton passte zu der wutentbrannten Grimasse.

»Ihr kleiner Bruder starb unschuldig, sie war unschuldig, ihre Eltern waren unschuldig, das ganze Dorf war unschuldig. Menschen sterben durch den steigenden Meeresspiegel und wir *sind dafür verantwortlich. Die Zeit des Egoismus und der Gier ist vorbei.«*

Der grüne Tiger fletschte erneut die Zähne, bevor er weitersprach.

»Flutet die Schulen, damit alle sehen, dass eine neue Generation die Macht übernehmen wird. Eine Generation, der das Leiden auf der Erde nicht gleichgültig ist!«

Ean hatte das Video zigmal angeschaut, trotzdem bekam er jedes Mal eine Gänsehaut. Sie hatten sich selbst übertroffen. Sie hatten den *Grünen Tiger* erschaffen.

9

Als sie in der Mittagspause in der Mensa saßen, erhob Piet seine Flasche mit Apfelschorle und sagte: »Darauf kann man schon mal anstoßen.«

Die Plastikflaschen stießen zusammen, alle nahmen einen Siegesschluck. Es war ein merkwürdiges Gefühl, sich wie normale Schüler zu verhalten, während die ganze Stadt über ihre Coups sprach. Wenn Ean ehrlich war, hätte er sich gewünscht, dass jemand herausfand, dass er die Person hinter der Maske war. Sein Blick blieb auf seiner Flasche hängen, ihm kam ein Gedanke: »Sollten wir Plastikflaschen nicht eigentlich meiden?«

»Verdammt, ja«, entfuhr es Hektor. Entschlossen drehte er den Deckel der Apfelschorle zu. Leyla ließ das letzte Drittel der goldenen Flüssigkeit in ihrer Flasche kreisen, als wäre es Wein. »Was meint ihr, wie oft uns das noch passieren wird?«

»Was meinst du?«

»Dass wir über alltägliche Gewohnheiten stolpern, die umweltschädlich sind.«

»Wir müssen einfach alles Umweltschädliche aus unserem Leben verbannen! Das kann doch nicht so schwierig sein.« Hektor schaute sich in der Mensa um, auf jedem Tisch standen Flaschen. Kurz wirkte es so, als wollte er aufstehen und alle einsammeln.

Piet schien die Plastikflaschendiskussion bereits zu langweilen. »Wir hätten besser unsere Schule bewässern sollen«, sagte er und überprüfte sein Aussehen mithilfe der Frontkamera seines Handys.

»Dann wäre uns morgen die Matheklausur erspart geblieben«, stimmte Ean zu.

Piet zuckte erschrocken zusammen. »Morgen schreiben wir eine Matheklausur? Warum sagt mir das keiner? Was seid ihr bloß für Freunde?«

Leyla musste grinsen. »Ja, analytische Geometrie.« Sie legte ihm eine Hand auf die Schulter. »Ich lasse dich gerne abschreiben.«

»Schwör's!«

»Hey, habe ich dich jemals hängen lassen?«

Piet seufzte schicksalsergeben, dann machten sich alle über das Rindergulasch her, das sie sich an der Ausgabetheke geholt hatten.

»Ist es eigentlich safe über WhatsApp?«, fragte Piet mit halbem Interesse, als er die App auf seinem Smartphone öffnete. Er hatte zehn Chat-Nachrichten von irgendwelchen Mädchen bekommen. Ean sah die vielen grünen Punkte, nicht die Namen. Die meisten Mädchen hatten keine Namen, sondern nur Nummern. Die Halbwertszeit der Namen war sowieso oft nur in Stunden zu messen. Nur einen hatte er erkannt: *Alva.*

Leyla hatte es zum Glück nicht bemerkt. Unbekümmert sagte sie: »Vermutlich. Das Video muss nur oft genug weitergeleitet werden. Außerdem weiß niemand, dass es *mein* altes Handy ist, und ich habe ein Pseudonym bei der SIM-Karte verwendet. Dürfte also okay sein. Andererseits …«

»Digga, Shit!« Piet griff nach einer Serviette. »Ich habe gekleckert.«

Hektor schüttelte den Kopf. »Deshalb gleich so eine Panik.«

»Wenn ich so einen Scheiß tragen würde wie du, wäre mir das auch egal.«

»Was ist das überhaupt für ein Pullover?«, fragte Ean neugierig. »Den habe ich bei dir noch nie gesehen.« Der beige Stoff sah aus wie Filz, der Schnitt war eine Mischung aus Jackett und Strickjacke.

»Schön, dass dir das auffällt«, entgegnete Piet geschmeichelt. »Das ist ein Janker aus *Bio*-Schurwolle«, sagte er stolz, während er eitel daran herumzupfte.

Ean zog anerkennend die Augenbrauen hoch, und Leyla befühlte den Stoff des modebewussten Freundes.

»Unser Piet – wie er leibt und lebt und angibt. Du hast es wirklich getan. Ich bin stolz auf dich. Es kostet Mut, neue Wege zu gehen. Ein Monat maximal, dann ist das in.«

»Zwei Monate maximal, dann ist das durch«, sagte Hektor.

»Wenn Pieti-Boy sich dazu hinreißen lässt, Bio-Klamotten und nicht mehr seinen üblichen Designerscheiß zu kaufen, will das was heißen«, stellte Ean fest. »Wir sind echt nicht mehr die gleichen wie vor zwei Monaten.«

Er beobachtete drei Lehrerinnen, die von der Ausgabentheke kamen und sich an den Nebentisch setzten. Ihm war es unangenehm, wenn es außerhalb der Klasse zu Kontakt mit Lehrpersonal kam. Für Leyla galt das Gegenteil. Ihre geistreichen Unterrichtsbeiträge legitimierten sie dazu, sich mit Lehrern auf einer Ebene zu unterhalten.

»Selbstverständlich sind wir nicht mehr die gleichen, Ean.« Sie spielte mit dem silbernen Ring an ihrem Finger, bevor sie sich ihm zuwandte. »Keiner von uns hätte vor einem halben Jahr irgendetwas für die Umwelt getan. Umweltschutz – das war für uns nur ein abstraktes Thema, das keinen von uns wirklich interessierte. Jetzt haben wir zwei Aktionen hinter uns, und ich habe so ein Gefühl, dass unsere Reise gerade erst beginnt.«

Ean warf einen prüfenden Blick zu den Lehrerinnen. Sie waren in ihr eigenes Gespräch vertieft.

»Drei«, verbesserte Hektor. »Drei Aktionen.«

»Nein«, verneinte Leyla sofort. »Deine zählt nicht, das war einfach nur idiotisch.«

»Das war der Auslöser von allem!« Hektor schaute die Freundin verärgert an.

Leyla seufzte. »Aber der ganze Rest … Allein diese Maske, Ean. Ich sage euch, die wird berühmt werden.«

Eigentlich hätte sich Ean über diese Worte freuen sollen, doch seine Stimmung war alles andere als euphorisch. Es passierte so viel und es passierte so schnell. Ean hatte das Gefühl, nicht mehr Herr der Lage zu sein. Er sah zwei Wege und wusste, dass er sich früher oder später entscheiden musste. Auf dem einen kämpfte er für die Umwelt, auf dem anderen um Medaillen als Sportler.

»Nur um das klarzustellen!«, stieß er schließlich hervor. »Ich habe keine Lust, einer von diesen Ökofreaks zu werden, die auf Bäumen hocken und auf jeden einprügeln, der Burger isst.«

Ean wusste, dass die drei Freunde es anders auffassen würden, als er es gemeint hatte. Im Grunde hoffte er, dass sie etwas sagten, das ihn überzeugen und seine Zweifel ausräumen würde.

»Was redest du denn da?« Hektor schaute ihn irritiert an. »Keiner will auf Bäume klettern!«

Ean zuckte mit den Schultern. »Wir sind auf dem besten Weg, Vollzeitaktivisten zu werden, und ich weiß nicht, ob das gut ist – für mich, sorry.«

Hektor reagierte entsetzt. »Verdammt, wir können für Gerechtigkeit sorgen! Dafür klettere ich zur Not auf hundert Bäume hintereinander, fresse Kastanien und trinke Regenwasser!«, stellte er klar.

»Macht euch nicht zum Affen«, ging Piet dazwischen und grinste.

Ean überhörte den unlustigen Scherz. »Übertreib es nicht, Hektor. Es gibt Kinderarbeit auf der Welt, Krieg, Ausbeutung und Elend. Man könnte gegen alles protestieren und dann? Manche Leute haben halt einfach Pech.«

»Pech? Du hast ja gar nichts kapiert, Ean!« Hektor sah aus, als würde er gleich den Tisch umschmeißen.

Leyla meldete sich zu Wort. »Ich glaube auch, dass Ean ein falsches Bild davon hat, wie wir es machen werden«, sagte sie betont sachlich, um die Streithähne zu beruhigen. »Und auch ein falsches Bild von Aktivistinnen und Aktivisten. Wir müssen jedenfalls nicht wieder zu Jägern und Sammlern werden, Ean.« Sie lächelte ihn entwaffnend an. »Niemand möchte zurück ins Mittelalter. Unser Ziel und das von allen Aktivistinnen und Aktivisten ist, die Welt zu verändern. In unserem Fall: die Natur und das Klima. Dafür müssen wir nicht nackt im Wald leben und den Vögeln die Eier aus dem Nest klauen, um nicht zu verhungern. Wir müssen auch nicht aussehen, wie du dir anscheinend Ökofreaks vorstellst. Das alles wäre in der Evolution ein Schritt zurück. Wir sollten vielmehr das Gegenteil zeigen – dass genau dies nicht getan werden muss.« Leyla deutete auf Piet. »Modernität ist Nachhaltigkeit. Unsere Mission sollte sein, genau deinen Denkfehler aus der Welt zu schaffen. Ökofreak zu sein bedeutet nicht, im Wald wie eine Aussätzige zu leben, sondern Klamotten aus Bio-Schurwolle zu tragen, auf Verbrennungsmotoren zu verzichten, Häuser aus nachhaltigen Materialien zu bauen, grünen Strom zu verwenden und so weiter. Das ist der moderne Ökofreak, Ean. Ökofreaks nehmen Einfluss. Mit Aktionen, über die die Medien berichten. Wir wollen die moderne Gesellschaft zu einer nachhaltigen Transformation anregen. Die Menschheit muss aufhören, die Natur als ihren Sklaven anzusehen. Sie muss lernen, die Natur als ihre Mutter zu betrachten. Sie gibt uns alles und erwartet im Gegenzug nur, dass wir sie gut behandeln. Den Menschen das deutlich zu machen ist unsere Aufgabe.«

Ihre blauen Augen strahlten, als sie in die Runde sah. Ean nickte. Leyla war wirklich die geborene Rednerin, und er konnte ihr in allem nur zustimmen. Doch all die schönen Worte lösten nicht das Problem, das an ihm nagte.

Er musste es einfach zur Sprache bringen. »Und … was ist mit meiner Sportkarriere? Seit ich sieben bin, träume ich von Olympia. Seit Jahren arbeite ich hart dafür. Soll ich das alles aufgeben?« Ean schaute seine Freunde an. »Seid vorsichtig, was ihr jetzt sagt, sonst bin ich nämlich sofort weg.«

»Du musst nichts aufgeben«, sagte Leyla und griff nach seiner Hand. »Wenn Gott dir die Möglichkeit geben würde, allem Leiden auf der Welt ein Ende zu bereiten, würdest du sie ergreifen?«

»Logisch. Gleich wenn ich vom Training nach Hause gekommen bin.«

»Auch, wenn du dafür dein ganzes Leben bräuchtest?«

Ean überlegte kurz. »Wahrscheinlich müsste ich es sogar tun.«

Leyla hob die Hände. »Vielleicht hat uns Gott genau diese Möglichkeit gegeben.«

Ean runzelte skeptisch die Stirn. »Wir sind vier Schüler, Leyla, keine Superhelden. Wie sollen *wir* etwas bewirken? Wir sind am Ende doch nur eine weitere kleine Umweltgruppe. Eine von Hundert, eine von Tausend. Ich habe nicht das Gefühl, dass die Welt ausgerechnet auf uns gewartet hat.«

Leyla lächelte geheimnisvoll. »O doch, Ean. Sie freut sich! Es hat doch schon begonnen. Die ganze Stadt spricht über unsere Aktionen. Wir sind lokale Berühmtheiten. Wir haben schon mehr geschafft als viele vor uns. Eins hat mich meine Vergangenheit gelehrt: Macht kommt nicht von einem selbst, Macht wird einen von anderen verliehen. Die anderen machen uns stark – die Medien, die Öffentlichkeit.«

»Und was ist, wenn wir scheitern?«

»Und was, wenn nicht?« Ihre blauen Augen funkelten.

Hektor hatte WhatsApp geöffnet und präsentierte seine Chats. Man hatte ihm mehrere Videos gesendet. »Hier!«

Ean stöhnte. »Au Mann, Hektor. Act Now ist auch überall bekannt, und *du* warst es, der sich damals über die nicht vorhandenen Fortschritte aufgeregt hat.«

Hektor ließ sich nicht beirren. »Wir müssen extremer werden, dann läuft das!«

Ean schüttelte entnervt den Kopf. »Du bist total abgedreht im

Kopf. Wie sollen wir das machen? Wir kämpfen gegen eine Maschinerie, für die wir nicht mehr als ein Witz sind.«

Leyla hob einen Finger. »Wir allein sind heute vielleicht nur ein Witz, aber wartet ab, bis sich Tausende hinter dem Grünen Tiger versammelt haben.«

»Wie soll das gehen?«, fragte Ean mit hartnäckiger Skepsis.

Hektor beugte sich vor. »Wenn du nicht an uns glaubst, warum machst du dann überhaupt mit?«

»Das frage ich mich auch gerade …«

»Du wolltest doch unbedingt der coole Macker hinter der Tigermaske sein.« Hektor ließ seinem Zorn freien Lauf. »Wir könnten wirklich etwas ändern. Aber jetzt hast du begriffen, dass es nicht ohne Opfer gehen wird. Und sofort denkst du wieder nur an dich, denn um dich dreht sich bekanntlich die ganze Welt.«

Ean starrte seinen Freund an. Er hatte nicht wenig Lust, ihm ins Gesicht zu schlagen. Doch das wagte er nicht. Nicht, weil er damit ihre Freundschaft beenden würde, denn die war ihm in diesem Moment egal. Sondern weil er Hektor durchaus für gefährlich hielt. Woher sollte er wissen, ob der blonde Schlaks nicht ein Jagdmesser unter seiner Jacke trug …

Ean stieß seinen Stuhl zurück. Er stand wortlos auf und schnappte sein Tablett, um es zurückzubringen. Als er es gerade ins Regal stellte, trat Herr Roland neben in.

»Ean, hast du eine Sekunde?«

»Natürlich«, antwortete er und rang sich ein Lächeln ab.

»Du und Hektor, ihr seid doch gute Freunde, nicht wahr?«

Das war einmal, schoss es Ean durch den Kopf, doch er sagte nur: »Wieso fragen Sie?«

»Nun ja, Hektor war nie der gesprächigste Schüler, aber ich habe das Gefühl, dass ihm in den letzten Wochen irgendetwas zusetzt. Seine Gedanken sind selten beim Unterrichtsstoff, es sei denn, es stehen politische Themen auf der Tagesordnung. Sein Privatleben geht mich nichts an, seine schulische Leistung hingegen schon. Ich wollte von dir nur hören, ob du irgendwas weißt …?«

Ean starrte seinen Lehrer verblüfft an. Hektors sonderbares Verhalten erregte also auch schon bei den Lehrern Aufmerksamkeit. Ein Grund mehr vorsichtig zu sein. Ean zuckte mit den Schultern. »Hektor hat so seine Phasen. Sie kennen ja seine Familiengeschichte … in ein paar Tagen sieht es schon wieder anders aus.«

»Verstehe.« Herr Roland nickte. »Gut, dass er solche Freunde wie dich hat. Komm immer gern zu mir, wenn es etwas zu besprechen gibt.« Er klopfte Ean auf die Schulter und ließ ihn stehen. Als Ean zurück zum Tisch ging, um seine Tasche zu holen, wurde er von den anderen keines Blickes gewürdigt, alle starrten auf Hektors iPhone. Ean musste mehrmals nachfragen, dann erst hielt Hektor ihm das Handy hin. Man sah ein Video, das zeigte, wie ein riesiges Regenwaldgebiet brannte.

»Fuuuck«, entfuhr es ihm.

Ein Meer aus Flammen fraß den Urwald auf. Schwarzer Rauch schien jedes Leben ersticken zu wollen. Nahaufnahmen zeigten Tiere, die vor dem Feuer flüchteten. Panisch sprangen Affen und Okapi durch das Unterholz, Vögeln schrien. Es war klar, dass die Tiere der Feuersbrunst nicht entkommen und elendig verbrennen würden.

»O mein Gott, ist das Australien?«

»Nein, Brasilien«, sagte Leyla. »Aber wo du gerade von Australien sprichst. China hat gestern in einem offiziellen Schreiben *sein Beileid* ausgesprochen.«

»Diese Idioten!« Ean konnte es nicht fassen. Seit Monaten brannte es in Australien. Alle posteten Bilder von brennenden Tieren und Wäldern auf Instagram mit *Oh Klimawandel* und *Oh die Armen*, aber niemand von ihnen wurde aktiv, niemand unternahm etwas dagegen. Das waren alles Möchtegern-Umweltschützer. Er hatte sich sein Leben lang nicht dafür interessiert, aber er hatte wenigstens den Mund gehalten und nicht so getan, als ob.

Leyla schüttelte verständnislos den Kopf. »*Idioten* ist noch höflich ausgedrückt. Anstatt dass die Nachbarländer ihre Feuerwehren oder Armeen entsenden und dem Land helfen, gibt es einen Beileidsbrief.«

»Guckt euch das an!«, rief Hektor in diesem Moment.

Das Video zeigte Männer, die mit Flammenwerfern am Waldrand systematisch alles in Brand steckten. Doch damit nicht genug. Die Kamera zeigte auch, wie ein verzweifelter Ureinwohner abwechselnd die Männer und die Flammen anschrie. Wütend ging der Indigene auf die Männer mit den Flammenwerfern zu und versuchte, einem von ihnen das Gerät aus der Hand zu reißen.

»Das geschieht gerade nicht wirklich, oder?«, hauchte Ean.

Der Mann mit dem Flammenwerfer schlug den Ureinwohner nieder und nahm dann ungerührt seine Arbeit wieder auf. Der Ureinwohner blieb reglos am Boden liegen.

Piet fragte verdattert: »Ist das echt? Das müsste doch eigentlich einen viralen Aufschrei geben.«

»Ich fürchte«, wandte Leyla ein, »das ist inzwischen business as usual.«

Hektor sah zu Ean auf. »Ist dir dein Sport immer noch so wichtig?«

»Wieso machen die Wichser das?«, fluchte Ean.

»Steht drunter. Das Video ist von einer Umweltschutz-Organisation in Brasilien. Da! ›Große Konzerne brennen den Regenwald nieder, um Ackerland für die Viehzucht und den Anbau von Soja zu gewinnen. Dabei schrecken sie vor nichts zurück‹«, übersetzte Hektor den englischen Text.

Leyla blickte auf ihren Teller, wo die Gulaschbrocken in Bratensoße schwammen.

»›Das Soja wird zur Rinderfütterung verwendet‹«, las Hektor weiter.

Leyla lachte bitter. »O wir Unwissenden.«

Hektor schlug mit der flachen Hand auf den Tisch. »Wieso erfahren wir so was erst jetzt? Warum kriegen wir im Fernsehen jeden neuen Pickel auf dem Arsch von Sängerinnen, jeden Skandal eines Fußballers unter die Nase gerieben, aber wenn ein halber Erdteil in Brand gesteckt wird, findet sich dafür kein Platz im Programm?«

»Vielleicht guckst du die falschen Programme«, warf Piet altklug ein. »Bei Act Now ist jeder Zweite Vegetarier.«

Hektor warf Piet einen verächtlichen Blick zu, sagte aber nichts.

Mit ernster Miene wandte sich Leyla an Hektor. »Ich sage dir, warum wir so etwas nicht mitbekommen. Erstens, weil es nicht hier passiert. Das Übel kann noch so riesig sein, wenn die Distanz nur groß genug ist, interessiert es niemanden. Zweitens, weil wir hier keinen Unterschied merken. Oder spürst du die Hitze, siehst du die Flammen? Hier brennt nichts. Drittens …« Sie zögerte. »Drittens, weil ich glaube, dass die nicht wollen, dass wir es erfahren. Wenn alle Welt es wüsste, würden deutlich weniger Menschen …«, sie schaute auf ihr Essen, »… so etwas essen. Das wäre gar nicht gut für die Nahrungsmittelindustrie.«

Einen Moment herrschte betretenes Schweigen. Dann fuhr Leyla fort: »Die Zeichen sind mehr als eindeutig, dass wir etwas unternehmen müssen, oder?«

Hektor warf Ean einen Blick zu. Beide wussten, dass keine weitere Überzeugungsarbeit notwendig war.

10

Seit drei Uhr in der Früh hockten Ean und Hektor auf dem schwarzen Dach des großen Bühnengerüsts. Beinahe acht Stunden. Ean spürte jeden einzelnen Knochen im Leib. Vor allem die Schulter schmerzte vom Abstützen. Doch er hielt still. Die letzten Minuten würde er auch noch überstehen. Es war ein Leichtes gewesen, unbemerkt durch den Zaun und hier heraufzukommen. Der Wachdienst hatte seine Arbeit nicht allzu ernst genommen.

Ean sah auf seine Armbanduhr. 10.45 Uhr. Die Talkshow auf der Bühne direkt unter ihnen hatte vor einer Stunde begonnen. Sie fand im Rahmen einer mehrtägigen Veranstaltungsreihe zum Thema Globalisierung in Kiel statt und war wegen der teilnehmenden ranghohen Politiker ein Highlight.

Die Freunde warteten auf ein bestimmtes Thema: das EU-Mercosur-Abkommen. Nachdem Hektor ihnen das Video vom Waldbrand gezeigt hatte, hatten sie begonnen, Nachforschungen über die Abholzung des Regenwaldes in Südamerika anzustellen. Sie hatten erfahren, wie korrupte Regierungen zuschauten, wenn Unternehmen ihre Länder ausbeuteten, und dies zum Schaden von Natur *und* Bevölkerung. Doch die Industrienationen der Europäischen Union stellten den Frevel nicht an den Pranger, belegten die betreffenden Nationen auch nicht mit Sanktionen und fanden auch keine alternativen und nachhaltigen Lösungen. Nein, die EU unterschrieb ein Freihandelsabkommen mit ihnen. Durch einen schlichten bürokratischen Akt wurden die grünen Lungen der Erde damit schutzlos der Zerstörung preisgegeben. Billiges Fleisch konnte künftig noch einfacher in großen Mengen importiert und Schiffsladungen voller Pestizide noch leichter exportiert werden. Ein Teufelskreis. Ean hatte bislang fast jeden Tag Fleisch gegessen und nicht darüber nachgedacht, was er damit anrichtete. Es handelte sich um eine massive Schädigung von Natur, Tieren und der Gesundheit von Millionen Menschen. Die einzigen Profiteure dieses Abkommens waren wieder einmal nur einige wenige Konzerne.

Die Freunde hatten beschlossen, die Gelegenheit der Podiumsveranstaltung zu nutzen, um das Land wachzurütteln.

Ean überprüfte das Messer in seiner Hosentasche. Dann spähte er zu Hektor hinüber. Er trug wie Ean eng anliegende schwarzen Klamotten, und seine angespannte Miene verriet höchste Konzentration. Ean krallte sich in die Eisenstange des Gerüstes. Jedes Mal, wenn er bezweifelte, dass sie das Richtige vorhatten, rief er sich die Bilder in den Kopf, auf die sie in den letzten Tagen gestoßen waren. Die Grausamkeit der Menschen, wenn es um Geld geht, war schockierend. Alles wurde billigend in Kauf genommen: abgeholzte Wälder, verseuchte Böden, Fehlbildungen bei Säuglingen, die Ausrottung von Tierarten. Es war, als hätte Ean sein bisheriges Leben in einem Kokon gelebt, abgeschottet von der realen Welt …

Wäre es nach Hektor gegangen, würden sich hier gleich noch

viel radikalere Dinge ereignen. Wahrscheinlich hätte er den Politiker am liebsten vor den Augen des Publikums erschossen oder ihm zumindest einige Schmerzen zugefügt. Es hatte Mühe und Zeit gekostet, Hektor davon zu überzeugen, dass kein lebendiges Tier angezündet werden würde, um die Qualen der Tiere zu demonstrieren.

»Kommen wir jetzt zu unserem Hauptthema, dem EU-Mercosur-Abkommen«, hörte Ean in diesem Moment die Stimme der Moderatorin. »Herr Neumeier, Ihre Partei war es, die …«

Ean nickte seinem Kumpanen zu. Beide setzten ihre Masken auf. Ean war jedes Mal aufs Neue überrascht von der Wirkung. Fasziniert starrte er auf die grausame Maske seines Freundes. Das geöffnete Tigermaul mit den Reißzähnen und schwarzen Konturen verwandelte Hektor in einen wahren Dämon. Jedes Mal, wenn er die eingebrannte menschliche Hand sah, lief Ean ein Schauer über den Rücken. Die Latexmasken stammten ursprünglich aus einem Fundus für Karnevalsverkleidungen, doch die Handabdrücke hatten die vier selbst fabriziert, unter Zuhilfenahme einer Rasierklinge und einiger Tuben Acrylfarbe.

Als Ean seine Aufmerksamkeit wieder auf das Podium richtete, sagte der Politiker Neumeier gerade: »… und Deutschland wird davon profitieren, denn wir sind eine Exportnation. Vergessen Sie nicht: Das EU-Mercosur-Abkommen wird das größte Handelsabkommen sein, das es jemals gegeben hat. Es wird unserer Volkswirtschaft und auch ganz konkret unserer Bevölkerung sehr guttun«.

Als Hektor sich in Bewegung setzen wollte, hob Ean die Hand. Irgendetwas sagte ihm, dass sie noch warten sollten.

Gerade meldete sich eine weitere Politikerin zu Wort. »Bei all den unbezweifelbaren ökonomischen Vorteilen sollten wir andere Aspekte aber nicht übersehen. Nach wie vor fehlen in dem Vertrag konkrete Konsequenzen bei einer Nichteinhaltung der sozialen und ökologischen Abmachungen …«

Neumeier ließ die Kollegin nicht ausreden. »Ich verstehe Ihren Einwand natürlich«, fiel er ihr ins Wort, »aber Sie stimmen mir sicherlich zu, wenn ich sage, dass es eine unerfüllbare Aufgabe ist, alle involvierten Parteien vollkommen zufriedenzustellen. Der Vertrag in seiner vorliegenden Form ist ein guter Kompromiss, der den Bedürfnissen aller beteiligten Länder größtmöglich Rechnung trägt.«

Die Moderatorin meldete sich zu Wort. »Schwedens Premierminister allerdings hat ebenfalls Bedenken geäußert und droht mit einer Blockade.«

»Dann sollen die Schweden austreten, wenn sie denken, dass der Welthandel ihnen schadet. Wir alle wollen Wohlstand, darüber herrscht ja wohl Einigkeit. Aber ohne Wirtschaft kein Wohlstand. Ich bin mir sicher, wenn Sie die Menschen in den brasilianischen Elendsvierteln fragen, was ihnen lieber ist, mehr Geld in der Tasche oder ein unberührter Urwald, dann werden sich die Menschen für das Geld entscheiden. Und wenn eine überschaubare Menge Regenwald einer anderweitigen Nutzung zugeführt wird, dann ist das kein Weltuntergang. Wir haben nun mal eine rasant anwachsende Weltbevölkerung, die mit Nahrung, Energie, Gütern aller Art versorgt werden muss. Da kann es doch nicht sein, dass ein internationales Handelsabkommen blockiert wird, nur weil ein paar Tiere umziehen müssen.«

Eine andere Podiumsteilnehmerin widersprach. »Als Wissenschaftlerin sage Ihnen, dass Sie offenbar nicht die geringste Ahnung haben, was dort in Brasilien geschieht und was für Folgen das auch für uns hier hat. Die verstärkte Rodung des Regenwaldes, die durch dieses Abkommen gefördert wird, ist für ein apokalyptisches Ausmaß an Zerstörung des ökologischen Gleichgewichts verantwortlich. Dabei spreche ich noch nicht einmal von dem unendlich wichtigen Beitrag, den der Wald für das Absorbieren der Emissionen besitzt. Ich spreche hier gerade nur von Monokulturen, die dort zwangsläufig angesiedelt werden und den Boden leersaugen. Speziell im Amazonas geht heute schon Biodiversität schneller verloren, als wir es erfassen können.«

Der Politiker setzte zur Antwort an, aber die Wissenschaftlerin war noch nicht fertig.

»In dem Vertrag ist vom Ausbau der Infrastruktur die Rede – aber was sich nach Modernisierung anhört, ist in Wahrheit gar keine. Denn mit Infrastruktur ist nicht die Beseitigung der Slums gemeint, sondern einzig und allein die Erschließung des Regenwaldes. Die Landstraße BR 163, die den Regenwald bereits jetzt wie eine klaffende Wunde durchzieht, ist dagegen geradezu harmlos. Ich könnte Ihnen abendfüllende Vorträge halten, warum wir die Regenwälder in Ruhe lassen sollten.«

Neumeier ließ nicht locker. »Wollen Sie etwa auch die Staudämme schlechtreden? Zur Gewinnung von grüner Energie sind sie unerlässlich.«

»Schlechtreden muss ich die Staudämme gar nicht. Denn so grün ist das alles nicht. Eine gewaltige Betonmauer ist jedenfalls kaum in Lage für ein harmonische Gleichgewicht von Vegetation,

Tier und Mensch zu sorgen. Irgendjemand profitiert natürlich von den Staudämmen, aber sicher nicht die Natur. Wir stecken mitten in der vierten industriellen Revolution. Die drei vorigen haben zu Massensterben auf der Erde geführt und uns in die kritische Lage gebracht, in der wir uns jetzt befinden. Denken Sie nicht, es ist an der Zeit, wiedergutzumachen, was unsere Art in den letzten Jahrhunderten allen anderen Arten angetan hat?«

Neumeiers Stimme wurde schroff. »Was wollen Sie jetzt von mir hören? Das Eingeständnis, dass der Mensch ein wildes Raubtier ist? Meine Aufgabe ist es, die Rahmenbedingungen für eine stabile Wirtschaft zu schaffen und zu erhalten. Und ich sage Ihnen eins: Wenn wir uns lossagen von unseren internationalen Handelspartnern, werden diese sich andere Partner suchen und unser Land wird auf dem Weltmarkt in die Drittklassigkeit rutschen. Und am Ende wird es Millionen Menschen bei uns schlechter gehen als heute.«

Die Wissenschaftlerin ließ sich nicht beirren: »Waren Sie jemals in Südamerika und haben sich die Regenwälder angesehen? Ich wünschte, Sie hätten gesehen, was ich gesehen habe. Wo bis vor einigen Jahren noch undurchdringliches Grün das Land bedeckte, erstreckt sich jetzt bis an den Horizont eine karge Mondlandschaft …«

Ean hatte dem Gespräch aufmerksam zugehört und war unvorsichtigerweise bis an den Rand des Daches gerobbt. Als sein Blick über die etwa dreihundert Zuschauer vor dem Podium streifte, bemerkte er einen Security-Mann, der mit ausgestrecktem Arm auf ihn deutete.

Panisch zog Ean sich zurück. Hektor, der ihm gefolgt war,

machte eine fragende Geste mit den Händen. Ean überlegte fieberhaft. Es war nur eine Frage von Minuten, wenn nicht Sekunden, bis die Security-Leute bei ihnen waren.

Ean holte das Messer aus der Tasche. Sie mussten die Aktion abkürzen. Er gab Hektor ein Zeichen. Jetzt oder nie!

Leyla saß auf einem der Stühle in den hintersten Reihen. Sie hatte sich schick gemacht. Sie trug ein langes olivfarbenes Sommerkleid und dazu passenden Schmuck. Ein leichter Schweißfilm hatte sich auf ihrer Stirn gebildet, denn die Sicherheitsmänner sprachen verdächtig oft ins Funkgerät. Leyla war gut darin, Pläne zu entwerfen und alle Einzelheiten zu verbinden, aber der Stress und die Hektik in der Umsetzung waren noch gewöhnungsbedürftig. Sie versuchte, der Diskussion auf dem Podium zu folgen, doch ihre Gedanken drifteten immer wieder ab. Seit Stunden harrten Ean und Hektor auf der Dachkonstruktion und warteten auf ihren Einsatz, und jetzt war es fast so weit. Leyla setzte sich aufrechter. Sie holte ihr Handy hervor. Zehn nach elf. Die Diskussion zum Thema Mercosur war in vollem Gange. Als sie sich umblickte, sah sie, wie ein Security-Mann, der bislang starr am Rand gestanden hatte, zum Dach des Podiums wies. Leyla wurde unruhiger.

»Ich wünschte, Sie hätten gesehen, was ich gesehen habe …«, sagte die Wissenschaftlerin gerade.

Leyla begriff, dass *jetzt* gehandelt werden musste. Sie öffnete in ihrem Handy WhatsApp und schrieb: *Los!*

Sie hielt den Atem an, als sich auf dem Dach etwas regte. Keine Frage: Man hatte sie entdeckt! Leyla hoffte inständig, dass Ean und Hektor nicht bereits verhaftet worden waren.

In diesem Moment versagten die Lautsprecher. Die Moderatorin drehte sich fragend nach hinten und deutete auf ihr Mikro. Sie setzte erneut an, doch nicht ihre Stimme erklang. Sondern ein durchdringendes Raubtierfauchen und Brüllen. Dann ein Wort: »Lügen!« Und wieder: »Lügen!«

Verdutzt und erschreckt suchten die Menschen nach der Quelle der Stimme. Die fuhr unterdessen fort: »Dass ihr es wagt, die Menschen derart zu belügen!«

Die Moderatorin gestikulierte erneut in Richtung Regie, und die Security-Leute sprachen aufgeregt in ihre Headsets.

»Dass euer Abkommen keinen Schaden anrichtet! Dass eure Wirtschaft den Armen hilft … Paaaah! Ihr seid elende Lügner. Ihr seid die Huren der Lobbyisten, die Huren der Konzerne, die nichts interessiert als ihr Profit. Ihr seid die Krankheit, nicht die Medizin. Aber eure Tage sind gezählt! Jetzt wird das Volk erfahren, wie ihr es betrügt. Und jeder Abgeordnete, der so denkt und handelt wie ihr, wird euch in den Abgrund folgen!«

Inzwischen waren alle Besucher aufgestanden. Viele tuschelten aufgeregt. Einige sahen sich suchend um. Aber es war nur die Stimme zu hören.

Plötzlich hallten die Schreie eines Tieres über die Tribüne. Helle, herzzerreißende Schreie wie von einem Affen. Die Menschen hielten sich die Ohren zu und verzogen die Gesichter. Dann rauschte ein riesiges Plakat vom Bühnendach herunter und stoppte kurz über dem Boden. Es spannte sich über die gesamte Frontseite des Bühnengerüsts. Selbst Leyla riss erschrocken den Mund auf. Die gewaltige Größe des Bildes verstärkte die Wirkung in einem ungeahnten Maß.

Man sah den Regenwald, der lichterloh in Flammen stand. Und mitten in dem Inferno – eine Affenmutter mit hoch erhobenen Armen. Ihr Fell brannte. Ihre Augen waren aufgerissen und der Mund zum Schrei verzogen. Es war der Schrei, der aus den Boxen drang. Doch dieser Schrei galt nicht nur ihrem eigenen Leben. Er galt vor allem ihrem Kind, das sie in ihren nach oben gestreckten Armen hielt, in dem verzweifelten Versuch, es vor dem Feuer zu bewahren.

Die Menschen waren wie erstarrt. Selbst die Security-Leute konnten den Blick nicht von der brennenden Mutter mit ihrem Kind wenden.

Hektor und Ean waren inzwischen auf der Rückseite vom Gerüst geklettert. Sie mussten sich beeilen, wahrscheinlich war die komplette Security bereits hinter ihnen her. Unten angekommen, liefen sie los. Bis zu dem Zaun, der eigens für die Veranstaltung aufgestellt worden war, waren es etwa fünfzehn Meter. Von einem Gebüsch verdeckt, hatten sie ein niedriges Loch in den Maschendraht geschnitten.

Fast hatten sie den Zaun erreicht, als ein Security-Mann hinter dem Gebüsch hervortrat.

»Da sind die Möchtegern-Robin-Hoods ja«, sagte er und stellte sich breitbeinig vor sie hin. »Hier! Sie sind hier!«, brüllte er.

Ean zögerte, Hektor nicht. Mit voller Wucht rannte er in den Typen und stürzte mit ihm zu Boden. Ean packte den Arm seines Freundes und zog ihn hoch. Beide verschwanden durch den Zaun.

An der nächsten Kreuzung fanden sie Piets Golf. Mit falschem Nummernschild. Die Grünen Tiger rissen die Türen auf und sprangen hinein.

»Fahr! Fahr! Fahr!«, rief Ean, doch in der Aufregung würgte Piet den Wagen erstmal ab.

Hektor sah sich um. Vier Security-Männer waren in der Straße aufgetaucht. Ean wollte sich schon die Maske vom Kopf ziehen, doch Hektor hielt ihn auf.

»Noch nicht!«, sagte er mit erstaunlicher ruhiger Stimme.

Dann hatte Piet den Motor endlich gestartet. Mit quietschenden Reifen fuhren sie davon.

Eine Stunde später veröffentlichten sie ihr zweites Video. Die dunkelgrüne Tigermaske erschien, das Knurren erklang.

»*Ihr habt das Bild gesehen. Ich frage euch: Wollen wir für so etwas verantwortlich sein? Politiker erzählen uns etwas von wirtschaftlichem Reichtum. Aber wollen wir reich werden, wenn wir gleichzeitig Teil von solchen Massakern sind?*

Diese Menschen zerstören und töten, um ihre Gier nach Geld und Gewinn zu befriedigen. Die westliche Welt raubt die Ressourcen des globalen Südens. Wir alle verhelfen den Konzernen zu ihrem Profit, denn solange wir still bleiben, werden wir ihre Helfer sein. Nehmen, benutzen, wegschmeißen! Rohstoffe, Futtermittel, Palmöl, Kakao, Kaffee, Fleisch – alles Waren, die auf einem Berg von Leid und Zerstörung produziert werden.

An unseren Händen klebt Blut – das Blut von Tieren und Menschen. Wir missachten die biologischen Kreisläufe und ersetzen sie durch wirtschaftliche. Lasst uns diese mörderischen Kreisläufe der Wirtschaft endlich unterbrechen!

Natürlich können wir die Unternehmen nicht von heute auf morgen beseitigen, aber wir können ihnen ihre Grundlage entzie-

hen, denn wir sind die Grundlage. Wir finanzieren sie mit unserem Konsum. Ohne uns sind sie am Ende.

Alles hat seinen Preis, momentan zahlen wir mit dem Leben von Mutter Erde. Wenn ihr nicht auf mich hören wollt, hört wenigstens auf sie.«

Der Tigerkopf verschwand. Eine junge südamerikanische Frau wurde eingeblendet. In ihren Augen glänzten Tränen, ihre Stimme war belegt.

»Mein Name ist Letícia«, las man in den Untertiteln, »zusammen mit meinem Mann und meinen Kindern lebte ich im Regenwald Brasiliens. Ich möchte euch erzählen, von Menschen, die sich nicht Menschen nennen dürfen, die kommen und sich nehmen, was ihnen nicht zusteht, und nichts als Grauen über unser Leben bringen …

11

Brasilien, Bundesstaat Amazonas, Da Silva Ltd., Hauptquartier

»Es wird nicht leicht werden, die Dorfbewohner zum Umzug zu bewegen«, sagte der dralle, kahlköpfige Mann, der auf dem Besucherplatz vor dem ausladenden Schreibtisch des CEO Platz genommen hatte.

Sein Gegenüber ließ sich in seinen Ledersessel sinken. Sein Anzug war mehr wert war als alle Entschädigungszahlungen, die sein Unternehmen je entrichtet hatte. Das lange schwarze Haar war zu einem Pferdeschwanz gebunden. Er deutete auf einen Teller, der vor ihm stand. Darauf lag ein gebratenes Stück Fleisch, zur Hälfte aufgegessen.

»Brasilianisches Rindfleisch, beste Qualität.« Er sprach langsam und selbstgefällig. »Das will Europa. Das wollen Amerika und China auch. Dafür zahlen sie jeden Preis.« Seine Miene verfinsterte sich. »Und was machst du? Du marschierst hier rein und erzählst mir, dass dir ein paar lumpige Dorfbewohner im Weg stehen.«

Er setzte sich auf, nahm eine Zigarre aus einer hohen Zigarrenkiste. Er zündete sie an, paffte ein paar Mal, dann fuhr er fort:

»Morgen ziehst du deinen besten Anzug an, und dann schaust du in den Spiegel. Was du dort dann siehst, ist ein Mann, der alles haben kann. Und warum kann er alles haben? Weil er Geld hat und weil er weiß, was er tun muss, damit er auch in einem Jahr noch Geld hat.« Er paffte erneut. Als er weitersprach, war sein Kopf in einer Rauchwolke verschwunden. »Dann schnappst du dir die Tasche, die du vorher mit einigen Scheinchen gefüllt hast und begibst dich zum Chef der Forstbehörde. Den lächelst du an und tust so, als wäre er ein guter Freund, den du lange nicht mehr gesehen hast. Du redest ein wenig mit ihm und am Ende reichst du ihm die Hand und sagst Danke für die Zusammenarbeit. Und danach, mein Freund, kommt das Wichtigste. Wenn du rausgehst, vergisst du deine Tasche.« Erneut lehnte er sich zurück. Er grinste breit. »Einen Tag später kannst du tun und lassen, was immer dir beliebt. Neuer Anzug, neues Auto, neue Wohnung. Die Welt ist ein schöner Ort für den, der sie sich leisten kann.«

Tumbira, Dorf im Bundesstaat Amazonas

Letícia lächelte ihren jüngsten Sohn an, als er genüsslich in die Feige biss. Fruchtsaft lief ihm am Kinn hinunter, und sie strich ihm durch das schwarze Haar. Tumbira, das Dorf, in dem sie lebten, lag tief im Urwald. Nur eine holprige Straße führte dorthin. Vergangene Woche waren auf ihr so viele Fahrzeuge gefahren wie lange nicht mehr. Freundliche Männer waren ausgestiegen. Sie hatten Geschenke an die Kinder verteilt, und die Dorfbewohner hatten neugierig zugehört, als sich die Besucher als Vertreter eines amerikanischen Rinderzuchtunternehmens vorgestellt hatten. Die Männer hatten ihnen neue Häuser, einen Einkaufsladen und vieles mehr versprochen, wenn sie ihnen ein wenig Farmland überlassen würden.

Menschen wie diese hatten nichts zu verschenken, das wusste jeder im Dorf, dennoch war die Verlockung groß. Die junge Mutter würde endlich eine richtige Küche bekommen, sogar ein Bad. Künftig müsste sie nicht mehr im Fluss waschen, ihr Leben würde sich endlich zum Besseren verändern. Aber das Land, das das Unternehmen für seine Rinder haben wollte, war auch das Zuhause vieler Tiere, und die Dorfbewohner mussten das Leben dieser Tiere schützen.

Letícia hatte die Waldgötter um Rat gefragt, hatte auf ein Zeichen von ihnen gehofft, doch vergebens. Kein Geräusch, kein besonderes Licht, kein heiliges Tier waren ihr begegnet. Sie hätte ahnen müssen, dass die Götter bereits weinten.

Heute Morgen war ihr Mann mit den Nachbarn zu einem Treffen in die Stadt gefahren. Jetzt stand die Sonne schon tief, und sie waren noch immer nicht zurück. Als endlich in der Ferne Autogeräusche zu hören waren, erhob sie sich. Letícia brachte ihren Sohn in die Hütte zu ihrer Mutter, dann lief sie zum Dorfplatz. Die anderen Frauen und manche der größeren Kinder hatten sich ebenfalls auf den Weg gemacht. Aufgeregt suchte Letícia Carlos, ihren Mann. Als sie ihn fand, sah sie seinen besorgten Gesichtsausdruck.

»Wie war es?«, fragte sie und trat neben ihn.

»Diese Männer sind Lügner. All ihre Worte – nichts als Lügen«, antwortete er barsch. »Und sie sind gierig. Sie wollen das Land, von jedem einzelnen von uns.« Er deutete auf die Menschen um sie herum. »Wir haben ihnen gesagt, dass wir ablehnen.«

Letícia war vor ihn hingetreten, sie reckte das Kinn. Ihr Mann war ein Sturkopf, genau wie sein Vater. Ihr Dorf besaß eine uralte Tradition, die sie bewahrten und pflegten, aber deshalb war doch nicht alles schlecht, was von außen kam. »Ablehnen ist dumm!«, sagte sie und sah ihrem Mann direkt in die Augen.

»Du warst nicht dort!«, fuhr er sie an. »Diese Männer halten uns für Tiere, die man einfach verscheuchen kann! Schlimm genug, dass du mich gedrängt hast, dort hinzugehen.«

Er wollte an ihr vorbeigehen, doch sie hielt ihn fest. »Du bist ein Feigling! Sollen deine Kinder ewig so weiterleben?«

Wütend befreite er sich aus ihrem Griff. »Das hier ist ein gutes Leben. Verstehst du das? Und diese Männer sind gekommen, um es uns zu nehmen, nicht, um uns etwas zu geben! Sie achten uns nicht, unsere Werte, unsere Tradition, nichts davon! Ich werde mich dafür nicht verantworten! Nicht vor meinem Vater und auch nicht vor meinem Großvater!«

»Feigling«, fauchte sie ihn an und ließ ihn stehen. Ihr Mann war in ihren Augen ein Dummkopf, der nicht verstand, dass sich die Welt veränderte.

An diesem Abend hielt das Stimmengewirr des Urwalds Letícia noch lange wach. Sie verfluchte ihren Mann dafür, dass er so dickköpfig war. Am nächsten Morgen waren es jedoch nicht die Tiere, die sie wie üblich weckten, sondern Motorgeräusche.

Carlos sprang murrend von seiner Bambusmatte auf. Er war nicht einmal vollständig angezogen, als er auf den Platz stürmte.

»Was wollt ihr hier?«, bellte er die Männer an, die aus den vier

Pick-ups gestiegen waren. Alle trugen Westen und Schlagstöcke am Gürtel. Auch der kleine Kerl mit der Glatze war wieder da, er, auf den Letícia hereingefallen war, wie viele andere auch. Diese Männer hatten hier im Wald einfach nichts zu suchen. Carlos war entschlossen, seine Familie, das Dorf und den Wald gegen diese Eindringlinge zu verteidigen.

Er machte einen Schritt auf den Glatzkopf zu, als am Horizont etwas Dunkles in sein Blickfeld fiel. Sein Herz setzte einen Schlag aus. Rauchwolken stiegen zum Himmel auf. »Nein«, hauchte er und sein Magen verkrampfte sich.

In diesem Moment fuhr mit hoher Geschwindigkeit ein Lastwagen auf den Dorfplatz und hielt schaukelnd an. Auf der Ladenfläche saßen weitere Männer. Sie hatten Rohre in den Händen und zylindrische Tanks auf dem Rücken. Flammenwerfer!

Carlos fuhr herum zu dem Mann mit der Glatze. »Ihr wart das? Ihr habt den Wald in Brand gesteckt?«, schrie er ihn an.

Immer mehr Dorfbewohner kamen auf dem Platz zusammen. Der Glatzkopf schaute zum Himmel, zog seine Mundwinkel nach unten und nickte. »Sim.«

»Ihr müsst es stoppen!«, rief Carlos mit weit aufgerissenen Augen.

Doch der Mann im Anzug antwortete nur: »Also, da lässt sich nichts mehr machen. Das tut mir leid.«

Carlos' Gedanken rasten. Was sollte er tun? Die Männer, die Flammenwerfer, der Rauch – wie sollte er die Katastrophe aufhalten?

»Das ist unser Land. Ihr verbrennt unseren Wald!«, rief er verzweifelt.

»Ihr habt das Land verpachtet. Es ist alles legal.«

»Niemals würden wir euch unser Land geben!«, fuhr Carlos ihn an.

»Wir haben eure Unterschriften.«

Der Glatzkopf holte ein Papier aus der Innentasche seines Anzugs, entfaltete es und hielt es ihm hin.

»Das ist die Anwesenheitsliste von gestern«, fluchte Carlos.

»Also, vielleicht habt ihr das nicht ordentlich gelesen, aber das hier ist ein rechtskräftiger Pachtvertrag und alle eure Unterschriften sind eindeutig hier drauf.«

Carlos riss ihm das Papier aus der Hand. Natürlich hatten alle die Listen unterschrieben. Eilig überflog er die Namen.

»Hier steht Gustavo Davi.«

»Ein weiser Mann«, sagte der Mann mit der Glatze, während er sich mit einem Tuch den Schweiß von der Stirn tupfte.

»Das ist mein Bruder! Gustavo ist seit zwanzig Jahren tot.«

»Dann war er zudem ein weitsichtiger Mann.«

Wütend zerriss Carlos das Papier. »Es gibt keinen Vertrag!«

»Mann, Mann, Mann, ihr seid wirklich so dumm wie die Tiere, mit denen ihr hier haust.«

»Ihr werdet die Feuer wieder löschen!«, brüllte Carlos.

Der Mann mit der Glatze stellte sich breitbeinig vor ihn hin. »Ich werde auf dem von mir gepachteten Land tun und lassen, was mir beliebt.«

Carlos sah sich um. »Riecht ihr das?« Panik erfasste ihn. »Es riecht nach Zerstörung und nach Tod!«, stieß er heiser hervor.

Der Glatzkopf schüttelte den Kopf. »Ach was! Das ist der Duft von Geld, mein Lieber.«

Er wollte sich abwenden und zu den Männern auf dem Lastwagen gehen, doch Carlo war mit einem Satz bei ihm. Er packte ihn am Kragen: »Du mieses Arschloch! Verschwinde von hier!«

Sofort waren die Männer mit den Schlagstöcken zur Stelle, zerrten den Indigenen von ihrem Boss weg und hielten ihn fest. Der Mann mit Glatze strich kopfschüttelnd seinen Anzug glatt.

»Tiere, ich sag es ja.«

Die Dorfbewohner, von denen sie umringt waren, gerieten immer mehr in Aufruhr, sodass die Männer mit den Schlagstöcken drohend auf sie zugingen. In diesem Moment schossen Flammen aus den Rohren der Männer am Waldrand. Das dichte Unterholz vor ihnen fing sofort Feuer.

Carlos stieß einen stummen Schrei aus. Der Anblick war schmerzhafter als jede körperliche Wunde.

»Ihr wisst nicht, was ihr tut!«, rief Carlos. Er wollte sich befreien, scheiterte aber an der Kraft der Männer, die ihn festhielten.

Geschrei und Tumult brachen im Wald aus. Tiere rannten durch das Dickicht, Vögel schossen in den Himmel hinauf, einige bereits in Flammen. Carlos konnte die Augen nicht von dem grauenhaften Schauspiel abwenden. Weinende Frauen umklammerten ihre Kinder, einige Männer gingen auf die Eindringlinge los. Und die Flammen schlugen immer höher.

Der Mann mit der Glatze breitete die Arme aus. »Keine Sorge! Ihr dürft alle bei mir arbeiten«, rief er in die aufgebrachte Menge.

Seine Männer hatten Mühe, die Einheimischen von ihm abzuschirmen. Als die Situation außer Kontrolle zu geraten drohte, tauchten mehrere Polizeiautos auf. Erleichterung durchströmte Carlo, die Uniformierten würden den Wald im Handumdrehen von diesen Verbrechern befreien. Uniformierte Beamte sprangen aus den Wagen. Carlos beobachtete, wie der Häuptling des Dorfes ihnen entgegenlief. »Seht euch an, was sie tun!«, rief er ihnen zu. »Ihr müsst uns helfen!«

In vollem Lauf schlug der Beamte mit seinem Schlagstock den Häuptling nieder. Unter den Menschen brach Panik aus. Frauen kreischten und Säuglinge weinten, Mütter griffen nach ihren Kindern und zerrten sie weg. Die männlichen Dorfbewohner hatten sich unterdessen auf die Männer mit den Schlagstöcken gestürzt. Ein heftiger Kampf brach aus. Die Dorfbewohner waren in der Überzahl, aber sie waren unbewaffnet. Mitten im Kampfgetümmel sah Carlos, wie sich Letícia schreiend durch die Menge kämpfte.

»Flieh!«, rief er ihr zu.

Letícia schüttelt verzweifelt den Kopf.

»Die Kinder!«, rief sie zurück. »Die Kinder … Ich habe ihnen gesagt, sie sollen sich im Wald verstecken …« Über ihre Wangen rannen Tränen.

Carlos wurde schwarz vor Augen. Für einen Moment taumelte er. Dann riss er sich zusammen. Mit letzter Kraft rannte er durch das Dorf zu seinem Haus. Die Männer mit den Flammenwerfern waren bereits da und befeuerten das Unterholz. Er schrie sie an, doch sie reagierten nicht. Er rief die Namen seiner Kinder. Immer wieder, immer wieder … Dann stürzte er sich auf den Mann mit dem Flammenwerfer.

Letícias verweintes Gesicht in dem Video war von Trauer verzerrt. »Sie haben meinen Mann und drei meiner Kinder auf dem Gewis-

sen! Und dreiundsiebzig weitere Bewohner. Unser Dorf wurde vernichtet. Sie haben unseren Wald in Brand gesteckt. Es ist alles weg. Die Flüsse sind vertrocknet. Ihr wisst nicht, wie viele Tiere gestorben sind. Ihr wisst nicht, was sie uns angetan haben.«

12

Leyla stand am Fenster der geräumigen modernen Küche und sah hinaus auf den Fluss der Stadt, der in der Abendsonne zu glühen schien.

»Diese Aussicht ist immer wieder beeindruckend«, sagte sie, ohne sich zu den anderen umzuwenden.

Das moderne Blockhaus mit zehn Wohneinheiten, von denen Eans Eltern eine gehörte, stand in einem Neubaugebiet der Stadt.

Es war ein luxuriöses Wohnen, keine Frage, doch Ean vergaß das gern mal. Aber je intensiver er sich mit der Umwelt und den Schrecken dieser Welt befasste, desto mehr schätzte er die Dinge wert, die ihm gegeben waren.

In diesem Moment trat sein jüngerer Bruder zu ihnen in den Küche.

»Roooobi«, rief Piet.

»Was macht ihr denn hier?«, fragte Rob. Er war nicht erfreut, dass sein großer Bruder seine Freunde angeschleppt hatte. Gelangweilt schlurfte er zum Kühlschrank und holte Salamiwürstchen heraus. Er warf sich ein paar in den Mund und stopfte schmatzend eine weitere hinterher, als er bemerkte, dass er beobachtet wurde.

»Was guckt ihr mich so an?«, fragte er mit vollem Mund.

»Robi, das ist nicht cool«, erklärte Piet lehrerhaft, »das ist bämi.«

»Digga, was willst du von mir?«

»Bäääh meat, Alter, bämi. Hast du die Videos von den Grünen Tigern nicht gesehen?«

»O Scheiße, stimmt ja.« Rob vergaß zu kauen, sodass alle einen Blick auf die Fleischpampe in seinem Mund werfen konnten. »Soll ich das jetzt wegschmeißen?« Er hielt die Würstchenpackung in die Höhe.

»Nein. Aufessen, genießen und nie wieder kaufen«, erklärte Piet die Verhaltensregeln für umweltschädliche Nahrungsmittel im Haushalt.

Im Gegensatz zu seinem Freund verzichtete Ean als großer Bruder auf Höflichkeitsfloskeln bei der Belehrung. Er fuhr seinen Bruder an: »Und deine ständigen Trips zu *Queenburger* kannst du dir auch sparen.«

In diesem Moment hörte man im Flur die Wohnungstür aufgehen. Kurz darauf kam Eans Vater in die Küche.

»Hallooo«, sagte er überrascht. »Volles Haus. Schön, euch zu sehen. Habt ihr euch was zu essen gemacht?« Er lächelte in die Runde, bevor er sein Sakko auszog und sich über den Arm legte.

»Moin Bernd«, begrüßte ihn Piet, als wäre er ein gleichaltriger Kollege, »wie war die Arbeit?«

Eans Vater störte es nicht, derart kumpelhaft angeredet zu werden. Er zuckte mit Schultern. »Wir hatten heute einen schwierigen Kunden, aber da muss man durch.«

Eans Vater war Geschäftsführer eines Logistikunternehmens, das sich auf Schwertransporte spezialisiert hatte. Ean verstand nicht viel von der Tätigkeit seines Vaters, aber von dem, was er mitbekam, war er immer wieder beeindruckt. Zum Beispiel wenn eine fünf Tonnen schwere Maschine per Luftfracht nach Boston verschickt wurde. Er selbst musste sich beim Fliegen um jedes Kilo Sorgen machen und sein Vater verschickte tonnenschwere Pakete.

»Robi, du isst noch Würstchen?«, fragte Bernd verwundert, »ich dachte, diese Tiger-Typen haben euch den Fleischkonsum seit der Aktion bei der Talkshow endgültig ausgetrieben?«

»Oaaa, ist ja gut.« Rob schmiss die Verpackung in den Mülleimer und trottete davon.

»Was denkst du denn über diese Typen?«, fragte Leyla vorsichtig.

Eans Vater machte eine besorgte Miene. »Nun, ich finde es ja gut, wenn Jugendliche auf Probleme aufmerksam machen und sich engagieren. Aber dieses regelmäßige Schuleschwänzen, wie es diese Act-Now-Bewegung vormacht, das geht mir ehrlich gesagt zu weit. Und dann auch noch dieses ständige Gerede vom Weltuntergang!« Er schüttelte den Kopf.

Dann sah er zu Hektor, mit dem er bis jetzt noch gar nicht gesprochen hatte. »Hektor, wann dürfen wir mal wieder mit einem Stück Wild rechnen?« Bernd war ein großer Liebhaber von Wildfleisch, und hatte schon oft von Hektor einen guten Braten bekommen.

»Jage gerade nicht«, sagte Hektor kurz angebunden.

Bernd nickte. »Verstehe«, sagte er, doch man sah ihm an, dass er sich über Hektors wortkarge Art wunderte.

»Aber du denkst, sie haben recht?«, hakte Leyla nach.

Ean warf ihr einen warnenden Blick zu. Das Doppelleben, das sie seit einigen Wochen führten, war schon anstrengend genug. Sie waren keine Ortsgruppe, die hin und wieder ein paar Plakate aufhängte und Streiche in der Schule spielte. Was die öffentliche Resonanz betraf, agierten sie mittlerweile auf einem Level mit Bluepeace. Die Medien hatten dafür gesorgt, dass das halbe Land ihren Namen und ihre Maske kannte.

»*Ich* denke, dass keiner von denen wirklich begreift, was sie da fordern. Was stellen die sich vor, wie ein flächendeckender Umzug ins Grüne aussehen soll? Würden wir es so umsetzen, wie die das vorgeschlagen, würde unsere Wirtschaft binnen eines Jahres gegen die Wand fahren.«

»Wäre das so schlimm?«

»Leyla, von dir hätte ich so eine naive Frage nicht erwartet.« Eans Vater runzelte die Stirn. »Bevor ihr auch noch auf diesen Zug aufspringt, solltet ihr eines nicht vergessen: Nur eine wirtschaftlich gut aufgestellte Nation kann Umweltpolitik betreiben, die diesen Namen verdient. Und wenn ich das schon höre, von wegen multiple Krise. Es ging der Welt noch nie besser. Nie gab es weniger hungernde Menschen auf der Welt, weniger Arbeitslose, noch nie war die Lebensqualität höher.« Leyla wollte etwas einwenden, doch Bernd kam ihr zuvor. »Ich würde gerne weiter mit euch plaudern, aber ich muss jetzt packen. Mein Flug nach Genua geht in zwei Stunden. Ach so, Ean, neben dem Kamin liegt ein Paket für dich.«

Ean ging ins Wohnzimmer. Als er das Paket hochhob, kam darunter eine Zeitung zum Vorschein. Er stutze. Auf der Titelseite prangte ein Bild der Tigermaske. Er war von Stolz erfüllt.

Als sie wenig später in Eans Zimmer saßen, machte Ean sich als erstes daran, das Paket zu öffnen. Sein Zimmer war eingerichtet wie ein kleines Fitnessstudio – mit einer Hantelbank, einzelnen Gewichten und etlichem weiteren Sportequipment. Poster von Michael Phelps und Muhammad Ali ließen keinen Zweifel daran, dass hier ein Sportler wohnte. Der Boden war wie immer übersät mit Klamotten, Energieriegeln und Schulsachen. In letzter Zeit hatte sich jedoch etwas an den Wänden geändert. Zu den Sportlern gesellten sich nun Poster mit Sprüchen: *Weh dem Menschen, wenn nur ein einziges Tier im Weltgericht sitzt – Christian Morgenstern.* Oder: *To know and not to act is not to know – Wang Yangming.*

Es war noch nicht lange her, da hatte Ean nur seinen Sport im Kopf gehabt. Diese Zeiten waren inzwischen vorbei. Ean hatte sogar die kostenlosen Pakete seiner Sponsoren abbestellt, die ihm regelmäßig die neuesten Kollektionen Kleidung und haufenweise einzeln in Plastik verpackte Nahrungsergänzungsmittel geschickt hatten. Die Firmen hatten sofort misstrauisch nachgefragt, ob er künftig von einem anderen Unternehmen unterstützt werden würde. Er hatte ihnen klargemacht, dass er fürs erste versorgt sei.

Stattdessen hatte er sich *das* bestellt. Aus dem Paket zog er weiße Sneaker.

»Das, meine lieben plastikversifften Freunde, sind Sneaker aus recyceltem Material.«

Er schlüpfte hinein. Sie saßen perfekt.

Leyla deutete auf das Paket. »Bevor du an deiner Selbstherrlichkeit erstickst: Online-Handel ist nichts, was wir unterstützen wollen. Zumindest solange es nicht klimaneutral geschieht. Alles andere ist wie Leonardo DiCaprio, der einmal rund um den Erdball fliegt, um einen Umweltpreis entgegenzunehmen.«

»Wo soll ich die sonst herbekommen? Meinst du, das kriegst du im Schuhgeschäft um die Ecke?«

Piet wurde bei dem Thema plötzlich munter. »Lass mal sehen. Für eine No-Name-Marke ist das Colorway-Design nicht schlecht.« Er nahm die Schuhe von Ean entgegen und inspizierte sie, testete Flexibilität und Verarbeitung. »Ich muss die mal anziehen«, sagte er schließlich.

»Auf gar keinen Fall«, erwiderte Ean.

Piet ließ sich nicht aufhalten. »Ja, die passen mir ziemlich gut.«

»Schön, jetzt her damit.«

Piet stellte sich hin, betrachtete sich in Eans Schrankspiegel. »Was Klamotten angeht bin ich ja wohl ganz klar Climate-Bunny Nummer One.«

»Bitte was?«, hakte Ean nach.

»Du, ich, wir alle sind Climate-Bunnys. Den Begriff haben mir die Aktivisten-Ladys beigebracht. Ihr habt wieder mal keine Ahnung.« Er schob seine enge Jeans zurecht, knöpfte einen weiteren Hemdenknopf auf und nickte zufrieden mit dem, was er im Spiegel sah.

Hektor wechselte das Thema. »Dein Vater ist nicht so begeistert von uns.«

Ean schüttelte den Kopf. »Was erwartest du? Er steht auf der Wirtschaftsseite. Fang bloß keine Diskussionen mit ihm an.«

Leyla meldete sich zu Wort. »Ich finde, das ist der falsche Ansatz. Solange man Personen wie deinen Vater nicht überzeugt, wird sich das System nie ändern«, sagte sie, während sie mit einem Bleistift auf einem Stück Papier herumkritzelte, das sie gerade auf dem Bett gefunden hatte.

Eans Miene verfinsterte sich. »Vielleicht hat er ja auch recht«, sagte er leise.

Hektor stieß einen verächtlichen Laut aus. »Ich wette, dein alter Herr hat unsere Videos nicht zu Ende angeschaut. Er weiß gar nichts über das ganze Umweltthema.«

»Aber deine Eltern, oder was?«

Leyla hob beschwichtigend die Hände. »Wir sollten nicht streiten. Ean hat recht. Vielleicht wissen *wir* auch noch nicht genug.«

Hektor warf ihr einen verächtlichen Blick zu. »Echt? Musst du schon wieder alles hinterfragen? Könntest du deine zwanghafte Grübelei nicht künftig auf zwei Stunden pro Tag beschränken? Allein, dass der größte Sojahändler in Brasilien gleichzeitig Gouverneur ist und dass der Umweltminister ein Sägewerk besitzt, sagt doch schon alles. Was braucht man da noch mehr zu wissen?«

Ean sah Hektor verwundert an. Er hatte schon lange nicht mehr so viel am Stück geredet.

Leyla ließ sich nicht beirren. »Du missverstehst mich. Ich ziehe nichts in Zweifel«, sagte sie und hob den Blick von ihrer Zeichnung, »aber wir wissen trotzdem noch zu wenig. Ich frage mich: Könnte ich mit meinem Wissen in einer qualifizierten Talkshow mitreden, oder würden die Wirtschaftsvertreter mich einfach an die Wand reden? Je mehr ich über die Probleme erfahre und über die ganzen Zusammenhänge, desto deutlicher wird mir, wie viel ich noch nicht weiß. Zumindest habe ich nun ein paar Bücher bestellt.«

»Ich finde Mädels cool, die lesen können«, sagte Piet, der gerade mit dem Bild eines halbnackten Instagram-Mädels beschäftigt war. »Aber ich hoffe, du hast sie brav im Buchladen gekauft und nicht im Internet. Sonst müssten wir beide ernsthaft miteinander reden, junges Fräulein.«

Ean wunderte sich, wie schnell es die persönlichen Verhaltensweisen beeinflusste, wenn man begann, nachhaltig zu leben. An jeder Ecke lauerte Umweltzerstörung. Man musste nur fragen, woraus ein Produkt bestand, wo und wie es hergestellt wurde – die Antwort, die man erhielt, war meistens unerfreulich.

Piet hatte sich einen herumliegenden Ball geschnappt und begann, ihn mit dem Fuß hochzuhalten. »Also, ich weiß zum Beispiel, dass alle zweieinhalb Sekunden Regenwald in der Größe eines Fußballfelds verschwindet.«

Hektor sagte: »Wir sollten alle zweieinhalb Sekunden ein Fußballfeld zerstören, dann begreifen es vielleicht auch die Letzten.«

Leyla schien nachdenklich. »Es gibt wahnsinnig viele Informationen, die wir bisher noch gar nicht zur Kenntnis genommen haben. Wenn wir die Menschen überzeugen wollen, müssen wir diejenigen sein, die die Sache wirklich verstanden haben! Welche Flüsse werden von welchen Firmen vergiftet? Was ist mit der Luftverschmutzung? Welche Schadstoffe und Gifte finden sich im Wasser und in den Lebensmitteln, wenn wir sie ›vergiftet‹ und ›ungesund‹ nennen? Ich meine, dagegen protestiert Maisie doch! Sind wir selbst schuld oder sind es die großen Firmen? Was ist mit den sauren Ozeanen und dem Plastik? Und die multiple Krise, die dein Vater erwähnte, was genau ist darunter zu verstehen? Welche Krisen sind gemeint? Menschenrechte? Tierrechte? Soziale Schere? Geschlechtergleichheit?«

»Geschlechtergleichheit?«, rief Piet gespielt schockiert. »So weit kommt das noch!«

Hektor betrachtete Piet abfällig. Jahrelang hatte er Piets Sprüche akzeptiert, aber je ernster die Umweltthematik wurde, desto weniger schien er Piets Späße aushalten zu können.

»Was stimmt eigentlich nicht mit dir?«, fragte er sehr ernst.

Leyla wandte sich wieder ihrer Zeichnung zu. »Er ist und bleibt ein infantiler Idiot. Hör doch gar nicht hin.«

Hektor wollte endlich wieder zum Thema kommen. »Es ist doch wohl hoffentlich klar, was wir machen müssen«, sagte er. »Es geht nur Schritt für Schritt. Wir informieren uns über die Sachen und dann zeigen wir es der Welt!«

Leyla strich sich eine schwarze Strähne hinters Ohr, sodass man ihren goldenen Earclimber-Ohrring sah.

»Ich fürchte, so einfach ist das nicht, Hektor. Du willst einen Baumstamm möglichst schnell in Kleinholz verwandeln, um damit ein großes Feuer zu entzünden.« Sie zeigte ihre Zeichnung. Ein Baum, in dessen Stamm das Grüne-Tiger-Symbol, ein Abbild ihrer Maske, eingeritzt war. »Wir sollten aber andersherum denken. Unsere Idee war die Saat. Aus der Saat ist inzwischen ein kleiner Baum geworden. Wir müssen für sein Gedeihen sorgen. Wir müssen sein Umfeld im Auge behalten. Was kann ihm schaden, was könnte ihm helfen? Ist er vor Wind geschützt, hat der Boden ausreichend viele Nährstoffe? Bekommt er genug Sonnenlicht? Welche Mittel besitzen wir, um den kleinen Baum stabiler, stärker und langlebiger zu machen? Ich denke, uns allen ist bewusst, dass wir etwas geschaffen haben, das die Menschen zu lieben scheinen. Aber ein einziger Fehltritt und wir werden öffentlich zerrissen.

Wenn wir eine einzige Sache übersehen, könnte der Baum Schaden nehmen. Wenn wir den Konzernen die Möglichkeit geben, uns als Kinder und Amateure hinzustellen, sind wir erledigt.«

Eans Telefon klingelte. Er drückte den Anruf weg und fragte stattdessen: »Was passiert eigentlich, wenn wir Feinde bekommen?«

»Was hast du denn erwartet? Selbstverständlich werden wir Feinde bekommen.« Leyla hielt kurz inne. »Harmlose und weniger harmlose.«

»Diese Asozialen!«, stieß Hektor hervor, während er sein Handy in der Hand hielt.

»Was? Wer denn jetzt schon wieder?«, fragte Ean.

Hektor begann mit monotoner Stimme vorzulesen.

»Die Jungs sollten vor ein Elektroauto geschubst werden … Also, wenn die vor mein Auto laufen, gebe ich auf jeden Fall Gas! … Noch kranker als diese dumme ADS-Fotze aus England. Die hat sich wenigstens getraut, ihr Gesicht zu zeigen, selbst wenn sie aussieht wie Fünf … Nicht weniger als Volksverrat ist das, was die machen … Schade, dass Auschwitz schon geschlossen hat. Eine Gaskammer würde den Jungs mal ganz guttun …«

»Das ist nicht deren Ernst?«, sagte Piet sichtlich verstört.

»Das ist jetzt echt too much«, pflichtete Leyla ihm bei.

Hektor ließ das Handy rumgehen. Jemand hatte ein Bild gepostet, das ein Mädchen in Doggystyle-Stellung von oben zeigte. Sie hatte die langen Haare von Maisie Young, die zu Zöpfen geflochten waren und von einer unbekannten Person nach hinten gezogen wurden. Darunter stand: »Die Jungs müssten genauso in den Arsch gefickt werden wie unsere kleine Heulsuse hier.«

»Wie krank sind diese Typen, bitte schön?«, fragte Ean.

»Lies vor«, forderte Hektor ihn auf.

»Wir könnten die Jungs im Wald verbuddeln, den lieben sie doch so sehr … Wenn das eines von meinen Kindern wäre, würde ich es erschießen … Euch ist schon klar, dass diese Tigermissgeburten uns den Krieg erklären, oder? … Kann ein Amokläufer die Jungs nicht einfach umlegen? … IS macht das bestimmt, wenn wir höflich fragen … Was kostet so ein Auftragsmord? Gibt es Mengenrabatt? … Granate in Rucksack schon für 5000, es nach Selbstmord aussehen zu lassen müsste für 25 000 drin sein … Bin dabei! Lass zusammenlegen!«

»O Mann«, sagte Leyla bedrückt.

Ean war noch nicht fertig. »Ob deren Eltern wohl Geschwister waren? … Das kommt dabei raus, wenn man nur mit Gemüse gefüttert wird! … Wurden als Kinder zu oft fallen gelassen! … Kackfratzen … Wir sollten die letzten Tiger auf der Welt jagen, damit sie endlich ausgestorben sind«

Schließlich stoppte Ean. Er wusste nicht, was er denken sollte. Er hatte das Gefühl, dass der Hass unten vor der Haustür wartete und verspürte das Bedürfnis, die Türen zu verriegeln und die Rollos herunterzulassen. Benommen deutete er auf Hektors Handy. »Die diskutieren ernsthaft, ob sie uns umbringen sollen.«

Leyla hatte das Handy an sich genommen und überflog die Posts. »Ich fürchte, die meinen das tatsächlich ernst. Die wollen uns tot sehen.«

Ean war aufgesprungen. »Vielleicht sollten wir den ganzen Scheiß lassen«, sagte er nervös. »Ich habe keinen Bock, von einem dieser Wichser abgestochen zu werden.«

»Das sind nur Kommentare«, entgegnete Hektor.

»Das sind nicht nur *Kommentare*, Hektor!« Ean war fassungslos »Wieso lässt dich das so kalt?«

Hektor sah vor sich auf den Boden. »Wie Leyla schon sagte, es ist ganz normal, dass wir uns Feinde machen werden.«

»Aber *wir* wollen schließlich niemanden ermorden!«, fuhr Ean ihn an.

»Noch nicht.«

Für einen Moment herrschte Schweigen. Ean starrte seinen Freund entsetzt an.

Leyla versuchte die Wogen zu glätten. »Hektor, red nicht so einen Unsinn. Wir sind nicht James Bond. Und Ean, es sind wirklich nur Kommentare. Es erfordert nicht viel Mut, solche Sprüche im Netz abzusondern. Mach dir keine Sorgen. Es dauert noch eine ganze Weile, bis die wirklich was gegen uns unternehmen. Und bis dahin haben wir so viele Anhänger, dass sie es nicht mehr wagen.«

13

Hektor umklammerte das Lenkrad fester als nötig, als sie einige Tage später durch die Nacht fuhren. Er war angespannt wie sie alle. Nachts waren die Bürgersteige ihrer Kleinstadt wie leergefegt, und auf den Straßen waren nur vereinzelte Autos unterwegs. Sie waren auf dem Weg zum Rathaus. Für diese Aktion hatten sie einen Kleinlaster besorgt. Das hatte eine ganze Stange Geld gekostet. Aber Ean hatte behauptet, Geld sei kein Problem, und war für alle Kosten aufgekommen.

Als sie ihr Ziel fast erreicht hatten, hielt Hektor den Wagen an. Vor ihnen lag der Rathausplatz mit der Stadtverwaltung dahinter. Ein beeindruckendes Gebäude. Der historische Teil mit seiner pompösen Gründerzeitfassade wurde an beiden Seiten von gläsernen Neubauten umrahmt. Am Tag herrschte hier ein geschäftiges Kommen und Gehen, jetzt lag alles dunkel und verlassen da. Dabei war dies der Ort, an dem Entscheidungen getroffen wurden, ein Gebäude, in dem Dinge verändert und, im besten Fall, verbessert wurden.

Ean warf den Freunden einen Blick zu. Sie trugen schwarze Kleidung. Gemeinsam setzten sie ihre Masken auf. Diese Vorbereitung kam der eines Banküberfalls nahe, aber sie wollten kein

Geld stehlen, sondern die gewohnte Ordnung. Die Aktion konnte beginnen.

»Leyla und ich übernehmen den Wagen«, sagte Ean. »Habt ihr eure Messer dabei?«

Piet nickte. Es gefiel Ean, wenn der große Sprücheklopfer die Dinge einfach mal ernst nahm.

Ean stieg aus und zog die Schiebetür auf. Berge von Müll fielen ihm entgegen. Zehn Tage waren sie nachts durch die Straßen gefahren, um säckeweise Abfall einzusammeln. Die Menschen produzierten unfassbar große Menge Plastikmüll. Den gigantischen Berg gelber Säcke hatten sie in einem Waldstück weit außerhalb der Stadt aufbewahrt. Hektor kannte dort eine offene Scheune, die früher als Lager für abgeholzten Bäume gedient hatte.

Das Thema Plastikmüll hatte sich ihnen praktisch aufgedrängt, als sie überlegt hatten, was für eine Aktion sie als nächste planen sollten. Plastikmüll tötete Jahr für Jahr hunderttausend Meeressäuger und eine Million Meeresvögel. Ean hatte versucht, sich diese gigantische Zahl vorzustellen, aber es war einfach unmöglich. *Jedes verdammte Jahr!* Sie hatten sich Videos angesehen, die zeigten, wie die Meere von riesigen Plastikteppichen überzogen waren. Die Gesamtfläche war so groß wie halb Europa. Durch die Zersetzung des Plastikmülls entstanden giftige Stoffe, die alles kontaminierten, das Grundwasser, die Pflanzen, den Menschen. Eine australische Universität hatte herausgefunden, dass der Durchschnittsmensch wöchentlich Plastik in der Menge eines Kugelschreibers zu sich nimmt. Ean war aus dem Staunen gar nicht mehr herausgekommen. Er fraß also jede Woche einen Kugelschreiber!

Leylas Stimme riss ihn aus seinen Gedanken.

»Piet! Was machst du da im Kamerabereich?« Sie deutete auf die Überwachungskamera.

»Chill mal, Kollegin«, antwortete der gelassen, befolgte aber ihren Hinweis.

Über hundert Müllsäcke trugen sie auf den Platz vor dem Gebäude. Danach schnitten sie Löcher in die Säcke, rissen alles heraus, und verteilten den Inhalt in jede Ecke, sodass ein gigantischer Teppich aus Müll entstand und sie bald durch einen Sumpf aus Abfall stiefeln mussten. Nach einer Stunde hatten sie den Platz in eine einzige Müllhalde verwandelt. Sie versammelten sich vor dem Laster, dort wartete die Krönung ihrer Aktion. Mit vereinten Kräften zogen sie ihr Kunstwerk ins Freie. Angesichts dieser schöpferischen Leistung war es eine Frechheit, dass Ean in Kunst nie eine Eins bekommen hatte. Sie hatten die Skulptur kaum in den kleinen Laster bekommen: ein gewaltiges Drahtgestell in der Form eines S, mit viel Liebe geformt aus sehr viel Müll. Keuchend unter ihren Masken, trugen sie das sperrige Konstrukt in die Mitte des Platzes, wo sie es aufstellten.

Ean blickte auf die Dosen, Plastiktüten, Joghurtbecher, Verpackungen, Folien. Dieser Buchstabe war erschaffen aus allem, was von der Erde verschwinden musste, und zwar *nicht* durch Verbrennen. Sie wollten sich gerade umdrehen, um den nächsten Buchstaben zu holen, als ein Motor aufheulte. Aufgeschreckt fuhren alle herum und beobachteten, wie ein Auto viel zu schnell die anliegende Straße entlangfuhr. Einen Moment später hörten sie dröhnende Bässe.

Ean sackte das Herz in die Hose. Er versuchte, etwas zu erkennen, was in der Dunkelheit, und wegen der Maske nicht so einfach war. Aber wenn er sich nicht sehr täuschte, dann … Das konnte nicht wahr sein!

In diesem Augenblick machte der Fahrer eine Vollbremsung. Quietschend kam der kleine Fiat zum Stehen. Die Fenster wurden heruntergekurbelt und über den Platz hallte: »Wir wollen saufen, der Hahn muss laufen.«

In dem Auto saßen Tim, Simon und ein paar von ihren trotteligen Fußballkollegen.

»Grüne Tiger!«, brüllten sie so laut, dass man es wahrscheinlich bis in der nächsten Polizeistation hören konnte. Simon ließ den Motor aufheulen und rumpelte dann über den Bordstein auf den vollgemüllten Platz.

»Grüne Tiger«, grölten sie, »wir wollen mitmachen! Wir sind am Staaart!« Gleichzeitig lief weiterhin der schreckliche Party-Hit.

Ean war sich sicher: Alle waren bis zum Anschlag besoffen. Er sah zu Hektor, der bestimmt in Kürze ausrasten würde. Piet hingegen hätte wahrscheinlich jetzt gerne mit in dem Auto gesessen … Was sollten sie tun? Den Krach versuchen zu stoppen? Damit würde sie womöglich nur noch mehr Krach erzeugen. Fliehen und ihre Aktion unvollendet lassen? Die Saufköpfe mitmachen lassen?

Der Motor jaulte erneut auf. Im nächsten Moment holperte der Fiat über den zugemüllten Platz direkt auf sie zu.

»Sind die bescheuert?«

Simon war wohl nicht mehr fähig, die Gänge zu wechseln. Im ersten Gang schoss er auf die Grünen Tiger zu. Der Motor heulte, als würde er gleich explodieren. Die Scheinwerfer erfasste sie, und Ean hielt geblendet den Arm vor die Augen. Es war keine

Frage – der Wagen raste weiterhin auf sie zu. *Fuck*. Gerade wollte Ean sich vor den Idioten in Sicherheit bringen, als sein Fuß an einem Stück Müll hängen blieb und ihn zu Boden brachte. Er begann zu krabbeln, von Panik ergriffen, aber er kam kaum voran. Das Auto drohte ihn zu überfahren, als der Motor plötzlich abgewürgt wurde. Rumpelnd kam der Wagen zum Stehen. Ean erhob sich und stand einen Moment heftig keuchend und nach Luft ringend da. »Seid ihr Pisser geisteskrank?«

Normalerweise hätte jedes gesprochene Wort seine Identität verraten, aber Leyla hatte die Masken mit einem Stimmverzerrer ausstatten lassen, sodass jede Silbe einen knurrenden Unterton besaß.

Hektor hatte sich schneller gefasst. Er trat an das Auto heran und schlug mit der Faust auf die Motorhaube. Der besoffene Simon steckte den Kopf aus dem Fenster.

»Hey, beruhig dich, Tiger. Nicht beißen. Wir sind da, um zu helfen!«

Eine Hintertür öffnete sich. Einer von der Rückbank reiherte auf den Platz.

Ean starrte den Fiat an. Das konnte doch alles nicht wahr sein. Einfach wegfahren konnten die vier vergessen. Simon und Co. würden ihnen hupend folgen und die halbe Stadt aufwecken. Ean warf Leyla einen Blick zu. Sie hob die Hände, um ihm zu verdeutlichen, dass sie keine Wahl hatten. Ean nickte. Dann wandte er sich an Simon. Mit tiefer Stimme sagte er: »Okay. Ihr könnt uns helfen. Aber ihr haltet die Klappe. Ist das klar?«

Tim rülpste laut und verband das mit dem Wort: »Saaaaaafe.«

Ean holte tief Luft, bevor er fortfuhr: »Also, geht zum Laster und holt die anderen Buchstaben.«

»Kriegen wir dann auch so eine geile Maske?«, lallte Simon.

»Einen Schlag ins Genick bekommt ihr«, knurrte Hektor.

Aus dem Fiat kam ein spöttisches: »Uuuuuuuh, der Tiger ist gefährlich.«

Einer der Säufer hob eine Bierdose hoch. »Die kann ich dann ja jetzt einfach hier … oder was?« Er warf sie in die Höhe, um sie dann mit dem Fuß wegzutreten.

Ean deutete Richtung Laster. Gemeinsam gingen sie los.

Sie waren noch nicht weit gekommen, als einer von Simons Leuten plötzlich stehen blieb und auf Leyla deutete. »Leude«, lallte er laut. »Ne Frau, ne echte Frau. Eine Grüne-Tiger-Tante. Das gib's ja nich!«

Die Besoffenen inspizierten Leyla. »Geiler Body! Ob die ihre Krallen auch im Bett ausfährt?«

Hektor packte den Kerl an der Schulter und stieß ihn weiter. »Abmarsch!«

Ean drehte sich zu Piet herum. Es war trotz Maske zu erkennen, wie er sich über die Szene freute. »Reiß dich zusammen«, knurrte Ean. »Die dürfen auf keinen Fall erkennen, dass wir wir sind.«

»Sag das lieber Hektor.« Der trieb gerade die Saufbrüder vor sich her und beaufsichtigte, wie sie die übrigen Buchstaben aus dem Kleinlaster holten.

Leyla beobachtete die Umgebung. Ean teilte ihre Sorge.

Selbst wenn sich die Jungs momentan zurückhielten, musste das Getöse irgendjemand mitbekommen haben.

Ean ging zu den anderen. Einer war gerade dabei, auf den Platz zu pinkeln. Die anderen trugen die Skulpturen.

Bald ragte das Wort SCHULD aus der Müllwelt empor. Es sollte den Menschen zeigen, dass sie in der Schuld der Natur standen. Die Müllberge häuften sich, und solange keine Wende erfolgte, würde die Schuld stehen bleiben.

Erschöpft ließ sich Simon auf den Boden fallen. »Selten so hart gearbeitet.«

Die anderen folgten seinem Beispiel. Einer holte ein frisches Sixpack aus dem Fiat. »Feierabendbier, Jungs! Wer arbeitet, soll auch feiern.«

Leyla schlug mit einem Kopfnicken den Rückzug vor. Ean warf einen Blick auf die Jungs, die vor den Buchstaben herumlagen. Einer war drauf und dran einzuschlafen. Keiner von ihnen stellte mehr dumme Fragen oder grölte herum. Der Zeitpunkt war günstig.

Die Grünen Tiger gingen zu ihrem Wagen, stiegen ein und fuhren davon.

»Tim und Simon«!, Piet zog sich die Maske vom Kopf. »Voll wie eine Eule.«

Hektor schüttelte den Kopf. »Solche Schwachmaten!«

»Ist doch alles gut gegangen.« Ean fuhr sich durch die nassgeschwitzten Haare.

»Soll ich jetzt das Video per WhatsApp verschicken?«, fragte Piet, als sie wenig später über die Landstraße fuhren.

»Ja«, antwortete Leyla mit ruhiger Stimme.

»Aye, aye, Sir. Unter der Maske vergesse ich manchmal, dass du ein Mädchen bist. Geht dir das auch so?«

»Nein. Ich werde nie vergessen, dass du ein Mädchen bist.«

Piet drückte auf den Pfeil, und das Video wurde über WhatsApp versendet.

Die Gestalt des dunkelgrünen Tigers stand vor einer schwarzen Wand. Mit gefletschtem Maul starrte der Tiger in die Kamera. Sekunden verstrichen. Vorsichtig tastete er mit den Fingern über die Narbe der eingebrannten menschlichen Hand auf seinem Gesicht.

»Plastik vergiftet unseren Planeten und besonders unsere Meere. Und wir nehmen es nicht wahr. Wir sehen in unserer Nachbarschaft keine Müllberge, wir sehen nicht die Plastikteppiche auf dem Meer und nicht die Plastikteile im Wasser. Wir sehen die Katastrophe nicht! Aber die Katastrophe ist da. Und was machen wir? Wir schütten die ärmeren Länder der Erde immer weiter mit unserem Müll zu. Wir lassen zu, dass die Menschen in diesen Ländern an unserem Müll krepieren. Wir lassen zu, dass das Ökosystem der Weltmeere kollabiert – nur weil wir nicht bereit sind, auf Plastik zu verzichten. Nur weil die Konzerne zu gierig sind, Alternativen zu nutzen.«

Der Tiger machte eine Pause.

»Soll das immer so weitergehen? Nein! Nein ist die Antwort!«, rief der Tiger mit seiner grollenden Stimme. »Zeigen wir den Konzernen, wie es in unseren Meeren aussieht! Die Politiker dürfen nicht länger der Wirtschaft in den Arsch kriechen! Sie müssen verdammt noch mal etwas gegen das ganze Plastik unternehmen! Macht unsere Stadt zur Mülldeponie und sie werden es verstehen!«

Das zweite Video hatten die Grünen Tiger auf der Website eines investigativen Naturfilmers entdeckt. Jetzt schickten sie es, zusammen mit ihrer Botschaft, an ihre Anhänger.

14

Kanada, Sankt-Lorenz-Golf

Das Robbenbaby schaute seine Mutter mit seinen pechschwarzen Knopfaugen an. Es war erst einige Wochen alt, sein Körper war noch mit dem plüschigen weißen Fell überzogen. Aufgeregt robbte das Junge zu seiner Mutter hinüber. Es schien zu spüren, dass es ihr schlechter ging als in den Tagen zuvor. Die Mutter atmete schwer, als sie versuchte, den Kopf in Richtung ihres Kindes zu drehen. Kurz nach seiner Geburt war sie mit einem Plastikstrang um den Hals vom Jagen zurückgekommen. Seitdem hatte sie sich das Fell blutig gerieben und immer wieder versucht, sich herauszuwinden. Aber es war nur schlimmer geworden. Wie eine Schlinge hatte sich das Plastik immer stärker zusammengezogen. Das Atmen fiel ihr schwer. Ihre Schmerzen hatten das Junge wachgehalten. Es hatte mitgelitten, bis es schließlich doch eingeschlafen war. Aber mit dem Erwachen kam der Schrecken. Jetzt sah es so aus, als würde ihr Kopf nur noch am unteren Teil des Halses hängen, während der obere Teil durchtrennt war. Rotes Fleisch klaffte oberhalb der Wirbelsäule auseinander, Blut rann am Körper hinunter. Das Robbenkind war verstört. Es rutschte dicht an seine Mutter heran, stupste sie an. Doch die Mutter öffnete nur schwerfällig ein Auge. So viel Traurigkeit lag darin, dass die kleine weiße Robbe zu zittern begann. Sie presste sich an ihre Mutter und spürte, wie ihr Herz aufhörte zu schlagen.

Das kleine Tier jaulte und heulte. Es würde nicht lange überleben können ohne Mutter.

Plötzlich wurde es am Nacken gepackt und hochgehoben. Ein Menschengesicht lächelte es an. »Na sieh einer an. Was bist du denn für ein süßes Ding?«

Mit seinen großen schwarzen Augen sah das Robbenkind das fremde Geschöpf an und schnupperte an ihm.

»Dein weiches Fell wird mir eine schöne Stange Geld einbringen! Sag gute Nacht, mein Kleiner!«

Das Robbenbaby wurde an den Hinterflossen gepackt und mit voller Wucht auf das Eis geschleudert. Das Tier jaulte auf, noch lauter als zuvor, als der Mensch es aufhob und erneut auf den Boden schlug. Er wiederholte es ein drittes Mal, und dann war die kleine Robbe tot.

15

Wachsam beobachtete Ean, wie sein Freund Till sich mit weichen Schritten auf der Matte vor und zurück bewegte. Ean spielte die Optionen durch, die ihm zur Verfügung standen. Till war ein Koloss, sobald er eine kontrollierende Position bekam, würde es schwierig werden für Ean. Dann folgte der Angriff. Ean wich einen Schritt nach hinten aus und verlagerte sein Gewicht auf das rechte Bein. Tills Rechte packte seinen Judoanzug am Revers. Er legte viel Kraft in seinen Griff, wie immer. Doch das war zugleich Tills Schwachpunkt. Ean stellte sein linkes Bein zwischen die Beine seines Freundes, drehte sich seitwärts, ergriff das Bein seines Gegners, beugte sich nach vorn. Till hatte noch immer Eans Revers im Griff und wurde mit Ean mitgerissen. Im nächsten Moment schleuderte Ean ihn über den Kopf zu Boden. Auf dem Rücken liegend klopfte Till ab. Der Kampf war vorbei.

Als sie kurz danach in der Umkleide standen, löste Ean seinen schwarzen Gurt und zog die Jacke aus. Sie klebte an seinem Rücken.

»Du wirst immer schneller – obwohl du nicht mehr so regelmäßig zum Training kommst. Alle Achtung«, sagte Till und nickte anerkennend.

Ean nahm einen Schluck von seinem Protein-Kohlenhydrate-

Shake. Noch immer war er hin- und hergerissen zwischen seiner Pflicht als Athlet und seiner Pflicht als … Ean stutzte. War die Aktivität als Umweltkämpfer wirklich eine Pflicht? Ganz sicher wurde sie mehr und mehr ein Teil von ihm. Er ertappte sich dabei, wie er sich anderen überlegen fühlte. Nicht weil er kämpfen konnte, sondern weil er inzwischen viel mehr war als nur der Sportler Ean. Innerhalb weniger Wochen war er eine landesweit bekannte Gestalt geworden. Das veränderte ihn. Er dachte anders, er trat auch ganz anders auf. Wenn er mit Menschen sprach, sahen sie nur die äußere Erscheinung. Er aber wusste, dass er inzwischen mehr Einfluss besaß, als er sich jemals hätte vorstellen können. Das gefiel ihm. Sein Trainer hatte bemerkt, dass er seine sportlichen Ziele zurzeit nicht mit vollem Eifer verfolgte. Doch sie befanden sich in der letzten Phase der Saison, daher war es bei missbilligenden Blicken geblieben.

»Wie läuft es denn mit dem Mädchen?«, fragte Till, der gerade seinen Judoanzug ordentlich zusammenlegte und in seiner Sporttasche verstaute.

»Du meinst Marie?«

»Ja, wenn es die war. Hält sie dich so auf Trab, dass du nicht mehr zum Training kommen kannst?«

Ean lachte. *Schön wär's.* In Wahrheit war Marie erstaunlich zurückhaltend, wenn es darum ging, gemeinsam etwas zu unternehmen. Nur einmal waren sie ins Kino gegangen, es war ein schöner Abend gewesen, doch mehr war nicht passiert.

»Und?«, fragte Till, der noch auf eine Antwort wartete.

»Na ja, ich finde sie süß«, sagte Ean ausweichend.

»Hast du ihr schon von deinem kleinen Geheimnis erzählt?«

Ean lief eine Schauer über den Rücken. Wusste Till etwa Bescheid? Wenn er es wusste, würden es auch andere wissen. Er hatte keine Ahnung, was für eine Strafe ihnen drohte, doch bei ein paar Sozialstunden würde es sicher nicht bleiben. Ean konnte es selbst kaum fassen. Was war aus ihm geworden? Der Ehrgeiz, in seinem Sport der Beste zu werden, wurde von dem Wunsch, mit seinen Aktionen die Welt zu verändern, immer mehr an den Rand gedrängt. Für diesen Wunsch nahm er sogar drohende Strafen in Kauf.

»Hörst du mir überhaupt zu?« Till warf seine Flasche nach ihm.

»He!« Ean fing die Flasche im letzte Moment. »Wovon redest du?«

»Dein kleiner Kondomdiebstahl bei Rossmann.«

Einen Moment war Ean sprachlos. Dann lachte er erleichtert und schüttelte den Kopf. »Wie lange willst du mich damit noch aufziehen? *Du* hast die immerhin benutzt.«

Till lachte ebenfalls. »Stimmt! Aber das war ja wohl nicht illegal.«

Gemeinsam gingen sie in die Dusche. Wasserdampf vernebelte die Sicht, die Stimmen der anderen Judoka hallten durch den Raum. Johann zog gerade ein Handtuch zwischen den Beinen hindurch und warf es anschließend zu Ean hinüber.

»Danke, dass ich es benutzen durfte, Süßer.«

Ean sah, dass es *sein* Handtuch war. Er verdrehte die Augen. »Du bist so abartig!«

»Digga, hab dich nicht so. Den Grünen Tigern würde es gefallen, wenn wir alle nur ein einziges Handtuch benutzen.«

Ean grinste. Wo Johann recht hatte, hatte er recht.

Bevor er etwas sagen konnte, sagte Till: »Hör mir bloß mit denen auf. Meine Freundin redet nur noch davon. Sie hat fünfzig Euro für die Rettung von Robben gespendet, nachdem sie dieses Video gesehen hat. *Fünfzig Euro*! Und die ganze Stadt ist immer noch voller Müll wegen dieser Spackos. Das ganze *Land* ist voller Müll.«

Das war nicht mal übertrieben. Viele Menschen waren ihrem Ruf gefolgt und hatten ihren Müll auf den Straßen entleert. Auch in anderen Städten waren unbekannte Täter durch die Straßen gezogen und hatten Mülltonnen ausgekippt, um den Inhalt auf den Straßen zu verteilen. Bilder von komplett mit Müll bedeckten Straßenzügen gingen seither durch die Medien. Die Aktion der Grünen Tiger hatte eine wahre Welle ausgelöst. Spitzenpolitikerinnen und -politiker hatten sich geäußert und die Aktion pflichtgemäß verurteilt. Der Grüne Tiger von der Videobotschaft war in aller Munde, seine dunkelgrüne Maske grüßte von allen Titelblättern. In den sozialen Medien sammelten sich unter Hashtags wie *#greentiger*, *#greenclaw* und *#we#stop#them* Zehntausende Posts. Die Menschen fragten sich, wer sich hinter den Tiger-Masken verbarg. Ein Hype baute sich auf. Niemand wusste, was als nächsten kommen, wo das alles hinführen würde. Act Now und Bluepeace hatten so begonnen und waren zu globalen Marken geworden. Die Grünen Tiger waren anders. Sie setzten dort an, wo andere zuvor gescheitert waren – sie emotionalisierten das Thema. Noch wichtiger: Für viele waren die Grünen Tiger weniger Menschen als eine Personifizierung der Natur, die sich endlich wehrte.

Ean hatte erreicht, wovon er immer geträumt hatte. Er war berühmt – zumindest indirekt. Es kostete ihn Selbstbeherrschung, nicht lauthals zu verkünden oder wenigstens durchscheinen zu lassen, dass er einer der vier Tiger war. Dennoch hakte er nach: »Du hältst nichts von ihnen?«, fragte er an Till gewandt.

Der zuckte mit den Schultern. »Ich weiß nicht. Was soll denn diese Müllaktion bringen?«

Ean runzelte die Stirn. »Aufmerksamkeit dafür schaffen, was schiefläuft.«

»Aha?« Till schüttelte den Kopf. »Ich glaube nicht dran. Im Moment finden die jungen Leute das alles cool. Müll auf die Straße zu schmeißen ist ja ganz lustig. Es ist verboten, aber es ist nicht so kriminell, dass du befürchten musst, dass morgen die Bullen vor deiner Tür stehen. Aber ich glaube nicht, dass die Leute jetzt wirklich auf Plastik verzichten.«

Ean sah vor sich hin. Till hatte recht. Es ist leicht, seinen Müll auf die Straße zu werfen. Ein viel größerer Aufwand ist es, plastikfrei einzukaufen.

»Meine Mutter zum Beispiel«, setzte Till erneut an, »die ist den ganzen Tag am Arbeiten. Sie kocht, putzt die Wohnung, zahlt unsere Rechnungen. Und dann soll sie sich auch noch Zeit dafür nehmen, um herauszufinden, wo es das plastikfreie Shampoo gibt?« Er betrachtete skeptisch seine Shampoo-Flasche. »Und am Ende soll sie dafür auch noch mehr bezahlen?« Till schüttelte den Kopf. »Tut mir leid, ich sehe es nicht.«

Ean zuckte mit den Schultern. »Ich kann dir sagen, wann die Menschen ihr Konsumverhalten ändern werden. Erst wenn das Bewusstsein dafür gewachsen ist, wie tödlich Plastik ist. Und wenn die Regierung es endlich hinbekommt, dass nachhaltig günstiger ist als unnachhaltig.«

Zwanzig Minuten später saß Ean auf dem Fahrrad. Er war mit den Freunden beim Dönerladen verabredet. Kaum war er in die Straße eingebogen, als er auch schon Piets Stimme hörte: »Leute, einmal ist keinmal!«

»Das sagst du immer. Ich habe dir gesagt, ich werde diesen Laden nicht mehr betreten«, gab Hektor entschlossen zurück.

Piet hob fragend die Schultern. »Du bist doch Jäger«, rief er. »Du hast ein gesundes Verhältnis zu Tieren. Was ist das Problem?«

»Ich bin kein Jäger mehr.« Hektor sprach wie immer mit ruhiger Stimme. Es war auch gar nicht nötig, laut zu werden. Seine ganze Haltung machte deutlich, dass es ihm ernst war. »Für mich wird nie wieder ein Tier sterben.«

Piet sah hilfesuchend zu Leyla, die der Diskussion der beiden aber gar nicht zuzuhören schien. Piet holte sein Handy hervor und überprüfte sein Aussehen. »Du bist so ein Vogel, Hektor.«

In diesem Moment öffnete sich die Schiebetür und Erkan, der Dönermann, kam heraus – mit ihm der Duft von gebratenem Fleisch und fettigem Öl. Er holte ein Packung Zigaretten aus der Tasche und zündete sich eine an.

»Selam, guten Abend, die Herren, hallo Leyla. Ihr seid lange nisch mehr hier gewesen. Ich schmeiß gleich ein paar von diesen Salaks für euch raus.« Er deutete auf die roten Lederbänke in seinem Laden, die alle belegt waren. »Dauert nur einen kleinen Moment.« Er zog an seiner Zigarette. »Falls es länger dauert, bekommt ihr Gratisgetränke.«

Ean hatte sein Fahrrad abgeschlossen und trat näher. Er sah Erkan bedauernd an.

»Erkan, hör zu. Wir haben ein Problem«, sagte er. »Wir können deinen Döner nicht mehr essen.«

»Wie? Was meinst du – nicht essen?«

»Wir können auch nicht mehr deine Dosengetränke trinken, nichts aus deinen Einwegverpackungen konsumieren und leider erst recht nicht dein Fleisch essen.«

Erkan machte ein bekümmertes Gesicht. Er sah vom einen zum anderen. »Was redet ihr da? Ihr liebt mein Essen. Ihr sagt jedes Mal, dass es gut ist.«

Ean konnte ihm kaum in die Augen schauen. Erkan tat ihm leid. Aber ihm blieb keine andere Wahl. »Wir haben uns in letzter Zeit ziemlich intensiv mit dem Thema Nachhaltigkeit befasst, und dein Fleisch … na ja, wie soll ich das sagen … das ist leider … nicht so nachhaltig, verstehst du? Es ist doch Massentierhaltungsfleisch, oder?«

»Neiiiin! Das ist ist alles halal, mein Freund!« Erkan sah die Freunde mit großen Augen an. »Alles Fleisch kommt von Tieren von der Koppel, direkt neben meinem Gemüsebeet.«

»Ernsthaft?« Piet blickte hoffnungsvoll auf.

»Nein, Quatsch, natürlich nicht, du Salak. Das bekomme ich geliefert von Sanduro. Aber halal ist es trotzdem. Leyla, das weißt du doch. Ich verstehe nicht. Was redet ihr da?« Hektor blickte ernst auf den Boden.

Ean ergriff wieder das Wort. »Erkan, es geht nicht. Du musst wenigstens Biofleisch aus Deutschland nehmen oder irgendwas mit Veggie machen.«

»Bio? Veggie? Schmeckt euch mein Döner nicht mehr?« Erkan wirkte jetzt beleidigt.

»Doch, aber er ist nicht … gut«, versuchte Ean es erneut.

»Nicht gut? Nicht gut? Mein Döner ist wie immer. Und früher fandet ihr ihn gut.«

»Er ist nicht gut für die Umwelt, Erkan«, schaltete Leyla sich mit sanfter Stimme ein.

Erkan schüttelte den Kopf. »Och Jungs, neee«, stieß er aus. »Ich habe echt andere Sorgen.«

»Du hast Sorgen, wenn in dreißig Jahren diese Welt untergeht und deine Kinder sterben!«, platzte es aus Hektor hinaus. Erkan starrte ihn entsetzt an und wandte sich an Leyla. »Was habe ich euch getan?«

»Erkan, sieh es doch einmal so. Bald wird niemand mehr Fleisch essen wollen, das nicht nachhaltig produziert wurde. Wenn du dann aber Bio-Fleisch oder In-Vitro-Fleisch oder Veggie-Burger im Angebot hast, dann wärst du der Dönerkönig in der Stadt. Fleisch, das die Welt zerstört, wird jedenfalls bald keiner mehr essen wollen.«

Erkan sah die vier Freunde hilflos an. »Ist es wegen dieser Grünen Tiger? Wenn ihr nicht mehr kommt, dann kommen andere auch nicht.«

Ean betrachtete den Dönermann. Er kannte Erkans Geschichte ein wenig. Der Türke hatte sich verschuldet, um nach Deutschland zu kommen und den Laden aufzumachen. Es war ein steiniger Weg gewesen, aber er hatte es geschafft. Inzwischen wusste man, dass es bei ihm den besten Döner der Stadt gab. Und jetzt kamen sie an und sagten ihm, dass sie ab sofort seinen Laden boykottieren würden. Ean kam sich ein bisschen wie ein Verräter vor.

Erkan schmiss verächtlich seine Zigarettenkippe zu Boden und trat sie aus.

»Ich habe keine Ahnung, was mit euch los ist«, sagte er wutschnaubend, »aber ich lass mich nicht von euch beleidigen.«

Leyla ging einen kleinen Schritt auf ihn zu. »Erkan, wir wissen, dass du es nicht immer einfach gehabt hast, und wir sagen auch nicht, jetzt wird alles von heute auf morgen zusammenbrechen. Was du verändern musst ist auch nicht viel, aber es ist nun mal wesentlich.«

Doch Erkan schien diese Diskussion leid zu sein. »Ich muss mich wieder um meine Kunden kümmern.«

Damit verschwand er durch die Schiebetür.

Ean schluckte. Es tat weh mitanzusehen, wie ihre Entscheidung ihm zusetzte. Sie hatten diesen Mann wirklich liebgewonnen. Er war witzig und liebenswürdig und hatte stets ein offenes Ohr für sie gehabt. Doch wie konnten sie weiter sein Essen genießen, nach allem, was sie inzwischen erfahren hatten? Ihn so zu verletzen war das kleinere Übel.

»Es tut uns leid«, murmelte Ean vor sich hin.

Kurz darauf saßen die Freunde bei *Veggiebound*. Das Café erfüllte alle Kriterien für nachhaltige Gastronomie. Ein kleiner Wasserspender ermöglichte es, sein Glas immer wieder aufzufüllen, alle Softgetränke stammten von Fairtrade-Marken, Obst und Gemüse kamen von lokalen Biobauern, und natürlich gab es kein Fleisch. Hellbraune Holzvertäfelung und viele Pflanzen rundeten die natürliche Atmosphäre ab.

»Ich hätte gerne das Süßkartoffel-Sandwich«, gab Ean bei Kelly, der jungen schwarzen Besitzerin hinter der Theke in Auftrag.

Auch die anderen hatten verschiedene Sandwiches geordert. Nur Piet entschied sich für das Daily-Special, was ihm ein besonders charmantes Lächeln der Besitzerin einbrachte. Ean verstand das nicht. Was fanden die Frauen nur an Piet, an diesem Möchtegern-Dressman mit seinen weißen Hilfiger-Pullovern, den hochgekrempelte Champion-Hosen und den Nikes? Selbst wenn er inzwischen auch ein paar nachhaltige Klamotten im Schrank hatte, würde Ean es wohl nie begreifen.

»Okay«, sagte Ean als sie alle saßen, »hört mal zu. Ich glaube, wir brauchen eine Strategie.«

»Müssen wir beim Essen über die Arbeit reden?«, murrte Leyla, die gerade einen Schluck Tee genommen hatte.

Doch Ean ließ nicht locker. »Wir brauchen eine Strategie. Wir können uns nicht ein Umweltthema nach dem anderen vornehmen, irgendeine Aktion veranstalten und hoffen, dass etwas passiert. Unser bisheriger Erfolg war reines Glück.«

»Verfolgen wir etwa keine Strategie?« Leyla ließ ihren Teebeutel in der Tasse auf und ab tanzen. »Wir versuchen Aufmerksamkeit zu erregen und möglichst starke Emotionen auszulösen, um dadurch strukturelle Veränderung zu ermöglichen. Es folgen emotionale Wahrheiten von Betroffenen und schließlich richten wir gestärkt durch die Visage der Grünen Tigers einen Appell an die Menschen.«

Piet grinste »Also, mir gefällt unsere Strategie!« Aber Ean schüttelte den Kopf.

»Jetzt überlegt doch mal«, sagte er. »Wir erzeugen Betroffenheit, okay. Aber das wird nicht reichen, das hat noch nie gereicht. Es darf nicht dabei bleiben, dass ein paar Reiche in den Bioladen gehen und Tesla fahren, um ihre Fassade grün zu streichen. Vielleicht führen wir den Menschen das Leid deutlicher vor Augen als andere vor uns. Vielleicht sind sie auch empfänglicher für unsere Ziele als früher. Aber es ist nicht nur die Frage, ob man in den einen Laden geht oder in den anderen. Es muss sich grundlegend etwas ändern. Das System muss sich ändern. Wir versuchen das Unausweichliche zu verzögern, wohl wissend, dass es ohnehin passieren muss. In der Gesellschaft, in der Wirtschaft und in der Politik. Die Menschen werden erst dann anfangen, ökologisch zu leben, wenn es sich finanziell für sie lohnt. Es müsste Steuern auf alles geben, was umweltschädlich ist, und gleichzeitig muss durch Subventionen eine doppelte Diskriminierung von Geringverdienern verhindert werden. Was glaubt ihr, wie schnell sich die Konzerne und die Verbraucher dann umstellen. Ganz gleich, ob es um Obst oder Pullover geht. Oder um ein Model 3 für 50 000 Euro.«

»Und wie bekommen wir das hin?« Leyla legte den Teebeutel auf den Teller. »Durch zwei Dinge – Innovation und staatliche Eingriffe. Das erste wird viel Zeit benötigen und Zeit ist Mangelware, also muss das Hauptgewicht auf der Politik liegen. Die wird sich allerdings erst dann ändern, wenn der Druck stark genug ist. Die Politiker und Politikerinnen dürfen nicht mehr glauben, dass sie die Krise wie früher einfach aussitzen können.«

Piet lehnte sich auf seinem Stuhl zurück. »Und wie sollen wir den Politikern Druck machen?«

»Die Menschen müssen sauer darüber werden, dass ihnen nicht die Möglichkeit geboten wird, ökologisch zu leben. Die Konzerne vermitteln uns mit ihren Werbekampagnen den Eindruck, wir hätten die Freiheit zu kaufen, was wir wollen, doch die meisten Menschen haben gar nicht genug Geld, um im Bioladen einzukaufen. Und solange in den Supermärkten das Billigfleisch liegt, ist klar, wo die Mehrheit der Leute einkauft.«

»Leuchtet mir ein«, warf Hektor ein. »Wir müssen unsere Aktionen gezielter planen. Weg von den Pausenclowns und Festivalzügen von Act Now.«

»Klingt, als würdet ihr gleich eine neue Partei gründen«, sagte Piet mit einem Anflug von Sarkasmus.

»Ich weiß, welche Funktion er in der neuen Partei einnimmt«, sagte Hektor. »Die für unnötige Kommentare.«

»Ich kann dich hören«, sagte Piet eingeschnappt

Ean betrachtete Hektor von der Seite. Sein Freund wirkte gereizt und unausgeschlafen. Nicht nur heute, sondern schon länger. Er stand unter Daueranspannung.

Leyla war in Gedanken versunken. Sie riss das Papieretikett des Teebeutels ab und begann es zu falten. »Alles, was wir bislang getan haben, galt dem Ziel, Menschen wachzurütteln und sie hinter uns zu scharen. Das machen die Act-Now-Anhängerinnen und -Anhänger auch. Viele Menschen wollen nachhaltig leben, aber die herrschende Politik schafft nicht die Rahmenbedingungen, um dieses Bedürfnis auszuleben. Aber wenn sich der Frust genügend aufgestaut hat …«

»… kommen wir«, vollendete Ean ihren Satz.

Leyla nickte. Piet und Hektor sahen die beiden verwundert an.

»Habt ihr beide euch abgesprochen? Wovon redet ihr?«

Leyla sah vor sich hin. »Am Freitag ist wieder ein Großprotest von Act Now«, murmelte sie. »Vielleicht wird es Zeit, dass die Grünen Tiger von der virtuellen in die reale Präsenz umsteigen.«

Piets Miene hellte sich auf. »Ja, Schwester, da fahren wir mit einem fetten Mercedes-Geländewagen vor und alle haben Schiss vor uns. Weil sie sehen, dass wir alles besser können als sie. Zur Not auch konsumieren.«

Hektor schien Piet mit seinem Blick töten zu wollen. Ean übernahm für ihn und gab Piet eine Nackenschelle.

»Aua! Ich meine das didaktisch«, sagte Piet kleinlaut, »ihr wisst doch wohl, was didaktisch ist. Damit sie erkennen, dass es noch etwas anderes gibt als konsumieren.«

Hektor kannte keine Gnade: »Ich weiß nur, dass du alles immer noch nicht ernst nimmst.« Wütend holte er sein iPhone aus der Brusttasche seiner Jacke und rief eine Internetseite auf. »Seht euch mal das Video an. Habe ich gestern gefunden.«

Ein glatzköpfiger Mann erschien auf dem Display, der Kopf rund und rot. Mit dem Gesicht kam er dicht an die Kamera heran. »Ihr behinderten Tiger-Missgeburten! Seid ihr stolz darauf, dass unser Land jetzt so aussieht?« Er drehte die Kamera und zeigte eine vollgemüllte Straße. »Ihr habt sie doch nicht mehr alle«, er tippte sich gegen die Stirn, »ihr tickt doch nicht richtig. Ihr Spinner fliegt garantiert jedes Jahr in den Urlaub und das Wort ›Verzicht‹ kennt ihr höchstens aus dem Duden. Jetzt wollt ihr Hampelmänner den dummen Bürger belehren, dass er durch Verzicht auf seinen hart erarbeiteten Wohlstand die Welt retten muss. Wie wäre es, wenn ihr in euren Clownskostümen in die Länder geht, wo tatsächlich das Plastik ist. Ich habe im Rhein noch keinen Plastikteppich gesehen. Auch in der Elbe nicht. Ihr seid nichts als Rotzgören aus reichen Familien, die aus lauter Langeweile ›Revolution‹ schreien. Kauft weiter in eurem Bioladen ein. Ihr habt's ja!«

Das Video war zu Ende, und eine Weile saßen die Freunde schweigend da.

Schließlich sagte Leyla: »Er denkt, wir wollen ihm etwas nehmen. Er versteht nicht, dass es unser Ziel ist, den Bioladen günstiger zu machen als seinen Aldi.«

»Genau das müssen wir den Leuten sagen!«, warf Ean ein.

Piet drehte sich gelangweilt Richtung Küche. »Wann kommt endlich das Futter?«

Leyla sagte: »Der Mann da im Video bringt mich auf eine Idee. Wärt ihr bereit für das nächste Level?«

»Schon längst«, sagte Ean.

Leylas Miene hellte sich auf. »Wir benötigen dafür ein paar Eisenstangen.

»Eisenstangen?« Piet beugte sich mit fragendem Blick vor. »Richtig harte und gemeine Eisenstangen? Mit denen man sich wehtun kann?«

In diesem Moment kam das Essen.

»Einmal das Süßkartoffel-Sandwich, der Nature-Burger und das Smashed-Avocado-Sandwich.« Nacheinander stellte die Besitzerin die Holzbretter auf den Tisch. Dabei rutschte ihr das Handy aus der Tasche ihrer Schürze.

Ean fing es, bevor es auf dem Boden landete. Telegram war geöffnet, und ein Schriftzug sprang ihm die Augen: *Fangruppe Grüne Tiger*. Als Ean sich aufrichtete, blieb sein Blick an den ersten Worten hängen: »Ich glaube die GT sind in meinem Laden …«

Ean reichte der jungen Frau rasch das Handy und tat als sei nichts gewesen. Aber er spürte ihren prüfenden Blick auf sich. Hatte er das wirklich gerade gelesen? Ean glaubte zu träumen.

Kelly dankte ihm, dann ging sie zurück zur Küche, um das letzte Gericht zu holen. Er schaute ihr hinterher. Ihre Bewegungen und ihre gesamte Haltung zeugten von Selbstbewusstsein. Ihre wachen Augen waren ihm schon vorhin aufgefallen. Und sie war die Besitzerin eines veganen Cafés. Plötzlich kam ihm das Gesehene gar nicht mehr so abwegig vor.

Als die Besitzerin Piets Essen schließlich auf den Tisch stellt, klang ihre Stimme vergnügter als sonst. »Und hier das Daily Special.«

»Echt jetzt?« Piet verzog sein Gesicht, als er die dampfende Schüssel sah. Offensichtlich hatte er einen leckeren Burger erwartet, doch was da vor ihm stand, war ein grünlich-blasser Brei. In diesem Moment wurde Ean klar, dass sich Kellys Blick vorhin nicht auf Piets Erscheinungsbild bezogen hatte, sondern auf seine Bestellung.

Ean deutete auf Piets Schüssel und fragte: »Was genau ist das?«

»Eine Gemüsecreme aus Resten.« Sie schenkte ihnen ein strahlendes Lächeln. »Wenn Kunden wie dein Freund die noch verwertbaren Reste essen, müssen wir nichts wegschmeißen. Das ist sehr nachhaltig. Ich wünsche euch allen einen guten Appetit.«

Mit großer Mühe riss Ean sich zusammen, bis Kelly außer Reichweite war. Dann brachen er und Leyla in Gelächter aus. Ean wäre beinahe vom Stuhl gefallen, so sehr schüttelte die Schadenfreude seinen Körper.

Piet sah auf sein nachhaltiges Resteessen.

»Tut mir leid, aber das rühr ich nicht an«, sagte er schließlich. »Nachhaltig ist schön und gut, aber das hier sieht aus, wie schon mal gegessen. Sorry.«

Ean biss unterdessen vergnügt in sein Süßkartoffel-Sandwich. Es schmeckte gut, es schmeckte sogar fabelhaft. Armer Erkan, das war der endgültige Abschied.

Sie wollten gerade aufstehen und zahlen, als das ›Bing!‹ einer eintreffenden Sprachnachricht Ean aufs Handy schauen ließ. »Marie!«, sagte er. Aufgeregt rief Ean die Nachricht auf. Er hielt sich das Handy ans Ohr. Seine Miene versteinerte.

Piet sah ihn spöttisch an: »Volltreffer. Er hat die Alte locker geschwängert.«

Ean ließ das Handy sinken. Dann sah er in die Runde. Er war bleich geworden. »Sie weiß, dass wir es sind.«

Schlagartig erlosch die Freude in allen Gesichtern.

»Woher, Alter?«, fauchte Piet. »Du hast es ihr doch wohl nicht gesagt, oder?«

»Nein!«, beteuerte Ean, wich aber den Blicken der Freunde aus.

»Hast du es Marie verraten?«, insistierte Leyla. Sie sah Ean ernst an.

»Ich *habe* ihr nichts erzählt!«

»Zeig deinen Chat-Verlauf«, forderte Piet ihn auf.

»Vertraut ihr mir nicht, oder was?«

»Wenn du nichts zu verbergen hast, kannst du ihn uns zeigen.«

»Dann sieh ihn dir doch an, wenn es dich glücklich macht.« Ean hielt Piet das Handy hin. Piet nahm es, scrollte. Schließlich hielt er an. Er las vor: »›Diese Grünen Tiger sind echt cool. Voll gut, was die machen!‹ – ›Vielleicht kennst du einen von ihnen ja sogar.‹«

»Du hast uns verraten«, sagte Hektor leise. Seine Stimme klang unheimlich.

»Das hätte ich nicht von dir erwartet.« Leyla warf Ean einen enttäuschten Blick zu.

»Leute, was ist daran so schlimm?«

Piet wandte sich an Leyla. »Er ist so ein Wichser.« Und zu Ean: »Digga, du hast uns verraten, weil du dann cooler dastehst bei ihr. Du bist so ein 31er!«

»Ich habe nie gesagt, dass ihr die anderen Grünen Tiger seid, sondern nur, dass ich dabei bin.«

»Und mit wem hängst du immer ab? Natürlich ist ihr klar, dass wir die anderen sind!«

Piet ließ seinem Unmut freie Lauf. Hektor sah ihn nur stumm an, mit einem Blick voller Verachtung, der Ean durch und durch ging. So schaut jemand, der kein Problem damit hat, einen verräterischen Freund die Klippe hinunterzuwerfen.

»Okay, ich hab Scheiße gebaut«, räumte Ean ein. Er ärgerte sich, denn es war genauso, wie Piet gesagt hatte. Er hatte versucht, Marie zu beeindrucken. Und damit hatte er alles, was sie bislang erreicht hatten, aufs Spiel gesetzt. »Ich werde dafür sorgen, dass sie schweigt.«

»Und wie bitte willst du das anstellen?«, fragte Piet.

»Sie würde uns niemals verraten.«

Die anderen stöhnten genervt.

Leyla schüttelte den Kopf. »Ich weiß wirklich nicht, was du an ihr findest. Sie steht für all das, wogegen wir uns wenden.«

»Was kann Marie bitte schön dafür, wenn ihr Vater diese dicke Karre fährt?«

»Ean, glaube mir, da ist noch so viel mehr und du siehst es nicht. Sie ist nur ein Mädchen, das du ins Bett kriegen möchtest.«

»Vielleicht ist es mir ja ernst mit ihr?«

Leyla sah Ean prüfend an. Dann schüttelte sie erneut den Kopf. »Du machst dich lächerlich. Es passt einfach nicht und darüber hinaus geht es ihr kein winziges Bisschen um die Umwelt. Du hast etwas Besseres verdient.«

»Wie redest du denn über Marie? Ich mag sie. Sie bedeutet mir etwas.«

Leyla ließ nicht locker. »Und du? Bedeutest du ihr auch etwas? Sie lässt dich seit Wochen abblitzen. Was muss denn noch passieren, bist du verstehst, dass ihr nicht zusammenpasst?«

»Ean, du bist ein Verräter und eine Pussy.«

»Halt deine Fresse, Piet«, blaffte Ean seinen Freund an. Jetzt meldete sich zum ersten Mal Hektor zu Wort. Seine Stimme war gepresst. »Vielleicht hältst du hier einfach mal die Fresse! Du bist der Schuldige!«

Ean fühlte sich eingeschüchtert. Am liebsten wäre er aufgestanden und gegangen, doch wo sollte er hin? Sein Platz auf dieser Welt war genau hier, und hier musste er jetzt für seinen Fehler geradestehen. Er sah vor sich auf den Tisch. »Es tut mir leid, ich hätte das nicht machen dürfen.«

Leyla holte tief Luft. »Immerhin.«

Ean holte erneut das Handy hervor. »Ich hör mir erstmal die Sprachnachricht zu Ende an.«

Er lauschte. Seine Augen weiteten sich. Er sah in die Runde: »Sie … sie will bei uns mitmachen.«

»Juhu!« Piet klatschte höhnisch in die Hände. »Wir lösen die Tiger auf und gründen eine Blogger-Gruppe für nachhaltige Mode und Make-up. Schön, dich im Team zu haben, Ean!«

Ean schaute Leyla an und versuchte ein Lächeln.

»Sie hat Pferde.«

»Tooooll, das ist klasse«, posaunte Piet mit verstellter Stimme. »Richtige Pferde mit vier Beinen und hinten ist der Schwanz? Das ist ja noch besser als Meerschweinchen.«

Ean starrte ihn an. »Wir reiten mit Maries Pferden zum Act-Now-Protest. Das wäre mal ein eindeutiges Statement!«

Piet hatte beifälliges Gelächter erwartet. Doch zu seiner Verwunderung sah Leyla Ean mit neuerwachtem Interesse an. Dann blickte sie in die Runde. »Ja, warum eigentlich nicht?«

Wenig später liefen Piet und Hektor Richtung Bushaltestelle, während Ean und Leyla noch eine Weile vor dem *Veggiebound* standen.

»Kannst du mir noch mal verzeihen?«, fragte Ean, nachdem sie eine Weile geschwiegen hatten.

Leyla sah ihn mit ihren blauen Augen an, als überlegte sie, wie sie ihm am besten helfen könnte.

»Du hast dich verhalten wir ein 13-jähriger Junge, dabei bist du schon längst ein Mann. Du solltest dich auch ohne Maske wie einer verhalten«, sagte sie schließlich. Sie kramte in ihrer Umhängetasche und holte ihr ledernes Notizbuch hervor. Sie blätterte eine Weile darin herum. Schließlich reichte sie es Ean. Sie lächelte versonnen. »Sieh einmal hinein.«

Ean war überrascht. Normalerweise hielt sie das Buch streng unter Verschluss. Er nahm es entgegen, blättere durch die Seiten. Zeichnung an Zeichnung reihte sich aneinander, mal mit Bleistift, mal mit Kugelschreiber. Dass Leyla gut zeichnen konnte, wusste

Ean. Doch er war überrascht, wie realistisch sie ganze Szenen eingefangen hatten. Ean hielt inne, als er auf eine Porträtzeichnung von Imran stoß. Am Rande hatte Leyla Notizen gemacht. Eine Art Steckbrief: besondere Merkmale, Fertigkeiten, persönliche Beziehungen … Ean betrachtete die folgenden Bilder. Augenscheinlich auch Imran, nur in anderer Umgebung. Ein Bild zeigte ihre Aktion während der Talkshow. Auf der Zeichnung erkannte man Imran als Sicherheitsbeamten. Ungläubig schaute Ean zu ihr hoch. »War das so? War Imran dort?«

Forschend betrachtete Leyla ihn. »Er war da und hat verhindert, dass sie euch zu schnell finden.«

»Also kennt er unsere Identität?«

Sie zögerte nicht. »Ja.«

»Willst du mich auf den Arm nehmen? Und mir machst du Vorwürfe, weil ich es Marie erzähle?«

»Du hast einem Mädchen davon erzählt, das von unseren Idealen nicht die geringste Ahnung hat. Ich habe es einem der besten Freunde unserer Familie erzählt und ihn bei Gott schwören lassen, dass er unser Geheimnis wahrt. Was übrigens nicht nötig gewesen wäre, denn er würde es auch so mit in den Tod nehmen.«

Ean wusste, dass sie recht hatte, dennoch war er wütend.

»Und was ist das für ein Bild?« Er tippte auf eine kleine Zeichnung, wo ein Mann einem anderen offenbar heimlich etwas zusteckte.

»Imran hat für uns den Wachmann des Landtags bestochen. Für unser Plastik-Aktion.«

»Ist das dein Ernst? Was hast du denn noch alles getan, ohne uns davon etwas zu sagen?«

Da Leyla nicht antwortete, blätterte er weiter. Er fand ein Porträt von Henry, ein perfektes Abbild des Armeniers. Auch hier hatte Leyla eine Art Steckbrief verfasst, mit allen wichtigen Daten zur Person. Ean war so beeindruckt von Leylas akribischer und weitsichtiger Arbeit, dass er sogar seinen Ärger vergaß. Am Ende stieß er auf ein Blatt, das fast gänzlich eingeschwärzt war. Was hatte das zu bedeuten?

Leyla sah seinen fragenden Blick. »Wenn CO_2-Emission den Himmel regelrecht schwarz färben würden, dann würden die Menschen wohl sehr schnell reagieren. Trotz all seiner Weitsichtigkeit neigt der Mensch noch immer dazu, erst dann zu handeln, wenn es ihn ganz unmittelbar betrifft. Der Klimawandel ist für die Menschen in unseren Breiten viel zu abstrakt. Das ist das größte Problem dabei.«

Ean nickte und blätterte bis zu den letzten noch bemalten Seiten.

Die Zeichnung einer Stadt. *Klimagipfel Luxemburg* stand darüber. Eans Brauen zogen sich zusammen, als er die nächsten Seiten betrachtete. Gewaltige Menschenmengen waren zu sehen, ein großes Gebäude brannte, eine Brücke war eingestürzt. Ean lief es kalt den Rücken hinunter.

16

Das Tor der Auffahrt quietschte, als wäre es seit Jahrzehnten nicht geölt worden. Ean, Leyla und Hektor schlüpften in ihrer schwarzen Kleidung durch den schmalen Spalt und liefen geduckt über den Kiesweg. Nur Piet spazierte gelassen die Auffahrt hinauf. Er weigerte sich, Indianer zu spielen, wie er den anderen kurz zuvor verkündet hatte.

Ean kümmerte sich nicht um ihn. Es war kurz nach halb vier. Vor ihnen, auf dem weitläufigen, parkähnlichen Gelände befand sich das Landhaus. Marie hatte ihnen versichert, dass ihre Eltern bei der Arbeit sein würden. Aber wer wusste schon, wie viele Angestellte auf dem Anwesen herumliefen?

Doch die Freunde erreichten unbemerkt den Stall, wo Marie bereits unruhig auf sie wartete. »Wo bleibt ihr denn?«

»Piet musste noch seine Cowboystiefel wienern«, antwortete Ean und deutete auf die Füße seines Freundes: spitz zulaufende Stiefel mit hohem Absatz.

Marie überging die Bemerkung und winkte sie herein. »Kommt rein! Los!«

Eilig klappte sie das Tor zu und riegelte es ab. »Und ihr seid wirklich die Grünen Tiger, von denen alle reden?«

Ean holte seine Maske aus dem Rucksack und hielt sie hoch.

Als Ean sie – in Absprache mit den Freunden – offiziell eingeweiht hatte, war sie noch viel mehr Fangirl gewesen. Inzwischen hatte sie jedoch realisiert, dass sie noch immer dieselben Mitschüler wie früher waren. »Ich helfe gerne.«

Eans sah sich um. Seine Mutter hatte ihn, als er noch klein war, zum Reitunterricht geschickt, deshalb waren ihm Ställe nicht fremd. Aber der hier war anders. Edle dunkelgrüne Gatter zierten jede Box. Große Wärmelampen hingen von den massiven Querstreben. Sättel und Zaumzeug wurden in kleinen Seitengängen aufbewahrt. Stroh und Heuballen standen akkurat aufgestapelt im Gang. Alles wirkte derart sauber, dass man meinen konnte, der Stall wäre unbenutzt. Doch der Geruch vermittelte etwas anderes.

»Ganz schön am Muffeln hier«, stöhnte Piet und wedelte mit der flachen Hand vor seiner Nase.

»Einen beeindruckenden Stall hast du. Machst du alles alleine?«, fragte Leyla, während sie den Blick schweifen ließ.

»Um die Pferde kümmern? Natürlich«, antwortete Marie und stemmte ihre Hände in die Hüften. »Nur schlechte Pferdehalter lassen das machen. Ich habe die drei schon für euch gestriegelt und gebürstet.«

In diesem Moment streckte ein dunkelbraunes Pferd seinen Kopf aus der vordersten Box und begann, an Eans Jacke zu schnuppern. Dann stupste er Ean an, sodass der fast das Gleichgewicht verlor.

»Das ist Brutus«, sagte Marie. Ean trat näher an den Hengst heran, strich ihm vorsichtig über den Hals. Brutus blinzelte und stellte seine Ohren nach vorn. Ean deutete das als Zeichen, dass er den ersten Test bestanden hatte.

»Eine Box weiter steht Pollux und dort drüben steht Maxi. Sie sind alle leicht zu reiten. Brutus ist noch ein bisschen jung, aber ihr wollt ja nur ein paar Bilder schießen«, schloss Marie die Führung ab.

Hektor stellte sich vor Maxis Box. Es war zweifellos das beste Pferd im Stall. Sein graues Fell glänzte unter der Lampe wie Seide. Ein majestätisches Geschöpf.

»Eins fehlt noch, oder?« Piet sah seine Freunde fragend an.

Marie, die dabei war, das Zaumzeug herauszusuchen, drehte sich zu Ean herum. »Ich habe dir doch gesagt, dass ich nur drei Pferde habe.«

»Du hast aber auch davon gesprochen, dass dein kleiner Bruder noch ein Pony hat.«

»Seid ihr sicher? Damit seht ihr aber nicht so gefährlich aus. Und es ist manchmal bockig.«

Leyla warf Piet einen vergnügten Blick zu.

»Das ist doch nicht euer Ernst jetzt?«, entfuhr es Piet panisch.

Leyla legte ihm eine Hand auf den Arm. »Mach es für das Team!«

»Aber warum ich?« Piet stieß ihre Hand zurück. »Ich verlange eine faire Chance! Wir schnucken drum!«

»Meinetwegen, du verlierst sowieso.«

Fünf Sekunden später hatte Piet Schere und Leyla Stein. »Ich habe es dir gesagt.«

Piet murrte, widersprach aber nicht mehr, sondern folgte – wie Leyla und Ean – den Anweisungen von Marie. Nur Hektor erledigte alles selbst. Bei ihm saß jeder Handgriff, als hätte er sein Leben lang nichts anderes getan. Brutus war Ean durchaus wohlgesonnen, aber Maxi schien vom ersten Moment an Hektors Dominanz zu spüren. Das Pferd stand still, den Kopf stolz erhoben, die Ohren wachsam gespitzt. Es ließ sich aufsatteln, als würde es in die Schlacht gehen.

Bald standen die drei Pferde und Piets Pony gesattelt im Gang mit ihren Reitern obendrauf. Marie erteilte letzte Anweisungen, überprüfte ein letztes Mal das Zaumzeug und zog die Sattelgurte nach. Jetzt waren sie bereit.

»Ich komme gerne mit, wenn ihr das möchtet.«

»Lieber nicht«, sagte Ean, »aber wir sind dir sehr dankbar.« Ean wandte sich an die anderen. »Habt ihr eure Halstücher?«

Sie hatten es für zu riskant gehalten, die Tigermasken jetzt schon aufzusetzen. Ean hoffte, dass die Pferde für den Einsatz wirklich geeignet waren. Natürlich würden die Tiere sie sicher zum Ort des Geschehens bringen, doch Leyla hatte in die Trickkiste gegriffen und die Aktion, wie sie zu Ean gesagt hatte, »noch ein bisschen verschärft«. Doch mehr wollte sie nicht verraten.

Marie öffnete das Tor.

»Marie, denk daran, die Pferde wurden gestohlen. Du weißt von nichts. Du warst in deinem Zimmer.«

Ean packte die Zügel fester und richtete sich im Sattel auf. Als er ins Freie ritt, zog er sich das Halstuch über den Mund. Piet tat es ihm nach und rief: »Okay, eine Runde Red Dead Redemption live!«

Im lockeren Trab ritten sie wenig später durch eine Allee. Grüne Baumkronen schlossen sich über ihnen und filterten das Tageslicht. Rhythmisch bewegte Ean seinen Körper auf und ab, dem Takt des Pferdes folgend. Er fühlte sich im Sattel sicherer als erwartet. Jetzt sollte er seiner Mutter wohl dankbar sein. Damals hatte er den Reitunterricht so manches Mal verflucht. Ean sah sich um. Auch die anderen hielten sich gut im Sattel. Bei Hektor war das nicht verwunderlich, er war auf einem Gehöft groß geworden. Über Leylas Kindheit wusste Ean dagegen nicht all zu viel. Leyla musste ab dem Putsch der Taliban viele sehr unschöne Dinge gesehen haben, und Verlust war von dem Zeitpunkt an ihr stetiger Begleiter gewesen. Schließlich war die Familie von Afghanistan nach Pakistan geflohen, ein sicherer Ort für eine Weiterreise nach Europa. Nach einer beschwerlichen Durchquerung des Safed-Koh-Gebirge hatten sie Zuflucht bei einem Freund der Familie in Mansehra gefunden. Reiten hatte sie schließlich auf seinen Pferden gelernt. Leylas Erzählungen waren oft konfus und teilweise schwer nachvollziehbar. Doch reiten konnte sie. Nur Piet hatte zu kämpfen. Er hüpfte auf und ab wie ein Gummiball, dabei waren sie kaum schneller als mit Schritttempo unterwegs. Morgen würden ihm alle Knochen im Leib wehtun.

»Piet, wie läuft es da unten?«, fragte Leyla fürsorglich.

»Maul!«

»Was hast du?«, sagte Leyla in tröstendem Ton. »Du siehst wirklich sehr gefährlich aus. Und gleichzeitig souverän. Frauen mögen das.«

Piet gab seinem Pony die Sporen. Aber das Tier reagierte nicht. Es folgte weiterhin dem Rhythmus, den die größeren Pferde vorgaben.

Sie hatten ihr Ziel fast erreicht. Vor ihnen mündete die Allee, nach dem obligatorischen Verkehrskreisel, in den Außenbezirk der Nachbarstadt. Linkerhand lag ein weitläufiges Gelände, das die Stadt für gewöhnlich als Festplatz nutzte. Jetzt diente es als Versammlungsort und Startpunkt für die heutige Act-Now-Demonstration. Der Platz war schon gut gefüllt mit Schülerinnen und Schülern, die Transparente und Fahnen in Händen hielten, und es wurden noch immer mehr. An der Seite des Platzes war eine Bühne aufgebaut, auf der sich Tontechniker damit beschäftigten, die PA-Anlage in Gang zu setzen.

Im Schatten der Allee waren die vier Freunde auf ihren Pferden für die Menschen vor ihnen unsichtbar.

»Okay Jungs, sind wir sicher, dass wir das tun wollen?«, fragte Leyla.

»Wie oft wollt ihr die Frage eigentlich noch stellen?«, entgegnete Hektor. Hoch aufgerichtet saß er im Sattel und beobachtete das Geschehen vor ihnen.

Auf dem Platz war jetzt eine weibliche Stimme durch die Lautsprecher zu hören. Brutus prustete leicht und Ean legte ihm eine Hand auf die Flanke.

»Aktivistinnen und Aktivisten! Schön, dass ihr so zahlreich gekommen seid«, grellte es über den Platz und bis hin den vier Freunden in der Allee. »Wir wollen gleich von hier aus gemeinsam durch die Straßen gehen und für Klimagerechtigkeit streiken. Lasst uns nicht länger die Füße stillhalten.«

»O mein Gott«, entfuhr es Piet, »das ist wieder die Alte von neulich.«

Die Frau hatte bereits bei mehreren Protesten von Act Now auf der Bühne gestanden. Sie war die Vorsitzende einer Umweltschutzgruppe der Stadt und hatte damit anscheinend das Recht zu sprechen. Abgesehen davon, dass sie für gewöhnlich nicht viel zu sagen hatte, war ihre Stimme wie das heisere Krächzen einer Krähe und nur schwer auszuhalten.

»Uns wurde eine Stimme gegeben, damit wir unsere Meinung sagen. Zum Beispiel, dass wir viel früher aus der Kohle rauswollen, weil das alles extrem schlecht ist. Also müssen wir zusammenstehen!«

Sie war immer lauter geworden, und ihre Stimme drohte jedem Moment umzuschlagen.

»Was ist mit der los?«, fragte Piet. »Das kann sich doch niemand anhören.«

»Alles gut, Jungs«, entgegnete Leyla. »Je schlechter ihr Auftritt, desto besser wird unser Auftritt wirken.«

Brutus begann unruhig mit dem rechten Huf zu scharren. Ean zog die Zügel fester, als ein höchstens vier Jahre alter Junge zwischen den Bäumen der Allee hervorkam. Abrupt blieb er stehen, starrte die Reiter mit weit geöffnetem Mund an.

»Masken auf!«, zischte Ean.

Vier dunkle Gestalten mit zähnefletschenden Tigermasken auf Pferden, das war kein sehr vertrauenerweckender Anblick. In diesem Moment folgte die Mutter, ein Schrei entfuhr ihrer Kehle. Nichts, das Pferde gern hören. Drei der Tiere sprangen einen Satz rückwärts. Nur Hektors Ross blieb ruhig und unbeeindruckt. Mutter und Kind entfernten sich im Laufschritt. Die Zeit war gekommen, loszuschlagen. Ean atmete tief ein, dann setzten sich die Grünen Tiger in Bewegung.

Sie verließen die Allee und näherten sich dem Kreisel. Eans Atem kondensierte in der Maske. Die ersten Leute drehten sich zu ihnen um. Aufgeregt wurde mit den Armen auf sie gezeigt, das

Meer bunter Jugendlicher mit großen Pappschildern öffnete sich vor ihnen. Der Platz war jetzt fast vollständig gefüllt. Brutus wieherte nervös. Das war nicht gut. Ean packte die Zügel fester. Jetzt hatte auch die Frau auf dem Podium sie erblickt. Sie verstummte. Alle Augen waren auf die Tiger gerichtet. Die Festtagsstimmung, die eben noch geherrscht hatte, verwandelte sich in erstauntes Schweigen. Es wurde getuschelt und geraunt. Die ersten Handys waren auf sie gerichtet.

Ean sah sich um. Tausende Jugendliche reckten ihre Hälse, um einen Blick auf die Klimakrieger zu werfen. Einige starrten mit geöffnetem Mund, andere nickten anerkennend. Ean begriff jetzt, dass sie für diese Menschen Helden waren. Es war die Bestätigung, in was für einer außerordentlichen Position sie sich inzwischen befanden. Die Erkenntnis löste einen Schauder in ihm aus. In der ehrfürchtigen Stille, die sie umgab, steckte viel Energie, und Ean war bereit, alles zu tun, was nötig war, um die Ziele zu erreichen, die die Leute hier zusammengeführt hatten. Das Klacken der Hufe war das einzige Geräusch, das in diesem Moment den Platz erfüllte. Tausende Menschen schwiegen in Ehrfurcht vor etwas Neuem. Etwas, das die Kraft besaß, alle Bemühungen für den Umweltschutz zum Erfolg zu führen.

Doch die Magie hielt nicht lange an.

»Aus dem Weg!«, ertönte plötzlich eine weibliche Stimme. »Machen Sie bitte Platz!«

Das Geraune auf dem Platz wurde lauter. Alle wandten sich um auf der Suche nach dem Sprecher. Ean folgte den Blicken und sah die Polizisten. Sie begannen sich von der rechten Seite durch die Menge zu drängen. Diese machte den sechs Beamten nur widerwillig Platz. Ean sah zu seinen Freunden. Sie waren stehen geblieben wie er selbst. Was sollten sie tun?

In diesem Moment setzte das Hupsignal ein, lang, anhaltend, als wenn eine Alarmanlage ausgelöst worden wäre. Es kam von der Straße, die jenseits des Platzes durch die Siedlung führte. Doch es war offenbar nicht die Alarmanlage eines einzelnen Wagens. Denn jetzt kam von der anderen Seite des Platzes ein weiteres Hupen hinzu. Ean sah in die Richtung, dann in die entgegengesetzte. Unter den Demonstrierenden brach Unruhe aus. Auch die Polizisten blieben stehen und warfen sich fragende Blicke zu. Gehupe war oft Teil von Protest, aber nicht bei einer Klimademonstration. Und der Lärm schwoll an, als jetzt weitere Autohupen in den Chor mit einstimmten.

Ean schaute besorgt zu Leyla. Die zuckte mit den Schultern. Ean war klar, dass etwas schiefgelaufen war. Sie hatten sich zeitlich verkalkuliert. Zu diesem Zeitpunkt hätten sie schon auf dem Rednerpult stehen sollen – und vor allem hätten die Pferde nicht mehr hier sein dürfen. Ean sah erneut zu den Polizisten. Auch sie schienen verunsichert, welches Problem das größere Problem war – das sonderbare Gehupe oder die berittenen Grünen Tiger. Zu dem Gehupe gesellte sich inzwischen auch das Spielen mit dem Gaspedal. Es wurde immer lauter und lauter und wirkte aggressiv. Hektisch wurde in die Funkgeräte gesprochen. Plötzlich hörte man Piets wilden Aufschrei. Sein Pony war mit den Vorderhufen hochgestiegen, panisch wiehernd. Fast wäre Piet heruntergefallen. Brutus begann auf der Stelle zu traben, Leylas Pferd machte es nicht anders. Ean sah, wie die Polizisten sich wieder in Gang setzten. Offenbar hatten sie Verstärkung angefordert und

Anweisung erhalten, die Versammlung aufzulösen. Die Unruhe hatte jetzt alle Anwesenden auf dem Platz erfasst. Vereinzelte Rufe und Schreie wurden laut. Brutus begann unkontrolliert rückwärtszulaufen. Piets Pony bäumte sich erneut auf und Leylas Pferd ging durch. Ean sah, wie sie sich in die Mähne krallte. Auch Brutus schlug seinen Kopf hin und her. Piets Pony hatte sich umgewandt und lief nun davon, genau auf dem Weg, auf dem sie gekommen waren. Im Galopp schlugen die Hufe auf den Stein. Jugendliche sprangen zur Seite. Ean riss an den Zügeln, versuchte, die Kontrolle über Brutus zu behalten, aber gegen die Kraft des Pferdes hatte er keine Chance. Im nächsten Augenblick preschte Brutus los. Ean zog die Zügel, nach links, nach rechts, doch Brutus donnerte über das Steinpflaster, als ginge es um sein Leben. Ean sah nur die Jugendlichen zur Seite springen. Was sollte er tun? Krampfhaft versuchte er sich, auf dem Rücken des Tieres zu halten. Ihm war klar, er war in Lebensgefahr, genauso wie alle um ihm herum. Sein Schuh rutschte aus einem Steigbügel und dann geschah es. Durch die Löcher seiner Maske sah er den Pflasterstein näherkommen. Er schlug mit voller Härte auf. Schmerzen durchzuckten seinen Rücken, seine Hüfte. Er krümmte sich am Boden, rang nach Luft. Das Geschrei der Menschen, das Gehupe, alles rückte in den Hintergrund, in seinem Kopf war nur ein dumpfes Pochen. Ean hörte Stimmen neben sich, die zu ihm sprachen, spürte Hände, die ihn aufzurichten versuchten, aber vergeblich. Dann sah er vier graue Pferdebeine. Er blickte auf und sah in die Tigermaske von Hektor. Auch Maxi wirkte unruhig und tänzelte, aber Hektor hatte das Tier unter Kontrolle. Schwungvoll stieg Hektor ab und als hätte er Maxi einen stummen Befehl erteilt, preschte das Pferd davon. Hektor beugte sich zu Ean hinunter, um ihn zu packen und nach oben zu ziehen. »Reiß dich zusammen. Wir sind hier noch nicht fertig.«

Ean taumelte. Langsam kamen die Geräusche des Platzes zurück. Das Hupen war inzwischen noch lauter geworden. Der Trompetenruf des anrückenden Heeres! Ean sah sich um. Die Wirkung war überwältigend. Man hatte das Gefühl, von Feinden umzingelt zu sein. Unzählige Autos näherten sich dem Platz, aus allen Himmelsrichtungen drängten sie, vom Kreisel, von der Siedlung, aus der Allee. Dicht an dicht rollten sie heran. Es war alles dabei: von riesigen Jeeps über neue SUVs bis zu aufgemotzten Sportwagen. Sie alle schienen gewillt, die Revolution der grünen Transformation, die sich auf dem Platz manifestierte, zu stoppen. Von den Polizisten war im Moment nichts zu sehen. Die Autos waren für sie anscheinend doch die größere Bedrohung.

»Sie brauchen einen Anführer. Reiß dich jetzt zusammen!«, knurrte Hektor. Dieses Wort – Anführer – verlieh Ean die Kraft, die er benötigte. Es fühlte sich nach einer Ernennung an, einem Aufruf, seinen Platz einzunehmen. Etwas, was schon lange im Raum geschwebt hatte, aber erst durch Hektors Worte nun auch ausgesprochen war. Eans Verstand gewann an Klarheit, getrieben von einem tief aufkeimenden Hass.

»Los!« Hektor sah Ean eindringlich an, dann setzten sie sich in Bewegung, Richtung Podium.

Alle Knochen taten ihm weh, aber er musste durchhalten. Die Wut trieb ihn an. Diese Chance würden sie sich nicht entgehen lassen. Ihre Feinde würden sich noch wünschen, heute hier nicht erschienen zu sein. Leyla hatte sich mit einem anonymen Account auf Facebook angemeldet und war in eine Gruppe von Hubraum-Fans und Gegnern der Klimabewegung eingetreten. Dort hatte sie angefangen, subtil die Stimmung anzuheizen und darauf hingearbeitet, dass die Autonarren den verwöhnten Bürgerkindern mit einer kleinen Gegendemonstration beibringen könnten, dass das Automobil zum Menschen gehört. Und dass die grassierende Ökowelle nichts weiter sei als ein von der grünen Wirtschaft lancierter Hype. Gleichzeitig hatte Henry ein paar Bots eingeschleust, die Leylas Meinung mit einfachen Kommentaren und Likes versehen hatten. Die Lawine war ins Rollen gekommen und das nicht nur in ihrer Stadt. Die Demonstration, die sie hier gerade miterlebten, fand zur selben Zeit an mehreren Orten statt – überall dort, wo Act Now eine Großdemonstration veranstaltete.

Mit erhobenem Haupt und entschlossenen Schritten stiegen Hektor und Ean auf das Podium. Die Rednerin stand noch immer verloren da, als die Grünen Tiger ihr entgegentraten. Ohne ein Wort zu sagen, hielt Ean seine ausgestreckte Hand in ihre Richtung. Sie zögerte und erkannte, dass ihre Redezeit endgültig vorbei war. Sie reichte ihm das Mikrofon. Ean nahm es und wandte sich der Menge zu. Vor vier Monaten hatten sie Maisie Young auf so einem Podest gehört. Er hatte sie beneidet, weil sie so sehr angehimmelt wurde. Nun standen mindestens ebenso viele Menschen vor ihm und warteten darauf, dass er zu ihnen sprechen würde. Einen Moment ergriff ihn ein Schwindel, doch er ebbte ab. Schließlich begann er zu sprechen, mit dem Geschmack von Blut in seinem Mund.

»Schaut sie euch an!«

Die knurrende Stimme eines Tigers dröhnte aus den Lautsprechern und hallte von den nahen Hauswänden zurück. Die Demonstrierenden, die sich bereits zurückziehen wollten, erschraken. Alle wandten sich dem Podium zu. Leyla hatte eine lange Rede vorbereitet, aber Leyla war nicht da, und die Zeit lief ihnen davon. Hunderte Motoren jaulten auf, als die Fahrer erneut begannen, mit dem Gas zu spielen. Es war ein infernalischer Krach. Inzwischen hatten die Autos alle Straßen blockiert. Durch seine Maske konnte Ean die Abgase riechen, konnte sie in seiner Lunge spüren. Sein Blick wanderte von den verunsicherten Demonstranten zu den Wagen. Dann zu den Polizisten, die mit den Fahrern sprachen, aber es waren viel zu wenige, sie konnten in dieser Situation nichts ausrichten.

Ean schaute zu Hektor, der nickte und Ean hob das Mikrofon.

»Seht ihr, was hier gerade passiert?«, rief er mit tiefer, knurrender Stimme. Gebanntes Schweigen in der Menge, umtost vom Höllenlärm der Maschinen. »Die Typen hinter den Lenkrädern wollen uns was zeigen! Sie sagen uns, dass ihnen die Umwelt scheißegal ist! Es interessiert sie nicht, wenn Tiere und Menschen krepieren. Ihnen ist es gleichgültig, wenn die Erde zugrunde geht. Diese Menschen töten, auch wenn sie leugnen, es zu tun. Sie behaupten, dass sie ein Recht dazu haben, ihre egoistischen Bedürfnisse auszuleben. Aber das tun sie nicht im Stillen und für sich, sondern sie kommen hierher, um über uns zu spotten. Sie halten uns für verrückt! Sie denken, wir sind Klimahysteriker, die die Lage der Erde schwarzmalen.« Ean trat einen Schritt vor, bis er ganz am Rand des Podiums stand. »Dabei ist die Welt in Wirklichkeit schon schwarz«, fuhr er mit lauter Stimme fort, »und zwar von ihren verfluchten Abgasen!« Ean riss seinen Arm hoch, wobei er gleichzeitig Daumen und Zeigefinger aneinanderdrückte, sodass sie einen Kreis bildeten. »Für Mutter Erde!«, brüllte er.

Die Menge jubelte. Alle hoben die Arme und machten ebenfalls das Zeichen.

Die Rednerin von vorhin trat zu Ean. Offenbar hatte sie all ihren Mut zusammengenommen. Sie räusperte sich und sagte: »Das ist eine Veranstaltung von Act Now. Wir sind friedlich.«

Ean wandte sich zu ihr um. Die Frau war um die Vierzig und sie kam Ean in diesem Moment furchtbar alt vor. Als er mit seiner knurrenden Stimme zu ihr sprach, zuckte sie unwillkürlich zusammen. »Das da hinten ist der Feind! Und wir werden ihn jetzt angreifen und wir werden ihn zerstören.«

Ean ließ sie stehen und stieg mit Hektor vom Podium. Hinter einer Säule des Bühnengerüstes holten sie die Eisenstangen hervor, die dort versteckt worden waren.

»Erteilen wir diesen Hunden eine Lektion«, sagte Hektor hinter ihm und Ean riss seine Eisenstange in die Höhe, als wäre sie ein Schwert. Das grüne Feuer in ihm brannte lichterloh. Der Rausch in ihm eliminierte alles Rationale. Dann marschierten sie los und erneut bildete sich vor ihnen eine Schneise, während sich hinter ihnen die Jugendlichen anschlossen. Wie Anführer eines Heeres schritten sie durch die brüllende Menge. Über Monate angestauter Frust entlud sich. Hier und heute hatte der Pazifismus ein Ende. Jetzt wurde getan, was nötig war. Mädchen und Jungen schreckten nicht davor zurück, aggressive und erstaunlich ordinäre Dinge zu schreien.

Ean und Hektor erreichten den Kreisel, wo die Autos nach wie vor provokant die Drehzahl nach oben jagten. Der Fahrer vor ihnen ließ seinen Wagen gerade aufheulen, als er die Tigermasken sah und mit großen Augen anstarrte. Ean beugte sich vor die Frontscheibe und deutete mit einem Finger auf die Narbe auf der Maske – bevor er sich aufrichtete und mit der Stange ausholte. Eine Sekunde später prallte der Seitenspiegel auf den Asphalt. Wütend schrie der Fahrer auf und verfluchte die beiden Grüne Tiger. Jetzt holte auch Hektor aus und die Frontscheibe zersplitterte. Panisch gab der Fahrer Gas, doch in dem Kreisel gab es für die Autos kein Entkommen, alle zuführenden Straßen waren blockiert, sodass er in das Auto vor ihm hineinfuhr. Ean kletterte auf das Dach des nächsten SUVs und drehte sich zu den Jugendlichen um, bevor er mit Zeigefinger und Daumen den Kreis formte.

»Für Mutter Erde!«, brüllte er und zertrümmerte die Scheibe. Steine und andere harte Gegenstände, geschmissen von den Act-Now-Anhängern, regneten auf die Autos nieder. Die Fahrer gerieten in Panik. Autos fuhren ineinander und diejenigen, die ausgestiegen waren, um die Jugendlichen oder die Tiger anzugreifen, überlegten es sich bald wieder anders. Sie zogen sich in ihre Wagen zurück oder flüchteten zu Fuß.

Auch viele Act-Now-Anhänger sprangen jetzt auf die Autodächer und schlugen auf die Fahrzeuge ein. Ean blickte sich um, und ihn durchströmte ein Triumphgefühl, wie er es in keinem Kampf als Judoka jemals gespürt hatte. Von Autodach zu Autodach sprang er und schlug auf die Fahrzeuge ein, bis er auf der Motorhaube eines fetten SUV landete. Ean ging in die Hocke, betrachtete den Mann am Steuer und traute seinen Augen nicht. Maries Vater! Ean legte seinen Kopf schief, wie ein Tier, das neugierig seine Beute inspiziert. Er genoss die Angst des Mannes in seinem Ledersitz. Ean holte aus und stach die Eisenstange mehrmals waagerecht durch die Fensterscheibe, dann rief er mit grollender Stimme: »Die Zeit für Sechs-Meter-Autos ist vorbei!«

Ean wollte erneut ausholen, als eine Hand seinen Arm packte. »Polizei!«, rief Leyla. »Ende der Veranstaltung!«

Geschrei drang über den Platz, das sich von dem euphorischen Kampfgeschrei deutlich unterschied. Als Ean durch die Löcher seiner Maske die Straße hinuntersah, erkannte er warum. Ein Auto hielt mit hoher Geschwindigkeit auf die Jugendlichen zu. Ean blieb fast das Herz stehen, als der Wagen ungebremst in die Menge fuhr. Es war, als würde Ean die dumpfen Aufschläge an seinem eigenen Körper spüren. Man hörte gellendes Schreien. Jugendliche flohen in alle Richtungen, während andere auf den Wagen einschlugen, der nun rückwärts auf die Straße fuhr. Ean starrte den Wagen an, sah den bärtigen Fahrer, und er verspürte nur noch ein Verlangen – diesen Mann zu töten. Er sprang von der Motorhaube. Die herumfliegenden Gegenstände, das Hupen und Geschrei, alles rückte in den Hintergrund, nur noch der bärtige Mann im Auto hatte für ihn Bedeutung.

Doch nach den ersten Schritten hatte Leyla ihn eingeholt. »Wir müssen hier weg!«

Sirenengeheul kam näher, wenig später sah er das Blaulicht.

»Ean, es ist genug. Wir können nichts erreichen, wenn wir im Gefängnis sitzen!«

Ean beobachtete, wie sich die Schülerinnen und Schüler zurückzogen. Bis auf diejenigen, die bei den Verletzten blieben.

Ean fluchte. Dann zogen sie ihre Kapuzen über die Masken und tauchten in die Masse ein.

17

Ean wusste nicht, wie lange er schon die Wand seines Zimmers anstarrte. Es war Abend, draußen war es bereits dunkel. Noch immer gellten die Schreie der Menge in seinen Ohren. Er sah die Bilder vor sich, die jungen Leute auf den Autodächern, die zertrümmerten Windschutzscheiben, das wilde Chaos, das geherrscht hatte. All das wirkte jetzt völlig irreal. Ean konnte kaum glauben, was er getan hatten. Er hatte sich einfach nicht beherrschen können. Wie ein Geisteskranker war er auf die Autos losgegangen. Bereitwillig war er das Risiko eingegangen, Menschen zu verletzen. Erst Leyla hatte ihn aus diesem Rausch befreit.

Aus den sozialen Medien wusste er, dass fünf Jugendliche ins Krankenhaus eingeliefert worden waren, Zustand unbekannt. Natürlich gab es den üblichen Shitstorm. Auf Twitter und Facebook wurden die Tiger aufs Übelste beschimpft. Man bezeichnete sie als gewaltbereite Bande von Kriminellen, die jeden Bezug zur Realität verloren hatten – Ökofanatiker, grüne Terroristen, Umweltfaschisten in Theaterkostümen, verrückt gewordene Jugendliche, die in die Anstalt gehörten. Die Kommentarschreiber nahmen wie üblich kein Blatt vor den Mund. Tiere seien das, die man abknallen sollte. So hatte ein aufgebrachter Wutbürger geschrieben.

Ean setzte sich auf. Er fuhr sich übers Gesicht. Die Vorwürfe waren nicht ganz von der Hand zu weisen. Zu einer Bestie war er vorhin mutiert und alle waren ihm gefolgt, hatten auf seine Befehle gehört. Vielleicht waren sie wirklich zu weit gegangen. Ean suchte im Zimmer nach einer Ablenkung und fand sie schließlich in der PS4. Er schnappte sich den Controller und setzte sich aufs Bett. Der GTA-Story-Modus wurde geladen. Schließlich erschien der Spielcharakter Franklin, wie er mit Tanktop und Shorts bekleidet auf seinem grünen Motorrad durch die Straßen von Los Santos fuhr. Breite Straßen mit viel Verkehr waren zu sehen, Palmen zierten den Wegesrand. Gekonnt navigierte er das Fahrzeug Richtung Innenstadt, die von einigen großen Wolkenkratzern geprägt war. Ean bremste und ließ Franklin absteigen, auf der Suche nach einem schnelleren Fahrzeug.

Ein Mann im Anzug kam die Treppenstufen vor dem Eingang eines gläsernen Wolkenkratzers herunter. Ean bewegte seinen Charakter auf ihn zu.

»Na, für wen arbeiten wir? Ölkonzern? Oder verkaufen wir krebserregende Pestizide? Oder sind es direkt Waffen?«

Der Mann im Anzug machte ein Bogen um Franklin.

»Ich rede mit dir!« Ean ließ seinen Charakter mit dem Anzugträger anrempeln. Dieser hob beschwörend die Hand und sprach etwas auf Englisch, ging dann aber weiter seinen Weg.

»Ah, jetzt weiß ich es«, sagte Ean, »euer Laden zwingt armen Ländern Palmölplantagen auf?«

Der Anzugträger entfernte sich von Eans Charakter.

»Aha, einfach ignorieren und weitermachen wie bisher«, murmelte Ean und öffnete sein Waffenset, »schade, dass wir so etwas ab jetzt nicht mehr zulassen.«

Er griff zur Präzisionspistole. Der Anzugträger hatte die Waffe nicht bemerkt.

»Ich gebe dir jetzt noch eine Chance zu antworten.« Ean steuerte Franklin dem Mann hinterher. »Schämst du dich nicht für die Auslöschung all der Biodiversität? Oder dafür, den Kleinbauern einfach ihr Land zu stehlen?«

Der Mann ignorierte ihn und setzte seinen Weg fort.

»Na gut.« Ean zielte und schoss dem Mann ins Knie. Augenblick brach Panik auf der Straße aus, Menschen schrien und flohen in alle Richtungen. Der Mann hatte sich aufgerappelt und sprintete nun den Bürgersteig entlang vom ihm weg.

»Ich sorge hier doch nur für Gerechtigkeit«, sprach Ean zu sich selbst und ließ Franklin das Scharfschützengewehr herausholen. Er zielte.

»Meinst du, ich lass dich davonkommen, damit du noch weiter Entwicklungsländer ausbeuten kannst?« Ean zoomte und schoss dem Mann in Rücken. Dieses Mal blieb er liegen. Zwei Sterne blinkten oben rechts, die Polizei wollte anscheinend auch nicht verstehen, dass er hier der Gute war.

Eans Handy klingelte.

»Hey Marie.«

»Ich stehe vor deiner Tür, mach auf.«

Ean erhob sich mühsam und schaltete im Vorbeigehen den Flatscreen aus. Ein stechender Schmerz schoss dabei durch seine ohnehin schon lädierte Schulter. Er fluchte leise.

Als er die Tür öffnete, begrüßte Marie ihn mit den Worten: »Wie fühlt es sich an als Amokläufer?«

»Keine Ahnung. Frag die Autofahrer.«

Sie schnaubte verächtlich und drängte an ihm vorbei in die Wohnung. In seinem Zimmer empfing sie ihn mit ihrem Handy in der Hand. Ein Video lief. Sie hielte es ihm demonstrativ hin. Ean sah erneut das Chaos, hörte die Schreie, das splitternde Glas. Dann, mitten im Getümmel, ein Typ mit Tigermaske, wie ein Irrer auf Autos einschlagend.

Ean zuckte mit den Schultern. »Die Wichser haben es verdient«, sagte er kleinlaut.

»Ist dir eigentlich klar, was ihr meinen Pferden angetan habt? Sie sind völlig verstört.«

»Sie sind durchgedreht, als diese Wichser mit den Autos kamen und wie blöd gehupt haben.

»Und wer hat die Pferde in diese Situation gebracht? Ihr habt Fotoshooting gesagt!«

Ean setzte sich aufs Bett. Er war völlig erledigt. Er konnte nicht mehr. »Hör zu, Marie. Es ist schiefgelaufen. Es tut mir leid um deine Tiere. Hätte ich gewusst, welcher Gefahr ich sie aussetze, hätte ich es niemals getan. Ehrlich.«

Marie setzte sich neben ihn. Ihre Wut schien etwas verraucht zu sein. Sie schüttelte den Kopf, als würde sie wirklich versuchen, Ean und seine Freunde zu verstehen. »Warum musstest du so ausrasten? So wie ihr es davor gemacht habt, wart ihr doch voll erfolgreich.«

Ean sah sie ernst an. »Warum wir das getan haben? Weil wir keine Ortsgruppe mehr sind. Und weil solche Videos nicht mehr ausreichen.«

»Aber warum denn nicht?«

»Sieh dich doch um! Natürlich hat Act Now dafür gesorgt, dass alle über das Thema reden. Klar, auch die Politiker denken heute mehr über das Klima nach als früher. Aber welche wirkungsvollen Maßnahmen werden denn ergriffen? Beschlüsse werden gefasst, die erst in Jahrzehnten zum Tragen kommen. Guck dir die Klimapakete an, die sie verabschiedet haben. Gute Vorsätze, aber keine Aktionen.«

»Vielleicht müsst ihr einfach mehr Geduld haben?«

»Träum weiter. Wir haben keine Zeit. Wie viele Lebensräume sollen denn noch zerstört werden? Wie viele Tierarten noch ausgelöscht werden? Es muss sich *jetzt* etwas ändern. Heute! Und das geht nur, wenn *alle* mitmachen. Alle Menschen zu Klimaaktivsten zu machen, das hat auch Act Now nicht geschafft. Das hat auch Bluepeace nicht geschafft, das haben die Grünen nicht geschafft. Appelle und friedliche Demonstration – damit kommen wir nicht weiter.« Ean suchte in ihren Augen Zustimmung und Sympathie. »Marie, versteh doch! Alle großen, wichtigen Veränderungen in der Geschichte, die sind hart erkämpft worden.«

»Vielleicht wollen die Leute ja gar keine großen Veränderungen. Freunde habt ihr euch mit eurer Aktion nämlich nicht gemacht.«

Ean hatte keine Lust auf diese Diskussion. »Du hast doch unsere Videos gesehen«, fuhr er Marie gereizt an. »Hast du nichts davon verstanden, hast du nichts gefühlt?«

»Doch, natürlich. Das mit dem brennenden Regenwald – das ist schrecklich. Und das Video mit der Robbe war echt traurig …«

Ean hatte plötzlich das Gefühl, mit einem kleinen Kind zu reden. In diesem Moment musste er sich eingestehen, dass Leyla recht gehabt hatte. Marie lebte in einer Welt der schicken Klamotten und teuren Smartphones und war in Gedanken eher beim nächsten Urlaub auf Gran Canaria als beim Umweltschutz. Resigniert stellte er fest: »Du hast nur Lust, bei uns mitzumachen, weil du denkst, dass es hip ist, grün zu sein. Weil die Grünen Tiger eine Marke geworden sind. Eine, über die alle reden. Eine, von der alle schwärmen. Dir ist die Umwelt doch scheißegal.«

Marie sprang auf. »Nein, Ean, aber ihr seid einfach durchgeknallt! So wir ihr das macht, wird es nicht funktionieren. Mehrere Leute liegen im Krankenhaus wegen euch!«

»Ich bin nicht in die Menschenmenge gefahren!«

»Aber wärt ihr nicht auf sie losgegangen, wäre das nie passiert! Und euch habe ich meine Pferde überlassen. Belogen hast du mich!«

»Du hast nicht verstanden, dass diese Menschen unsere Erde zerstören«, sagte Ean ernüchtert. »Verstanden hast du aber, dass du in deinem Leben etwas ändern musst, und darauf hast du keine Lust.«

»Ach so?«, antwortete sie verächtlich und verzog ihr Gesicht.

»Du bist nicht bereit, dein Luxusleben aufzugeben.«

»Und woher willst du das wissen? Nur weil ich nicht bereit bin, Autos zu zertrümmern und auf Menschen einzuschlagen?«

Ean erhob sich ebenfalls. »Du gehst jetzt besser«, sagte er. »Du bist nicht besser als diese Typen in ihren Autos.« Er ging einen Schritt auf sie zu. »Du kannst jeden Tag mit eigenen Augen sehen, wie die Welt leidet. Aber groß verändern soll sich nichts. Dein hübsches Barbieleben ist ja nicht bedroht! Und jetzt machst du *uns* Vorwürfe! Taten dir die armen Autos leid?«

»Du hast sie doch nicht mehr alle! Ihr habt sie nicht mehr alle!«

Ean schüttelte den Kopf, wie hatte er sich nur so in ihr täuschen können? »Du hast wirklich kein bisschen verstanden, um was es geht! Kein Wunder bei dem Vater. Der Wichser war nämlich auch da.«

»Fick dich, Ean!«

»Und sag ihm, dass ich ihm das nächste Mal die Eisenstange in den Schädel rammen werde.«

Die Ohrfeige traf ihn mit voller Wucht. Es brannte wie Feuer. Marie wollte nach draußen stürmen, doch Ean war schneller und hielt die Tür zu.

»Du kannst hier nicht so rauslaufen. Du weißt, wer wir sind!«

»Und was jetzt? Willst du mich bei euch im Keller einsperren?« Es sollte spöttische klingen, doch in ihren Augen lag echte Furcht. Anscheinend traute sie ihm nach dem heutigen Tag alles Mögliche zu. »Geh aus dem Weg, Ean, sonst schreie ich.«

Ean starrte sie an. Er wusste nicht mehr, was richtig war und was falsch. Einen Moment starrten sie sich beide an. Dann trat Ean schließlich beiseite.

Ohne ihn eines weiteren Blicks zu würdigen, lief sie hinaus. Kurz darauf hörte er, wie die Wohnungstür zugeschlagen wurde.

Ean setzte sich wieder aufs Bett. »Miststück!«, fluchte er. Dann nahm er sein Handy und öffnete die WhatsApp-Gruppe »Dreamteam«.

»*Wir haben ein Problem*«, schrieb er.

Ean sah, dass Leyla schrieb.

»*Lass mich raten, es geht um Marie.*«

»*Ja … Ihr hattet recht.*«

»*Was denn passiert?*«, kam von Piet.

Ean beschrieb in knappen Worten, was vorgefallen war.

Piet reagierte als Erster: »*Tschau Leben.*«

»*Ja, Ean, danke, dass ich jetzt wegen deinem Verrat in den Knast gehen muss. Echt super! Du und Hektor, ihr seid sowieso nicht mehr zu retten.*«

»*Piet, warum sind mir deine Frauengeschichten plötzlich so sympathisch?*«, schrieb Leyla.

Ean verstand nicht, warum Leyla so locker blieb. »*Warum machst du Witze darüber, Leyla? Was, wenn Marie uns verrät?*«

»*Nein, das würde sie nicht machen. Wir kennen sie schon so lange.*«

Ean wunderte sich, wieso Leyla sie jetzt verteidigte. »*Um ehrlich zu sein, bin ich mir nicht so sicher, ob sie ihren Mund hält …*«

»*Locker hat Ean uns nur die halbe Wahrheit erzählt und er hat sie in Wirklichkeit richtig fertig gemacht oder so.*«

»*Vergiss es.*«

Leyla intervenierte. »*Okay, okay. Ich rufe sie jetzt an.*«

»*Okay, mach das*«, antwortete Ean und warf sein Handy aufs Bett.

Dann holte er ein Handtuch aus dem Schrank und ging zum Badezimmer. Als er am Wohnzimmer vorbeikam, sah er seine Eltern, die mit dem Rücken zu ihm auf dem Sofa saßen und die Nachrichten schauten. Ean blieb stehen, als er sah, dass im Hintergrund ein Bild der heutigen Demonstrationen eingeblendet worden war. Dann verschwand das Bild und der Nachrichtensprecher war zu sehen.

»*Am heutigen Freitag fanden wieder weltweit Proteste der Act-Now-Bewegung statt. Auch in vielen Städten in Deutschland de-*

monstrierten Schülerinnen und Schüler für mehr Klimagerechtigkeit.«

Bilder von Plätzen voller Jugendlichen wurden gezeigt.

»*Heute gab es zum ersten Mal auch einen landesweiten Gegenprotest. Eine aus der Facebook-Gruppe ›Forever Automobil‹ hervorgegangene Bewegung, zeigte sich erstmals in der Öffentlichkeit. Zu Hunderten fuhren Autos zu den Plätzen, an denen Proteste von Act Now stattfanden. Es kam vereinzelt zu Auseinandersetzungen. Besonders in der Region, wo die zuletzt populär gewordene Umweltgruppe Grüne Tiger ihren Sitz haben soll, kippte die friedliche Stimmung. Dirk Walter berichtet.«*

Ein Mann, der mit Mikro auf einem nächtlichen Platz stand, wurde eingeblendet. Ean erkannte im Hintergrund das Podium, auf dem er vor wenigen Stunden gestanden hatte. Es dauerte eine Weile, bis der Mann das Signal bekam, dass er auf Sendung war.

»*Ich stehe hier, wo es heute zu tätlichen Auseinandersetzung zwischen Act-Now-Demonstranten und Autofahrern gekommen ist. Beim Eintreffen der Polizei waren es offenbar vor allem die Jugendlichen unter Führung von vier Gestalten mit Tigermaske, die auf die Provokation der Autofahrer mit gezielten Angriffen reagierten.«*

Eans Mutter schüttelte den Kopf. »Ist aber auch selten dämlich, dass sie dort mit ihren Autos hinfahren müssen«, sagte sie.

Eans Vater sah die Sache etwas anders. »Ich finde es besorgniserregend, was in unserer unmittelbaren Umgebung geschieht. Diese Kinder sind einfach verwöhnt. Der Wohlstand hält ihnen den Rücken frei und jetzt denken sie, dass sie die Welt retten müssen. Gut, dass unsere Jungs Hobbys haben und sich aus solchen Sachen raushalten. Das sind ja bürgerkriegsähnliche Zustände.«

»... kam es zu mehreren Verletzten, als einer der Autofahrer in die Menge fuhr. Das Tempo des Pkw war nur gering und die betroffenen Jugendlichen kamen mit leichten bis mittelschweren Verletzungen davon«, fuhr der Berichterstatter unterdessen fort. *»Die Polizei nahm den Autofahrer sowie mehrere Jugendliche fest. Es befand sich mutmaßlich keiner der maskierten Täter darunter.«*

In diesem Moment wurde ein Bild von Ean in Tigermaske gezeigt, wie er auf dem Autodach stand und das Zeichen der Erde formte.

Eans Vater schüttelte erneut den Kopf. »Nicht zu fassen!«

»Die Polizei geht im Moment davon aus, dass die Mitglieder der Gruppe Grüne Tiger die Initiatoren waren. Die Zeugenbefragungen sind noch nicht abgeschlossen.«

Der Bildschirm wurde geteilt, und man sah den Nachrichtensprecher im Studio. *»Dirk, gibt es bereits irgendwelche Erkenntnisse zu den vier maskierten Jugendlichen?«*

»Nur sehr wenige. Im Gegensatz zu den Äußerungen im Netz nehmen die meisten befragten Jugendlichen, die live dabei waren, die Maskierten in Schutz. Auch die Autofahrer liefern kaum sachdienliche Informationen, wer diese Personen sein könnten, die seit mehreren Wochen für Aufsehen sorgen.«

»Wie gedenkt die Polizei weiter vorzugehen?«

»Dazu äußerte sich der Polizeisprecher nicht. Die Unbekannten haben starken Rückhalt in Teilen der Bevölkerung. Denken wir nur an die Müllaktion vor zwei Wochen, die das ganze Bundesland betraf. Man muss den Grünen Tigern zugutehalten, dass sich laut dem Bundesverband der Deutschen Entsorgungs-, Wasser- und Rohstoffwirtschaft der Konsum, bezogen auf Plastik, in den letzten

Tagen nachweislich leicht reduziert hat. Zwei Wochen sind keine lange Zeit, aber immerhin. In großen Teilen der Medien wurden die Grünen Tiger nach den heutigen Vorfällen heftig attackiert. Fragt man jedoch die Demonstranten, bekommen sie viel Zustimmung. Natürlich ist das für die Strafverfolger kein Argument, Tatbestände wie Anstiftung und Sachbeschädigung unter den Tisch fallen zu lassen. Eins jedoch ist klar: Bei den Klimaschützern werden die Ermittler auf Granit beißen.«

»Wie reagieren die Sprecherinnen von Act Now auf den plötzlichen Umschlag in Gewalt, wie wir sie in kleinerem Rahmen ja schon von anderen Gruppierungen kennen?«

»Ja, das ist interessant. Die distanzieren sich nämlich ganz klar von der Aktion und wollen weiter friedlich protestieren. Fragt man Act-Now-Aktivistinnen und -Aktivisten in anderen Staaten, ist das allgemeiner Konsens. Jedenfalls noch, denn hier, wo die Grünen Tiger ihre Rede gehalten haben, stellen sich sehr viele hinter diese Aktivisten, die klar signalisiert haben, dass friedliche Proteste ihnen nicht mehr reichen. Die Videos von der außer Kontrolle geratenen Demo werden sich im Netz schnell auf der ganzen Welt verbreiten. Ich denke, dass der Gewaltakt in vielen Orten eher als Heldentat für das Klima gesehen wird und nicht als Straftat.«

»Das war Dirk Walter aus Norddeutschland. Danke für die Berichterstattung und die Einordnung der Geschehnisse.«

Der Reporter nickte und das Bild verschwand. Der Nachrichtensprecher übernahm wieder.

»Inzwischen haben sich zahlreiche Politikerinnen und Politiker zu den Ereignissen geäußert, darunter auch Innenminister Thomas Müller.«

Das Bild wechselte, und man sah den Minister vor diversen Standmikrofonen.

»*Ich verurteile die heutigen Ausschreitungen aufs Schärfste. Wir genießen in unserem Land mit der Versammlungs- und der Meinungsfreiheit wichtige Rechte, die es jeder Bürgerin und jedem Bürger ermöglicht, sich für seine Belange einzusetzen. Aber wir müssen aufpassen, dass wir diese Rechte nicht aufs Spiel setzen, wenn wir die Demokratie nicht gefährden wollen. Die Bundesregierung arbeitet aktuell an vielen Fronten für den Umweltschutz. Milliardenbeträge gehen in die Forschung, in den Ausbau der Wasserstoffnutzung, erneuerbare Energien, öffentliche Verkehrsmittel und in viele weitere Sektoren. Bis 2030 werden wir gemeinsam mit der Deutschen Bahn 86 Milliarden Euro in den Ausbau des Bahnnetzes investieren. Die Zuschüsse für den öffentlichen Nahverkehr werden sich in den nächsten Jahren verdoppeln. Dank der Energiewende bezieht unser Land bereits heute über 40 Prozent seines Stroms aus erneuerbaren Energieträgern. Bis 2030 beabsichtigen wir, diesen Anteil auf bis zu 65 Prozent anzuheben. Darüber hinaus wollen wir bis 2050 klimaneutral sein. Es kann daher keinen Zweifel geben: Wir haben den ungeduldigen Ruf der Jugend vernommen und wir handeln entsprechend. Es ist jedoch wichtig, dass bei allen Forderungen nicht das politisch Machbare aus dem Blick verloren wird. Es ist immer einfach, Dinge zu fordern, wenn man für die Konsequenzen keine Verantwortung trägt. Eine militante Radikalisierung des Themas wird weder unser Land noch die Erde voranbringen.*«

Wieder erschien der Nachrichtensprecher: »*Und nun die weiteren Nachrichten …*«

Ean verschwand im Badezimmer und ging unter die Dusche.

Er ließ kaltes Wasser über seine Haut rinnen. Das tat nicht nur seinen geschundenen Knochen gut, sondern auch seinem Kopf. Die Gedanken begannen sich neu zu sortieren. Ein Gefühl der Genugtuung erfüllte Ean.

Wenn es auch anders gelaufen war als geplant, hatten sie doch eines erreicht. Sie hatten die wöchentlichen Umweltdemonstration auf ein neues Niveau gehoben. Hektor hatte recht behalten – ohne einen lauten Knall kapierte es in diesem Land der Egoisten niemand.

Ean stellte die Dusche ab, wickelte sich ein Handtuch um die Hüfte und ging in die Küche. Aus dem Gefrierfach nahm er sich eine Packung Eis, die er auf seine Schulter drückte. Er wollte zurück in sein Zimmer, aber im Flur hielt ihn die Stimme seines Vaters zurück.

»Ean, warte kurz.«

Ean drehte sich um. Sein Vater betrachtete ihn mit ernsten Augen.

»Deine körperliche Verfassung gefällt mir gar nicht, mein Sohn.«

»Das Training hat mir in letzter Zeit ziemlich zugesetzt. Vielleicht muss ich wieder öfter zur Physio.«

»Und du warst nicht zufällig in irgendwelche politischen Eskapaden involviert?«

»Ich?« Ean sah seinen Vater mit gespieltem Entsetzen an. »Nee, damit hab ich nichts zu tun. Obwohl, meine Schlagkraft hätten die, glaube ich, gut gebrauchen können.«

»Nicht lustig, Ean.«

Sein Vater beäugte ihn kritisch. »Ich möchte, dass du dich

von diesen Leuten fernhältst. Du und auch Rob. Ihm habe ich es schon gesagt.«

Ean nickte. »Ja, alles gut. Um das Thema kommt man natürlich kaum drum herum, reden ja alle drüber, aber ich raste doch jetzt nicht aus und werde zum Climate-Bunny.«

»Climate-*was*?«

»Umweltaktivist oder so.«

Sein Vater brummte. »Ich will es hoffen.«

Im Zimmer angekommen, hatte Leyla bereits Neuigkeiten geschickt.

»*Okay Jungs. Ich habe mit ihr gesprochen. Sie wird uns nicht verraten, aber Ean, du sollst sie nie wieder ansprechen. Du musst ziemlich ausgetickt sein, als sie bei dir war??? Ist nicht dein Tag heute, oder?*«

»*Ich sag's ja …*«

»*Und was ist eigentlich mit Hektor?*«

»*Keine Ahnung.*«

»*Er wird das schon noch lesen.*«

»*Danke, Leyla.*«

»*Morgen, 11 Uhr,* Veggiebound?«

»*Bis dann.*«

»*Und Ean … Was geschehen ist, ist geschehen.*«

»*Okay.*«

Ean sah, dass Hektor etwas tippte.

»*Leute, wir haben noch ein Problem.*«

»*Schön, dass du dich auch mal meldest.*«

»*Und welches?*«

Aber Hektor antwortete nicht mehr.

18

Ean stieg von seinem Mountainbike und schloss es vor dem *Veggiebound* an. Sein T-Shirt war durchgeschwitzt und klebte am Rücken, als er sich über den Sattel beugte und am Zahlenschloss drehte. In der vergangenen Nacht hatten ihn die Gedanken an die Ereignisse vom Vortag lange am Einschlafen gehindert. Die Prellungen und die gezerrte Schulter hatten ihr Übriges getan. Jetzt rückte er seine Sportsonnenbrille zurecht und zog die Basecap tiefer – und das nicht nur, weil die Hitze ihm zu schaffen machte.

Piet und Leyla saßen draußen in der Sonne. Leyla in weißer Bluse, Piet mit Shirt und ebenfalls einer Cap auf dem Kopf. Das Mobiliar hier draußen bestand vorwiegend aus ausrangierten Holzpaletten. Ean bahnte sich einen Weg zwischen den Tischen hindurch und ging mit gesenktem Blick zu den Freunden. Leyla hatte trotz der Hitze einen Tee vor sich stehen.

»Geht es dir gut, Ean?«

»Ich sage ja, er guckt zu viele Filme«, sagte Piet an Leyla gewandt.

»Was ist euer Problem?« Ean hob fragend die Hände. Hitze, Schlafmangel und Paranoia – eine Scheißkombination.

»Du siehst aus wie ein Promi, der nicht erkannt werden will, es aber absolut nicht draufhat, sich zu tarnen.«

Ean schaute Piet verständnislos an.

»Digga, weil deine Sportbrille grün-rot glänzt und du hier vielleicht nicht beim Beachvolleyball bist?«

»Ist ja schon gut«, antwortete Ean und nahm die Sonnenbrille ab. »Hat einer von euch versucht, Hektor anzurufen?«

»Ja. Heute bereits dreimal. Hat nicht abgenommen«, antwortete Leyla.

»Sollten wir uns darüber Sorgen machen?«, fragte Ean und setzte sich neben sie auf die Bank.

Leyla musterte ihn erneut. »Hast du in der vergangenen Nacht geschlafen?«

Ean brummte: »Geht so.«

Leyla strich ihr schwarzes Haar hinters Ohr und kam ein Stück näher heran. »Du musst auf dich aufpassen, Ean. Der gestrige Tag hat dir viel abverlangt, aber er war wichtig.«

Piet hatte genug von der Fürsorglichkeit. »Hast du uns vielleicht noch etwas zu sagen, Ean? Marie und so?«

»Ich will nichts mehr ihr zu tun haben.«

»Gut.« Leyla trank einen Schluck Tee. »Nehmen wir das so zu Protokoll. Ist das Kapitel also endlich geschlossen. Du und Frauen.« Sie betrachtete ihn, schürzte die Lippen.

»Warum machst du es nicht wie ich?«, fragte Piet. »Einfach bei Tinder ein Bild von dir mit Tigermaske reinstellen. Ich sage dir, die Ladys stehen Schlange!«

»Das hast du nicht gemacht?«, sagte Ean entsetzt.

Piet grinste frech. »Spaß.«

Leyla kommentierte: »Diese Plattform sollte verboten werden.«

»Du hast ja keine Ahnung«, entgegnete Piet freudig. »Ist wie WhatsApp, nur besser. Aber im Ernst, Ean. Fünfzig Euro die Stunde, dann würde ich dir ein paar Tipps geben. Vielleicht mach ich es auch for free. Wir wollen ja nicht, dass du so wie Hektor endest.«

»Haben wir nichts Wichtigeres zu bereden?« Ean betrachte Leylas Teetasse. »Wie kannst du bei dieser Hitze noch Tee trinken?«

»Wie kann man als Leistungssportler nach zehn Minuten Fahrradfahren so durchgeschwitzt sein?« Genüsslich nahm sie einen weiteren Schluck. »Also, Piet, was hast du für uns?« Ean sah verwundert von Leyla zu Piet. Der zögerte noch.

»Eigentlich hat er es ja nicht verdient.«

»Ich habe doch gesagt, dass es mir leid tut, verdammt«, sagte Ean.

Piet zupfte mit gerunzelter Stirn noch ein wenig an seinem nachhaltigen Designer-Shirt und sagte schließlich: »Na schön.«

Er griff hinter sich und hob einen Karton vom Boden. Ean verfolgte verwundert, wie Piet ihn langsam öffnete. Sehr langsam. »Jetzt zeig schon!«

Auch Leyla hatte sich vorgebeugt. Man sah dunkelgrünen Stoff.

»Ist das etwa mein Bio-Pullover?«, fragte Ean erfreut.

Leyla deutete auf das Kleidungsstück. »Ihm schenkst du so etwas, aber mir nicht?«

Piet öffnete den Karton ganz und Eans Kinnlade fiel herunter. Piet war der Comedian ihrer Gruppe, aber fuck – was Ean da sah, war ein Meisterwerk. Für einen kurzen Moment vergaß er die schmerzenden Knochen und den Ärger mit Marie.

Leyla befühlte mit beiden Händen den Stoff. »Piet, ich habe

viel erwartet, als du mir geschrieben hast. Aber das …«, flüsterte sie. »Das ist das letzte Puzzleteil unseres Auftretens.«

Eitel breitete Piet seine Hände aus. »Ich weiß, ich weiß. Ich schaffe es einfach nicht, unter mein Niveau zu gehen.« Er nahm seine Cap vom Kopf und Ean riss ungläubig seine Augen auf. Piets komplette Haare waren in dem gleichen Grünton wie ihr Logo, ihre Maske und jetzt auch ihre Kleidung gefärbt. Vorsichtig tastete Piet nach seiner Frisur.

Ean blickte sich beunruhigt um und sagte: »Dir ist doch wohl klar, dass wir uns aus guten Gründen unauffällig verhalten sollten, oder?«

»Ich habe auch noch anderen Pflichten, Ean.«

»Und die wären?«

Piet hob seine Augenbrauen. »Trendsetter zu sein? Den hässlichen Mitmenschen zu zeigen, was möglich ist, wenn man Geschmack besitzt?«

Ean drehte sich hilfesuchend zu Leyla herum.

Die war eher amüsiert als genervt: »Es ist so dämlich, dass es schon wieder klug ist. Niemand würde das erwarten.« Sie begutachtete Piet. »Abgesehen davon steht es ihm sogar irgendwie.«

Selbst Ean konnte das nicht leugnen. Das Dunkelgrün hatte was Edles. Aber er wollte kein Risiko eingehen. »Vielleicht sollten wir trotzdem aufhören, so öffentlich darüber zu reden. Schließlich …«, Ean beugte sich vor, »… liegt gegen uns alle ein Haftbefehl vor und es sind unseretwegen Leute im Krankenhaus!«

Leyla schüttelte den Kopf. »Wegen der Grünen Tiger liegt niemand im Krankenhaus, sondern weil ein Typ hinterm Lenkrad eine Amokfahrt unternommen hat.«

Ean biss die Zähne zusammen und atmete langsam aus. »Ganz unschuldig sind wir nicht.«

»Ean, kapier's doch«, warf Piet ein, während er die grünen Haare wieder unter der Cap verschwinden ließ. »Die sind die Bösen und wir die Guten!«

»So einfach gestrickt ist die Welt nicht. Das solltest selbst du wissen.«

Leyla schüttelte den Kopf. »Natürlich ist es bedauerlich, dass Menschen verletzt wurden. Aber entscheidend ist doch jetzt was anderes. Das Video von unserer Rede ist mittlerweile um die ganze Welt gegangen. Es wurde sogar auf Japanisch übersetzt! Die Grünen Tiger sind das Symbol für den grünen Aufstand. Weißt du, wie viele deutsche Youtuber in ihren Videos über diese Typen reden? Eigentlich alle«, beantwortete sie ihre Frage selbst. »Also, wenn du von Schuld redest, dann rede auch von Verdienst.«

Kelly trat zu ihnen an den Tisch und brachte die Sandwiches für Leyla und Piet. Ean gab bei der Gelegenheit ebenfalls eins in Auftrag.

Während Kelly Besteck dazulegte, fragte sie interessiert: »Habt ihr gerade über die Grünen Tiger geredet? Neulich hatte ich auch schon das Gefühl. Natürlich, ohne euch belauscht zu haben.«

Ean betrachtete die junge Frau. Ihre offene, freundliche Art gefiel ihm immer besser. Sie war jemand, dem man sofort alles anvertrauen wollte.

»Ja, wir haben uns über sie unterhalten. Was hältst du von ihnen?«, antwortete Leyla betont arglos.

Kellys Blick ging prüfend von einem Gesicht zum anderen und blieb schließlich an dem Karton hängen.

»Ich … ich muss zu einem anderen Tisch«, sagte sie schließlich. »Vielleicht meldet ihr euch bei mir, dann könnte ich euch zu unserer Gruppe hinzufügen.«

»Gerne«, entgegnete Leyla lächelnd.

Kelly warf einen letzten Blick auf den Karton, und ging eilig wieder ins Innere des Cafés.

Ean war sich sicher: Sie wusste es, hundertprozentig.

»Lasst uns abhauen«, sagte Piet. »Die hat bestimmt schon die Bullen gerufen.«

»Nein«, erwiderte Ean. »Dazu wäre es jetzt ohnehin zu spät. Es würde alles noch schlimmer machen.«

Leyla sagte: »Ihr fürchtet euch ständig davor, dass die falschen Personen unser Geheimnis erfahren. Habt ihr mal darüber nachgedacht, was wäre, wenn die richtigen Personen Bescheid wüssten?«

Piet hob verständnislos die Hände. »Wir haben doch gerade beschlossen, dass wir niemandem etwas sagen wollen.«

»Ja, wegen Marie.« Leyla sah sich zur Eingangstür des Cafés um. »Aber Kelly ist was anderes. Habt ihr nicht auch das Gefühl, dass sie alles dafür geben würde, die Grünen Tiger zu unterstützen?« Leyla sah die beiden Freunde an. »Ich habe sie gegoogelt, nachdem du mir das mit der Gruppe bei Telegram erzählt hast, Ean. Dieses Café …«, sie deutete mit dem Finger hinter sich, »das gehört ihr.«

Das hatte Ean nicht erwartet. Kelly wirkte kaum älter als sie. Er wollte mehr erfahren, doch Piet kam ihm zuvor.

»Bevor Marie 2.0 passiert. Was ist jetzt eigentlich mit Hektor?« Eine halbe Stunde später klingelten sie bei Hektor. Seit dem Tod seine Mutter lebte er hier in dem Reihenhaus gemeinsam mit seinem Vater. Ihr Leben auf dem Gehöft hatten sie hinter sich gelassen. Nur die Jagd hatte sie noch mit der alten Heimat verbunden. Ean wunderte sich nicht, dass Hektor immer mehr zum Psychopathen mutierte, wenn ihm mit dem Verlust des Fürter Forsts nun auch das letzte Andenken an seine Mutter genommen worden war. Sein Vater machte ihnen auf. Er war groß und schlank wie Hektor. Sein Haar war bereits ergraut. Er sah sie mit ernster Miene an. Es war leicht zu erkennen, von wem Hektor seine Verbissenheit geerbt hatte. »Moin«, begrüßte er die drei. »Was treibt euch hier her? Wo ist Hektor?«

Ean sah ihn verwundert an. »Ist er denn nicht bei Ihnen?«

»Soll das ein Spaß sein? Er ist doch gestern zu dir gefahren.«

»Zu mir?« Ean hob seine Augenbrauen.

Hektors Vater suchte die Umgebung ab, als könne sein Sohn ihm einen Streich spielen wollen.

»Ich mache keine Witze«, beteuerte Ean.

»Warum hätte er mich anlügen sollen?«, fragte der Vater verwirrt. Ean wollte sein Handy zücken und ihm Hektors letzte Nachricht zeigen.

Leyla drückte seine Hand nach unten. »Wann hat er das Haus verlassen?«

»Na, gestern Abend. Er hatte es furchtbar eilig. In der Küche ist ihm ein Glas runtergefallen, und ich konnte dann die Scherben auffegen, dafür hatte er angeblich keine Zeit mehr. Ich verstehe das nicht. Der Junge hat sich verändert. Die Stimmung im Land scheint ihn sehr zu beschäftigen. Wisst ihr, wie viele Bücher er sich zum Thema Natur in den letzten Wochen gekauft hat? Von Green New Deal über Ökokatastrophen bis hin zu allen möglichen Tierarten …« Der Vater schüttelte den Kopf. »Ihr müsst mit ihm reden. Ich habe das Gefühl, der gute Junge will sich irgendwie an diesen Protesten und Demonstrationen beteiligen und sie für seine Zwecke nutzen … Ihr wisst ja, das Verbrechen an unserem Wald … Für mich war es auch nicht leicht, aber ich fürchte, Hektor ist bis jetzt nicht darüber hinweg.« Hektors Vater seufzte. »Ich meine, der Junge geht zur Schule, er soll sich auf seinen Abschluss konzentrieren. Seine Mutter hätte nicht gewollt, dass er sich das Leben unnötig schwer macht.«

Hektors Vater sah sie erneut erwartungsvoll an. »Aber wo kann er denn jetzt sein?«

Leyla schüttelte den Kopf, und Piet machte eine bedauernde Miene.

»Er hat uns gestern geschrieben«, sagte Ean zögernd, »dass es ein Problem gibt. Wir haben gefragt, was los ist, aber darauf hat er nicht mehr geantwortet«.

»Ein Problem?« Hektors Vaters sah sie der Reihe nach an.

Leyla sagte: »Wir haben uns nicht viel dabei gedacht. Sie wissen ja, wie er ist.«

»Auf dem iPhone gibt es doch diese Such-App! Ich bin mit Hektor da befreundet«, warf Piet ein.

Es war schon das zweite Mal, dass er heute Eindruck schinden konnte. Im Verlauf eines einzigen Tages! Keine Selbstverständlichkeit für Piet. Leyla drehte sich anerkennend zu ihm um. Ean war schon dabei, Hektor in der App zu suchen.

»Es funktioniert!« Ean zoomte auf der Karte immer näher heran, bis er stirnrunzelnd verkündete: »Laut der App müsste er hier sein. Hier im Haus.«

»Der Dulli hat bestimmt sein Handy liegen lassen«, sagte Piet enttäuscht.

»Oder …« Leyla zog ihre Schuhe aus und eilte die Treppe hinauf. Einen Augenblick später schallte ihre Stimme durchs Haus: »Hab ihn.«

Sofort waren auch die anderen bei ihr. Verwundert sahen sie ins Zimmer ihres Freundes. Hektor saß an seinem Schreibtisch und starrte reglos auf den Bildschirm seines Laptops. Er schien die Ankömmlinge gar nicht zu bemerken.

»Digga, bist du auf CO_2?«, fragte Piet und trat näher.

Keine Reaktion.

»Sauerstoffmangel hat er hundertprozentig. Hier stinkt es wie im Pumakäfig.« Ean riss das Fenster auf.

Hektors Vater trat neben seinen Sohn. Er blickte auf die geöffnete Website, dann zu Hektor. »Hattest du es gestern nicht so eilig loszukommen? Ich habe mir Sorgen gemacht, Hektor.«

»Wir alle haben uns Sorgen gemacht«, stellte Leyla klar, aber Hektor rührte sich nicht. Er hob nicht den Kopf und sagte kein einziges Wort.

Sein Vater zuckte die Schultern. »Na schön«, sagte er schließlich resigniert, »ich lass euch dann mal allein.« Bevor er das Zimmer verließ, drehte er sich noch einmal um. Überall lagen ausgedruckte Dokumente herum, aufgeschlagene Bücher, vollgekritzelte Zettel. Eine Unordnung, wie sie sonst für Hektor undenkbar gewesen wäre.

Hektors Vater war schon draußen, als sein Blick auf die Zimmerecke fiel. »Hektor, wo ist dein Gewehr?«, fragte er. Und jetzt sahen es auch die Freunde: Die Vitrine an der Wand war leer.

Es war, als hätte die Frage in Hektor einen Schalter umgelegt. Er antwortete mit tonloser Stimme und ohne den Blick zu heben: »Unter dem Bett. Sicher.«

Die Furchen im Gesicht von Hektors Vater wurden tiefer, dann verließ er den Raum.

Ean ging neben Hektor in die Hocke und winkte mit der Hand vor seinem Gesicht herum. »Hallo, was ist los mit dir? Wieso hast du uns nicht geantwortet?«

»Die Welt wird untergehen«, sagte er wie in Trance.

»Was?«

»Die Welt wird untergehen«, wiederholte Hektor und deutete auf den Bildschirm.

Ean warf Leyla einen fragenden Blick zu.

Piet lachte: »Jungs, ich glaube, der ist nicht nur auf CO_2, sondern auch noch auf Methan.«

»Was soll das heißen, die Welt geht unter?«, fragte Leyla.

Hektor schluckte trocken. Schließlich sprach er. »Seit ein paar Wochen habe ich es schon nicht verstanden. Wollte es euch nicht sagen, weil ich dachte, es kann nicht stimmen. Wir dachten die ganze Zeit, Plastik ist das Problem, die Chemie, Elektroschrott, Massentierhaltung … alles Schwachsinn.«

Ean runzelte die Stirn. Was redete Hektor da? »Was heißt hier Schwachsinn? Plastik …«

»Du verstehst es nicht!«, fuhr Hektor ihn gereizt an, »Es ist viel schlimmer! Wenn wir nicht bald weniger CO_2 produzieren, zerstören wir die Erde und sie wird unbewohnbar sein!« Er schaute seine Freunde mit einem entsetzen Blick an, als hätte er das Ende bereits vor Augen.

Vorsichtig versuchte Ean es erneut. »Wir wissen, was der Klimawandel für das Leben auf der Erde bedeutet. Das wissen auch alle Act-Now-Anhänger.«

Hektor stieß mit dem Finger auf den Bildschirm seines Laptops. »Kapier es endlich! Die Menschheit löscht sich aus!«

In seinen Worten steckten so viel Aggressivität und Wahn, aber auch Traurigkeit, dass es Ean kalt den Rücken runterlief.

Leyla legte eine Hand auf Hektors Schulter. »Was hältst du davon, wenn du dich erst mal schlafen legst?«

»Nein, ihr müsst das lesen!« Seine Augen waren gerötet und glasig.

Leyla betrachtete Hektor besorgt. »Wir werden es lesen. Du gehst schlafen und wir machen uns schlau, versprochen.«

»Ihr nehmt mich einfach nicht ernst! Habt ihr noch nie!«

Irritiert betrachtete Ean seinen Freund. Wollte er sie verarschen? Sie alle hatten am Freitag riskiert, in den Bau zu wandern, und dann so ein Vorwurf? »Was redest du denn da schon wieder?«

Hektor presste die Zähne aufeinander, seine Kiefer mahlten. Er warf Ean einen vernichtenden Blick zu. »Dir geht es doch die ganze Zeit nur um dein Ego. Hättest du nicht mit deinem Anführergehabe als Grüner Tiger eine Medienkarriere hingelegt, wärst du heute ganz woanders. Du willst bejubelt werden, dich wichtig fühlen. Ob im Sport oder im Umweltschutz – ganz egal.«

Ean schluckte. Hektors Worte trafen ihn wie ein Faustschlag. Er wollte etwas erwidern. Doch Hektor wandte sich schon dem Nächsten zu.

»Und du, Piet«, sagte er, »du bist der Schlimmste von allen. Keinen juckt die Umwelt weniger als dich. Du gehst feiern und besäufst dich. Du behandelst Frauen wie Objekte. Du würdest für deine Frisur töten. Guck dich an, das Einzige was du kannst, ist deine Haare grün färben. Du bist nur hier, weil du ohne uns nichts bist. Die Freunde, die über deine Witze lachen und sich über deine Frauenfeindlichkeit amüsieren.«

Leyla stemmte die Hände in die Hüfte, denn sie wusste, was kommen würde.

»Und du, Leyla«, setzte Hektor an, »für dich ist alles nur ein geistreiches Spiel. Schachfiguren hin- und herschieben, Menschen austricksen und gegeneinander ausspielen, das kannst du. Dir wird jedes Mal ganz warm, wenn du wieder einen Beweis für deine überragende Intelligenz abliefern kannst. Die Umwelt war nie wichtig für dich. Aber für mich ist sie alles.« Hektor holte tief Luft. »Ich will nicht mehr zusehen, wie die Natur zerstört wird, wie Tierarten ausgelöscht werden und wie unschuldige Menschen ihr Leben verlieren. Ich will es nicht mehr! Wenn ich mich umsehe – überall sehe ich Daten und Fakten, die mir sagen: Die Uhr tickt.« Er sah sich in seinem Zimmer um, zu den Bücher und ausgedruckten Seiten.

Schweigen trat ein.

Eans Gedanken kreisten. Er fühlte sich tief getroffen. Vielleicht steckte ein Funken Wahrheit in Hektors Worten, aber eine Frechheit war es dennoch. Leyla hingegen schien keinen Ärger zu verspüren, sondern Mitgefühl. Fast Dankbarkeit dafür, dass Hektor sich endlich geöffnet hatte.

»Gib uns die Chance, auf dem gleichen Wissensstand zu sein wie du«, sagte sie. »Leg dich hin, und wir werden lesen. Ich meine es ernst.«

Auch Ean trat jetzt an Hektor heran und legte ihm eine Hand auf die Schulter. Sie war verspannt und steinhart. »Du musst nicht allein kämpfen. Wir werden an deiner Seite stehen. Ab heute gelten neue Regeln. Kein Ego. Keine Partys. Keine Spielchen. Nur noch Mutter Erde.«

Ernst erwiderte Hektor ihren Blick. »Das wäre ein Anfang.« Widerwillig erhob er sich vom Stuhl und verkroch sich in sein Bett. Es dauerte keine Minute, bis er eingeschlafen war.

»Was für ein Vogel.« Piet schüttelte den Kopf, während Leyla sich an den Schreibtisch setzte.

»Unglaublich, der Typ hat eine Million Tabs geöffnet. Er hat wirklich die ganze Nacht gelesen.«

Ean schnappte sich einige von den herumfliegenden Zetteln. Gemeinsam begannen sie, sich durch die Seiten zu arbeiten. Was sie zu lesen bekamen, war in der Tat erschütternd.

Der Point of no Return rückt immer näher. Danach gibt es nur noch den Weg steil bergab. Wir werden machtlos mit ansehen, wie die Erde kollabiert.

1 °C wärmer bedeutet einen Anstieg des Meeresspiegels von 6 bis 9 Metern. 4 °C würden 23,5 Meter bedeuten. Städte und Landschaften werden versinken, mit ihnen die Existenzgrundlagen von vielen Millionen Menschen. Besonders gefährdet sind die zahlreichen Städte am Meer, an Buchten und Flussmündungen. Treibhausgase wie Kohlenstoffdioxid (CO_2), Methan (CH_4) und Lachgas (N_2O) erzeugen eine Wärmedecke um den Planeten.

Piet lachte auf. »Alle auf Lachgas, das wäre schon witzig. Dann …«
»Halt dein beschissenes Maul, Piet«, fauchte Ean.

347 Milliarden Tonnen CO_2 sind noch übrig, um unter dem Ziel von 1,5 °C zu bleiben. Beim aktuellen Verbrauch wären das acht Jahre.

Falten hatten sich auf Eans Stirn gebildet. »Heißt das, in acht Jahren muss die Menschheit bei einem CO_2-Verbrauch von Netto-Null angekommen sein?«
»Ja«, sagte Leyla. »Das Traurige ist, ich kenne diesen Kipppunkt-Kram, ich weiß Bescheid über den Domino-Effekt. Aber es hat mich nie interessiert.« Sie drehte sich zu Ean um. »Verstehst du das? Ich habe es gelesen und einfach weitergeblättert.«

Südeuropa wird riesige Wüsten besitzen. In den Ozeanen werden riesige tote Zonen entstehen, weil der Sauerstoffgehalt zu gering ist. Korallenriffe werden verschwinden, Ernteausfälle führen zu Hungersnöten. Überflutungen und Stürme werden unsere Gebäude zerstören.
Die Menschen werden flüchten, verdursten, verhungern und einander deswegen umbringen. Von der Rettung der Tiere wird dann schon gar nicht mehr die Rede sein.

Der Untergang der menschlichen Zivilisation ist nahezu gewiss, wenn wir nur ein einziges Jahr so weitermachen wie bisher.

Mehr als ein Drittel der Erde wird sich in Wüsten verwandeln. Vor allem Südafrika, Westasien, der Mittlere Osten, das Inland von Australien und der Südwesten der USA werden unbewohnbar sein.

Mehr als zwei Milliarden Menschen werden extremer Wasserknappheit ausgesetzt sein.

Wenn der CO_2-Ausstoß 2030 immer noch steigt, ist es mit dem Leben auf unserem Planeten vorbei.

Jedes Blatt, jede Notiz war ein Puzzlestein in einem Gesamtbild, das die Erde als einen unwirtlichen, von Kriegen um Ressourcen gekennzeichneten Planeten zeigten. Selbst Piet schien endlich den Ernst der Lage zu begreifen.

»Ich dachte immer, der Maifisch ist eine Klimahysterikerin«, nuschelte er vor sich hin.

»Welcher Maifisch?«

»Na, Maisie.«

»Maifisch …«, wiederholte Ean. »Du bist so ein Trottel.«

Ohne den Blick vom Bildschirm abzuwenden, schüttelte Leyla den Kopf. »Die traurige Wahrheit ist, all diese Zahlen und Analysen haben nichts mit Klimahysterie zu tun. Jeder dieser Berichte ist durch Studien belegt. Und die stammen nicht von irgendwelchen Verschwörungstheoretikern, sondern von international bekannten Professorinnen und Professoren angesehener Universitäten.«

»Du arme Welt«, murmelte Piet. »War eine schöne Zeit mit uns beiden. Schade um all die Mädels.«

»Wenn all die berühmten Professorinnen und Professoren sich nicht täuschen.«

»Wohl kaum, Ean«, entgegnete Leyla.

»Aber wie kann es dann sein, dass die Politik nicht innerhalb von vierundzwanzig Stunden dafür sorgt, dass ein neuer Kurs eingeschlagen wird? Wie kann es sein, dass sie die nächste Wahl mehr interessiert als die Zukunft ihrer eigenen Kinder? Wie viele Millionen geben die Lobbygruppen jedes Jahr aus, dass so etwas unter den Tisch fällt?«

»Wieso fragst du mich das?«, antwortete Leyla gereizt. »Die Erde wird brennen. So wie es aussieht, führt kein Weg daran vorbei.«

»Gerade eben stand da aber was von Überflutung«, sagte Piet.

»Das war sinnbildlich, du Idiot!« Leyla drehte sich zu den anderen um. »Die Menschheit löscht sich aus. In klarer Erkenntnis, was passieren wird. Wie viele Jahre Haft stehen auf acht Milliarden Fälle von unterlassener Hilfeleistung!?«

»Schrei uns nicht an«, sagte Ean. »Wir haben es auch gerade gelesen«, fügte er leise hinzu.

»Die Studien sagen, dass wir den CO_2-Ausstoß um 80 Prozent senken müssen, sonst werden schon im Jahr 2050 Millionen Menschen sterben. Im Jahr 2050 werden wir vermutlich alle noch am Leben sein und Piet ist dann im besten Fall schon erwachsen. Plus alle Kinder, die wir bis dahin haben werden.«

Leyla sagte: »Kinder werden verdursten, weil wir noch Kreuzfahrten machen und First Class fliegen und protzige Autos fahren! Wieso tun wir das? Solange wir noch Braunkohleunternehmen betreiben, nehmen wir quasi den Tod von unzähligen Menschen in Kauf. Wir töten! Nur schießen wir ihnen nicht in den Kopf.

Wir lassen sie verdursten und verhungern und vergiften sie. Wir lassen sie langsam sterben!«

»Das ergibt keinen Sinn«, entgegnete Ean. »Warum steht der Umweltschutz nicht weltweit an erster Stelle in der Politik? Hier geht es um so viele Menschenleben, da muss doch selbst die Gier der Konzerne an Grenzen geraten.« Ean runzelte die Stirn. »Vielleicht stimmt doch irgendwas mit diesen Studien nicht.« Er zuckte mit den Schultern. »Irgendwo steckt ein systematischer Fehler.« Er ging nervös im Zimmer auf und ab.

Leyla rieb sich die Augen, als wäre das alles nicht real. »Wenn Hunderte und Tausende Wissenschaftlerinnen und Wissenschaftler Warnungen aussprechen, in unabhängigen Studien, wie kann man das derart ignorieren?«

Ean nickte. »Ich dachte bisher, die 1,5 Grad sind ein Ziel. Dabei ist es eine Grenze. Und zwar eine tödliche.« Er schüttelte den Kopf, als er einen weiteren Zettel vom Boden aufhob. »Und es nimmt kein Ende«, sagte er verbittert. »Oder hör dir das an: ›*Die Kohleriesen wissen es schon seit 1970 …*‹ Seit fünfzig Jahren wissen die Bescheid. Aber anstatt sofort zu handeln, haben sie damals nur begonnen, Lügen zu streuen!«

Leyla deutete auf den Zettel in Eans Hand. »All diese Informationen fordern uns auf und legitimieren uns, eine Rebellion anzuführen.«

Ean und Piet sahen auf. Dieses eine Wort. Rebellion. Eine Kraft ging von ihm aus, etwas Gefährliches, aber zugleich Befreiendes. In der vergangenen Nacht hatte Ean sich hin und her gewälzt und konnte lange nicht schlafen. Er hatte sich Gedanken gemacht, ob er einen falschen Weg eingeschlagen hatte oder ob die Eisenstange wirklich das notwendige Instrument war, um den gesellschaftlichen Umbruch herbeizuführen. Jetzt glaubte er die Antwort zu kennen.

»Ist das da …?«

Ean sah zu Leyla. Beim Schließen der vielen Tabs war sie auf etwas gestoßen. Ihre blauen Augen glitten über den Bildschirm. Auch Ean beugte sich über den Schreibtisch.

»Ist das da etwa …«

Ein zwei Jahre alter Zeitungsartikel war zusehen. Ein Foto zeigte eine junge Frau, mit arbeitsfester Kleidung und einer Warnweste. Die Überschrift lautete: *Junge deutsche Geologin stirbt bei Katastrophe am Kiwusee.*

Ean sprach es aus. »Hektors Mutter?«

Inzwischen war auch Piet herangetreten. Kein Witz, keine dumme Bemerkung kam über seine Lippen, als sie den Artikel lasen.

Ruanda, Distrikt Karongi. Stille liegt über den Tälern rings um den Kiwusee. Kein Hund bellt, kein Kind schreit, kein geschäftiges Treiben am Morgen dieses tragischen Tages. Als die ersten Menschen erwachen, fühlen sie sich schwindelig und schwach, bekommen kaum Luft. Sie sind die wenigen Überlebenden einer verheerenden Katastrophe, die beinahe alles Leben in den Dörfern ringsumher ausgelöscht hat. Menschen liegen in ihren Betten. Tot. Tierkadaver zu Tausenden leblos auf den Wiesen. Was nach einem Massaker aussieht, ist in Wahrheit die Folge einer Naturkatastrophe. Wie schon Jahrzehnte zuvor bei der Nyos-Katastrophe löste ein Erdrutsch eine plötzliche Ausgasung des Sees aus. Denn der Kiwusee *ist einer der wenigen Seen auf der Welt, in denen sich das gebundene CO_2 nahe der Sättigung befindet. Das CO_2 selbst entstammt einer Magmakammer tief im Erdinnern. Durch den Erdrutsch waren die unteren Schichten an die Oberfläche gelangt. Durch Druckentlastung und Temperaturveränderung war das Wasser schlagartig übersättigt und CO_2 gaste aus. Tonnenweise.*

»CO_2«, murmelte Leyla. »Das ist der Grund, warum das Thema CO_2 ihn in den Wahnsinn treibt.«

Unter den Opfern befand sich auch die junge Geologin vom Fürter Geologie-Institut. Die Akademikerin war Teil eines Forschungsprojekts vor Ort. Ihre Aufgabe …

Ean las nicht weiter. »Warum hat er uns das nie gesagt?« Ean konnte es nicht fassen.

Er drehte sich zu Hektor herum und zuckte zusammen, als dieser ihn mit seinen grünen Augen anstarrte.

»Jetzt kennt ihr die Wahrheit«, sagte er mit heiserer Stimme.

19

Als Ean zwei Stunden später nach Hause kam, spürte er sofort, dass etwas nicht stimmte. Seine Eltern saßen im Esszimmer am Tisch und blickten schweigend in seine Richtung. Sie schienen auf ihn gewartet zu haben. Als Ean nähertrat, sah er auf dem Tisch die dunkelgrüne Tigermaske.

»Setz dich«, befahl sein Vater.

Zögernd nahm Ean Platz.

»Wir verlangen eine Erklärung.«

Ean sah zu der Maske. »Woher habt ihr die?«

»Das weißt du ganz genau, Freundchen.«

»Gehört die einem von den Typen?« Ean lächelte gequält.

Sein Vater stemmte die Hände auf den Tisch und beugte sich vor. »Die hat Rob bei dir im Schrank gefunden.«

»Dieser Bastard!«, knurrte Ean.

»Reiß dich zusammen!«, fuhr ihn sein Vater an. »Was soll dieser Mist?« Er griff nach der Maske, nur um sie sogleich wieder auf den Tisch zu knallen. Ean schaffte es nicht, seinem Vater in die Augen zu schauen.

Auf einmal war er wieder ein kleiner Junge. Mit leiser Stimme sagte er: »Wir wollen was verändern.«

»Ihr *wolltet* etwas verändern! Wolltet! Denn damit ist es jetzt vorbei.« Zorn blitzte in den Augen seines Vaters auf, während Ean auf die dunkelgrüne Maske schaute.

Seine Mutter schaltete sich ein. »Ich kann das immer noch nicht fassen. Das wart wirklich ihr? Du, Piet, Hektor und Leyla?«

Sie hielt sich die Hand vor den Mund, sah zu ihrem Mann. »Unser Ean steckt hinter diesen Krawallen? In den Zeitungen und im Fernsehen … das war unser Sohn? Ich kann das nicht glauben.«

Eans Vater schüttelte den Kopf. »Ich auch nicht«, stieß er aus, ohne den Blick von seinem Ältesten abzuwenden. »Was geht in euch bloß vor? Das sind ja keine harmlosen Jugendstreiche mehr. Nach euch wird bundesweit gefahndet. Du bist ein Krimineller!«

In Ean regte sich zaghafter Widerstand. »So siehst du das also?«, fragte er schwach, ohne den Blick zu heben.

»Ich hätte dir so was nie zugetraut«, sagte seine Mutter. Ihre Stimme zitterte.

Ean hatte gehofft, dass wenigstens sie ihn verstehen würde. Sie war nicht politisch aktiv, aber sie verstand sich als umweltbewusst und versuchte, danach zu leben. Aber natürlich würde sie nie ihren Sohn bei einer Rebellion unterstützen. Seine Mutter sah ihn bekümmert an. »Hast du Probleme, Ean? Gibt es Dinge, die du uns nicht erzählt hast? Ist irgendetwas vorgefallen?«

»Nein.« Ean tastete nach der Maske auf dem Tisch, fuhr mit dem Finger über die eingebrannte menschliche Hand.

»Wie kommt man nur auf solche Ideen?« Sein Vater gestikulierte wild. »Bei eurer Aktion hätten Leute sterben können! Hast du daran gedacht?«

»Es ist aber niemand gestorben«, antwortete Ean selbstbewusster.

»Und die Jugendlichen im Krankenhaus? Die sind dir egal?«

»Natürlich nicht.« Eans Stimme erlangte ihre Kraft zurück.

»Dann nochmal – was soll dieser ganze Mist?« Sein Vater funkelte ihn an, das Gesicht zu einer wütenden Grimasse verzogen.

»Ist das nicht offensichtlich? Die Menschen ruinieren mutwillig den Planeten, und es ist der einzige, den wir haben!« Ean sah seinem Vater in die Augen. Er war bereit, seine Position hier und jetzt zu verteidigen.

»Würde der junge Umweltterrorist bitte zur Kenntnis nehmen, dass in diesen Tagen sehr schlaue Menschen daran arbeiten, dieses Problem zu lösen! Ohne Gewalt, dafür konstruktiv mit Verstand.«

»Und sehr mächtige Menschen arbeiten daran, das Problem zu vergrößern!«

»Was noch lange kein Grund ist, dass vier aufmüpfige Jugendliche irgendwelche großmäuligen Protestaktionen anzetteln und für Chaos sorgen.«

Eans Mutter schüttelte den Kopf. »O Ean, wo kommt nur diese Gewalt her? Vom Kampfsport? Hätten wir dich doch zum Fußball schicken sollen?«

»In eine Militärschule hätten wir den Kerl stecken sollen«, knurrte sein Vater. »Was ist mit deinen Zielen für Olympia? Hat sich das erledigt? Du hast dein ganzes Leben mit Training verbracht! Wie kann man nur auf einmal so ziellos werden?«

Eans Miene verfinsterte sich. »Wie scheißegal sind denn die Olympischen Spiele, wenn riesige Flächen der Erde unbewohnbar sein werden? Wenn Millionen Menschen verdursten oder einander bekriegen werden, weil es nichts mehr zu essen gibt?«

Aufgewühlt starrte er seinen Vater an. »Papa, das Leben von Millionen, von Milliarden Menschen steht auf dem Spiel. Da können wir doch nicht weitermachen wie bisher!« Für einen Augenblick glätteten sich die Gesichtszüge seines Vaters. Hoffnung keimte in Ean auf. Vielleicht würde er es doch verstehen. Vielleicht …

Doch im nächsten Moment schlug die Stimmung wieder um.

»Ich glaube, mein Sohn ist einer gewaltigen linkspopulistischen Lüge zum Opfer gefallen. Was kommt als nächstes? Sozialismus? Kommunismus? Das ist doch der pure Wahnsinn. Was haben die nur mit deinem Verstand gemacht?«

»Wie bitte?« Ean konnte es nicht fassen. Der Vorwurf seines Vaters war einfach absurd. »Was ist denn bitte schön deine Antwort auf die existenzielle Bedrohung?«, fuhr er seinen Vater an. »Der Markt wird es schon regeln? Technologie wird uns retten? Selbstverpflichtungen sind das Maß aller Dinge? Bist du blind, Papa? Wie lange werden Menschen wie du noch brauchen, um zu verstehen, dass diese Denkweise uns erst die ganze Scheiße eingebrockt hat? Wieso sollen wir dem System vertrauen, das diese Krise erst erzeugt hat?«

Eans wischte den Einwand mit einer Handbewegung weg. »Was weißt du denn schon von der Wirtschaft. Steh du erst mal deinen Mann im Berufsleben, bevor du dir ein Urteil …«

»Aber ich …«

»Lass mich gefälligst ausreden!«, fuhr sein Vater ihn an. »Was maßt du dir an, mit dem Finger auf die Wirtschaft zu zeigen und im besserwisserischen Ton Anschuldigungen zu erheben? In Deutschland existieren bereits sehr strikte Umweltschutzauflagen, die von der Industrie auch erfüllt werden. Und falls nicht, werden sie mit hohen Schadensersatzzahlungen ausgeglichen. Da braucht es nicht ein paar als Katzen verkleidete Grünschnäbel wie euch, um für Gerechtigkeit zu sorgen. Die Unternehmen kennen ihre Verantwortung sehr wohl, mein Sohn.«

Ean lachte spöttisch. »Und wie konnte es dann so weit kommen? Die Polarkappen schmelzen, die Meeresspiegel steigen, der CO_2-Gehalt der Atmosphäre erreicht jedes Jahr einen neuen Höchststand …«

»Wir wissen doch alle, dass etwas getan werden muss«, fuhr sein Vater fort und bemühte sich um einen versöhnlicheren Ton. »Dafür hat ja nicht zuletzt diese Act-Now-Bewegung gesorgt. Aber es geht nun einmal nicht, das gesamte Wirtschaftssystem von heute auf morgen auf Grün zu trimmen. Dann existiert unsere Wirtschaftskraft in zehn Jahren nämlich nicht mehr und wir sind auf Almosen aus China angewiesen.«

Ean nickte grimmig. Das heilige Bruttosozialprodukt. Das Mantra aller Leute, die sich mehr für Zahlen interessieren als für Menschen.

Eans Mutter beugte sich zu Ean herüber. »Wir wollen doch nur, dass du dich nicht in irgendwas hineinreitest, dass du in Schwierigkeiten kommst«, sagte sie sanft.

Doch Ean ging nicht darauf ein. »Das Problem ist und bleibt die Wirtschaft«, setzte er erneut an. »Na klar, es ist teuer, so eine Wende durchzuführen. Auf ein solches Investment haben die Unternehmen keinen Bock. Unternehmen interessieren sich nur für eine Sache – wie man den Profit steigert und wie man auf diesem Weg die Konkurrenz platt macht. Das gilt wahrscheinlich auch für dein Unternehmen, oder?« Aber Ean kannte die Antwort bereits.

»Du redest von Dingen, von denen du nichts verstehst. Basta«, sagte sein Vater erneut. Für ihn war die Sache damit anscheinend erledigt.

Doch Ean fing erst an. »Dieses Wirtschaftssystem will unendliches Wachstum in einer endlichen Welt. Jeder Trottel versteht, dass das unmöglich ist. Anfangs dachten wir, die Menschen müssen einfach weniger und nachhaltiger konsumieren. Aber nicht die einfachen Menschen müssen sich ändern. Es sind die Menschen in den Chefetagen von Politik und Wirtschaft, die sich ändern müssen. Sie sind es, die wir attackieren müssen.«

»Bitte, was? Attackieren? Hast du jetzt komplett den Verstand verloren?«

In diesem Moment sah Ean, wie jemand versuchte, unbemerkt das Esszimmer zu durchqueren, um von der Haustür zu seinem Zimmer zu gelangen.

»Bleib stehen!«, befahl Ean seinem kleinen Bruder. »Was bist du eigentlich für ein verräterischer Wichser?« Unsicher wich Rob dem Blick seines großen Bruders aus. Er wirkte mickrig in diesem Moment.

»Dein Bruder hat genau das Richtige getan«, kam es von seinem Vater, aber Ean war noch nicht fertig mit Rob.

»Soll das der Dank dafür sein, dass ich dich immer bei mir habe schlafen lassen? Der Dank dafür, dass ich immer für dich da war und jedes beschissene Lego-Set mit dir aufgebaut habe?«

Rob sah so aus, als würde er gleich anfangen zu weinen. Die Zwickmühle zwischen Eltern und Bruder schien ihn zu zermürben.

»Verpiss dich jetzt, ich will dich nie wieder sehen!«, verpasste Ean ihm den endgültigen Schlag.

Rob zog von dannen. Seine Mutter wollte sich erheben und ihrem Jüngsten hinterhereilen, als Bernd sagte: »Das bringt ihn nicht um. Erst klären wir die Sache hier.« Dann wandte er sich wieder Ean zu: »Siehst du, was du hier anrichtest!?«

»Ich!? Euer Versagen! Das Versagen eurer Generation hat ja erst zu diesem Desaster geführt, deshalb sitzen wir hier doch überhaupt nur! Ich bin doch nur das …«, er rang nach Worten, »… das Symptom für die Verzweiflung. Habt ihr nicht Angst vor der Schande, mit der ihr leben müsst, nur weil ihr zu stur und gierig wart?«

Eans Vater drehte sich fassungslos zu seiner Frau um. »Er meint das ernst. Er meint das vollkommen ernst. Das ist unfassbar.«

»Natürlich meine ich das ernst.«

Bernd betrachtete Ean, als würde er nicht glauben, sein eigener Sohn sitze ihm gegenüber. Er wies mit ausgestrecktem Arm auf die Tür. »Du gehst sofort in dein Zimmer und du wirst dieses Haus vorerst nicht verlassen! Ist dir eigentlich klar, dass du mit deinen kleinen Späßchen deine ganze Familie zu Kriminellen gemacht hast?«

»Rob hätte ja nicht meinen Schrank durchsuchen müssen.«

»Ob du mich verstanden hast? Ich werde auch die Eltern deiner Freunde anrufen. Und jetzt raus!«

Ean sah seinen Vater fassungslos an. Ihm war immer klar gewesen, dass sein Vater auf der Seite der Wirtschaft stand. Aber insgeheim hatte er wohl trotzdem gehofft, dass er ihn mit Argumenten wenigstens zum Nachdenken bewegen könnte. Diese Hoffnung war soeben ein für alle Mal zerplatzt.

Wortlos wandte er sich ab und eilte in sein Zimmer. Er setzte sich aufs Bett und holte sein Handy hervor. Er öffnete WhatsApp.

»*Ich glaube, ich muss hier weg*«, schrieb er in ihrer Gruppe.

Leyla reagierte sofort: »*Deine Eltern wissen von uns, stimmt's?*«

»*Jupp.*«

»*Macht nichts.*«

»*Wie macht nichts?*«, kam es von Piet

»*Hört zu. Ich habe eine Idee, aber sie ist groß, also größer als groß. Die Sache ist, wir brauchen Kelly und ihre Fangruppe, und ich muss mit Imran reden.*«

»*Um was geht es denn?*«, wollte Ean wissen.

»*Nein, nicht über WhatsApp. Kommt heute Abend zu mir, dann erzähle ich es euch – und wir können gleich das nächste Video hochladen.*«

20

»Essen, bis zum Abwinken. Ich wette, Ean. Ich glaube, ich bin noch nie von Leyla mit leerem Magen wiedergekommen. I love it.«

Piet hatte auf Ean vor dem Eingang des Wohnblocks gewartet. Leyla wohnte keine zwei Kilometer von Ean entfernt, dennoch trennten die beiden Stadtteile Welten. Eans Stadtteil war geprägt von Einfamilienhäuser mit Gärten und schicken Apartments, bevorzugt mit Blick auf den Fluss. In Leylas Viertel säumten hohe Wohnblöcke die Straßen. Die Wohnungen hier waren oft nur klein, und Grünflächen suchte man weit und breit vergeblich. Doch Leyla hatte sich nie beschwert. Ganz im Gegenteil, sie war zufrieden.

»Wie kannst du nur so gut drauf sein?«, fragte Ean seinen Freund. Er war immer noch aufgewühlt, wegen des Streits mit seinen Eltern. Dass er sich heimlich hatte davonstehlen müssen, machte die Sache nicht besser.

»Ach komm, Ean, wenn du erst mal was im Magen hast, wirst du dich bestimmt besser fühlen.«

Piet schlug ihm aufmunternd auf die Schulter.

Nachdem sie unten geklingelt hatten, wurden die beiden Freunde im zweiten Stockwerk von einer lächelnden Frau begrüßt. Leylas Mutter. Ihr Auftreten war wie immer freundlich und zurückhaltend. Ihre Kleidung war traditionell afghanisch, und sie trug wie immer ein Kopftuch.

»Kommt herein! Leyla ist in ihrem Zimmer«, sagte sie und trat hinter der Tür zurück.

»Hallo Frau Zayn. Wie geht es Ihnen, ich hoffe gut?«

Ean konnte sich ein Lächeln nicht verkneifen. Wenn er wollte, konnte Piet wirklich ein Charmeur sein.

Frau Zayn lächelte ebenfalls. »Mir geht es gut, und euch? Geht es euch gut?«

»Uns geht's auch gut. Na ja, das heißt, Ean hat mal wieder Probleme mit den Frauen und ist deswegen schlecht drauf, aber das wird schon.«

»Oh, das ist nicht gut.« Leylas Mutter sah Ean besorgt an.

»Hören Sie nicht auf ihn, Frau Zayn«, sagte Ean, »mir geht's bestens.« Er nickte ihr freundlich zu.

»Ich mache euch Grüntee. Dann geht's dir gleich wieder besser«, sagte Leylas Mutter. »Geht nur. Leyla wartet schon auf euch.«

Der Flur war orientalisch eingerichtet. Arabische Bilder in goldenen Rahmen hingen an der Wand. Es waren Schriftzüge von den neunundneunzig Namen Gottes im Koran. Ein persischer Teppich lag auf dem Boden, und es roch nach Gewürzen und süßem Parfüm.

»Kommt ihr auch noch mal«, rief Leyla ihnen zu, als sie ihr Zimmer betraten. Sie saß an ihrem Schreibtisch mit einem Bleistift in der Hand. Vor ihr lag ein Skizzenblock, auf dem sie offenbar gerade gezeichnet hatte.

Ean ließ sich auf das moderne Doppelbett fallen. Die Bettwäsche war schwarz wie Leylas Haar.

»Sag mal, Leyla, habt ihr schon gegessen?«, fragte Piet und schmiss sich auf Ean.

»Hey, geh runter von mir!«

»Ich dachte du könntest ein wenig körperliche Zuwendung gebrauchen«, entgegnete Piet und setzte sich mit Schwung neben ihn.

»Würdet ihr so nett sein und das Bett heil lassen, danke.«

Piet sah sich mit gespielter Verwunderung um und strich die Bettdecke wieder glatt.

Leyla sah Ean fragend an. »Das mit deinen Eltern tut mir leid. Was glaubst du, was sie unternehmen werden?«

»Keine Ahnung. Verraten werden sie uns wohl kaum. Die Schande würde mein Vater nicht überleben. Ich weiß auch nicht, ich glaube fast, es wäre sinnvoll, abzuhauen …« Ean verstummte. Er konnte kaum glauben, was er da sagte. Schnell schob er hinterher: »Wo ist Hektor eigentlich schon wieder?«

Leyla betrachtete ihn nachdenklich, bevor sie sagte: »Er war schon hier. Er ist schon dabei, ein paar Vorbereitungen zu treffen.«

»Vorbereitungen? Wofür?«

Leyla stand auf und reichte ihnen eine Zeichnung. Das große Gebäude war unschwer zu erkennen.

»Die Elbphilharmonie in Hamburg?«, fragte Piet.

Auch Ean guckte erstaunt.

»Ja genau, die Elbphilharmonie«, sagte Leyla.

»Was hast du vor?«

»Ihr werdet es noch früh genug erfahren. Aber wir benötigen für die Aktion Hilfe von außen.«

»Imran.«

»Der wird diesmal nicht reichen. Letztens bei *Veggiebound* wollte ich euch schon darauf ansprechen, aber da konnten wir ja nicht in Ruhe reden.«

»Kelly?«, fragte Ean.

»Ja.«

»Aber wozu genau brauchen wir sie?«

In diesem Moment öffnete sich die Tür.

»Oh, ihr seid am Arbeiten. Hier, Grüntee.« Leylas Mutter kam herein und brachte dampfende Tassen. »Ihr esst nachher bei uns? Bleibt ruhig hier.«

Als sie gegangen war, sah Piet dankbar zu Leyla. »Ich liebe deine Mutter«, sagte er schwärmerisch.

»Ich hoffe, ich muss mir keine Sorgen machen«, entgegnete sie. »Um wieder auf das Thema zu kommen – wir brauchen Kelly. Das heißt, wir müssen es irgendwie schaffen, dass sie bei uns mitmacht.«

»Nochmal – wozu?«

»Nicht so ungeduldig.«

Leyla ging wieder zu ihrem Schreibtisch, wo weitere Zeichnungen lagen. Sie nahm sie und trat damit vor Ean.

»Du willst wissen, was ich vorhabe? Hier ist die Antwort.«

Ean nahm die Zeichnungen entgegen und blätterte. »Oh-oh.«

Nachdem sie, wie besprochen, auch das Video hochgeladen hatten, waren die beiden Jungs bald gegangen. Als Leyla wieder allein in ihrem Zimmer war, wünschte sie sich von Alexa Musik des indischen Sängers Arijit Singh. Seine melancholische Stimme und seine gefühlvollen Lieder berührten sie, ganz gleich, wie oft sie sie schon gehört hatte. Als der Song »Muskurane« lief, konnte Leyla endlich loslassen, obwohl sie wusste, dass es nur für kurze Zeit war. Sie streifte den Oversize-Pullover ab und hängte ihn in den offenen Kleiderschrank. Imran hatte ihn für sie gebaut. Hätte sie ihm nicht klar und deutlich zu verstehen gegeben, dass sie nicht die Frau für ihn wäre, hätte er ihr schon längst einen Antrag gemacht. Jedoch war er nur ein guter Freund der Familie und dabei sollte es auch bleiben. Schließlich entledigte sie sich auch ihres Tops, sodass sie nur noch mit dem schwarzen BH vor dem Spiegel stand. Sie dankte Gott für ihren Körper, der ihr gefiel, so wie er war, ohne dass sie viel dafür tun musste. Dann drehte sie sich. Sie blickte über die Schulter, und Nostalgie überkam sie, als sie die tätowierte Koran-Sure genau auf der Wirbelsäule, sah. *Wir gehören zu Gott, und zu ihm kehren wir wieder zurück*, stand dort in arabischer Schrift.

»Möge Allah dich behüten«, flüsterte Leyla. Das Tattoo hatte sie sich stechen lassen, als sie zwölf war, in Erinnerung an ihren Bruder Yusuf. Obwohl das Tätowieren im Islam als verboten galt, hatte sie darauf bestanden. Sie hatte zu ihren Eltern gesagt: »Wenn Allah selbst über Alkohol sagt, dass er Nutzen und Schaden hat, aber der Schaden den Nutzen überwiegt, dann hat dieses Tattoo auch Nutzen und Schaden. Aber für mich überwiegt der Nutzen.« Ihr Vater hatte gelacht und gesagt, er habe fast vergessen, wie schlau seine Tochter sei. Zu Leylas großer Überraschung, hatte er daraufhin sein Einverständnis gegeben, und er hatte hinzugefügt, dass nun einmal jeder seine eigene Art haben, um mit einem Verlust fertig zu werden.

Leyla hatte ihren Bruder verloren und bis zum heutigen Tag

gab sie sich die Schuld dafür. Der Gedanke an die Ereignisse von damals lösten immer noch Schmerzen in ihr aus. Ihre Familie hatte in einem dreistöckigen Haus in der Nähe von Chost gewohnt, einer Stadt im Osten Afghanistans. Ein prächtiges Grundstück hatte dazugehört, mit Ställen und einem Pferd, auf dem sie reiten gelernt hatte. Leylas Vater war Oberst in der afghanischen Armee, ein gutbezahlter, aber auch sehr riskanter Job. Der russisch-amerikanische Konflikt hatte das Land gespalten, und Anschläge und Entführungen waren an der Tagesordnung. Ihr Vater war der Älteste von dreizehn Geschwistern. Damit gingen vielen Privilegien einher, aber auch viele Verpflichtungen. Leyla hatte große Ehrfurcht vor ihrem Vater. Auch Yusuf, ihr Bruder, war der Älteste der Geschwister gewesen. Er war ein Junge und damit der zukünftige Haupterbe. Nicht der Alleinerbe, denn nach islamischem Recht stand ihr ein Teil des Erbes zu. Doch dieses Recht wurde in der afghanischen Kultur allzu gerne vergessen. In diesem Moment wäre ihr alles egal gewesen, das Erbe, die Vorrangstellung – Hauptsache ihr Bruder wäre noch am Leben. Ihre Augen wurden glasig, aber weinen würde sie nicht mehr, das hatte sie sich geschworen. Leyla liebte ihren Bruder. Er hatte sie beschützt und ihr geholfen. Sie sah die Szene noch immer vor sich, an jenem Nachmittag, als es geschah. Sie sah sich selbst, die kleine sechsjährige Leyla, die im Wohnzimmer mit Murmeln spielte und aufmerksam beobachtete, was geschah, wenn Kugel gegen Kugel stieß …

»Leyla, komm jetzt endlich her«, rief die Mutter, die in dem Sessel neben dem Sofa Platz genommen hatte.

»Hör auf deine Mutter«, sagte ihr Bruder schließlich, der am Esstisch saß und Schulaufgaben machte. Doch Leylas blaue Augen waren unverwandt auf die Murmeln gerichtet. Ihre Augenfarbe war eine große Seltenheit in ihrem Land. Viele Menschen waren fasziniert, manche reagierten auch mit Argwohn und fürchteten den bösen Blick.

Schließlich löste Leyla sich von ihrem Spiel. Ohne ein Wort zu sagen, ging sie auf die andere Seite des Raums. Ihre Mutter setzte sie vor den großen Sessel auf den Teppich, bevor sie selbst in dem Möbelstück Platz nahm.

»Hier bleibst du jetzt.«

Von einem kleinen Beistelltisch nahm die Mutter ein Fläschchen Kokosöl. Die Mutter goss sich ein wenig Öl in die Handinnenflächen und griff dann in Leylas pechschwarzen Haare. In ihrem Land waren glänzende Haare ein Schönheitsideal, ein Zeichen für Kraft und Gesundheit. Ihre Mutter begann am Haaransatz und massierte dort als Erstes die Kopfhaut. Die kleine Leyla schloss die Augen und genoss das wohltuende Gefühl. Leyla hörte wie die Mutter erneut nach dem Fläschchen griff, aber dann innehielt. »O Leyla, Liebling, gehst du schnell nach oben und holst aus dem Schlafzimmer eine neue Flasche?«

Aber Leyla reagierte nicht, ihre Augen blieben geschlossen. Sie wollte nicht, dass das schöne Gefühl aufhörte. Außerdem tat sie das, was man ihr sagte, nie gleich beim ersten Mal. Sie mochte es nicht, unterbrochen zu werden bei dem, was sie tat.

»Was ist los mit dir?«, schaltete sich ihr Bruder ein. »Bist du eingeschlafen?«

Leyla tat weiterhin, als höre und sehe sie nichts.

Yusuf stöhnte. Dann drückte er sich kopfschüttelnd vom Tisch hoch. »Ich gehe schon, Mutter.«

Leyla hörte, wie Yusuf Richtung Treppe ging. Sie machte die Augen auf und sah, wie er sie anlächelte. Doch etwas stimmte nicht. Ihr Körper begann zu zittern. Das Lächeln ihres Bruders erlosch augenblicklich. Eine Druckwelle füllte plötzlich den Raum. Unmittelbar danach hörte sie einen unvorstellbar lauten Knall. Steine flogen umher, Holzsplitter, ganze Möbel. Leyla lag am Boden, die Mutter über ihr. Sie hielt sie fest umklammert und beschützte sie vor den Steinen, die auf sie herabprasselten. Plötzlich war alles ganz still. Nur noch das Knirschen und Knacken der Zimmerdecke war zu hören. Als Leyla nach oben sah, konnte sie durch die Decke den Himmel sehen.

Leylas Mutter kämpfte sich schließlich auf. Ihre Augen waren voller Tränen. Sie sah sich hektisch um. »Yusuf!«, schrie sie, doch sie bekam keine Antwort. »Yusuf!« schrie sie erneut. Da, wo vorher die Treppe gewesen war, lag jetzt nur noch ein großer Haufen Schutt und Asche. »Yusuf, mein Liebling! Nein!«, schrie sie auf, denn sie wusste, dass ihr Sohn unter den Trümmern des Hauses begraben war …

Die achtzehnjährige Leyla warf erneut einen Blick auf das Tattoo. Der Anblick schmerzte sie jedes Mal aufs Neue, aber er verlieh ihr auch Kraft. Sie wusste, wie wertvoll das Leben und wie nah der Tod war. Man musste die Zeit, die einem auf der Welt geschenkt war, gut nutzen – und genau dies zu tun hatte Leyla vor.

21

Das Video zeigte die bekannte Gestalt mit der dunkelgrünen Tigermaske vor der schwarzen Wand. Der ins Fleisch eingebrannte Handabdruck leuchtete, als die Tigerstimme ruhig zu sprechen begann:

»Wir dachten immer, dass der Mensch die Erde lieben würde, auf der er lebt, und dass er, wenn er bemerkt, dass er der Erde Schaden zufügt, sofort damit aufhören würde, weil man jemandem, den man liebt, keinen Schaden zufügen will. Doch wir haben uns getäuscht.« Der Tigerkopf hielt kurz inne, um dann aggressiver fortzufahren. *»Der Mensch liebt die Erde nicht. Er scheint sie zu hassen, denn er vergewaltigt sie Tag für Tag. Er verstümmelt sie. Wir roden die Wälder, als würde man jemandem alle Haare einzeln herausreißen. Wir hinterlassen Kraterlandschaften durch den Abbau von fossilen Energieträgern, die nichts anderes sind als tiefe Narben auf einem Körper. Wir vergiften unsere Flüsse wie Quecksilber unser Blut. Wir verpesten die Luft, die unsere Lungen zum Atmen brauchen. Wir kontaminieren das Wasser, das wir trinken wollen. Was läuft falsch mit dieser Gesellschaft?«*

Der Tigerkopf schüttelte nachdenklich den Kopf. Dann rückte er der Kamera unmerklich näher und fuhr fort. *»Wir sind die*

Grünen Tiger und wir sind gekommen, um die Verstümmelung zu stoppen. Um diejenigen zu stoppen, die nicht aufhören, Öl ins Feuer zu kippen. Was ihr bislang von uns gesehen habt, war nur ein Vorgeschmack auf das, was noch kommen wird.«

Seine knurrende Stimme verklang.

22

Piets perfekt manikürte Finger öffneten das Lederetui – designt von ihm, exklusiv für ihn hergestellt. Eine Idee, die ihn noch reich machen würde. Das erste, was man sah, waren zwei Kondome. Bis vor kurzem waren es normale gewesen, heute solche, für die pro Exemplar ein Baum gepflanzt wurde. Versauten Sex haben und gleichzeitig die Seele reinwaschen. Spaß haben und gleichzeitig eine gute Tat tun. Eine wirklich gute Idee.

Piet beugte sich über das Waschbecken und betrachtete sein Gesicht von allen Seiten. Die dunkelgrüne Frisur wirkte edel, die Abdeckcreme war kaum zu erkennen. Es war ein oft vollzogenes Ritual, aber er befand sich nicht in seinem Badezimmer und auch nicht in seinem Haus. Piet war in seinen Golf gestiegen und beinahe eine halbe Stunde aufs Land hinausgefahren, mitten in die Pampa. Aber das tat er gerne, für Frauen tat er praktisch alles.

Als Nächstes holte er aus dem Lederetui eine Probeparfümflasche und trug etwas von der Flüssigkeit am Hals und im Intimbereich auf. Danach folgte ein Gel mit Geschmack. Niemand wusste, wohin die Wogen von Mann und Frau einen führten, er würde in jedem Fall vorbereitet sein. Für sie, nicht für ihn. Ein wenig Mundwasser kam ebenfalls zum Einsatz. Schließlich der wohl wichtigste Bestandteil seiner kleinen Liebesapotheke – die Creme.

Nur ein wenig davon aufgetragen und er stand seinen Mann, solange es von ihm gewünscht war. Die Hose wurde vorbeugend ein wenig gelockert, damit es gleich nicht zu Peinlichkeiten kam. Und schon war er bereit.

Als er zurück ins Zimmer ging, saß Alva in gedimmtem Licht auf dem Bett. Sie saß im Schneidersitz, das lange blonde Haar fiel ihr über die Schultern – Alva war mit Sicherheit das attraktivste Mädchen der Schule.

Aber etwas stimmte nicht. Piet ließ sich bei ihr im Bett nieder.

»Alles gut?«, fragte er übertrieben fürsorglich.

»Ich muss dir etwas sagen.« Alva verzog entschuldigend das Gesicht. »Ich habe meine Tage.«

Piet blinzelte. Das war ein herber Rückschlag, vor allem ein unerwarteter. Aber Piet war Profi genug, um sich nichts anmerken zu lassen. Sie konnte ja schließlich nichts dafür. Obwohl, wenn man darüber nachdachte … Nein, sie konnte nichts dafür.

»Ich weiß, ich hätte es dir früher sagen sollen«, sagte Alva und strich eine Strähne hinters Ohr. »Dafür kann ich dich ja heute verwöhnen.«

Sie band ihr blondes Haar zusammen und offenbarte damit umso mehr ihre umwerfende Schönheit. Mit ihren vollen rosa Lippen begann sie ihn sanft zu küssen.

Piet löste sich von ihren Lippen. »Warte. Du musst keinen Verzicht leisten, nur weil dein Körper seinen eigenen Willen hat.«

Sie legte die Stirn in Falten. Doch Piet drückte sie sanft in die Kissen, beugte sich über sie. Ein geflüstertes Wort in ihr Ohr und schon beschleunigte sich ihre Atmung. Seine Lippen berührten ihre Ohrläppchen, während seine Finger begannen, mit kreisenden Bewegungen ihren Körper abzufahren. Er spürte ihre Gänsehaut, das leichte Beben des ganzen Körpers … Piet hatte Bücher gelesen, die im Detail erklärten, wie man eine Frau zum Höhepunkt bringen konnte, ohne in sie einzudringen. Seine Finger, sein Mund und seine Zunge hatten schon manchem Mädchen gut getan. Alva griff in das Kissen unter ihrem Kopf, ihr Becken bewegte sich auf und ab. Wieder flüsterte Piet ihr etwas ins Ohr und ihr Körper verlangte nach mehr.

Alvas Erregung wurde stark und stärker. Piets Hände wanderten über Alva, ebenso seine Lippen, seine Zunge. Schließlich bäumte Alva sich auf. Einen Moment saß sie fast aufrecht und sah Piet mit aufgerissenen Augen an oder durch ihn hindurch, eigentlich sah sie nirgendwo hin. Dann sackte sie zurück. Einen Moment lag sie reglos da. Dann drehte sie sich zum ihm um. Sie legte ihre Hand auf seine rasierte Brust. Ihr Atem ging schwer.

»Kann ich jetzt was für dich tun?«

Er antwortete nicht und starrte weiter die Decke an.

»Ist was?«, fragte Alva.

Irgendwas war mit Sicherheit, stellte Piet fest. Keine Lust zu haben auf das, was er so liebte. Keine Lust auf die Nähe zu diesem Mädchen, das war ein ungutes Zeichen.

»Ich fühle mich ein wenig in deiner Schuld«, sagte sie schließlich und lächelte verführerisch. Sie setzte zum erotischen Angriff an, aber Piet hielt sie auf.

»Nein, musst du wirklich nicht.« Für einen Moment schien Alva beleidigt, aber Piet nahm ihre Hand. »Ich will nur kurz nachdenken.«

Alva seufzte. Sie schmiegte sich an ihn. Verliebt schaute sie ihn an. »Ich kenne jetzt schon drei Leute, die ihre Haare so gefärbt haben wie du. Aber keinem steht es so gut wie dir.«

»Danke«, kam es einsilbig von ihm zurück.

»Und es passt zu deiner Unterhose.«

»Zufälle gibt's.«

»Hast du das mit den Haaren auch wegen der Grünen Tiger gemacht?«

»Wer weiß. Ist halt die Farbe unserer Zeit.«

»Das stimmt wohl.« Alva begann, mit den Fingern in Piets Haaren zu spielen. »Findest du ihre Maske nicht auch ein wenig – gruselig?«

»Gruselig?«

»Sie hätten etwas Freundlicheres nehmen können. Warum so eine böse dunkelgrüne Tigermaske?«

Natürlich wusste er von Leyla, woher sie die Anregung hatte.

»Sag dir Shirkan was? Aus dem *Dschungelbuch*?«

»Natürlich, wer kennt das nicht?«

Piet hob seine Hand. »Da hast du den Grund. Er fürchtet Menschen wegen ihrer Macht, und so ist es bei den Grünen Tigern ja auch. Und grün halt wegen der Umwelt. Leyla …« Piet brach ab. Fast hätte er sich verplappert.

»Wie kommst du jetzt auf Leyla?« Alvas Stimme bekam einen scharfen Unterton.

»Also, Leyla hat das jedenfalls mal so interpretiert«, fügte er schnell an.

Alva nickte. »Weißt du, dass Leyla mir gesagt hat, ich soll mir bei dir keine Hoffnungen machen, aber für ein wenig Spaß wärst du genau der Richtige? Irgendwie hat sie recht.«

Piet sah sie verwundert an. Er fragte sich, warum er selbst dann keinen Spaß an der Sache hatte. An der Tatsache, dass Alva ihre Tage hatte, lag es nicht. Nein, Piet wusste nur zu gut, woran es lag. Der Grund waren die Grünen Tiger. Er fürchtete, dass die Grüne-Tiger-Maske ihm alles nehmen könnte – den Spaß, die Frauen, den Sex. Das irre Gefühl, einfach nur im Moment zu leben, sich nur um sich und niemand anderen kümmern zu müssen.

»Was ist los mit dir?«, fragte Alva, als Piet weiterhin schwieg.

»Nichts. Alles gut.« Er konnte ihr ja schlecht sagen, dass er ein Grüner Tiger war, dass die Tigermaske, die sie so gruselig fand, ihm nicht das Gefühl von Macht verlieh, sondern im Gegenteil – sie engte ihn ein. Sie nahm ihm all das, was er sein wollte. Er war kein Kriegertyp, er war nicht wie Ean und Hektor und erst recht kein Stratege wie Leyla eine war. Er wollte nur sein Leben genießen.

Piet setzte sich auf. »Ich glaube, ich muss gleich los«, sagte er.

»Boah, spinnst du?« Sie drückte ihn zurück aufs Bett.

Piet wollte protestieren. Doch dann traf ihn dieser verliebte Blick … Gott, er liebte diesen Blick. Egal, welches Mädel ihn so ansah. Es war der Blick, der ihn jedes Mal schwach werden ließ. Er durfte das nicht aufgeben, auf keinen Fall. Sanft nahm er ihre Hand und schloss die Augen.

»Guten Morgen, Pietiboy.«

Alva stand neben dem Bett, nur im T-Shirt und Slip. Offenbar begann der Tag für sie zu festgesetzten Zeiten. Schlaftrunken wandte er sich ihr zu. Die Verwundbarkeit beim Aufwachen war so gar nicht nach seinem Geschmack. In der Nacht hatte er keine

Kontrolle über sich und sein Aussehen, und morgens bekam er das Resultat dieses Schwächeanfalls namens »Schlaf« geliefert.

Piet stand ebenfalls auf. Er schlüpfte in seine Klamotten, vermied den Blick in den Spiegel.

»Danke.«

Und Abgang.

Leider kam er nicht weit. Noch bevor er seine Schuhe erreicht hatte, tauchte die Mutter aus der Küche auf. Sie sah exakt aus wie ihre Tochter, nur dreißig Jahre älter.

»Guten Morgen, der Herr.«

»Morgen«, druckste Piet.

»Du bist sicher hungrig und möchtest mit frühstücken.«

»Herzlichen Dank, aber ich frühstücke zu Hause.«

»Ach komm. Ich habe schon für dich mitgedeckt.«

Piet warf einen sehnsüchtigen Blick auf seine Schuhe, dann fand er sich schon auf einem Stuhl wieder. Vor ihm stand ein gekochtes Ei mit einer Warmhalte-Mütze, Käse und Wurst, Nutella und Honig. Das deutsche Sonntagsfrühstück mit der fremden Familie eines Mädchens, für die er keine Zukunftspläne hatte. Klasse.

Der Vater war ein dicker Mann. »Juten Morjen«, lautete seine grausame Variante des bekannten Morgengrußes. Er griff nach der Kaffeekanne, füllte seine Tasse und kippte drei kleine Plastikdosen Sahne hinterher.

»Schicke Haare, mein Lieber, ist das jetzt fresh? Oder wie nennt man so was heutzutage?«

Piet holte tief ein. »Ja.«

»Lange Nacht gehabt, was?«

Piet starrte auf seinen Teller und nickte. Hätte er das geahnt, dann hätte er schon gestern das Haus verlassen, und zwar im Eilschritt.

Alva kam herunter. »Frühstückst du doch noch mit?« Ein belustigtes Grinsen huschte über ihr Gesicht.

»Fangt an, fangt an!«, sagte die Mutter. »Solange die Brötchen noch warm sind.«

Sie reichte ihm den Korb. Piet griff zögerlich nach einem körnigen Brötchen. Ihm fiel auf, dass der Sitzplatz ihm gegenüber noch frei war.

Alva hatte seinen Blick registriert. »Mein älterer Bruder«, sagte sie erklärend. Dann drehte sie sich zur Küchentür und rief: »Sebastian!«

»Schrei nicht so, Fräulein!«, brummte der Vater, während er sein Brötchen unter einem Pfund Mett begrub. »Dein Bruder arbeitet.«

Alva wandte sich an Piet. »Mein Bruder ist sehr schlau und fleißig. Er ist in irgendeiner großen Unternehmensberatung angestellt und muss den ganzen Tag arbeiten, und meistens auch am Wochenende.«

Und da kam er schon. Hochgewachsen, schlank, Mitte, Ende Zwanzig, das Haar kurz und gepflegt, sympathisches Lächeln. Er reichte Piet die Hand. »Hi, ich bin Sebastian.«

»Piet, moin«, gab der zurück, ohne aufzustehen.

Sebastian ließ sich auf seinem Platz nieder. Er betrachtete begeistert den Frühstückstisch. »Sieht wunderbar aus.«

Die Mutter lächelte geschmeichelt. »Wenn mein Sohn schon mal zu Hause ist, muss ich ihn doch verwöhnen.«

»So selten bin ich auch nicht hier.« Sebastian nahm seinem Ei die Mütze ab und klopfte mit dem Löffel die Schale auf. Er sah zu seiner Schwester, dann zu Piet, ohne mit dem Klopfen aufzuhören. »Und? Woher kennt ihr beiden euch?«

Piet zuckte mit den Schultern. »Auf jeden Fall nicht Tinder.«

»Oh, das ist nichts, was einem peinlich sein muss. Mein halber Bekanntenkreis hat sich über Tinder oder andere Apps kennengelernt. Ist völlig legitim, die Möglichkeiten unseres Zeitalters zu nutzen.«

»Ja, safe.«

Sebastian erhob sich und ging zum Kühlschrank. »Jemand Orangensaft?« Als sein Blick auf die Zeitung auf der Arbeitsplatte fiel, seufzte er.

»Was ist, mein Junge? Sind die Aktien gefallen?«, brummte der Vater und griff nach seinem Ei.

»Nein, nein, die fahren gerade Achterbahn. Rauf und runter, rauf und runter. Dieser Grüne-Tiger-Typ hat es schon wieder auf die Titelseite geschafft.«

»Ach, mach dir doch über die keine Gedanken, Junge.«

Sebastian überflog die Zeilen. Mit Orangensaft und Zeitung kehrte er an den Tisch zurück.

»Warum regst du dich so darüber auf?«, fragte Alva.

»Reden wir nicht davon. Ein zu komplexes Thema für den frühen Morgen.«

»Ich will es aber wissen.«

Sebastian sah seine Schwester an. »Ihr macht euch hier in der Provinz vielleicht keine Vorstellung davon, was in den Großstädten los ist.« Er lachte bitter. »Die Menschen drehen am Rad. Es ist eine Kombination aus Sciencefiction-Propagandawelle und postmodernem Populismus. Ziemlich beängstigend.« Amüsiert betrachtete er Piet. »Aber ein bisschen scheint hier ja doch angekommen zu sein, wenn ich mir deine Haare anschaue.«

Piet zuckte die Schultern. »Ein paar Sachen müssen halt schon geändert werden.«

»Das würde ich sogar unterschreiben. Aber gefälligst nicht mit dieser besessenen Radikalität. Auch ohne diesen auferlegten Handlungszwang ist doch erstaunlich viel passiert. Ich selbst habe sieben Jahre an der Technischen Universität in München studiert. Da wird in Kooperation mit großen deutschen Unternehmen geforscht und entwickelt was das Zeug hält. Diese Alarmisten leben in einer Blase. Die kennen die Förderungsprojekte der Bundesregierung genauso wenig wie die vielen privaten Initiativen der Wirtschaft.«

Piet hatte nicht den geringsten Bock auf Diskussionen hier im trauten Familienkreis. Er wunderte sich selbst, als er sich jetzt räusperte und sagte: »Trotzdem schaffen wir irgendwie die Klimaziele nicht …«

»Mag sein. Die Physik versteht keinen Spaß und lässt nicht mit sich reden. Ich fürchte jedoch, dass der Mensch dieser Aufgabe nicht gewachsen ist. Mein Unternehmen war an einer Studie beteiligt, die ermitteln sollte, mit wie viel Geld man welchen Effekt erzielen würde. Ergebnis: 1,5 Billionen Dollar müssten investiert werden, um die globale Erwärmung um 0,05 Grad geringer ausfallen zu lassen. Das ist das Zwanzigstel von einem Grad Celsius. Und ein Grad ist ja bekanntlich nicht besonders viel. Ich frage mich, ob der Klimawandel, wenn er denn überhaupt kommt, tatsächlich so viel Schaden anrichten wird, dass es sinnvoll ist, solche Summen zu investieren. Abgesehen davon bin ich mir nicht sicher, ob unser Wissen präzise genug ist, um die beteiligten Naturkräfte zu verstehen. Das Klima ist ja eine Rechnung mit mehreren Unbekannten.«

Auf Piets Stirn hatte sich eine Falte gebildet. Er versuchte, das Gesagte einzuordnen. »Na ja, unser Lebensstandard ist natürlich sehr hoch. Vielleicht ist er ein wenig zu hoch. Vielleicht haben wir uns mehr genommen, als uns zustand.«

»Oha. Ein sehr moralischer Ansatz. Aber bisher hat keiner die Klimaformel gefunden. Das würde ich gern noch abwarten, bevor wir anfangen, ausschließlich von menschengemachten Problemen zu reden. Aber …«, er deutete mit dem Finger auf Piet, »ich bin dennoch bei dir. Der ökologische Fußabdruck von jedem einzelnen von uns ist hoch. Wir täten gut daran, uns besser an die biologischen Kreisläufe anzupassen. Doch ich vertraue da ganz auf technische Lösungen. Unser Medienliebling Elon Musk würde keine 100 Millionen für eine Erfindung bieten, mit der CO_2 gebunden werden kann, wenn er nicht auch daran glaubt. Wobei 100 Millionen dafür wahrscheinlich ein bisschen wenig sind.«

Piet trank einen Schluck Orangensaft. Er war froh, dass Hektor nicht am Tisch saß, der würde jetzt komplett austicken, und hinterher müsste die Küche renoviert werden. Er hatte Mühe, sich auf das Klima zu konzentrieren.

Weil er wieder etwas sagen musste, sagte Piet: »Es muss halt ein Kompromiss gefunden werden.«

»Kompromiss hört sich gut an«, sagte die Mutter und lächelte in die Runde.

23

Ean schob die Tür zum *Veggiebound* auf, es war längst nach Feierabend, verriegelt war die Tür jedoch noch nicht.

Das Café wirkte einsam ohne all die gut gelaunten Menschen. Doch es ermöglichte Ean auch, Details der Einrichtung zu entdecken, die ihm vorher entgangen waren. Er sah ein schwarzes Board auf dem *Wall of giving* geschrieben war. Verziert war das Board mit Zetteln, auf denen unterschiedlichste Speisen und Getränke des Cafés notiert waren. »Du bezahlst, jemand Bedürftiges kann es sich zu einem späteren Zeitpunkt nehmen«, hörte Ean hinter sich Leylas Erklärung.

Piet stellte sich vor das Brett. »Warum haben wir das denn nicht früher gesehen?«

Er griff nach einem Zettel, auf dem Lemonaid notiert war, und fischte sich das Getränk kurz darauf aus dem Kühlschrank. »Das schuldet sie mir ja wohl noch wegen dem Restepüree neulich.«

Quietschend öffnete sich eine Tür zur Küche. Das erste, was Ean in dem schon gedimmten Licht erkannte, waren der fragende Blick und die überrascht geweiteten Augen von – Kelly.

»Nimm sie ruhig«, sagte sie an Piet gewandt. »Tut mir leid, dass mein Essen dir nicht schmeckt.«

Piets Augen flüchteten vor ihrem amüsierten Blick.

Ean sah sich um. Hektors Haltung war anzusehen, dass er hier war, um handfeste Mitstreiter zu rekrutieren und keine Fan-Girls.

»Weißt du, warum wir hier sind?«, fragte Ean Kelly schließlich.

In ihre braune Augen trat das gewohnte Strahlen. »Habe ich mich also nicht getäuscht.« Sie lächelte verschmitzt. »Ich hatte euch gleich in Verdacht, als ihr immer aufgetaucht seid, nachdem das mit den Grünen Tigern begonnen hatte. Und jedes Mal habt ihr über das gleiche Thema gesprochen. Dann dein Blick, Ean …«, sie sah ihm direkt in die Augen, »als du meine Telegram-Chats gesehen hast. Da war für mich eigentlich alles klar.«

Kelly wirkte aufgeregt, aber auch stolz, dass die vier hier waren. Sie blickte in die Runde. Eine Weile herrschte erwartungsvolles Schweigen.

»Lasst uns hinsetzen«, schlug Ean vor, und als sie sich alle am nächstgelegenen Tisch niedergelassen hatten, übernahm Leyla. »Was hat dich bewegt, eine Fangruppe für die Grünen Tiger zu gründen, Kelly?«

»Ich will …«, begann sie zaghaft, »also ich wollte schon immer Dinge verändern. Ich möchte die Welt ein Stück besser machen. Vor allem natürlich mit meinem Laden. Aber ich habe auch schon andere Sachen gemacht, viele verschiedene Sachen, aber ihr …«

In diesem Moment war draußen ein Motorengeräusch zu hören. Hektor sah zu Leyla, die nickte, und Hektor stand auf und verschwand nach draußen.

Ean blickte Hektor verwundert hinterher. Doch Kelly schien erleichtert zu sein, denn auf einmal begannen ihre Worte nur so zu sprudeln.

»Eigentlich möchte ich meinem Land helfen, Kenia. Die Menschen dort haben nichts zu den großen Krisen beigetragen und sind doch am stärksten davon betroffen. Das ist nicht gerecht.«

»Was genau meinst du mit ›Krisen‹?«, fragte Leyla.

Kelly wirkte verunsichert, doch der Drang, auszusprechen, was ihr auf der Seele lag, war zu groß.

»Na ja, die Klimakrise ist auch eine soziale Krise, sie ist eine Wohlstandskrise, eine rassistische Krise, eigentlich auch eine sexistische Krise, und ich fürchte, irgendwann könnte sie zu einer Sicherheitskrise werden. Schon jetzt werden die Außengrenzen Europas mit Waffengewalt verteidigt, um Menschen aus Regionen wie meinem Heimatland davon abzuhalten, hierher zu fliehen. Lösen wir eine Krise, lösen wir auch die anderen.«

Rassistische Krise leuchtete Ean noch ein, schließlich waren es vor allem People of Color, die aufgrund der geografischen Lage ihrer Heimatländer als Erste die Folgen des Klimawandels zu spüren bekamen. Was er nicht verstand, war die sexistische Krise, also fragte er nach.

Kelly sah ihn an und antwortete: »Frauen verdienen noch immer weniger als Männer und arbeiten gleichzeitig mehr. Sie sind noch immer sozial benachteiligt und stärker von Armut betroffen. Üblicherweise sind diese Gruppen die ersten, die sich nicht vor den Katastrophen schützen können.«

»Und wie, glaubst du, kann man die Krisen lösen?«

»Ich habe mir immer gewünscht, dass alle zusammenarbeiten. Die Alten mit ihrer großen Erfahrung und die Jungen mit ihrem Feuer. Dabei müssten die Frauen viel stärker eingebunden werden. Und wir müssen generationsübergreifend, geschlechterübergreifend, nationenübergreifend und wohlstandsübergreifend zusammenarbeiten, um die Welt gerechter zu machen. Außerdem bräuchten wir Klimamaßnahmen, die die Schwächeren einer Gesellschaft schützen und allen ökonomischen, sozialen, sexistischen und rassistischen Differenzen entgegenwirken.«

Ean betrachtete die junge Frau. Kelly war eine wahre Visionärin. Leyla schien ebenfalls beeindruckt, und selbst Piets Blick war jetzt auf den Kopf der klugen Kelly gerichtet und nicht auf ihre Oberweite.

In diesem Moment trat Hektor wieder ein – gefolgt von Imran. Er trug Lederjacke und Jeans. Sein dunkler Bart glänzte. Mit polternden Schritten kam der Hüne zu ihnen an den Tisch. Er sah zu Leyla. »Hier bin ich.«

Leyla lächelte. »Hallo Imran. Setz dich zu uns.«

Inzwischen hatten auch Hektor und Piet von Leylas geheimer Rekrutierung erfahren. Beide waren anfangs nicht begeistert gewesen und Piet war es bis jetzt nicht.

»Du willst also wirklich, dass ich dein … euer Angestellter werde?« Imrans Miene verriet seine Skepsis.

Leyla nickte. »Wie ich dir schon erklärt habe, wünsche ich mir, dass du deine Fähigkeiten und deine Loyalität weiterhin in den Dienst der Grünen Tiger stellst. Warum auf einmal so offiziell? Weil unsere Aufgaben für dich größer werden und kritischer.«

»Alles für Mutter Erde, oder was?«

»Genauso ist es.«

Imran schüttelte verwundert den Kopf, widersprach aber nicht.

Leylas Blick fiel auf Kelly. »Imran, das ist Kelly, sie ist seit heute ebenfalls bei uns. Kelly, das ist Imran, er ist unser Mann fürs Grobe.«

»So, so«, brummte Imran. Er schien mit der Beschreibung seines Berufsprofil aber ganz zufrieden.

Ean wandte sich an Kelly und Imran: »Also willkommen im Kollektiv der Grünen Tiger. Ihr beide besitzt Fähigkeiten und seid in Positionen, welche für uns und unseren nächsten Auftritt ausschlaggebend sind. Deshalb seid ihr hier. Imran, ich weiß, wir waren für dich immer die kleinen Schulkameraden deiner Freundin, aber wie du siehst, sind wir inzwischen mehr als das. Du solltest dich auch nicht als befristeten Angestellten sehen, sondern als Teil dieses Kollektivs, als Teil von den Grünen Tigern. Ihr beide solltet das.«

24

Eans Hand ruhte auf dem Handlauf der Rolltreppe, die sie in einem weit geschwungenen Bogen langsam, aber sicher ins Innere des berühmtesten Konzerthauses der Hansestadt trug. Er blickte sich um. Überall Menschen in edlen Klamotten, Männer im Smoking, Frauen in Abendkleidern. Auch Leyla und er hatten sich in Schale geworfen. Allerdings beschränkte sich ihre Verkleidung nicht auf die Kleider. Leylas schwarzes Haar war von einer blonden Perücke bedeckt und Schminke hatte ihren Teint aufgehellt. In ihrem purpurfarbenen Abendkleid und der edlen Handtasche sah sie aus wie eine schwedische Filmschauspielerin auf dem roten Teppich.

Auch Ean war verändert. Er hatte sich die Haare schwarz gefärbt, trug einen dunklen Vollbart und eine Brille.

»Sido, der Rapper«, hatte Piet gespottet. Als Ean jetzt die Überwachungskamera an der Decke der futuristisch anmutenden Röhre sah, in der sie sich befanden, war er froh, so auszusehen. Die Rolltreppe trug ihn in eine Wolke wohlriechenden Parfüms, er vernahm gedämpfte Unterhaltungen.

Das mit der Elbphilharmonie war Leylas Idee gewesen.

»Das Bell-Experiment, sagt dir das was?«, hatte Leyla Ean gefragt, als sie zum ersten Mal darüber sprachen. »Joshua Bell, ein berühmter Geiger in der Welt der klassischen Musik, hat einmal in einer U-Bahn-Station in Washington D. C. auf seiner Stradivari Straßenmusik gemacht. Ohne Ankündigung, ohne Preisgabe seiner Identität. Denkst du, irgendwer hat sich für ihn interessiert? Denkst du, irgendwer hat sein Genie erkannt? Bis auf zwei oder drei Leute, die auch sonst Straßenmusikern zuhören. Woran lag das? Bell hat genauso leidenschaftlich und vollendet gespielt wie immer. Ich sag es dir. Er war schlicht und ergreifend am falschen Ort!«

Da hatte Ean es verstanden. Jeder konnte große Reden halten, vor dem Spiegel, auf der Straße, in der Kneipe an der Ecke, aber wer würde ihm schon zuhören? Wenn man aber eine Rede an einem Ort hielt, wo die Worte automatisch einen Wert erhielten, wurde die Rede auch wirklich gehört. Aus diesem Grund befanden sie sich in dem neuen Hamburger Wahrzeichen und nicht in einer Schulaula. Fast 900 Millionen Euro hatte das Projekt verschlungen. Spektakuläre Pannen hatten zu massiven Verzögerungen beim Bau geführt. Die Kosten waren regelrecht explodiert. Eigentlich ein Skandal. Aber dem Ansehen des Kulturtempels hatte es nicht geschadet. Im Gegenteil.

Die nimmermüde Rolltreppe trug sie auf die Ebene, die sich zwischen dem alten Hafenspeicher und dem neuen Glaskomplex darüber befindet.

Piet und Hektor erwarteten sie bereits. Piet trug einen Schnauzer und Hektor wie Ean einen Vollbart.

Ean ließ die Blicke schweifen, als sie jetzt gemeinsam in Richtung Konzertsaal gingen. Alles erstrahlte im Glanz der vielen

Leuchten, die in die muschelfarbenden Wände eingelassen waren. Überhaupt hatte man bei den geschwungenen Wänden das Gefühl im Inneren eines Schneckenhauses zu sein.

Ean beobachtete die Menschen. Die meisten waren paarweise gekommen. Man redete leise miteinander, war offensichtlich in gespannter Erwartung des kommenden Konzerts. Ein älterer Herr fiel ihm auf, nicht zuletzt wegen seiner jungen Begleiterin, einer rothaarigen Frau. Sie trug ein schlichtes, aber sehr edel wirkendes grünes Kleid, das ihre roten Haare betonte. Eine sonderbare Energie und Entschlossenheit gingen von ihrer selbstbewussten, aufrechten Haltung und dem wachsamen Blick aus. Vielleicht hatte Ean ein bisschen zu offensichtlich zu den beiden hingesehen. Der ältere Herr warf Ean einen freundlichen Blick zu, als würden sie sich kennen. Sein Haar war schneeweiß, die Haut wettergegerbt. Er hatte offenbar viel Zeit seines Lebens an der frischen Luft verbracht.

»Es ist schön zu sehen, dass auch junge Leute den Weg in diese heiligen Hallen finden«, sagte er leutselig und betrachtete die vier Freunde. Besonders Leyla inspizierte er eindringlich. Ean wurde sofort nervös. War es nur, weil er eine schöne Frau sah – oder durchschaute der Mann womöglich die falsche Fassade?

»Klassische Musik ist nicht nur etwas für die ältere Generation«, entgegnete Leyla, »genauso wie Veränderung nicht nur etwas für die Jüngeren ist.«

Der ältere Herr nickte. »Wie wahr. Und wie passend zum Stück. Schumann sagte, er habe beim Komponieren den Frühlingsdrang gespürt, der die Menschen bis ins hohe Alter hinreißt!«, sagte der alte Mann und betrachtete lächelnd seine junge Begleiterin.

»Ihr kennt das Stück doch sicherlich?«, kam es von der rothaarigen Frau. »Die Frühlingssinfonie?« Sie sah Leyla an, und Ean hätte schwören können, dass ein gewisser Argwohn in ihrem Blick lag.

Bevor Leyla etwas sagen konnte, meldete Piet sich zu Wort: »Klar. Super Stück«, sagte er im Brustton der Überzeugung. »Ist ganz oben auf meiner Playlist.«

Der alte Herr sah wieder versonnen zu Leyla. »Sie erinnern mich an meine verstorbene Frau, junge Dame. Leider ist sie schon sehr lange tot …«

Die Rothaarige hakte sich rasch bei ihm ein. »Bevor mein Begleiter noch ganz wehmütig wird, entführe ich ihn lieber und wünsche euch einen schönen Abend. Wir sind gespannt auf den Gastdirigenten.«

Sie warf Ean einen Blick zu, der diesem durch Mark und Bein ging. Er hatte das Gefühl, dass ihr Blick mühelos seine Maskerade und die der anderen durchschaute. Er sah der jungen Frau mit angehaltenem Atem nach, als sie mit dem alten Herrn in den Saal ging.

»Das war interessant«, sagte Leyla und lächelte die Freunde an.

Ean holte tief Luft. »Interessant? Eher beunruhigend, würde ich sagen. Hast du ihren Blick gesehen?«, gab Ean zurück.

Leyla lächelte demonstrativ weiter und raunte ihm zu. »Immer mit der Ruhe. Lasst uns einfach weiter herumflanieren, wie es sich für Konzertbesucher gehört.«

Gemeinsam gingen sie in Richtung der riesigen Panoramafenster. Geschwungene Glaswände trennten Innen von Außen, vereinzelte Pfeiler stemmten den gläsernen Baukomplex. Vor ihnen lag die Hansestadt in der Abenddämmerung. Man sah die historischen Speicherbauten, die Hauptkirchen, den Fernsehturm. Ein erhabener Anblick. Man konnte das Gefühl bekommen, es sei eigentlich alles in Ordnung mit der Welt. Doch dieser Eindruck trog. Gar nichts war in Ordnung. Da draußen wurde ein Krieg geführt, ein Krieg gegen die Natur. Und viele der Kriegsgewinner waren heute hier versammelt, einflussreiche Hamburgerinnen und Hamburger, die gleich in dem 2100 Personen fassenden Großen Saal strömen würden. Zugegeben, viele leisteten ihren Beitrag zur Behebung dieser oder jener Umweltkatastrophe. Aber gleichzeitig taten sie doch nichts, um den Status quo zu ändern. Alles sollte bleiben, wie es war, denn nur so konnten sie ihre Profite erwirtschaften …

»Erde an Ean, Erde an Ean!«, sagte Piet mit quäkender Funkgerätstimme und stieß ihn mit der Faust an.

»Entschuldigung, war gerade in Gedanken.«

Leyla nickte Piet und Hektor zu. »Ich denke, wir trennen uns jetzt besser. Die Show beginnt gleich.«

Die beiden nickten und verschwanden.

»Das wird groß, Leyla, verdammt groß. Nach diesem Abend werden wir keine kleine Protestgruppe mehr sein, sondern prominente Figuren der grünen Rebellion«, sagte Ean, als sie allein waren. »Womöglich sitzen wir morgen schon im Knast …«

»So solltest du nicht denken. Wir sind gut vorbereitet.«

Ean nickte. »Mein Trainer sagt immer, dass eine gewisse Nervosität vor einen großen Kampf ganz natürlich und sogar notwendig ist, um sich wirklich zu fokussieren. Das Problem ist nur, ich bin *viel* zu nervös. Eben, die Frau mit den roten Haaren … Ich habe das Gefühl, jeder sieht uns von weitem an, was wir vorhaben. Mir ist schon ganz übel. Ich habe das Gefühl, ich stehe an einer Klippe und muss gleich runterspringen.«

»Wir sind alle aufgeregt.« Leyla pausierte. »Bereust du etwa, dass wir hier sind?«

»Nein. Auf keinen Fall.«

Ean hatte einen Platz im Parkett, in einer der vorderen Reihen. Leyla saß weiter links auf einem der Ränge, Piet und Hektor rechts von ihm. Nachdem das Licht heruntergefahren worden war, hatte der Dirigent die Bühne betreten und nach einem höflichen Anfangsapplaus das Konzert eröffnet. Ean verstand nichts von Musik, schon gar nicht von klassischer Musik. Aber als die Bläser mit satten Akkorden einsetzten, spürte er ein Kribbeln am ganzen Körper. Ihr Timing, dieser Ort und vor allem dieses Stück war ein würdiger Soundtrack für ihren Auftritt. Ean sah auf seine Uhr. Vier Minuten, zehn Sekunden. Bei Minute fünf wollten sie loslegen. Er sah sich zu seinen Mitstreitern um. Ihre Blicke trafen sich. Er suchte noch einmal nach Security, fand aber keine. Kellys Ablenkung schien zu funktionieren. Hoffentlich. Ein letzter Blick auf die Uhr. Die Zeit war gekommen.

Ean hatte die notwendigen Utensilien unter seiner Jacke versteckt. Dem Latex war dank, dass auch die ansonsten große Maske sehr klein gemacht werden konnte. Nun würde es schnell gehen, zwei Handgriffe, dann war aus dem Typ mit dem schwarzen Vollbart ein Grüner Tiger in einem farblich passenden Umhang samt Kapuze geworden. Ean stand auf.

Die ersten Leute waren auf sie aufmerksam geworden. Sie deuteten auf die Gestalten, die in der schummrigen Beleuchtung nur schemenhaft zu erkennen waren. Sie schienen verwundert, aber nicht beunruhigt. Für eine Bedrohung wirkte es zu inszeniert.

Als Ean auf der Treppe stand, die ihn bis vor die Bühne bringen würde, öffnete er mit einer Hand unter dem Umhang hinten an seinem Gürtel das kleine Ventil der Gasflasche. Ein leises Zischen ertönte. Dunkelgrüner Rauch begann aus seinem Gewand zu strömen. Er erreichte den Boden, umhüllte seine Füße und verlieh seinen Schritten etwas Schwebendes. Stufe für Stufe stieg Ean hinab.

Inzwischen ahnten wohl die Ersten, wer sich hier erhoben hatte. Doch noch immer wagte es niemand, den Auftritt zu stören. Niemand wollte sich zum Gespött der Leute machen, wenn das Ganze eine vorbereitete Performance war. Ungehindert bahnten sich die vier ihren Weg zur Bühne. Als Ean sie erreichte, steigerte sich das Orchester gerade zu den jubelnden Schlusstakten des ersten Satzes. Dann war es mit einem Mal still im Saal. Alle Augen waren auf die Grünen Tiger gerichtet. Auch die Musiker sahen sie jetzt und waren verwirrt. Argwöhnisch drehte sich der Dirigent herum. Ean lächelte. Er wusste, dass dieser Auftritt in die Geschichte der Elbphilharmonie eingehen würde. Morgen würde die Republik über sie reden und die Bilder würden um die Welt gehen.

Wie auf ein geheimes Zeichen hin drehten sich die Grünen Tiger zum Publikum um. Sie streiften ihre Kapuzen ab und offenbarten, wer sie waren. Augenblicklich breitete sich Unruhe aus. Ean wusste, dass die Sicherheitskräfte in diesem Moment alarmiert werden würden. Sie würden eine gewisse Zeit brauchen, bis sie die Situation analysiert und ermittelt hatten, welche Bedrohung nun gravierender war, die draußen oder die hier drinnen.

Erst dann würde sie zuschlagen. Ean musste diese Zeit nutzen. Kelly stand vor der roten Mauer des Konzerthauses, zehn Meter vom Eingang entfernt. Auch sie war in einen dunkelgrünen Umhang gehüllt. Die Kapuze tief ins Gesicht gezogen, hielt sie eine Kerze in der Hand, die ein grünliches Licht verbreitete. Sie stand nicht allein dort. Die Fan-Gruppe, die sie gegründet hatte, war vollständig angetreten. Hunderte Gefolgsleute standen in einer langgezogenen Viererreihe da, gekleidet wie sie, mit einer Kerze wie ihre. Inzwischen liefen immer mehr Security-Leute herum. So war es geplant. Zehn Minuten zuvor hatte die Gruppe sich noch wie normale Touristen verhalten. Sie waren um das Gebäude spaziert, hatten den Blick auf die Elbe genossen, Fotos geschossen und gequatscht, bis … Kelly den Befehl zu ihrem ersten Ablenkungsmanöver gegeben hatte. Jetzt standen sie dort, schweigsam, aber bedrohlich wirkend für jeden Außenstehenden.

Kellys Handy vibrierte, eine Nachricht der Grünen Tiger. Irgendetwas musste vorgefallen sein. Es war abgemacht, dass die anderen sich nur im Notfall bei ihr meldeten. Und tatsächlich, als Kelly die Nachricht aufrief, las sie: *Zweite Ablekug!!!*

Kelly wurde mulmig zumute. Der Text war in Hektik falschgeschrieben worden, das war eindeutig. Einmal mehr fragte sie sich, auf was sie sich da eingelassen hatte. Sie stand voll und ganz hinter den Zielen der Grünen Tiger, aber sie war immer der Überzeugung gewesen, dass man gewaltlos für diese Ziele eintreten musste. Doch mit Gewaltlosigkeit hatte diese Aktion hier nicht mehr viel zu tun. Noch immer zögerte sie. Plötzlich heulten in der Ferne Sirenen auf. Fast im selben Moment traf erneut eine Nachricht ein: *Kelly?!*

Kelly rang mit sich. Konnte sie das wirklich verantworten? Heißes Wachs tropfte auf ihre Haut. Die Sirenen kamen näher, die Menschen wurden unruhig. Schließlich eine dritte Nachricht: *Kelly!!!*

Kelly gab sich einen Ruck. Dann ordnete sie den Sturm an.

Rauch strömte noch immer aus den Umhängen der Grünen Tiger hervor. Ean ließ seinen Blick über den Saal schweifen. Dort, wo sie langgelaufen waren, hingen die dunkelgrünen Schwaden fest, wie Spuren ihres Einmarsches. Die Menschen starrten ihn gebannt an. Ean schaltete das Headset ein. Winzige Lautsprecher verstärkten seine Stimme. Er musste sie nicht einmal erheben, um in der viel gelobten Akustik des Elbphilharmonie-Saals bis in die letzte Reihe gehörte zu werden.

»Es ertönt der Ruf nach Veränderung. Könnt ihr ihn hören hinter euren Mauern?« Er pausierte. »Es liegt Wut in der Luft. Könnt ihr sie spüren? Oder hat eure Gier euch fühllos gemacht?« Ean hob die Arme wie ein Priester. »Die Welt spricht zu uns. In einer Sprache, die von allen Menschen verstanden wird. Sie spricht zu uns und sie sagt: ›Ich sterbe!‹«

Hier und da begannen die Menschen zu murren. Ean ließ sich nicht aus der Ruhe bringen.

»Aber ihr wollt sie nicht hören. Ihr wollte euch einreden, dass es so schlimm schon nicht ist. Ihr wollt um jeden Preis so weitermachen wie bisher. Ihr fürchtet jede Veränderung, denn ihr habt Angst um eure Privilegien. Ihr habt Angst um eure Profite. Und ihr liebt eure Bequemlichkeit, denn euch geht es ja gut. Doch wir, die neue Generation, wir kennen diese Ängste nicht. Wir kennen dafür eine andere Angst – die Angst um das Leben auf der Erde. Für wie gefährlich haltet ihr diese Angst?«

Vereinzelte standen jetzt Leute auf und verließen den Saal. Aber die meisten blieben sitzen und waren offenbar gewillt, dem Mann in der grünen Tigermaske zuzuhören.

»Macht euch nur keine Illusionen, die Natur wird einen Weg finden … sie wird einen Weg finden, gegen ihren Aggressor vorzugehen – gegen uns Menschen. Denn früher oder später wird die Erde unbewohnbar geworden sein für uns, und dann ist der Zeitpunkt gekommen, wo das Leben auf der Erde wieder seinen natürlichen Gang gehen wird. Ohne uns.«

Der grüne Rauch bedeckte inzwischen den gesamten Boden der Bühne. Ean sah zu den Ausgängen, ob bereits Gefahr drohte. Doch dort war alles unverändert. Ein wenig Zeit blieb ihm noch.

»Aber so weit muss es nicht kommen. Noch besteht die Möglichkeit einer friedlichen, harmonischen Koexistenz mit der Erde. Aber dazu müssen wir aufhören, unsere persönlichen Interessen über alles zu stellen. Dazu müssen wir aufhören, unsere nationalen Interessen über alles zu stellen. Nur gemeinsam kann die Menschheit die bevorstehende Katastrophe abwenden. Nur wenn wir unsere persönlichen und nationalen Interessen überwinden, haben wir eine Chance zu überleben. Und wir müssen es jetzt tun …«

In diesem Moment flogen mehrere Saaltüren auf. Polizei und Security stürmten herein.

Das war zu früh. Ean sah sich hektisch um. Die Polizei musste die Blockade draußen durchbrochen haben. Wieso hatte Kelly sie nicht gewarnt? Ean wandte sich ein letztes Mal ans Publikum.

»Handelt! Bitte! Oder wir tun es für euch.«

Rufe wurde laut, sie kamen von den Polizisten, aber auch im Publikum brach jetzt Unruhe aus. Die Menschen verließen ihre Plätze, strebten den Ausgängen zu. Es kam zu Gerangel und Geschrei. Ean warf einen Blick auf die Polizisten. Sie näherten sich von allen Seiten, aber sie kamen nicht weit. Die Konzertbesucher, die jetzt panikartig den Saal verlassen wollten, bildeten einen undurchdringlichen Wall. Ean drehte sich um, sah zu den Bühneneingängen, durch die ein Großteil des Orchesters bereits verschwunden war. Er würde sich allein absetzen müssen.

Ean setzte sich in Bewegung. Doch beim Bühneneingang lief er sofort in einen Security-Mitarbeiter. Ean packte ihn und warf ihn mit einem seitlichen Körperwurf zu Boden. Der Mann blieb röchelnd liegen. Ean wandte sich ab, stürmte weiter.

Der Gang war voller Menschen. Ean sah Musikinstrumente, Notenständer, Stühle. Immer wieder stieß er mit Leuten zusammen. Hinter sich hörte er Rufe, von Polizisten oder Security-Leuten. Ein Mann im Anzug direkt vor ihm deutete auf ihn. Ean stieß ihn beiseite.

Endlich erreichte er eine Tür, die ihn in die Halle führte. Eine Gestalt tauchte vor ihm auf, Ean holte zum Schlag aus und erkannte im letzten Moment Hektor.

Sie schauten sich an. Ean nickte Richtung Ausgang. Oder dorthin, wo er den Ausgang vermutete. Dann liefen sie los. Das Rufen und Schreien war hier noch lauter, weil Hunderte Konzertbesucher gleichzeitig versuchten, die eine Rolltreppe zu erreichen. Das Chaos war vollkommen. Die Konzertbesucher versuchten verzweifelt, zum Ausgang zu gelangen, während gleichzeitig

Demonstranten heraufdrängten. Es waren Kellys Leute und sie waren gut vorbereitet. Feuerwerkskörper wurden gezündet, die wie grüne Leuchtfeuer leuchteten, Tiger-Köpfe wurde mit grüner Farbe an die Wände gesprayt. Polizisten versuchten vergeblich, die Lage unter Kontrolle zu bringen. Demonstranten wurden zu Fall gebracht und auf den Boden gepresst. »Für Mutter Erde«, hallte es über die Plaza.

Plötzlich tauchte Kelly neben ihnen auf, die Augen schreckgeweitet.

»Unten hat die Polizei alles dichtgemacht«, rief sie den drei Freunden zu. »Ihr kommt da nicht mehr raus. Es tut mir so leid.«

Ean gab Hektor ein Zeichen, kehrt zu machen. Doch auf der Treppe, über die sie gekommen waren, sah man jetzt ebenfalls Uniformen. Die Beamten zeigte bereits auf sie. Es war nur eine Frage von Sekunden, bis die Einsatzkräfte bei ihnen wären. Eans Herz hämmerte. Sie saßen endgültig in der Falle.

In diesem Moment sah er sie, inmitten der panischen Besucher – Leyla. Mit ihrer blonden Haarpracht hatte er sie nicht gleich erkannt. Wie hatte sie das geschafft? Leyla gestikulierte, deutete mit dem Kopf nach rechts. Jetzt sah Ean auch die junge Frau mit den roten Haaren, die bei ihr stand. Ihr Blick war eine einzige Aufforderung. Jetzt sah Ean in die Richtung, in die Leyla wies … Er stutzte. Meinte sie den Balkon? Das konnte nicht ihr Ernst sein! Ean hatte keine Ahnung, wie hoch das hier war, aber mit Sicherheit zu hoch, um ins Wasser zu springen, ohne sich alle Knochen zu brechen. Ean warf einen Blick auf die Demonstrierenden, die jetzt fast alle zu Boden gebracht worden waren. Auch Kelly befand sich inzwischen im Polizeigriff.

Jemand schrie: »Nehmt endlich diese Typen fest!«

Ean drehte sich im Kreis. Keine Frage, es war die einzige Möglichkeit. Ein Blick zu Hektor. Ean brauchte sein Gesicht nicht zu sehen, um zu wissen, dass Hektor sich ins Bein schießen würde, um die Grünen Tiger am Leben zu erhalten. Ean nickte seinen Kameraden zu und wandte sich um. Mit wenigen Schritten waren sie bei der Öffnung der geschwungenen Glaswand, durch die sie nach draußen gelangten. Die Brüstung des Balkons war nicht hoch. Ean kletterte hinauf. Das Wasser unter ihnen war schwarz, nur hier und da erhellt von einzelnen Lichtpunkten. Es war ein verflucht weiter Weg. Ean hörte die Rufe der Polizisten. Es galt – jetzt oder nie. Für Mutter Erde, dachte er und sprang, so weit er konnte, hinaus. Der Fall schien endlos zu dauern, und er war doch grausam kurz. Wie eine Wand sah er das dunkle Wasser auf sich zujagen. Dann schlug er auf und alles wurde schwarz.

25

Es kostete ihn einiges an Kraft, die verklebten Lider zu öffnen. Grelles Licht stach ihm in die Augen. Es dauerte eine Weile, bis er etwas zu erkennen begann. Das Hotelzimmer. Richtig. Bilder der vergangenen Nacht zogen durch seinen Kopf. Die Flucht. Der Balkon. Der verdammte Sprung … Stöhnend drehte Ean sich auf die Seite und jaulte auf, als der stechende Schmerz durch seinen Körper schoss.

Vorsichtig schlug er die Bettdecke zur Seite, zog das T-Shirt hoch. Bei dem Anblick stockte ihm der Atem. Die gesamte linke Seite war blau-violett, von der Achsel bis zum Fußknöchel. Auch sein Hals hatte was abgekommen. Als er den Versuch unternahm, mit dem Kopf zu kreisen, kam er nicht weit. Nie hatte er seinen Physiotherapeuten mehr vermisst als in diesem Moment. Ean sank zurück auf die Matratze. Das war es dann endgültig mit dem Leistungssport, dachte er sich.

Eine Gestalt lag auf seinem Bett, im grellen Gegenlicht war sie nur schemenhaft zu erkennen. Aber Piets spöttischer Tonfall war unverwechselbar. »Na? Wie läufts?«

»Piet?« Ean konnte es nicht glauben. »Wieso fühle ich mich wie ein zusammengetretener Köter und du hast nichts abbekommen?«, fragte er und stöhnte. Selbst das Reden schmerzte.

»Ich halte mich nun mal an Pläne.«

Der Sportler hob den Kopf, der Flachbildschirm fiel ihm ins Auge. Was war seit letzter Nacht geschehen? Waren sie in den Nachrichten gewesen? Wie weit hatte sich ihr Auftritt verbreitet? Er suchte die Fernbedienung. Ein Klopfen riss ihn aus seinen Gedanken. Das elektronische Schloss klickte. Er hörte, wie die Tür aufging. Mit ernster Miene trat Hektor ein. Sein Humpeln war nicht zu übersehen, nur mit Mühe behielt er seinen gefassten Ausdruck, ließ sich die Schmerzen nicht anmerken. Immerhin bin ich nicht der einzige, dachte Ean. Hektor deutete fragend auf Piet. Der löste widerwillig seinen Blick vom iPad. »Kann man hier nicht mal in Ruhe chillen? Ich habe eine stressige Woche hinter mir. Hektor, jeder kann entspannen, wie er will. Du wichst und ich schaue Serie.«

»Ich wichse nicht«, gab Hektor trocken zurück.

»Solltest du vielleicht mal.« Piet drückte wieder auf Play. »Dann wärst du ein wenig gechillter.«

»Ich weiß auch nicht, was in Piets Kopf vorgeht«, sagte Ean. Er war gereizt durch die Schmerzen beim Aufstehen.

»Nerv mich nicht«, blaffte Piet. »Nur weil ihr alle abdrehen müsst mit eurem Klima heißt das ja nicht, dass die ganze Welt springen muss. Seit Monaten geht es um nichts anderes mehr. Vielleicht will ich einfach mal wieder normal sein.«

Ean funkelte seinen Freund an. Doch während er ihn betrachtete, entdeckte er etwas. War das Unsicherheit? Piet versuchte zwanghaft, sich gegen ihre Situation zu wehren, sich abzulenken von allem, das sie gerade am Laufen hatten. Am liebsten hätte Ean ihm eine Hand auf die Schulter gelegt, doch Piet würde seine

Gemütslage niemals zugeben. Deshalb sagte Ean in mildem Ton: »Wegen des Klimawandels und der Umweltzerstörung sterben jeden Tag Tausende Menschen, wir können nicht einfach normal weiterleben.« Er ließ die Worte kurz wirken. »Und sag mir endlich, wie du da unversehrt rausgekommen bist.«

»Mann«, sagte Piet gestresst. »Weil Leyla und ich halt ein wenig cleverer sind als ihr und nicht über dreißig Meter tief ins Nichts springen.«

»Wie dann?«

»Im grünen Rauch einfach Maske ab, Umhang weg, fertig. So wie es halt geplant war.«

Ean erinnerte sich: So hatten sie es vorgehabt. Er warf Hektor einen fragenden Blick zu.

»Piet hatte Glück. Wir nicht. Glaub mir, ich habe nach einer Möglichkeit Ausschau gehalten, unsere Kleidung abzulegen. Es gab keine. Springen war unsere einzige Chance.«

»Und dann? Wieso bin ich nicht ertrunken?«

Hektor fuhr fort: »Als wir gesprungen sind, hat Leyla Imran per Telefon Bescheid gegeben. Er saß bereits in einem Schlauchboot und hat uns aus dem Fluss gefischt. Und der Rest verlief nach Plan, nur dass du nicht viel davon mitbekommen hast.«

Der Rest des Plans – damit war die Flucht in einem Auto in ein Provinzkaff nördlich von Hamburg gemeint. Hier hatten sie das Hotelzimmer gemietet. Imran dürfte inzwischen wieder zuhause sein, ihn würden sie erst wieder für die nächste Aktion kontaktieren. Dasselbe galt für Kelly und ihre Gruppe.

Ean setzt sich mühsam auf. »Und? Was sagen die Medien? Wie wird über unsere Aktion berichtet?«

Er bekam keine Antwort. Hektor, der ans Fenster getreten war, sagte mit angespannter Stimme: »Verdammt. Die Bullen haben uns gefunden.«

Piet sprang auf, Ean erhob sich mühsam. Sie befanden sich in einem Zimmer im dritten Stock und sahen auf den Kundenparkplatz hinter dem Hotel. Tatsächlich hielten dort gerade zwei schwarze SUVs.

»Scheiße«, entfuhr es ihm. »Wie haben die das geschafft?« Ein paar Straßen weiter heulten Sirenen auf. Jetzt sah man, wie sich unten die Beifahrertür des einen Wagens öffnete und eine rothaarige Frau ausstieg. Ean glaubte seinen Augen nicht zu trauen. Sie trug heute einen grauen Blazer und eine graue Hose und ihr rotes Haar war zu einem Zopf zusammengebunden. Aber es war unverkennbar die Rothaarige aus der Elbphilharmonie. Als sie jetzt den Kopf hob, traf ihr Blick auf Anhieb das Zimmerfenster, an dem die Jungs standen. Ein Lächeln huschte über ihr Gesicht, als hinter ihr weitere Personen ausstiegen breitschultrige Männer in dunklen Anzügen. Gemeinsam setzten sie sich Richtung Eingang in Bewegung.

Selbst Piet war jetzt besorgt. »Das sind irgendwelche Spezialkräfte. Was machen wir denn jetzt? Die haben uns an den Eiern.« Er presste sein Gesicht an die Scheibe, um die Rothaarige und ihre Begleiter möglichst lange im Blick zu behalten. Dann sah er mit panischen Augen seine Freunde an. »Die verhaften uns!«

Eans Blick flog durch das Hotelzimmer. »Wir müssen raus hier! Sofort!« Als er in seine Jogginghose sprang, rief er den anderen zu: »Wo steckt eigentlich Leyla?«

Hektor, der mit ihr in einem Zimmer übernachtet hatte, zuckte mit den Schultern. »War weg heute Morgen.« Ean fluchte leise. »Wir müssen sie warnen.« Aber ihm dämmerte, dass Leylas Abwesenheit, verbunden mit dem plötzlichen Erscheinen der Polizei, nichts Gutes bedeuten konnte. Ean presste seinen Fuß in den weißen Sneaker, als es an der Tür klopfte. Die drei Freunde erstarrten, sahen wie gebannt zur Tür. Ein verräterisches Klicken war zu hören. Jemand entriegelte das elektronische Schloss! Was zur Hölle? Konnte jeder einfach in dieses beschissene Zimmer kommen? Im nächsten Moment schwang die Tür auf – und Leyla betrat den Raum.

Ean sah sie verwundert an. Leyla hatte ihr altes Aussehen zurück – schwarze Haare, milchkaffeebrauner Teint. Und sie schien nicht besorgt. Hatte sie die Polizisten unten etwa nicht gesehen?

»Wir haben es geschafft, Ean.«

Ean sah das Leuchten in ihren Augen.

»Die Welt spricht über uns. Rund um den Globus.«

In der offenen Tür tauchte plötzlich auch die rothaarige Frau auf. Die drei Jungs warfen sich fragende Blick zu.

»Also, wenn *die* mich an den Eiern hat, habe ich nichts dagegen«, kommentierte Piet leise, aber nicht leise genug.

Die Rothaarige warf ihm einen abschätzigen Blick zu. »Wie wäre es, wenn du dir erst mal etwas anziehst?«

Piet realisierte, dass sein einziges Kleidungsstück noch immer die neue Organic-Basics-Unterhose war. Darüber war sein kompassähnliches Erinnerungstattoo an seine Work-and-Travel-Ferien in Australien zu sehen, wobei der Fokus eindeutig auf Travel gelegen hatte. Gehorsam begann er, sich zu bekleiden.

Ean reckte vorsichtig den Kopf, um zu sehen, wo die Männer

blieben. Aber auf dem Flur war niemand. Er sah zu der Rothaarigen. »Ich bin verwirrt.«

»Sie warten unten in der Lobby«, sagte die junge Frau. »Aber sie sind sofort hier, wenn ich es wünsche.«

Jetzt sah Ean das kleine Mikrofon an ihrem Blazer. Was war hier los? Wer war diese Frau?

»Möchte mir jemand einen Platz anbieten oder starrt ihr mich einfach weiter an?«

Ean warf Leyla einen fragenden Blick zu. Die antwortete mit ihrem überlegenen Lächeln, was alles Mögliche bedeuten konnte. Vor allem bedeutete es eins: Sie spielte. Ean deutete auf den Sessel. »Kannst dich gerne hinsetzen.«

Die rothaarige Frau ließ sich nieder und schlug die Beine übereinander. War das wirklich die Polizei? Sie betrachtete einen nach dem anderen, bevor sie amüsiert das Schweigen brach.

»Wie kann jemand wie ich die mächtigen Grünen Tiger so sprachlos machen?«

»Wer bist du denn überhaupt? Und was machst du hier?«, stellte Ean die Gegenfrage. Sie lächelte erneut.

»Ihr könnt mich Zora nennen. Und nein, ich bin nicht von der Polizei.«

»Zora, wie die aus dem Kinderfilm?«, fragte Piet stirnrunzelnd. »Wer heißt denn so?«

»Jemand, der nicht jedem, der fragt, seinen Namen verraten möchte.«

»Und was machst du beruflich so? Wenn du nicht gerade mit Männern in dunklen Anzügen abhängst? Oder einen Film drehst?« Ean wandte sich zu Leyla um: »Was macht sie hier?«

»Sie ist die Frau, nach der wir gesucht haben.«

Ean verstand kein Wort. Er wandte sich an Zora. »Woher kommst du? Und was sollen die Männer da unten, wenn du uns nicht festnehmen willst?«

»Die Männer sind zu meinem Schutz hier. Hätte ja sein können, dass die Grünen Tiger sich als gefährlich erweisen. Ich habe ja nicht geahnt, dass sich nur das da« – sie blickte Piet an – »hinter den Masken verbirgt.« Der schaute verdrossen drein. Bisher war das nicht sein Tag.

»Viel interessanter als die Frage, wo ich herkomme«, fuhr die Frau fort, »ist die Frage, warum ich mich in diesem Zimmer befinde, anstatt der Polizei euren Aufenthaltsort mitzuteilen, wie es jede verantwortungsbewusste Staatsbürgerin tun würde.«

»Und wie lautet die Antwort darauf?« Langsam reichte Ean die Geheimnistuerei. Er wandte sich an Leyla: »Du kannst sie doch nicht einfach herbringen, nur weil sie dir gestern ein paar Sachen ins Ohr geflüstert hat.« Denn das war das Letzte, woran er sich erinnern konnte – Leyla zusammen mit Zora auf der Treppe.

Leyla runzelte die Stirn. »Denkst du wirklich, sie stünde in diesem Zimmer, wenn ich mir nicht zu hundert Prozent sicher wäre, dass wir ihr trauen können?«

Ean hasste es, derart bevormundet zu werden, aber bevor er etwas entgegnen konnte, ging Zora dazwischen.

»Ich bin aus zwei Gründen hier. Erstens: Ich möchte euch gratulieren. Ihr habt so viel Aufmerksamkeit erregt wie keine Umweltgruppierung vor euch. In allen sozialen Medien sieht man Bilder von eurer gestrigen Aktion und auf allen Fernsehkanälen, von den Zeitungen ganz zu schweigen. Sogar Maisie Young hat offiziell getwittert, dass sie euch ab sofort unterstützen wird, und hat ihre Anhänger aufgerufen, es ebenfalls zu tun. Youtuber sprechen über euch, als wärt ihr Heilige. Ihr habt allen Medien der Welt Futter geliefert. Statuen sind über Nacht Grün gesprayt worden, überall tauchen Graffiti mit eurem Logo auf. Der berühmte Banksy hat in London anscheinend eine ganze Hausfassade mit dem Quartett der Grünen Tiger verziert.«

Jedes Wort von Zora war Balsam für Eans geschundenen Körper. Der Sprung hatte sich offensichtlich gelohnt.

»Aber ihr habt euch nicht nur Freunde gemacht, wie ihr euch denken könnt«, fuhr Zora fort. »Eure politischen Gegner haben Stellung bezogen. Ihr habt Unruhen ausgelöst, die sie nicht länger ignorieren können. Viele Politiker und auch Wissenschaftler kritisieren euch aufs Schärfste. In Melbourne soll ein Ted-Talk stattfinden, wo es um die Gefahr der Radikalisierung von jungen Umweltaktiven gehen wird. Doch auch das ist ein Erfolg, weil es bedeutet, ihr werdet ernst genommen.«

»Das war erstens«, unterbrach Ean sie. »Und was ist der zweite Grund?

Zora nickte. »Ich arbeite für eine Dame, die sehr viel Geld geerbt hat – Geld, das sich der Erdölförderung im großen Stil verdankt. Besagte Dame hat deswegen ein schlechtes Gewissen und wird von Reuegefühlen geplagt. Sie hat sich daher vorgenommen, zum Ausgleich mit ihrem Geld etwas Gutes für die Umwelt zu tun. Anscheinend hat sie Gefallen an euren Auftritten und Botschaften gefunden. Sie möchte euch jedenfalls mit einem stattlichen Betrag finanziell unterstützen.«

Zum ersten Mal meldete sich Hektor zu Wort. »Ich habe noch

nie so eine ausgedachte 0815-Geschichte gehört. Aber soll mir gleich sein. Über wie viel reden wir?«

Eine Weile schwieg Zora. Sie sah Hektor fragend an: »Wie viel benötigt ihr denn?«, sagte sie schließlich.

Diesmal war es Piet, der antwortete. »Ne Mille müsste fürs erste reichen. Kannst du mir einfach überweisen. Ich bin in unserer kleinen Vereinigung der Finanzminister.«

»Verstehe«, sagte Zora und warf Piet einen kühlen Blick zu. »Möchtest du vielleicht auch noch einen Blowjob?«

Piet fiel die Kinnlade herunter. Ean registrierte, wie auf Leylas Gesicht ein Lächeln erschien. Da hatte sie ja eine Person nach ihrem Geschmack ausgegraben.

Ean legte Piet eine Hand auf die Schulter. »Vielleicht könntest du zur Abwechslung einfach mal den Mund halten, wenn Erwachsene sich unterhalten.«

Zora schüttelte fasziniert den Kopf. »Ihr seid völlig normale Jugendliche. Trotzdem habt ihr mit eurem Auftritt gestern die Welt in Aufruhr versetzt. Ihr seid dabei, Kräfte zu entfesseln, von denen ihr nicht einmal etwas ahnt.«

Leyla hob die Hand, um Einspruch einzulegen. »Wir sind ein paar von vielen, die verstanden haben, um was es geht«, sagte sie.

Zora nickte. »Und deshalb bin ich hier.«

»Und was will die geheimnisvolle Dame als Gegenleistung für ihr Geld?«, fragte Piet.

Zora zuckte mit den Schultern. »Nichts«, sagte sie und erhob sich. »Ihr könnt mit dem Geld tun oder lassen, was ihr wollt.« Sie holte eine Visitenkarte hervor. »Hier ist meine Nummer. Ruft an, wenn ihr mit uns über die Zukunft der Grünen Tiger reden wollt.«

Sie machte Anstalten zu gehen, wandte sich an der Tür aber noch einmal um. Sie sah Leyla an und dann jeden der Jungs. »Ihr habt die Massen hinter euch gebracht und seid gleichzeitig kompromissloser als alle zuvor. Ihr verfügt jetzt über sehr viel Macht. Geht verantwortungsvoll damit um.«

Mit diesen Worten verschwand sie und ließ verwirrte und nachdenkliche Gesichter zurück. Selbst auf Leylas Stirn hatte sich eine Falte gebildet. Das Schweigen hielt an, bis sie die SUVs fortfahren hörten.

»Hand hoch, wer unser rotes Sparschwein gerne knallen würde«, warf Piet in den Raum.

Hektor verdrehte die Augen.

»Also, Hektor, wenn du die nicht heiß findest, dann bist du wohl wirklich schwul, sorry«, stellte Piet fest.

»Wie wäre es, wenn wir anstatt über ihr Aussehen über ihr Angebot reden?«, fragte Ean.

»Vielleicht sollten wir erst einmal über die geheimnisvolle Zora sprechen«, warf Hektor ein und sah Leyla ernst an.

Leyla zuckte mit den Schultern. »Was gibt es da zu sprechen? Ich weiß nicht mehr als ihr. Sie hatte offenbar gleich so einen Verdacht, als sie uns vier zusammen gesehen hat. Und später muss sie bemerkt haben, wie ich mich verkleidet habe. Auf jeden Fall hat sie mich dann auf der Treppe wiedererkannt und hat mich angesprochen. Den Rest kennt ihr.«

Hektor wirkte skeptisch, erhob aber keinen Einwand.

Leyla sprach weiter. »Wir wären schön dumm, wenn wir ihr Angebot nicht annehmen würden. Mit dem Geld stehen uns ganz andere Möglichkeiten zur Verfügung.«

»Was meint ihr?«, fragte Ean die anderen.

»Auf jeden!«, antwortete Piet.

»Hektor?«

Er nickte ernst.

Ean holte sein Handy heraus, auf dem Sperrbildschirm erwarteten ihn sieben verpasste Anrufe von seinem Vater. Ean hatte bei der Entscheidung, sich gegen seine Eltern zu wenden, nicht gezögert. Dennoch machte sich jetzt ein bedrückendes Gefühl in seiner Brust breit. Ean versuchte, sich zu beruhigen. Irgendwann würde sein alter Herr schon verstehen, warum sie das alles taten. Bis dahin würde er hoffentlich ihr Geheimnis wahren.

Er gab die Nummer von der Visitenkarte ein, die Zora ihnen gegeben hatte, und hielt sich das Telefon ans Ohr.

26

Arosa, Schweiz

Das luxuriöse Berghotel glich auch zu normalen Zeiten schon einer uneinnehmbaren Festung mit seiner Lage hoch oben auf der Bergkuppe. Für die außerplanmäßig einberufene Konferenz war das Hotel darüber hinaus hermetisch abgeriegelt worden, mit einem hohen Zaun und zwei getrennten Kontrollschleusen. Nur die rund zwanzig geladenen Gäste hatten Zugang – hochrangige Vertreterinnen und Vertreter aus Wirtschaft und Politik, aber auch Angehörige von Militär und verschiedenen internationalen Geheimdiensten. Der große Konferenztisch in dem weitläufigen Saal war an diesem Vormittag fast vollständig besetzt. Man kannte sich, plauderte und scherzte. Seit Jahrzehnten leiteten oder beeinflussten diese Frauen und Männer die Geschicke der Welt.

Die Gespräche verstummten, als ein nicht mehr junger Mann mit schulterlangen Haaren durch die Tür hereinkam, der an seinem hohen Stetson leicht als Texaner zu erkennen war.

»Mister Escher«, rief er noch im Gehen dem Mann am Kopfende des Tisches zu – Reto Escher, dem jungen Erben eines großen Medienimperiums, der in unregelmäßigen Abständen zu diesen Treffen lud, weshalb sie inoffiziell auch als »Escher-Treffen« bezeichnet waren. »Ich hoffe, ich bin nicht umsonst über den großen Teich geflogen. Ich kann mir angenehmere Betätigungen vorstellen, als zwölf Stunden im Flugzeug zu sitzen.«

»Wenn es nicht wichtig wäre, hätte ich Sie nicht hergebeten, das versteht sich von selbst.« Reto Escher war deutlich jünger als die meisten Männer und Frauen im Raum, doch er konnte damit gut umgehen.

»Dann berichten Sie mal«, forderte ihn ein untersetzter Glatzkopf auf, Frank Scharschmidt, Chef eines deutschen Rüstungsunternehmens. »Aber nur Fakten. Am besten solche, die ich nicht seit Langem kenne.«

Aus der Innentasche seines Jacketts holte Escher eine Fernbedienung. Er dreht sich mitsamt seinem Stuhl um und sah auf die Wand hinter sich. Ein Knopfdruck, und ein großer Bildschirm senkte sich von der Decke herab. Escher drückte erneut und ein Standbild erschien auf dem Bildschirm – eine Gestalt mit einer Tigermaske. Im Gegensatz zu den hinlänglich bekannten Fotos der letzten Wochen trug die Person keinen schwarzen Pullover, sondern eine dunkelgrüne Jacke aus gepanzertem Material.

Escher betrachtet das Bild. Er konnte es nicht verleugnen, er empfand eine gewisse Bewunderung für diese Grünen Tiger. Nach allem, was er wusste, planten sie gemeinsam ihre Inszenierungen. Die Orte, das Auftreten, die Botschaft – alles war perfekt geplant, und ihr durchschlagender Erfolg feuerte sie immer mehr an. Escher konnte nachvollziehen, warum sich immer mehr junge Menschen hinter die vier Aktivisten stellten. Sie hatten in der norddeutschen Provinz begonnen und waren inzwischen auf allen Erdteilen ebenso bekannt wie die Konzerne, gegen die sie sich richteten. Escher fühlte sich von den Grünen Tigern nicht bedroht, aber doch auf eine gewisse Weise herausgefordert. Ein neuer Gegner, den es zu besiegen galt. Escher liebte Herausforderungen, je größer die Aufgabe, umso leichter lief er zu großer Form auf.

Escher drückte erneut auf seine Fernbedienung, und die knurrende Stimme begann zu sprechen.

»Manche Menschen halten uns für Kriminelle. Sie denken, wir sind eine Bedrohung für die Menschheit. Sie behaupten, dass wir den Leuten ihren Wohlstand wegnehmen wollen. In ihren Augen sind wir das Böse. Aber wieso gelten wir als Bedrohung, wenn wir lediglich unsere Erde schützen wollen? Und warum gelten jene Menschen nicht als die wahren Terroristen, die mutwillig und seit Langem unsere Planeten zerstören? Sie halten uns für Radikale mit Masken, dabei ist niemand konservativer als die Grünen Tiger. Denn wir wollen etwas erhalten, nicht vernichten. Wir wollen die Tierwelt schützen, das Ökosystem bewahren und das Überleben des Planeten sichern. In wessen Augen ist das Radikalität? Wer fühlt sich dadurch terrorisiert? Was verrät uns das über die Menschen, die zur Jagd auf uns blasen?«

Escher bemerkte, wie sich die Gesichtszüge der Anwesenden verhärteten.

»Radikal sind alle, die unsere Welt fahrlässig und vorsätzlich verschmutzen und gierig ausschlachten. Radikal sind diejenigen, gegen die die Menschen seit Jahren auf die Straßen gehen. Diejenigen, gegen die die Grünen Tiger heute kämpfen. Wir und unsere Anhängerschaft haben verstanden, dass wir uns gegen die Mächte erheben müssen, die glauben, sie könnten mit unserer Erde tun und lassen, was sie wollen. Die glauben, sie hätten das Recht, unsere

Erde und die Menschheit immer weiter auszubeuten. Seit geraumer Zeit verlegen sich Konzerne darauf, die Gewinne aus ihren schmutzigen Geschäften in Versicherungen für Naturkatastrophen zu investieren. Das ist nichts anderes als eine Wette darauf, dass arme Länder von Tsunamis und Hurrikans heimgesucht werden und sich für viel zu viel Geld dagegen versichern müssen. Sie holen sich einen weiteren Teil ihres sagenhaften Reichtums von denen, die sie schon seit Jahrzehnten ausplündern und deren Lebensgrundlagen bereits ins Wanken geraten ist. Ein perverses Geschäft mit dem Leben von Menschen. Kein Rüstungsunternehmen kann mit dieser Charakterlosigkeit mithalten, nicht einmal, wenn es seine Waffen höchstpersönlich an Terroristen ausliefern würde.«

Der Grüne Tiger hielt inne, bevor er seine abschließende Botschaft loswurde.

»An alle Politikerinnen und Politiker unserer Nation und auf der ganzen Welt, an alle Konzernchefs und Personen mit Macht und Verantwortung: Die Mauern, hinter denen ihr euch verschanzt habt, bröckeln. Es ist nur noch eine Frage der Zeit, bis sie fallen. Wir wachsen jeden Tag ein weiteres Stück. Jede Sekunde wird ein neuer Tiger geboren, direkt in eurer Nähe. Und die, die uns am eifrigsten unterstützen, sind eure eigenen Kinder.«

Der Bildschirm wurde schwarz. Escher dreht sich wieder zum Konferenztisch um.

Getuschel setzte ein. Hier und da wurde bitter aufgelacht. Ein hagerer Mann mit eingefallenen Wangen meldete sich zu Wort – Christian Streicher, der österreichische Politiker. »Das sind also die neuen Gesichter der grünen Wirtschaft?« Seine Stimme troff vor Verachtung.

Escher zuckte mit den Schultern. »Nun, sie verstehen sich wohl eher als deren Wegbereiter.«

Streicher lachte heiser. »Sie lassen sich zu leicht an der Nase herumführen, Escher. Natürlich werden diese … Grünen Tiger von irgendwem angestiftet. Glauben Sie ernsthaft, diese Abenteurer würden deshalb ihren Mummenschanz aufführen, weil sie die vermeintliche Rettung von Mutter Erde wirklich wichtig finden? Glauben Sie ernsthaft, dass sie sich diese Texte selbst ausgedacht haben? Wenn ja, dann heuere ich diese vier Kasperlefiguren sofort als Nachhilfelehrer für meine Enkel an.«

Escher taxierte Streicher. Er wusste, dass es gefährlich sein konnte, diesen Männern und Frauen zu widersprechen. Es kam auf den richtigen Ton an. Escher zupfte den Ärmel seines Jacketts zurecht.

»Aufgrund meiner Recherchen kann ich weder das eine noch das andere ausschließen. Act Now agiert im Grunde wie ein gemeinnütziger Verein, mit Rechenschaftsberichten, Offenlegung der Finanzen und allem was dazugehört. Etwas Ähnliches kann man von den Grünen Tigern nun wahrlich nicht sagen. Deswegen gibt es, was ihre Organisation gibt, zurzeit nur Spekulationen. Was ich Ihnen sagen kann, ist, dass sie in Deutschland der Act-Now-Bewegung inzwischen den Rang ablaufen. Über zwei Drittel der befragten Jugendlichen geben an, die Ansichten und Forderungen der Grünen Tiger zu teilen. In Frankreich, Spanien und Skandinavien tauchen Jugendliche mit grünen Tigermasken auf. Sie fotografieren sich, stellen die Bilder ins Netz. Auch in Australien, Afrika und in Teilen Asiens sind solche Videos viral. Und besonders in den von Klimakatastrophen heimgesuchten Ländern wurden ihre Videos zum Teil über eine Million Mal aufgerufen. Der Hype ist kaum mehr aufzuhalten. Wenn Sie mich fragen, ob dies das Resultat einer cleveren Marketingstrategie ist, nun, dann muss ich Ihnen sagen: Ich weiß es nicht. Aber die Grünen Tiger sind drauf und dran, Ikonen zu werden, und wenn wir nicht aufpassen, könnte es zu einem modernen Spartakus-Aufstand kommen.«

»Warum rufen wir nicht einfach Mark an und sagen ihm, dass er alle Videos löschen soll?«, schlug Signora Battista aus Italien vor. »Das normale Spiel. Dann wären unsere Stubentiger ruckzuck von ihren Futtertrögen abgeschnitten.«

»Selbst wenn er es versuchen würde, es wäre wirkungslos. Die Videos wurden viele Millionen Mal runtergeladen. Inzwischen sind sie auf Telegram, Youtube und allen anderen Plattformen zu finden. Mit Verboten und Löschungen kommt man in den modernen Zeiten nicht weit.«

»Haben Sie denn endlich Hinweise darauf, wer hinter diesen lächerlichen Masken steckt?«, fragte ein Geschäftsmann aus Japan.

»Bedauerlicherweise nicht«, musste Escher eingestehen. »Ich habe aber ein Team darauf angesetzt. Immerhin ist es uns möglich, eine ungefähre geografisches Lokalisierung vorzunehmen, denn alle frühen Aktionen gingen in einem Radius von unter hundert Kilometern im Bundesland Schleswig-Holstein in Deutschlands aus. Auch gibt es Indizien, die darauf hindeuten, dass es sicher stets um dieselben vier Personen handelt, wovon eine weiblich sein dürfte.«

Der österreichische Politiker verzog die Miene. »Jetzt wissen wir also endlich, dass es sich nicht um Außerirdische handelt. Bravo.«

Ein saudi-arabischer Prinz sagte: »Herr Escher, ich vertraue Ihnen. Sagen sie uns, wie groß die Gefahr Ihrer Einschätzung nach ist?«

»Das würde mich auch interessieren!«, blaffte ein bulliger Amerikaner, einer der größten Schiefergasförderer der Erde. »Hatten wir es nicht schon mit ganz anderen Umweltaktivisten zu tun? Die einen haben meine Maschinen zerstört, die anderen haben mir Morddrohungen geschickt. Die jetzige Hysterie um diese Kinder ist dagegen doch ein Witz. Die eine Hälfte sind Minderjährige, die noch nicht einmal wählen dürfen. Die andere Hälfte sind Studenten mit zu viel Freizeit. Was könnten sie schon machen, außer herumgrölen? Ich habe mein Geld mit harter Knochenarbeit verdient. Und, hat es mir geschadet? Diesen verwöhnten Bürgerkindern geht es einfach zu gut.«

In diesem Moment hob ein korpulenter Herr im Lodenjackett die Hand – Gernot Huber, Vorstandschef der Graukohle AG. »Ich war in der Elbphilharmonie, als diese Gestalten dort auftauchten und ihren schändlichen Anschlag verübten«, sagte er und es klang, als sei er persönlich verwundet worden. »Was mir Sorge bereitet, ist nicht die Respektlosigkeit, auch nicht ihre Dreistigkeit, mit der sie vorgehen, sondern die Tatsache, dass so viele Menschen diese Kriminellen unterstützen. Der Vorfall hätte umgehend als Terroranschlag deklariert werden müssen, stattdessen reden unsere liberalen Medienhäuser von legitimen Protesten und dem Recht auf freie Meinungsäußerung. Wie kann das sein? Wozu all unsere Spenden?«

Escher zupfte erneut an seinem Jackett. Die anwesenden Damen und Herren kontrollierten die Politik, weil sie die Macht hatten, die Menschen zu beeinflussen. Dies war möglich, weil sie die Medien kontrollierten, und sie konnten die Medien kontrollieren, weil sie über genug Kapital verfügten …

Der Graukohle-Chef unterbrach ihn in seinen Gedanken. »Also – wie konnte das alles so aus dem Ruder laufen?«

Reto Escher hob entschuldigend die Hände. »Die Welt ist transparenter geworden und die Menschen kritischer. Informationen fließen schneller. Es gibt eine Schwelle, an der unsere assoziierten Medienhäuser ihre Glaubwürdigkeit verlieren, ganz gleich, wie sehr wir den Menschen zu zeigen versuchen, dass der Klimawandel keine wirkliche Bedrohung darstellt. Ganz gleich, wie sehr wir unsere Marketingstrategien dahin ändern, wirklich aufzuklären, und ganz gleich, wie viele Fragen wir aufwerfen … sie, und damit auch wir, verlieren langsam an Glaubwürdigkeit.«

»Schlamperei ist das«, warf Huber ein. »Man kommt sich langsam vor wie ein nützlicher Idiot. Wenn wir diese Tiger zur Strecke gebracht haben, sollten wir gleich weitermachen und diese faulen Chefredakteure zum Rapport bestellen. Notieren Sie das!«

Escher ließ sich nicht aus der Ruhe bringen. »Act Now hat die Politik ziemlich unter Druck gesetzt. Aber es hat sich längst gezeigt, dass sie niemals dazu in der Lage waren, unser Wirtschaftssystem zu verändern. Sie sind selbst viel zu integriert ins System. Diese vier jungen Idealisten hingegen lassen aus den Festivaldemos gewaltbereite Rebellionsmärsche werden. Das ist eine neue Qualität.« Erneut wandte er sich um und drückte auf seine Fernbedienung. »Madrid … Rom … Sydney … London … Wien … Neu-Delhi …« Zu jeder Stadt zeigte er Bild, auf dem eine Gruppe von aggressiven Jugendlichen in Tigermasken zu sehen war. »Es sind nicht überall viele, aber sie sind zu allem entschlossen und warten nur auf Zeichen der vier Anführer aus Schleswig-Holstein. Wenn es zu diesem Zusammenschluss der Bewegungen kommt, könnte es sehr schnell gehen. Dann würde womöglich wirklich der Mob regieren.«

Allgemeines Getuschel. »Aber nicht bei uns!«, wurde allenthalben gerufen.

Eine Bankdirektorin aus Frankreich ergriff das Wort. »Selbst wenn diese kostümierten Aufwiegler zu allem entschlossen sind«, sagte sie mit durchdringender Stimme, »so beschränkt sich ihr Einfluss doch ganz gewiss nur auf den Pöbel. Ich meine, wozu stehen all die Wissenschaftler, Politiker und sogenannten Influencer auf unseren Gehaltslisten ...?«

Escher musste zugeben, dass das eine gute Frage war. Ihre kleine informelle Gruppe investierte seit rund zwanzig Jahren Milliardenbeträge für den guten Zweck der Klimaleugnung. Sie hatten ihre Vertrauten überall auf der Welt. Sie saßen in den entscheidenden Positionen, um das Nötige in die Wege zu leiten oder um zu verhindern, dass etwas in die Wege geleitet wurde. Sie kannten sich in der Seelenwelt der Volksvertreter aus, sie kannten ihre Vorlieben und ihre Kontostände und ihre kleinen unappetitlichen Geheimnisse. Die korrupten Staaten machten es ihnen leicht, weil dort die Preisliste praktisch an jeder Tür hing. In Deutschland ging es zwar zurückhaltender zu, aber am Ende des Tages waren auch deutsche Entscheidungsträger käuflich.

Die Bankdirektorin hatte weitergeredet, ohne dass Escher zugehört hätte. Als er ihr jetzt wieder seine Aufmerksamkeit schenkte, sagte sie gerade:

»Wir helfen, wo wir können. Wir retten Ehen und halten Familien an der Macht. Das geht ins Geld, aber wie gesagt, solange es für den guten Zweck ist … Das bringt mich zu meiner Frage: Wie teuer ist eigentlich so ein Tiger?«

Escher schüttelte den Kopf. »Das funktioniert so nicht …« Escher biss sich auf die Zunge. Er wusste, das hätte er nicht sagen dürfen.

Die Bankdirektorin lächelte säuerlich. »Jeder hat seinen Preis. Auch Sie, Escher, haben einen, und der wird von uns festgesetzt.«

Dünnes Eis. Aber noch hatte es keine Risse, entschied Escher.

»Junge Idealisten spielen in einer eigenen Liga.«

»Stammen die alle aus reichem Elternhaus?«

»Keineswegs. Das macht sie ja gerade so resistent. Sie haben nicht so viel zu verlieren wie Menschen aus wohlhabenden Kreisen.«

In diesem Moment ertönte die Stimme eines zugeschalteten Konferenzteilnehmers aus den Saallautsprechern. Die Anwesenden erkannten in dem Sprecher den betagten Angehörigen des deutschen Hochadels Graf Henning von Sassen.

»Lasst uns mit diesen pädagogisch-therapeutischen Diskussionen aufhören. Es gibt keinen Anlass, diese jungen Terroristen zu Sympathieträgern umzuoperieren. Und dennoch: Ich sehe starke Parallelen zu früheren Aufständen, die am Ende nicht gut ausgegangen sind für die Oberschicht. Wo immer eine Generation entschlossen und geschlossen auftritt, wird danach die Welt eine andere sein.«

Eine ältere Dame aus den Niederlanden sagte mit zitternder Stimme. »Meistens wurden solche Kalamitäten niedergeschlagen.

Man kann bekanntlich mit einem Gewehr nicht nur schießen, sondern auch ganz hervorragend zuschlagen.«

Der Adlige widersprach. »Das wird kaum möglich sein, wenn sich die ganze Welt erhebt.«

»Sie waren schon immer ein Grüner, von Sassen«, dröhnte eine Stimme mit russischem Akzent durch den Raum. Ihr Besitzer war ein Hüne von Gestalt, der Ölbaron Petuchow, in seinem bordeauxroten Anzug, der nun auf den Lautsprecher schaute.

Die Entgegnung des Grafen ließ nicht lange auf sich warten. »Ich gebe lediglich zu bedenken, dass eventuell die Zeit gekommen ist, einen geänderten Kurs einzuschlagen und Investitionen in dem erneuerbaren Sektor zu tätigen.«

»Ich lass mir doch mein Geschäft nicht von irgendwelchen dahergelaufenen Kindern kaputt machen!«, rief der Russe aufgebracht.

»Auch Sie, Herr Petuchow, müssen verstehen, dass wir nicht jeden Tropfen Öl aus dieser Erde pressen können. Deshalb wäre mein Vorschlag, fünfzig Prozent unserer Gewinne in grüne Technologien und erneuerba…«

Der Ölbaron schlug mit der Hand auf den Tisch, dass es dröhnte.

Graf Henning verstummte. In die entstandene Stille hinein, sagte Petuchow: »Ich schlage vor, wir legen erst diese Göre Young um und danach in einem Aufwasch die vier Deutschen.«

»Davon möchte ich entschieden abraten!«, mischte Escher sich ein und zog ein paar strafende Blicke auf sich. »Wenn Maisie Young getötet wird, bricht innerhalb von vierundzwanzig Stunden der Krieg aus, den wir ganz und gar nicht gebrauchen können. Die Bewegung hat sich verselbstständigt, wir würden nur Öl ins Feuer kippen.«

»Und was schlagen Sie vor?«, fragte die französische Bankdirektorin.

»Ich würde vorschlagen, dass wir alles daransetzen, so rasch wie möglich ihre Identitäten aufzudecken, sodass die deutsche Justiz sich um sie kümmern kann. Es wird ihnen viel von ihrer Aura nehmen. Es wird zu den üblichen Diskussionen kommen – und wir, wir werden uns nachsichtig und interessiert an ihrer Meinung zeigen.« Escher holte tief Luft. Als ihm keiner ins Wort fiel, fuhr er fort. »Wenn das nicht klappt, erst dann, sollten wir der Schlange den Kopf abschlagen. Dann wird sie ein wenig zappeln und schließlich – nach einigen kleineren politischen Zugeständnissen – tot liegen bleiben.«

»Das ist nach meinem Geschmack«, sagte ein kleinerer Mann, ein Landsmann von Escher und ehemaliger Banker. Er deutete mit seiner Zigarre auf Escher. »Und so haben wir es schließlich noch immer gehalten.«

»Die Aufdeckung der Identität der vier hat dennoch oberste Priorität«, insistierte Escher.

Ein Mann am anderen Ende des Tisches meldete sich zu Wort, François Reynard, der Modeketten-Inhaber aus Frankreich. Mit seiner blassen Haut und dem schwarzen Anzug hatte er etwas von einem Bestatter. »Kümmern Sie sich um die vier, Escher. Ziehen Sie sie aus dem Verkehr, so subtil, wie gehabt.«

27

Die vier Freunde standen vor dem pompösen, strahlend weißen Hochhaus in Berlin-Mitte.

»Sind wir hier wirklich richtig?«, fragte Piet skeptisch. Ean nickte: »Ja, das ist die Adresse, die Zora mir genannt hat.«

Ean öffnete erneut den Umschlag, den Zora ihm geschickt hatte. Er holte einen Schlüssel und einen kleinen Zettel heraus.

12. Etage, zweite Tür rechts.
Habe euch neue Handys hingelegt
Zora

Sie wollten sich gerade in Bewegung setzen, als sie sahen, wie aus einem SUV am Straßenrand ein Getränkebecher geworfen wurde. Ein kleines Mädchen auf dem Bürgersteig hatte es ebenfalls bemerkt. Kurz entschlossen hob das Mädchen den Becher auf, um ihn mit kindlicher Unschuld durch das offene Fenster zurückzuschmeißen. Ein empörtes Frauengesicht zeigte sich. »Was fällt dir ein, freche Göre …?«

Doch inzwischen war der Vater des Kindes dazugekommen. »Schmeißen Sie Ihren Müll gefälligst nicht auf die Straße«, wies er die Frau zurecht und fuhr seiner Tochter freundlich durch die blonden Haare, während sie weitergingen. Sie hörten noch, wie das kleine Mädchen sagte: »Wenn ich groß bin, will ich auch ein Grüner Tiger werden.« Sein Vater lächelte. »Das wirst du ganz bestimmt.«

Piet grinste stolz. »Meint ihr, es gibt bald Actionfiguren von uns? Kann man mit Actionfiguren unsterblich werden? Oder nur reich? Wir sollten an Marketing und Merchandising denken, bevor es andere tun.«

Noch immer hatte er kein Wort mit seinen Eltern gewechselt. Das war ein Problem, für das er noch eine Lösung finden musste. Die Sommerferien hatten begonnen und die Anderen hatten ihre Eltern in dem Glauben zurückgelassen, dass sie gemeinsam mehrere Wochen Urlaub machten. Aber das würde nicht lange reichen. Er selbst hatte schon vor der Elbphilharmonie für Monate im Voraus gepackt. Eine baldige Rückkehr war nicht geplant.

Ean lachte bei dem Gedanken. Seit ihrer Aktion in der Elbphilharmonie hatte sich viel getan. Sie hatten die Provinz ein für alle Mal hinter sich gelassen. Erst jetzt begriff Ean, welchen Einfluss und welche Reichweite die Grünen Tiger hatten. Jeder Politiker, jede Politikerin musste sie fürchten, jeder Unternehmer auf sie reagieren. Nicht nur hier in Deutschland, sondern fast überall auf der Welt. Noch immer hatte er kein Wort mit seinen Eltern gewechselt. Das war ein Problem, für das er noch eine Lösung finden musste. Aber alles zu seiner Zeit.

Sie betraten das Hochhaus und fuhren mit dem Fahrstuhl in den zwölften Stock. Hektor trug eine große und lange Tasche bei sich und rammte sie Ean fast in den Bauch, als sie ausstiegen.

»Willst du Rohre verlegen, Hektor?«, fragte Ean lachend.

»Also, ich würde auf jeden Fall gern ein Rohr verlegen«, sagte Piet grinsend. Während er sich über seinen Spruch freute, blieb Leylas Blick an Hektors langem Koffer hängen. »In deiner Tasche ist nicht zufällig ein Utensil deines Hobbys, oder?«

Hektor schritt kommentarlos an ihr vorbei zur Wohnungstür.

»Wenn das mal gutgeht«, murmelte Leyla.

Kurz darauf standen sie in einer vollständig möblierten Wohnung. Auf einer edlen Kommode stand ein Kärtchen mit dem Aufdruck *Willkommen*, darunter das Symbol der Grünen Tiger.

Ungläubig öffneten sie alle Türen. Über einen Flur gelangten sie zu jeweils zwei Badezimmern. Die Betten standen beiderseits auf einem stufenhohen Podest mit imposanten Bettpfosten und hohen Rückenlehnen.

»Mannomann, ziemlich edel, der Schuppen«, sagte Ean.

Dabei hatten sie das eigentliche Herzstück der Wohnung noch gar nicht gesehen. Piet war vorgegangen und jauchzte vor Freude, während Hektor seine Sachen sorgfältig in einem Schrank verstaute. Als Ean den Wohnraum betrat, ermöglichten Panoramascheiben von der Küche bis zum Wohnzimmer einen Blick über beinahe ganz Berlin. Hochhäuser, allen voran der Fernsehturm, ragten vor ihnen empor, dazwischen sah man die Parks und Grünanlagen. Ean fiel das ausladende Ecksofa auf, das links an der Wand stand. Rechts führte ein Durchgang über zwei Stufen in eine offene Küche. Auf dem Küchentresen lagen wie angekündigt vier neue iPhones.

Piet ließ sich aufs Sofa fallen. »Was haltet ihr davon, wenn wir mit dem ganzen Klimascheiß mal Pause machen und unser Leben genießen?« Hektor strafte ihn mit einem verächtlichen Blick.

»Komm schon, Hektor. Was meinst du, was für rattenscharfe Mädels hierherkommen, wenn wir eine Party schmeißen?«

Ean lachte, aber er war mit seiner Reaktion allein. Piet versuchte es erneut: »Unser Erfolg muss doch gefeiert werden.«

»Piet!« Eans seufzte. »Wir riskieren jetzt nicht alles, nur um Party zu machen.«

»Wieso riskieren? Abschalten! Hektor hat doch jetzt schon ein Burn-out.«

Hektor mahlte mit den Zähnen aufeinander und funkelte Piet nur an. »Der Klimawandel macht keine Pause«, stieß er hervor.

»Guck ihn dir an, wie er die ganze Zeit mit den Zähnen knirscht«, sagte Piet an Ean gewandt.

Ean musste Piet recht geben. Hektor wirkte seit Wochen extrem angespannt. Und er wurde immer wortkarger.

»Außerdem, was machen wir sonst *damit*?« Piet zauberte eine Flasche Skyy-Wodka aus seiner Tasche.

»Dein Ernst?« Ean schaute auf die blaue Flasche. »Willst du den pur trinken?«

Piet zauberte eine weitere Flasche hervor. Sie trug kein Etikett – eine ehemalige Mineralwasserflasche, wie Ean vermutete. Die Flüssigkeit sah nach Eistee aus. Ean griff nach der Flasche, öffnete sie und roch dran. »Hast du Red Bull in die Flasche hier umgefüllt, damit wir es nicht merken?«

Piets Augen wanderten scheinheilig umher. »Nein.«

Jetzt lächelte auch Leyla. »Jetzt mal ehrlich. Niemand kennt uns hier, weder unsere Namen noch unsere Gesichter. Warum nicht für einen Abend …« – sie deutete Anführungsstriche an, »*leben*?« Schnell schob sie hinterher: »Aber natürlich nicht hier.«

Hektor riss dem verdutzten Piet die Wodkaflasche aus der Hand. »Wenn ihr unbedingt wollt.« Er öffnete sie und begann, sich das Zeug in den Rachen zu kippen. Piet klatschte vor Freude in die Hände. »Yes, Boy! Das nenne ich eine vertrauensbildende Maßnahme.«

Eine halbe Stunde später saßen sie an einem Ecktisch einer gemütlichen Bar ganz in der Nähe. Das hieß – Piet spielte im hinteren Teil des Raums Dart mit zwei fremden Frauen. Ean hatte nur kurz der Toilette einen Besuch abgestattet, und als er zurückkam – *zack*. Es war unerklärlich. Ean schüttelte lachend den Kopf, er sollte Piet danken. Hierherzukommen war genau das Richtige. Die ausgelassene Stimmung, die Menschen, das Gelächter, die Musik. Auf ihren Schultern lastete seit Monaten ein Geheimnis, dass sie zwang, äußerst vorsichtig in der Öffentlichkeit aufzutreten.

Leyla legte Hektor eine Hand aufs Bein. »Genieß den Abend. die nächsten Wochen werden dir viel abverlangen.« Hektor starrte auf den Tisch und Leyla ergänzte: »Du kannst nicht mehr tun, als du bereits tust.«

Ean betrachtete seinen blonden Freund. Abschalten war echt nicht Hektors Ding. »Okay, ich hole uns etwas zu trinken. Leyla, Kamillentee? Hektor?«

»Bier.«

Ean deutete mit dem Finger auf ihn. »Kommt sofort.«

Sich im Rhythmus zur Musik bewegend, schlängelte er sich durch die Bar. In dem Moment kam auch ihm auf einmal alles surreal vor. Die Menschen wirkten so unbeschwert. Wie sie sich zur Musik bewegten, tranken und lachten. Machte sie sich denn gar keiner Sorgen? In ihrem Rausch schienen sie nicht zu bemerken, dass die Konsequenzen ihres Lebens bereits vor der Tür standen. All dies rief Erinnerungen in Ean hervor. Er dachte an jene Nacht im *Lala*. Wie er damals mit Marie getanzt hatte, unbeschwert wie alle anderen. Er dachte daran, was er seitdem alles erlebt hatte, an das, was er seither getan hatte. Es war unglaublich, wie sehr einen wenige Monate verändern konnten. Und es gab keinen Weg zurück.

Am Tresen war er gerade dabei, seine Bestellung aufzugeben, als etwas seine Schulter streifte. Im selben Moment tauchten zwei Hände neben seinen auf. Scharlachrotlackierte Nägel, mehrere Ringe. Ean wandte sich um und schaute in das lächelnde Gesicht eines blondgelockten Mädchens. Ihr Lächeln war ansteckend, konnte aber nicht verhindern, dass sein Blick kurz zu ihrem Dekolleté abdriftete – was sie jedoch nicht zu stören schien. Sie lächelte noch immer, und Ean wusste, dass dies der Moment war, wo er etwas sagen musste – und er wusste nicht, was. Er war ein verdammter Grüner Tiger, die Regierung fürchtete ihn, vor wenigen Tagen hatte er vor zweitausend Menschen eine unvergessliche Rede gehalten – und jetzt war er unfähig zu ein bisschen Smalltalk? Fieberhaft suchte sein Kopf nach einem sinnvollen Satz, doch da war nichts. Das Lächeln der Blondgelockten begann bereits zu verblassen. Gleich würde sie verschwinden. Warum konnte sie nicht einfach den ersten Satz sagen?

Es war der Barkeeper, der ihn schließlich rettete.

»Möchtest du bestellen, oder?«

»Äh, ja. Zwei Bier. Ein Kamillentee und …« – drehte sich zu dem Mädchen, »was immer die Dame möchte.« Ging doch!

»Ich würde auch ein Bier nehmen.«

»Kommt sofort«, verkündete der Barkeeper.

»Bist du aus Berlin?«, fragte Ean. Erst jetzt fiel ihm ihr knappes Kleid auf.

»Natürlich, beste Stadt der Welt«, antwortete das Mädchen und er realisierte, dass sie nicht mehr ganz nüchtern war.

»Bist du alleine hier?«

»Wer geht denn alleine feiern?«, konterte sie. »Dahinten sind meine Girls.«

Ean sah an ihr vorbei und erblickte vier Mädels, die alle in ihre Richtung schauten.

»Okay, dumme Frage, hast recht. Erzähl mir was von dir.«

Sie rückte noch etwas näher. Er nahm einen süßen Duft wahr. Ean bereute, nicht ein Kaugummi genommen zu haben, eine von Piets Hauptregeln, und er hatte sie wieder nicht beherzigt.

Sie reichte ihm die Hand. »Emma«, sagte sie.

Er griff zu, ihre Haut war genauso weich, wie sie aussah. »Ich bin Ean.« Verführerisch hielt sie seine Finger etwas länger fest.

»Freut mich«, fügte Ean hinzu, bevor er die Getränke bezahlte. Sein Blick blieb an dem Einwegplastik hinter der Theke hängen.

»Richtig nachhaltig ist der Laden aber nicht.« Er war schon dabei, sich für die Aussage eine Rüge zu verpassen, als Emma sagte: »Ist so, oder?«

Verwirrt drehte er sich zu ihr herum.

»In unserer Schule haben wir kein bisschen Plastik mehr.« Sie sagte es mit leuchtenden Augen, was zum Teil wohl dem Alkohol geschuldet war.

»Du interessierst dich für die Umwelt?«

»Ja, total, vor allem, seitdem es die Grünen Tiger gibt.«

Ean spürte, wie ihm wohliger Schauder über den Rücken lief.

»In unserer Mensa hängt ein wandgroßes Plakat, das die Grünen Tiger zeigt. Die Schulleiterin hat es erlaubt! Genial, oder?«

Eans Augen wurden immer größer. »Ein Plakat von den Grünen Tigern in eurer Schule?«

»Ja!«, betonte sie erneut.

»Was für ein Plakat?« Sie griff in ihren Ausschnitt und holte ihr Handy heraus. Nach kurzer Suche zeigte sie ihm das Poster. Es zeigte *ihn*. Wie er mit verschränkten Armen und grüner Tigermaske in die Kamera schaute. Am liebsten hätte er losgelacht. »Aber das ist doch nicht in der Schule?«

»Nee«, antwortete sie verlegen, »das ist bei mir zu Hause. Aber in der Schule hängt das gleiche. Wir reden auch mit unseren Lehrern über die Grünen Tigern. Hast du nicht mitbekommen, was die gerade gemacht haben? In der Elbphilharmonie in Hamburg?«

»Doch, doch«, stammelte Ean. »Also findest du die Typen gut?«

»Ich liebe sie!«

Ean schaute ihr in die strahlenden Augen. Sie meinte es ganz ernst. »Warum?«

»Warum nicht? Alle finden sie cool. Sie kämpfen für das Richtige und ihre Videos sind nice. Und niemand weiß, wer sie sind. Sie sind wie Maisie Young, nur cooler.«

Zwei energische Hände griffen zwischen ihnen hindurch nach dem Tee und dem Bier. Hektor warf Emma einen kritischen Blick zu, bevor er mit den Getränken verschwand.

Ups, dachte Ean und schaute zu Leyla hinüber. Sie unterhielt sich mit einem Mädchen, das ihr an den Lippen zu kleben schien.

Emma griff nach seinen Händen. »Lass uns tanzen gehen.«

»Ich würde von dir aber gerne noch mehr erfahren.«

Sie ging auf die Zehenspitzen, legte eine Hand um seinen Hals und flüsterte ihm ins Ohr: »Wenn du nachher mit zu mir kommst, zeige ich dir meine Grüne-Tiger-Klamotten.«

»Was für Klamotten?«

Aber sie lächelte nur und zog ihn auf die Tanzfläche.

Stunden später schlenderten sie zum Apartment zurück. Das erste Licht des taufrischen Tages eroberte bereits den nächtlichen Himmel zurück und der morgendliche Verkehr kam ins Rollen.

»Wie kann es sein, dass in einer Stadt wie Berlin immer noch so viele Autos in Betrieb sind?«, fragte Hektor kopfschüttelnd.

Ean war noch ganz high. Hektors Worte holten ihn in die nüchterne Realität zurück.

»Wo kein Wille ist, ist kein Weg«, antwortete Leyla, die sich in ihren Oversize-Pullover vergraben hatte. »Und du, Ean, wo warst du eigentlich in den letzten zwei Stunden?« Sie gähnte in ihre Hand.

»Auf Klo«, gab Ean grinsend zurück und schlug Piet auf den Rücken, bevor er sich wieder Leyla zuwandte.

»Und du hast den ganzen Abend rumgesessen, Tee getrunken und wieder irgendwas in dein Büchlein gekritzelt?«

Sie zuckte mit den Schultern. »Wenn ihr wüsstet, was ich da reingeschrieben habe, würdet ihr mir danken.«

An Eans Fuß blieb eine *Queenburger*-Tüte hängen, fluchend trat er sie zur Seite – um sich im nächsten Moment zu besinnen. Wütend bückte er sich und stopfte sie in den nächsten Mülleimer.

»Vielleicht sollten *wir* einfach damit beginnen, Regeln aufzustellen, wenn die Politik an ihrer eigenen Trägheit verendet.«

»Ein Grüne-Tiger-Rulebook?«, fragte Leyla amüsiert.

Ean antwortete ernst: »Ja genau.«

»Gute Idee«, kam es von Hektor.

Sie unterquerten eine Brücke, eine S-Bahn donnerte über ihre Köpfe hinweg.

»Die Publicity haben wir safe«, stimmte Piet zu und scrollte über sein Instagram-Feed, wo sich Grüne-Tiger-Posts mit nackten Frauen abwechselten.

»Wir müssten mit einer Art von Grundgesetz anfangen«, sagte Ean. »Wie wäre es mit Rule 1: Die Gesundheit von Mutter Erde ist unantastbar. Rule 2: Keiner soll so handeln, dass es Mutter Erde schadet.«

Die anderen nickten begeistert.

»Und wir brauchen praktische Dinge!«, warf Hektor ein, er wirkte euphorisiert wie lange nicht. »Wie wäre es mit Rule 3: Handle nach der Prämisse Natur und nicht nach der Prämisse Geld. Rule 4: Vermeide Plastik, wo immer du kannst. Rule 5: Iss pro Woche nur einmal Fleisch oder verzichte komplett darauf.«

Leyla gähnte erneut und ließ ihren Blick über die Stadt schweifen. »Nein. Es gibt schon genug Verbote. Die Menschheit braucht nicht noch mehr Zwang.«

»Und was schlägst du dann vor?«, fragte Ean stirnrunzelnd. Aber es war Piet, der antwortete. »Sie müssen es feiern!«

Leyla drehte sich verwundert zu ihm herum. »Genau. Das ist es. Lasst uns keine Verbotsschilder aufstellen, sondern zum richtigen Verhalten animieren. Stellt euch eine Welt vor, in der das Spenden ein Statussymbol ist und nicht mehr das Auto. Eine Gesellschaft, in der Bescheidenheit und Enthaltsamkeit nicht das

Zeugnis von Armut ist, sondern von wahrer Größe. In der es cool ist, Müll aufzusammeln und recycelte Klamotten zu tragen«, wobei sie auf Piets Jacke deutete.

»Gut so!«, bestätigte Hektor. »Aber man müsste auch Strafen einführen. Wie wäre es mit: Wenn jemand eine dieser Regeln vorsätzlich bricht, steht es allen Personen frei, gegenüber dieser Person gewalttätig zu werden.«

Leyla schüttelte genervt den Kopf. »Nicht übertreiben, Hektor. Rache und Selbstjustiz sind nicht das, was ich mir unter einer besseren Welt vorstelle.«

Inzwischen waren sie an ihrem Ziel angekommen. Links und rechts am Straßenrand reihten sich die Vorzeigeautos aneinander.

»Ich finde, Hektor hat recht«, widersprach Ean. »Wer die Erde schändet, sollte dafür zur Verantwortung gezogen werden.«

»Was glaubt ihr, was passiert, wenn alle unsere Anhänger auf einmal alle Menschen angreifen, die …«

Ein Mann im Anzug drängte ungeduldig an ihnen vorbei aus dem Haus. In der Hand hielt er einen Kaffeebecher.

Leyla deutete ihm mit dem Kinn hinterher »… die einen To-go-Becher in der Hand halten? Wir würden keine Klimaritter mehr sein, sondern ordinäre Anstifter zu Gewalt. Unser Ruf basiert im Moment darauf, dass wir die sogenannten Eliten attackieren beziehungsweise die Politik drängen, endlich das Richtige zu tun. Konzerne, die ihren Profit über das Lebenswohl der Menschheit stellen sind das Problem, nicht einzelne Familien, die unter der Armutsgrenze leben und zwangsläufig nur Gedanken für ihre nächste Mahlzeit haben. Wir können jawohl nicht einen der 13

Millionen Deutschen, die in Armut leben, dafür rügen, To-go-Becher zukaufen, es dürfte diese Becher wie in der jetzigen Form einfach gar nicht mehr geben.«

»Dann halt eine humanere Version.« Ean drückte im Fahrstuhl den Knopf mit der Zwölf. »Die Regeln für unsere Erde sollen von allen Menschen auf unserer Erde so gut umgesetzt werden, wie es ihnen möglich ist. Wer die Regeln vorsätzlich bricht, soll ermahnt werden, es zu unterlassen. Bei wiederholten absichtlichen Vergehen sollen soziale Konsequenzen wie öffentliche Bloßstellung erfolgen.«

Leyla schüttelte den Kopf. »Das ist moralischer Terror. Einen Hund kannst du prügeln, wenn er ungehorsam ist. Besser ist es aber, wenn du ihm ein Leckerli gibst, wenn er gehorsam ist.«

»Der Scheiß muss cool werden, wie oft muss ich euch das noch sagen!«

Leyla deutete auf Piet. »Wenn im Hintergrund Sanktionen und Demütigungen laufen, dürfte es schwierig werden. Damit nehmen wir uns nur selbst aus dem Spiel. Wir brauchen neue Statussymbole, wo dein Ego gestreichelt wird durch das, was du für die Gesellschaft tust. Es stimmt schon, Besitz sollte nicht mehr das Ideal sein, sondern Teilen und Leasen. Aber die Menschen können sich nun mal nur in dem gegebenen System bewegen und wenn das System kaum zulässt, nachhaltig zu leben, wie können wir dann den Konsumenten anklagen?«

Hektor schien nicht einverstanden. »Die Umweltschänder, die immer noch nicht kapiert haben, dass sie welche sind, sollten endlich aufgeklärt werden. Und die, die es verstanden haben, sollten endlich gejagt werden.«

Er schloss die Wohnungstür auf.

»Hallo die Herren«, ertönte eine Stimme aus dem Wohnzimmer, dann tauchte Zora im Türrahmen auf.

»Digga«, schreckte Piet zusammen und fasste sich wie ein alter Mann ans Herz. »Will die Alte uns umbringen?«

»Hallo Zora«, sagte Leyla, die als letzte die Wohnung betrat. Sie schenkte der rothaarigen Frau ein kurzes Lächeln, schien aber nicht besonders überrascht zu sein, sie hier anzutreffen.

Ean betrachtete Zora misstrauisch. Irgendetwas stimmte nicht mit dieser Frau. Warum war sie hier? Sie mischte sich viel zu stark in ihre Angelegenheiten ein.

»Angenehme Nacht gehabt?«, fragte Zora.

Leyla hob die Augenbrauen. »Was soll die Frage? Wir müssen doch hoffentlich nicht befürchten, von unserer neuen Partnerin beschattet zu werden?«

Zora lächelte einen Moment versonnen, bevor sie fragte: »Nehmt ihr die ganze Sache überhaupt ernst?«

»Natürlich nehmen wir sie ernst!«, erwiderte Hektor.

Leyla trat näher zu Zora. »Hast du uns nicht mit eigenen Augen in der Elbphilharmonie gesehen? Hast du nicht Ean springen sehen?«

»Und doch geht ihr feiern, als wäre der Sieg schon errungen. Dabei seid ihr praktisch nur auf der Flucht.«

Für einen Augenblick sehnte sich Ean nach der Unbeschwertheit der tanzenden Menschenmenge in der Bar. Er drängte sich vor: »Wie könnte es uns nicht ernst sein, nachdem wir alle wissenschaftlichen Daten über Kipppunkte, Kettenreaktionen, sterbende Ökosysteme, Menschen und Tiere erfahren haben? Wir vernichten Leben in jeder Sekunde, die verstreicht. Nur an einem seelenlosen Objekt würde das unberührt vorbeiziehen.«

Zora betrachtete Ean. »Sehr richtig. Daran kannst du dich also trotz des Alkoholrausches noch erinnern? Wie schön.« Sie zuckte mit den Schultern. »Ich lasse euch jetzt allein. Ruht euch aus, ich komme am Nachmittag wieder.«

»Ich bin fit«, sagte Piet unternehmungslustig, »wir beide können ein wenig quatschen, bis die anderen wieder wach sind.«

»Danke für das selbstlose Angebot, lieber Piet. Aber ich komme nachher wieder.« Sie hatte schon die Türklinke in der Hand und hielt noch einmal inne. Ihr Blick ruhte auf den Grünen Tigern. »So sehen keine Revolutionäre aus.«

28

Der Wasserkocher piepte. Leyla machte sich einen Tee, bevor sie zu den anderen ins Wohnzimmer ging. Inzwischen waren sie übereingekommen, dass die Partynacht vielleicht nicht ganz verkehrt, aber auch nicht ganz richtig gewesen war. Ean tröstete sich mit dem Gedanken, dass es vielleicht der letzte Ausflug in den Alltag eines normalen Jugendlichen gewesen war. Trotzdem hatte Zora recht: So sollte sich keine Revolution anfühlen. Ean blickte Piet über die Schulter, während dieser sich durch Instagram scrollte. Im Suchfeld hatte er *#4motherearth* eingegeben. Dort waren über eine Million Bilder gepostet worden. Alles Mögliche tummelte sich da: Sprüche, die sie in ihren Videos gesagt hatten, Bilder von Umweltverbrechen, Bilder von vorbildlichen Projekten. Graffiti mit ihrem Logo waren an den verrücktesten Orten gesprüht worden. Einige Leute hatten es sich sogar tätowieren lassen, was Ean kaum glauben konnte. Selbst Großmaul Piet murmelte: »Nett, aber das wäre doch nicht nötig gewesen, Kameraden.« Tausende Fotos zeigten, wie Menschen mit grünen Tigermasken auftraten: im Kinderzimmer, im Klassenraum, auf öffentlichen Plätzen.

»Falls du demnächst abkratzt, Ean«, sagte Piet, ohne sich vom iPhone abzuwenden, »überlässt du mir doch sicherlich deine

Maske, oder? Original angesabbert und angenagt. Das müsste gutes Bares bringen.«

Ean wischte seinem Freund mit der flachen Hand über den Hinterkopf, was mit einem Schmerz in seiner Schulter bestraft wurde. Mit säuerlichem Gesichtsausdruck wandte er sich dem Gespräch von Hektor und Leyla zu.

»Warum willst du Gewalt nicht ausschließen, Hektor? Es würde uns zu einer Bedrohung machen. Wir wollen aber das Gegenteil erreichen. Die Menschen müssen begreifen, dass sie verraten, ausgenutzt und ausgebeutet werden. Dann wird sich die Politik …«

Klingeln an der Tür unterbrach sie.

»Ist das schon Zora?«, fragte Ean.

»Oder jemand mit Dietrich-Set«, sagte Piet.

»Das ist kein Dietrich, das ist ein Schlüssel, du Vogel.«

»Ich würde gerne meinen Schlüssel in ihr Schlüsselloch stecken.« Piet grinste seinen Freund an, einen Augenblick später betrat Zora den Raum.

»Ihr habt ja immer noch keinen Saustall aus der Wohnung gemacht.«

Ean war sich nicht sicher, dass es als Witz gemeint war. Er betrachtete sie. Heute trug sie keine edle Garderobe, sondern Jeans und einen weißen Pulli. Alltägliche Kleidung, und doch wirkte sie an ihr besonders. Ihr rotes Haar quoll offen unter einer Basecap hervor.

Sie setzte sich in den freien Sessel. Als keiner zu reden begann, fragte sie: »Ist etwas vorgefallen, das ich wissen sollte?«

Ean schaute zu Leyla und zurück zu Zora. »Um ehrlich zu sein«, sagte er schließlich, »haben wir angenommen, dass wir dich über unser Vorgehen informieren und ansonsten keinen direkten Kontakt haben.«

Zora schob ihre Ärmel hoch. Darunter kam rötlich gereizte Haut zum Vorschein. »Ist das eure Auffassung von Zusammenarbeit?« Sie schlug ihre Beine übereinander und faltete ihre Hände über dem Knie.

Doch bevor sie weiterdiskutieren konnten, zeigte Piet aufgeregt etwas auf seinem Smartphone.

»Ein neues Video. Aus der Bundespressekonferenz, das ist ja fast um die Ecke von hier. Kurzfristig anberaumt vom Innenministerium. Betreff: Stellungnahme zu den Grünen Tiger. Bekommen wir das auf den Fernseher? Der hat doch locker Smart-TV.«

Tatsächlich funktionierte es. Im nächsten Moment sahen sie die Pressesprecherin auf dem großen Bildschirm. Alle Nachrichtensender waren live dabei. Die Sprecherin schaute auf ihre Uhr und eröffnete die Veranstaltung.

»Sehr geehrte Damen und Herren, liebe Kolleginnen und Kollegen von den Medien, schön, dass Sie kurzfristig so zahlreich erschienen sind. Die Bundesregierung und das federführende Ministerium des Inneren möchten zum ersten Mal eine offizielle Stellungnahme zu der Gruppierung Grüne Tiger abgeben.

In den letzten Wochen ist diese neue Gruppierung in ihrer bekannten Verkleidung wiederholt öffentlich in Erscheinung getreten, zuletzt mit einer Aktion in der Hamburger Elbphilharmonie. Die sogenannten Grünen Tiger bestehen allem Anschein nach aus vier Personen, erklären sich immer wieder zu Anwälten von – ich zitiere – ›Mutter Erde‹ und fordern eine radikale Umkehr in der deutschen, europäischen und weltweiten Klima- und Energiepolitik.

Bisher traten die Grünen Tiger stets fantasievoll und mit einer ausgeklügelten Choreografie auf. Waffen sind bisher nicht im Spiel gewesen, doch unverkennbar kam es zuletzt zu einer Verschärfung in der Tonlage der Forderungen der Gruppierung. Wiederholt werden Politikerinnen und Politiker sowie Vertreterinnen und Vertreter der Wirtschaft als Schuldige am Klimawandel ausgemacht. Der anfangs moralische Ton der Grünen Tiger wurde abgelöst durch Ultimaten, die von den konkreten Adressaten als Bedrohung von Leib und Leben empfunden wurden. Mehreren Personen wurde Personenschutz zugesichert.

Die Medien berichten über jede Aktion der Grünen Tiger, Bilder der Auftritte finden im Netz in kürzester Zeit auf der ganzen Welt Verbreitung. Laut aktuellen Umfragen stoßen die Aktivisten in weiten Kreisen der Bevölkerung auf Sympathie. In der Altersgruppe der Zwölf- bis Zwanzigjährigen erinnern die Zustimmungswerte an die von Act Now auf dem Höhepunkt ihres Erfolgs.

Die Bundesregierung wurde wiederholt Adressat von Forderungen der Grünen Tiger. Dabei muss betont werden: Die Bundesregierung würde ihrer verantwortungsvollen Aufgabe nicht gerecht, wenn sie sich von Drohgebärden extremistischer Gruppierungen beeinflussen ließe.«

Leyla sagte leise: »Nicht gut.«

»Alle künftigen Protestaktionen werden von den Strafverfolgungsbehörden genau beobachtet und entsprechend verfolgt. Das Bundesamt für Verfassungsschutz hat heute die Organisation Grüne Tiger als Prüffall eingestuft.«

Ean lief es kalt den Rücken hinunter. Waren sie gerade zu Staatsfeinden erklärt worden?

Die Sprecherin fuhr fort: »*Friedliche und offiziell angemeldete Demonstrationen sind natürlich weiterhin möglich, dies ist in unserer Verfassung geregelt. Wenn es noch Fragen gibt …?*«

Zahlreiche Arme schnellten in die Höhe.

Eine junge Frau sprach in das Mikro, das man ihr hinhielt. »*Die Grünen Tiger sprechen Themen an, deren Bedeutung auch von der Politik nicht bestritten wird. Große Teile der Bevölkerung halten die Ziele der Grüne Tiger für gut und richtig. Wie verträgt sich das mit dem aktuellen Versuch der Regierung, Kritikerinnen und Kritiker mundtot zu machen und für vogelfrei zu erklären?*«

Die Pressesprecherin schaute auf ihre Unterlagen. Sie reagierte gelassen. »*Wie bereits gesagt, haben wir nicht erst heute die Notwendigkeit erkannt, etwas für den Klimaschutz zu tun. Das ist völlig unstrittig. Auf allen Ebenen finden in diesen Tagen Gespräche statt. Politik, Wirtschaft und Wissenschaft befinden sich in einem furchtbaren … ich korrigiere: in einem fruchtbaren Dialog. Die Zeit drängt, niemand bestreitet das. Aber dieses Thema muss in den zuständigen Gremien von kundigen Fachleuten erörtert werden. Über das Klima wird nicht auf der Straße entschieden. Viele Menschen machen sich in diesen Zeiten Gedanken über die Natur und das Klima und wie wir in Zukunft leben wollen. In unserem Land gibt es zahlreiche Kanäle, diese Vorschläge öffentlich zu machen. Das ist guter demokratischer Brauch. Aber über das Machbare wird zuletzt auf der politischen Ebene entschieden. Das Klima kennt keine Ländergrenzen, es ist das globale Thema par excellence. Nicht der, der am lautesten schreit, wird gehört werden, sondern der, der auf dem Boden der Tatsachen und Möglichkeiten steht.*«

Weitere Medienvertreter kamen zu Wort. Viele attackierten

die Sprecherin, die schlug sich wacker und beharrte auf den traditionellen politischen und bürokratischen Spielregeln.

Ean schaltete den Ton ab. »Wollen die uns verarschen? Haben die uns eben ernsthaft als Terroristen eingestuft?«

»Damit hätte ich nicht gerechnet«, sagte Leyla.

Auch Zora schien überrascht. »Sie haben offensichtlich ihre Strategie geändert. Jahrelang hat die Politik immer nur das Nötigste getan, um die Bevölkerung still zu halten. Jetzt nutzen sie eure radikalen Auftritte gegen euch und damit als Rechtfertigung für ihre eigene Untätigkeit.«

»Wie kann das sein? So viele Menschen stehen hinter uns.«

»Was hast du erwartet? Dass ihr aus der Elbphilharmonie kommt und das ganze Land eure Forderungen erfüllt?«

»Es reicht endgültig!«, kam es von Hektor.

»Wie meinst du?«, fragte Piet verwundert.

»Wir haben genug geredet. Wir haben genug demonstriert. Wir müssen zum Klimagipfel nach Luxemburg reisen und den Demonstrationsgedanken auf ein ganz neues Level heben. Entweder legen die Politiker sofort die nötigen Schalter um oder wir werden sie dort von der Bildfläche fegen.«

Ean nickte. »Und zwar alle!«

Leyla schien ebenfalls einverstanden. »Vor allem muss es schnell gehen. Bevor sich Unsicherheit im Land breit macht und sich Menschen von uns zurückziehen.«

Ean war noch immer aufgebracht, von den Worten der Regierungssprecherin. »Sie belügen uns«, er deutete auf den Bildschirm, »und sie wollen uns für unmündig erklären, während sie hinter verschlossenen Türen die Welt unter sich aufteilen.«

»Lügen regieren die Welt«, sagte Zora.

»Von Lügen scheinst du etwas zu verstehen.« Leyla hatte die Worte ohne anklagenden Unterton geäußert, was ihre Wirkung nur noch vergrößerte.

Zora sah sie entgeistert an. »Ich? Was meinst du?«

»Mach uns nichts vor. Deine inquisitorischen Fragen, deine Vorwürfe heute Morgen, und schließlich das Offensichtlichste – die rötlichen Reizungen an der Innenseite deines Armes. Nicht nur du hast sie, sondern auch der ältere Herr in der Elbphilharmonie und deine Fahrer. Als hätten alle in letzter Zeit ein unsichtbares Tattoo gestochen bekommen.«

Zora straffte ihre Schultern, reckte das Kinn, schwieg aber.

Leyla lächelte überlegen. »Deiner Reaktion nach zu urteilen sind meine Vermutungen also wahr. Hast du ernsthaft geglaubt, wir nehmen dir die rührselige Geschichte mit der reichen alten Frau und ihrem schlechten Gewissen ab? Unsere Thematik und alles, was wir hier besprechen, ist für dich von größter Wichtigkeit. Du versuchst es zu verbergen, aber deine Augen verraten dich. Der Kampf für Mutter Erde bestimmt dein Leben. Würde eine bloße Angestellte so agieren? Ich denke nein.«

Man sah Zora an, wie es in ihr arbeitete. Sie überlegte, wie sie mit der neuen Situation umgehen sollte. Schließlich glätteten sich ihre ernsten Gesichtszüge. »Also schön«, sagte sie. »Ich erzähle es euch. Deine Intelligenz ist ein wertvolles Gut, Leyla. Etwas, das wir brauchen können.«

Ean sah sie skeptisch an. »Wir? Wer sind diese mysteriösen Wir?«

»Wir sind die zwei Prozent«, sage Zora und sah ihn ernst an.

Ean hatte langsam genug von ihren rätselhaften Anspielungen. »Von welchen verdammten zwei Prozent sprichst du?«

»Ich bin eine Botschafterin für jene Länder, die sich nicht mehr zu helfen wissen. Es ist doch bekannt, dass bestimmte Nationen stärker von den Konsequenzen des Klimawandels betroffen sind als andere. Es ist ein Irrtum zu glauben, die Menschheit würde im selben Boot sitzen. In Ghana leiden die Menschen schon heute unter Wassermangel. In Mosambik und anderen Ländern kommt es zu großen Ernteausfällen und viele Inselstaaten verlieren tagtäglich ihr Land an das Meer. Aber nicht nur Staaten, sondern auch Städte sind Teil unserer Vereinigung, weil ihre Staaten die Bedrohung nicht anerkennen. Sie sind frustriert und wütend. Seit Jahrzehnten plädieren Politiker der gefährdeten und schwachen Länder in Klimakonferenzen für eine weltweite Lösung. Bei jeder Gelegenheit weisen sie darauf hin, dass jeder Tag ohne Handeln unzähligen Menschen das Leben kostet. Aber obwohl dies niemand ernsthaft bestreitet, stoßen sie auf Ablehnung. Ablehnung durch Totschweigen. Natürlich haben die entwicklungsschwachen Länder längst begonnen, alles in ihrer Macht Stehende zu tun, um die Konsequenzen abzuwenden. Trotz ihrer Armut. Milliarden sind mittlerweile in die Bekämpfung des Klimawandels geflossen und ein noch größerer Teil in die Bekämpfung der Folgen.«

»Zwei Prozent …«, murmelte Leyla. »Zwei Prozent aller Gelder gehen an dich.«

Zora richtete sich auf. »Das ist richtig. Wir sind die illegale Investition dieser Länder im Kampf gegen den Klimawandel. Eine verzweifelte Aktion, um die großen und gefährlichen Verursacher mit unseren nicht ganz gesetzestreuen Aktionen zu irritieren und zu ärgern. Und um in der Bevölkerung Sympathie für uns zu wecken.«

Der Blick, den Zora ihnen zuwarf, war erstaunlich defensiv und sogar ein wenig ängstlich. Die vier Freunde hatten das Gefühl, als würde Zora mit sich ringen, ob sie weitersprechen sollte.

»Aber das ist nur die halbe Wahrheit. Was ich euch jetzt erzähle, ist absolut vertraulich und geheim. Haben wir uns verstanden?« Sie blickte in die Runde. Als sie keinen Widerspruch fand, fuhr sie fort. »Also, es gibt unter unseren Unterstützern einige nicht ganz unbekannte Hersteller von Elektroartikeln, die sich mit alternativen Antriebsstoffen beschäftigen. Sie alle hoffen auf eine neue Klimapolitik und auf einen schnellen Wandel der Prioritäten in unserer Politik. Denn sie wissen, was Deutschland vorgibt, wird in ganz Europa gehört, weil nationale Alleingänge in Zeiten der EU natürlich gar nicht mehr möglich sind. Und neue Klimaziele sind gleichzeitig der Startschuss für komplett neue Wirtschaftszweige.«

Ean betrachtete Zora. Konnte das wahr sein? Es ergab Sinn und klang gleichzeitig abstrus. »Woher sollen wir wissen, dass du uns nicht schon wieder belügst?«

Zora gab Ean ihr Handy. Sie hatte eine App geöffnet, die an das Photo-TAN-Verfahren von Banken erinnerte.

»Scann es«, forderte sie ihn auf und hielt ihm ihr Handgelenk hin.

Ean sah sie verwundert an. Dann hielt er das Handy über ihr Handgelenk. Einen Augenblick später erschien eine Webpage mit einem persönlichen Profil von Zora. Oben stand der Schriftzug *U. M. A. N.* Darunter ein Foto von Zora. Als ihre Funktion war *Glo-*

bal Operator angeben. Tessa Ardinger, erfuhr Ean, war fünfundzwanzig.

»Dein echter Name ist Tessa?«

»Ja.«

»Sollen wir dich so nennen?«

»Nein.«

»Ok, dann bleibt es also bei Zora. Und für was steht U. M. A. N.?«

»Union of Most Affected Nations.«

Er reichte das Telefon an Hektor weiter und fragte: »Wie lange gibt es euch schon?«

»Fünf Jahre. Am Anfang hatten wir den Ölkonzernen und ihren Thinktanks kaum etwas entgegenzusetzen. Sie kontrollieren alles, sind in allen Parlamenten, in allen maßgeblichen Gremien vertreten, natürlich auch hier Deutschland. Sie haben Tausende von Lobbyisten auf der Gehaltsliste, sie sind wahre Global Player. Aber die Zeiten ändern sich. Die Öllobby verliert an Macht. Viele Energiefirmen versuchen, sich einen grünen Anstrich zu geben. Sie hätten gern eine Maisie Young in ihren Reihen. Eine wie Maisie wäre unbezahlbar. Aber die Öllobby musste erkennen, dass man nicht alles und jeden kaufen kann. Das ärgert sie maßlos, deshalb hassen sie Gruppen wie euch, weil der größte Lügner nicht ernsthaft behaupten kann, dass ihr eure Aktionen macht, um euch endlich einen Porsche und eine luxuriöse Eigentumswohnung zuzulegen.«

Zora sah eine Weile schweigend vor sich hin, bevor sie fortfuhr.

»Wir gewinnen an Einfluss, sehr langsam, aber immerhin. Was wir tun, ist nicht sinnlos. Die Desinformationskampagnen der Lobbyisten werden kritischer hinterfragt als früher und ihre

Spenden beziehungsweise Bestechungsgelder werden nicht mehr so leicht angenommen. Thinktanks und Lobbyisten der großen Umweltorganisationen beeinflussen mittlerweile erfolgreich den Gesetzgebungsprozess, während Vertreter von Wirtschaftverbänden zu Zuschauern degradiert werden. Sie veröffentlichen Monat für Monat Studien und Gutachten. Die Pressearbeit ist selbst bei jungen Bewegungen wie Act Now hochprofessionell. NGOs sind die einflussreichsten außerparlamentarischen Organisationen und sie agieren gezielter, schlagfertiger und wirksamer als je zuvor. Hätten wir Zeit, würden wir einfach warten, doch wir haben keine Zeit. Nicht mehr.«

»Und jetzt sollen wir bei euch einsteigen?«, fragte Hektor.

Zora lächelte. »Nein, viel besser. Wir wollen bei euch einsteigen. Wir werden euer Sponsor. Mit Hilfe der Reputation, die ihr in kürzester Zeit erreicht habt, wird es möglich sein, die Lobbyisten in die Knie zu zwingen. Ihr habt es geschafft, zu Ikonen des grünen Feuers zu werden. Ihr habt Barrieren überwunden, an denen die anderen bislang gescheitert sind. Eigentlich war Act Now unser Wunschkandidat, aber, nun ja …« Zora brach ab, sie wirkte verunsichert, als habe sie zu viel verraten.

Leyla sah sie mit großen Augen an. »Maisie Young ist euer Geschöpf!«

Zora nickte. »Ja.«

»Eine Puppe, nichts weiter?«

»Keine Puppe, das wäre unmöglich und sehr zynisch. Maisie ist echt, sozusagen. Sie steht voll und ganz hinter dem, was sie sagt. Und sie ist sehr intelligent. In den Medien tauchte immer wieder der Vorwurf auf, sie sei fremdgesteuert. Aber das ist sie nicht. Wir haben ihr Mittel zur Verfügung gestellt, wir haben Kontakte für sie hergestellt, zu Politikern, zu Wissenschaftlerinnen, aber alles weitere ist ihr eigenes Werk. Wir schreiben nicht ihre Twitter-Nachrichten. Das würde sie niemals zulassen.« Zora sprach über die berühmte Maisie Young, als wäre sie eine gute Freundin.

»Wir haben nur ihr öffentliches Profil etwas geschärft. Das junge Mädchen aus England, das sich von der Elterngeneration verraten fühlt. Ein Kind, das nicht anders konnte, als zu handeln, etwas zu unternehmen, weil es sonst nicht schlafen konnte, weil es Angst um die Zukunft des Planeten hat. Ein Mensch, dem soziale Anerkennung nichts bedeutet. Ein Mädchen, das ein sehr klares Weltbild besitzt. Für Maisie gibt es nur Schwarz oder Weiß – diejenigen, die diesen Planeten zerstören, und diejenigen, die das verhindern wollen. Für Gefühle ist in diesem einfachen Weltbild kein Platz. Worte bedeuten ihr nichts, Taten sind alles. Maisie Young ist eine unvergleichliche Person. Sie hat es geschafft, dass Klima zum Thema Nummer eins wurde. Leider stieß auch Maisie schließlich an ihre Grenze. Die Demonstrationen, die in ihrem Namen veranstaltet wurden, liefen irgendwann leer. Wir hatten uns bei Act Now für einen pazifistischen Weg entschieden, was dazu führte, dass die Akzeptanz sehr hoch war. Aber als jedermanns Liebling wirst du schnell alltäglich. Das Aufrührerische rückt immer mehr in den Hintergrund. Alle mögen Maisie, wer Maisie ablehnt, hat ein Problem und gilt als dumm, ignorant, verdächtig. Maisie gehört allen. Damit ist sie kleiner als am Anfang. Nettsein ist zu wenig. Beste Freundin zu sein, ist zu wenig. Die beste Freundin rettet nicht die Welt.«

Zora sah in die Runde. Ihre Gesichtszüge hellten sich auf.

»Und dann seid ihr gekommen. Wir haben euch sehr genau beobachtet, haben uns aber nicht eingemischt. Ständig werden neue Organisationen gegründet, nur wenige überleben lange. Auch Maisie haben wir gesagt, sie soll sich bitte raushalten und erst nach der Elbphilharmonie haben wir uns endgültig entschieden, aktiv zu werden. Der Unmut über die Untätigkeit beim Klimaschutz ist seit Maisies erstem Auftreten noch weiter angestiegen. Heute verstehen noch mehr Menschen, dass die Klimakrise eine Bedrohung ist und als solche behandelt werden muss. Immer mehr Bürgerinnen und Bürger verstehen, dass das weitere Hinauszögern einer nachhaltigen Umstrukturierung sie schon mittelfristig sehr viel Freiheit kosten wird. Sie verstehen, dass nicht der Einsatz für die Umwelt ihren Wohlstand bedroht, sondern das Festhalten am Status quo. Gegen den Klimawandel gibt es keinen Impfstoff. Wenn wir nichts tun, wird uns schon bald die Rechnung präsentiert. Das begreifen heute die meisten Menschen. Die Stimmung war noch nie so aufgeladen. Von dieser Stimmung haben die Grünen Tiger am Ende profitiert.«

Während sie zuhörten, hatte Leyla begonnen zu lächeln. Es war der Ausdruck von Zufriedenheit, wenn einem endlich die Wahrheit mitgeteilt wird und wenn sich diese Wahrheit als Türöffner für eine Fülle an Möglichkeiten erwies. »Trotzdem seid auch ihr nun an eure Grenzen gekommen«, fuhr Zora fort. »Und an diesem Punkt kommt U. M. A. N. ins Spiel. Aber«, sie hob einen Finger, »für den Fall, dass ihr auf unser Angebot eingeht: Eins muss euch bewusst sein. Es geht um eine Lebensaufgabe, von der ihr nicht mehr zurücktreten könnt. Nie mehr. Ich weiß, dass ihr bereits viel geleistet habt. Ihr seid ein hohes Risiko eingegangen.

Aber all das, was ihr bisher getan habt, war bedeutungslos im Vergleich zu dem, was noch kommen wird. Ihr müsst bereit sein, euer altes Leben hinter euch zu lassen. Mit allen Konsequenzen.«

Ean schluckte. Die junge Frau, die da vor ihnen saß, kam ihm wie verwandelt vor. Aus der jungen Geldgeberin war eine mächtige Autorität geworden, deren Worte über ihr aller Schicksal entschieden. Was sie sagte, kam einer Verpflichtung gleich, und Ean wusste, dass er bereit war.

Leyla sah Zora ernst an und fragte: »Und wie will uns U. M. A. N. konkret unterstützen?«

»Wir stellen das nötige Kapital bereit. Im Hintergrund werdet ihr einen ganzen Stab von Mitarbeitern zur Verfügung haben. Wir werden für eure Sicherheit sorgen, für die Logistik, für die Technik, für eure Ausrüstung, für euer Wissen.«

»Wissen?«, hakte Leyla nach.

»Hintergrundwissen, Daten, Fakten. Alles, was man braucht, um die letzten Illusionen über das Innenleben unseres politischen Systems zu verlieren.«

Zora hatte ihr Handy inzwischen von Hektor zurückerhalten und synchronisierte es mit dem Fernseher. »Wir werden die Welt für euch transparent machen.« Kurz danach erschien das Bild eines Ministers. Zora wies mit ihrer Hand auf den Bildschirm. »Er bekam Gelder in Höhe von 24 Millionen Euro von der Denkfabrik ›Institut für Mensch‹.« Es folgten weitere Gesichter, Minister, Parteipolitikerinnen, Fernsehjournalistinnen, Kirchenvertreter, sogar zwei prominente Fußballer. Zu jedem einzelnen nannte Zora die Höhe und die Quelle der Gelder. Es war erschreckend. Die Politik, die Unterhaltungsbranche, das ganze öffentliche Leben schien infiltriert und gekauft worden zu sein. Auf einmal ergab auch die Hetzjagd auf Plattformen wie TEDx gegen die Grünen Tiger Sinn.

»Ich habe immer gedacht, das sind Einzelfälle, ein paar Prominente, die schwach geworden sind, aber das …« Ean schüttelte den Kopf. Nicht zum ersten Mal geriet sein Weltbild ins Wanken.

Zora steckte ihr Handy wieder ein. Sie fuhr ungerührt fort. »Die Einzelfälle sind bloß die Sündenböcke. Gut bezahlte Sündenböcke. Ein gewisser Teil ihrer Machenschaften wird an die Presse weitergeben. Es folgt der unvermeidliche kollektive Aufschrei der Empörung, das reumütige Schuldeingeständnis und eine Spende an eine gemeinnützige Organisation, danach eine kurze Schamfrist, in deren Verlauf die Öffentlichkeit alles vergisst, weil längst neue Säue durchs mediale Dorf getrieben werden.«

Für einen Moment herrschte Schweigen. Schließlich fuhr Zora fort: »Der entscheidende Punkt ist, alle wichtigen Umweltorganisationen wie Bluepeace, VVF, 360.COM, World Witness werden euch mit ihrer Präsenz und Reichweite zur Seite stehen. Ab dem heutigen Tag seid ihr die professionellsten und mächtigsten Aktivsten, die je existiert haben.«

Sie redeten noch lange mit der jungen Frau – über die Lage des Umweltschutzes in den einzelnen Ländern, über die Aktionen, die bereits liefen, über den Stand der Technologie in Sachen erneuerbare Energie, über die Gegenwart und über die Zukunft. Es war bereits nach Mitternacht, als Zora auf die Uhr schaute.

»Zeit für mich zu gehen. Ihr werdet morgen Mitglieder von U.M.A.N. kennen lernen, die künftig für euch arbeiten.«

Piet versuchte noch einmal sein Glück: »Du kannst immer noch hier pennen.« Er sah zum Panoramafenster. »Stockdunkel und es regnet. Ich hätte keine Lust, jetzt noch nach Hause zu müssen.«

Zu Eans Verwunderung erhielt er von Leyla Unterstützung: »Du solltest wirklich hier übernachten«, sagte sie mit warmer Stimme.

Zora sah erneut auf die Uhr, dann zum Fenster. »Vielleicht habt ihr recht. So ungemütlich sieht die Couch nicht aus und es dauert tatsächlich etwas länger bis zu mir.«

Ean schüttelte den Kopf. »Wenn du hier schläfst, bekommst du eines der Schlafzimmer. Hektor wird bei uns übernachten und Leyla auf der Couch.«

Ean hatte keine Ahnung, wie spät es war, aber irgendetwas hatte ihn geweckt. Ein übler Traum. Er schlug die Augen auf. Sein Herz pochte, irgendetwas stimmte nicht. Dann sah er die schwarze Gestalt im Grau des Türrahmens. Ean rührte sich nicht. Er verfolgte, wie die Person Richtung Bett ging. Sie kam näher, war fast bei ihm … Ean fuhr hoch – und sank zurück auf die Matratze. Es war Hektor! Idiot.

Hektor stieg ins Bett, nicht ohne Ean einen fragenden Blick zuzuwerfen. »Was ist bloß falsch mit euch allen?«, murmelte er mit müder Stimme. Er schlief sofort wieder ein.

Ean bemerkte, dass er durchgeschwitzt war. Er schlug die Decke zurück, um seinen Körper zu kühlen. Einer dieser Albträume hatte ihn wieder heimgesucht. Diesmal hatte ein Gegner im Kampf plötzlich ein Messer in der Hand gehalten und wild auf ihn eingestochen. Tödlich verwundet hatte er noch in seinen letzten Atemzügen mit Maisie Young herumgemacht. Was für eine kranke Scheiße. Ean tastete nach den Stellen, wo das Messer in seinen Körper eingedrungen war. Natürlich war da nichts. Ean fühlte sich erschöpft, schwach und ausgelaugt. Ob er jemals wieder auf der Matte kämpfen würde?

Er wischte den Schweißfilm vom Gesicht und griff gähnend nach seinem Handy auf dem Nachttisch. 5.37 Uhr. Ean schlug die Decke zur Seite und stand auf. Leise trat er auf den Flur und ging weiter Richtung Wohnzimmer. Verwundert blieb er in der Tür stehen, als er Leyla sah, die auf dem Boden kniete. Betend. Ean hörte geflüsterte Worte. Ihre Körperhaltung war leicht gebeugt, die Hände zum Gebet geformt, als ob sie Wasser auffangen wollte. Für was sie wohl gerade betete? Oder für wen? Ean hatte immer gewusst, dass sie betete, aber er hatte sie nie dabei gesehen.

Vorsichtig ging Ean in die offene Küche und kippte zwei Gläser Leitungswasser hinunter. Seine Kehle war wie ausgedörrt. Noch nie hatte Leitungswasser so gut geschmeckt. Dann setzte er sich auf einen Barhocker. Gedankenverloren öffnete er den Facebook-Messenger auf seinem iPhone, das auf dem Tresen lag. Ein Fehler. Er fand eine Nachricht, die er nicht hätte lesen wollen.

Hey Ean,
ich hoffe, ich erreiche dich auf diesem Weg.
Robi wurde von ein paar Typen zusammengeschlagen, als er mit einer grünen Tigermaske unterwegs war. Liegt jetzt im Krankenhaus.
Vielleicht ist das ja ein Grund, dass du dich mal meldest.
Bernd

Zusammengeschlagen. Ean spürte, wie sich sein Magen verkrampfte. Wer schlug denn einen kleinen Jungen zusammen, verdammt? War das seine Schuld? Ean las die Nachricht erneut. Aus *Papa* war inzwischen *Bernd* geworden. Das wäre bis vor kurzem noch undenkbar gewesen.

In diesem Moment trat Leyla zu ihm in die offene Küche. Mit großem Ernst betrachtete sie Ean, der noch immer auf das Display seines Handys starrte. »Was ist?«

Ean wollte es nicht sagen. Wenn er es nicht aussprach, würde es nur eine Messenger-Nachricht sein, wie eine Milliarde andere Nachrichten auch. Ein sandkorngroßes Stück Wirklichkeit, kaum vorhanden, ohne Gewicht …

»Anscheinend hat mein kleiner Bruder sich Prügel eingefangen.«

Mit zwei Fingern schob er das Handy zu Leyla hinüber.

»Ich denke, ich werde meinen Vater anrufen.«

Er hatte Protest erwartet, wortreiche Einwände, warum das keine gute Idee war. Doch stattdessen sagte Leyla: »Die Familie ist das Wichtigste. Mach es.« Sie schob das Telefon zurück. »Aber unterdrück deine Nummer. Nur für den Fall.«

Kurz darauf stand Ean vor der Panoramascheibe des Wohnzimmers und beobachtete, wie über Berlin die Sonne aufging und die Metropole zum Leben erwachte. Es war ein außergewöhnlich schöner Morgen. Warmes Licht strahlte auf die Gebäude und ließ die bunten Herbstfarben der Bäume im Park ihre volle Schönheit entfalten. Eans Blick ging ins Leere. Ein Teil von ihm wollte, dass sein Vater abhob, ein anderer war drauf und dran wieder aufzulegen.

»Ean, bist du es?« Die Stimme war kühl.

»Ja«, brachte Ean mühsam hervor. »Hat Rob seinen Freunden von uns erzählt?«

»Das ist alles, was dich interessiert? Ob dein verdammtes Geheimnis gewahrt wurde?«

Ean schloss die Augen. »Wie geht es ihm?«

»Wie soll es ihm gehen? Er wurde gestern von irgendwelchen Typen zusammengeschlagen, die verdammt sauer auf dich sind!«

Eans Herz wurde schwer. »In unserer kleinen Stadt?«

»Die Mistkerle haben ihm auf dem Schulweg aufgelauert. Als er weglaufen wollte, hat ihn einer zu Boden geschmissen, dann haben sie angefangen, auf ihn einzutreten.«

Ean stützte sich mit einer Hand gegen die Fensterscheibe. Er wollte etwas sagen, doch ihm fehlten die Worte.

»Ein Tritt muss ihn am Kopf getroffen haben. Es ist zu einer Hirnblutung gekommen. Jetzt liegt er im Koma.«

»Rob liegt im Koma?« Was hatte er getan? Es fühlte sich an, als würde er in ein schwarzes Loch stürzen.

»Ich wollte dir nur mitteilen, was du angerichtet hast. Ob du nach Hause kommst oder nicht, ist deiner Mutter und mir ehrlich gesagt gleichgültig. Falls du es noch immer nicht verstanden hast: Das, was deine Freunde und du mit unserer Gesellschaft anrichten, ist kein Spiel mehr. Es macht mir Angst. Und dass mein Sohn für alles verantwortlich ist, erfüllt mich einfach nur mit Trauer.«

Es folgte ein Knacken. Sein Vater hatte aufgelegt.

Ean drehte sich zu Leyla um.

Sie sah ihn fragend an: »Und was hat er gesagt?«

Ohne zu antworten, ging Ean in sein Schlafzimmer, wo Hektor

noch immer schlief. Ean nahm seine Tasche und warf wahllos seine Sachen hinein.

Als er aus dem Zimmer stürmen wollte, war Leyla bei ihm. »Ean, warte einen Moment.«

»Ich muss zu meinem Bruder! Und zu diesen Typen!«

»Das verstehe ich. Wenn es so ist, wie dein Vater sagt, musst du auch gehen. Aber beantworte mir eine Frage: Wurde dein Bruder gestern auf dem *Schulweg* angegriffen?«

»Ja. Und jetzt geh aus dem Weg.«

»Gestern war Sonntag!«

Ean stutzte. »Dann hat mein Vater sich eben versprochen.«

»Digga, was ist denn mit dir los?«

Piet trat aus dem Badezimmer, eine Pinzette in der Hand. Er starrte die beiden an.

»Robi liegt im Koma, er wurde gestern zusammengeschlagen.«

Piet sah bestürzt zu Boden. Eine Weile starrte er vor sich hin. Dann sah er verwundert auf. »Aber gestern Nacht war er noch online!«

»Was redest du da für einen Müll?«

»Na ja, als ihr alle pennen gegangen seid, habe ich noch eine Runde Fortnite auf dem Handy gespielt, und er hat da meine Lobby gejoint.«

Ean taumelte. Sein Kopf war wie eine leere Halle, in der sich ein Licht nach dem anderen einschaltete. Hatte sein Vater ihm diese Lüge aufgetischt, um ihn in eine Falle zu locken? Am Telefon hatte er nicht die Polizei erwähnt. Bevor Ean die neue Erkenntnis verarbeitet hatte, klingelte es an der Tür.

Inzwischen stand auch die nur spärlich bekleidete Zora bei ihnen im Flur. Ean ging zur Tür, schaute durch den Türspion. Draußen standen die drei Männer in Schwarz, mit denen Zora auch seinerzeit in dem Hotel aufgetaucht war.

»Deine Bodyguards«, sagte er.

Ohne eine Reaktion abzuwarten, öffnete er die Tür. Im selben Moment traf ihn eine Faust mitten ins Gesicht. Ean wurde gegen die Wand geschleudert. In seinem Nacken knackte es, Schmerz schoss durch den Schädel. Trotz des Versuchs, den nächsten Schlag abzuwehren, durchbrach dieser mühelos seine Verteidigung und schickte ihn zu Boden. Ean schmeckte Blut. In seinem halb bewusstlosen Zustand wusste er, dass er nicht mehr aufstehen würde.

»Verdammt, was soll das?«, schrie Zora den bärtigen Kerl an, der ebenso hoch wie breit war.

Zora war entschlossen vorgetreten, doch das war ein Fehler. Erneut holte der Hüne aus und entlud die Kraft seiner Rückhand in Zoras Gesicht, sodass sie augenblicklich zusammenbrach.

Mit panisch aufgerissenen Augen hatte Leyla die Szene verfolgt. Mit zitternden Knien begann sie, sich rückwärts in Richtung Wohnzimmer zu bewegen, als sie sah, wie einer der Typen Eans Kopf packte und gegen die Wand schlug. In diesem Moment begriff sie, dass die Kerle nicht gekommen waren, um sie ein bisschen einzuschüchtern. Das hier war ein Killerkommando. Sie warf einen Blick auf den blutenden Ean, dann auf die am Boden liegende Zora. Ein quälendes Abbild für die letzten Sekunden ihres Lebens. Leyla schloss die Augen. Sie hatte ihre Feinde unterschätzt, der dümmste Fehler von allen. Sie bat ihre Freunde um Vergebung und empfahl ihre Seele Allah. Dann öffnete sie die Augen wieder. Einer der Killer hatte sie im Blick und trat entschlossen auf sie zu.

In diesem Moment wurde die Schlafzimmertür im Flur aufgerissen und Hektor trat mit angelegtem Gewehr ins Wohnzimmer. Ein Schuss krachte. Blut verwandelte die Tapete in eine rote Farborgie. Er hatte ihrem Angreifer in den Kopf geschossen. Leyla sah ihren Freund entgeistert an. Hektors Gesicht war eine starre Maske, während er auf den nächsten Angreifer anlegte. Er zögerte keine Sekunde. Wieder krachte ein Schuss. Dann ein dritter.

Die Stille, die nun einsetzte, war ohrenbetäubend. Leyla lehnte sich schwer atmend gegen die Wand. Sie sah die drei Leichen, sah ihre leeren Blicke, das Blut. Sie ging in die Hocke, stützte sich am Boden ab. Nie war der Schmerz vom Tod ihres Bruders überwältigender, als jetzt in diesen Moment. Er beherrschte ihren Geist und Körper. Er lähmte ihre Gedanken und schien sie daran hindern zu wollen zu atmen. Es war damals ihre Schuld gewesen und auch dies war ihre Schuld.

Sie zuckte zusammen, als eine Hand ihren Oberarm ergriff und sie hochzog. Es war Hektor.

»Geh zu Ean!« Seine Stimme drang wie aus weiter Ferne zu ihr.

Leyla reagierte nicht.

»Hilf Ean!« Hektor führte sie in Richtung Flur. »Jetzt!«

Hektor hämmert gegen die Badezimmertür, in dem sich Piet verschanzt hatte. »Rauskommen!«, brüllte er.

Dann ging er zur Wohnungstür und schloss sie.

Das erste, was Ean sah, als er die Augen öffnete, war Leylas tränenüberströmtes Gesicht. Er wollte etwas sagen. Doch ein glühender Schmerz fuhr durch seinen Kopf. Was war geschehen?

Die Angreifer … Wo waren die Angreifer? Leyla kniete neben ihm, schien ihn zu untersuchen.

»Sieht schlimmer aus, als es ist«, hörte er sie sagen. »Deine Nase blutet, aber sie sieht nicht gebrochen aus …«

Ean stützte sich auf dem Boden auf, um sich zu erheben, was mit einem Blitz aus Schmerz in seinem Kopf bestraft wurde.

Jetzt sah er Zora, die benommen auf dem Boden hockte und vor sich hinstarrte. Ihr rotes Haar war zerzaust. »Ich verstehe das nicht …«

»Gehören die nicht zu dir?«

»Doch …«

»Und wieso wollten sie uns erledigen?«

»Weil sie dafür bezahlt wurden«, kam es leise von Leyla.

Zora erhob sich. Sie schaute auf ihren ehemaligen Mitarbeiter hinunter. Sie wirkte fassungslos.

»Deine Organisation ist offenbar eine einzige Verräterbande!«, grollte Hektor und hämmerte noch einmal gegen die Toilettentür, aus der Piet noch immer nicht herausgekommen war.

»Sie waren immer loyal. Wir haben sie gut bezahlt. Wieso sollten sie sich bestechen lassen?«

Zora war zurück ins Zimmer gegangen und hatte ihr Handy geholt. Jetzt tippte sie darauf herum, bevor sie es sich ans Ohr hielt. Aber noch bevor das erste Wahlsignal ertönen konnte, hatte Hektor nach ihrem Handgelenk gegriffen, ihr das Telefon abgenommen und aufgelegt. »Verräterbande, habe ich gesagt!«

Zora schaute ihn an, abwägend, ob es wirklich so sein konnte.

»Nein, ich kenne jeden einzelnen von U.M.A.N.«

»Die drei Typen hier kanntest du auch.«

»Was für ein Interesse könnte U.M.A.N. haben, uns auszuschalten?«

Hektor antwortete nicht, woraufhin Zora ihre Hand ausstreckte. »Das Telefon!«, sagte sie mit ihrer alten befehlsgewohnten Stimme. »Wir brauchen sie jetzt.«

Widerwillig reichte Hektor ihr das Handy, als plötzlich Piets Stimme hinter der Toilettentür zu hören war.

»Mama? Mama?« Es war ein leises Wimmern. »Kannst du mich hören? Ich …«

Hektor war im selben Moment bei der Tür. Mit einem gezielten Tritt brach er das Schloss auf. Dann war er bei Piet und schlug ihm das Handy aus der Hand.

Piet starrte seinen Freund entsetzt an. Einen Moment wirkte es, als wollte er sich auf ihn stürzen. Doch dann sackte er zu Boden. Er vergrub den Kopf in den Armen und begann zu schluchzen.

29

Noch immer hatte Ean leichte Kopfschmerzen, obwohl der Anschlag bereits drei Tage zurücklag. Nachdem Zora zu U. M. A. N. Kontakt aufgenommen hatte, waren umgehend mehrere Mitarbeiter gekommen. Sie hatten sich als Erstes daran gemacht, die Wohnung von allen Spuren zu säubern, die auf die Grünen Tiger oder auf U. M. A. N. hindeuten konnten. Dann waren die Grünen Tiger und auch Zora in ein Vorstadtreihenhaus umquartiert worden. Sie lebten nun in einer Straße, in der frühmorgens fröhlich plappernde Kinder zur Schule gingen und Rentner ihre Hunde ausführten. Ean, Leyla, Hektor und Zora – Piet war nicht mehr bei ihnen. Er hatte sich in einem unbeobachteten Moment abgesetzt. Die Freunde hatten keine Ahnung, wo er sich jetzt aufhielt.

U. M. A. N. hatte auch Ärzte geschickt, die Ean und Zora untersuchten und ihre Verletzungen behandelten. Eans Nase war, wie Leyla vermutet hatte, nicht gebrochen. Dafür hatte er eine leichte Gehirnerschütterung, von dem Schlag gegen die Wand. Die Kopfschmerzen würden ihn wohl noch eine Weile begleiten.

Jetzt saßen sie am Esstisch der kleinen Küche, in die eine tiefstehende Herbstsonne hereinschien. Bei ihnen waren drei führende Mitarbeiter von U. M. A. N.: Der weißhaarige ältere Herr, den sie bereits aus der Elbphilharmonie kannten und der sich ihnen als Dr. Jakobs vorgestellt hatte. Neben ihm saßen Sven, ein junger Mann mit schütterem Haar, sowie eine peruanische Frau – Maria Rosario. Dr. Jakobs stellte offenbar so etwas wie den CEO der Organisation dar. Sven sollte die Grünen Tiger in Zukunft strategisch beraten und Maria Rosario war ab sofort ihre Ansprechpartnerin bei jeder Kontaktaufnahme mit U.M.A.N.

Leyla, die Hände um ihre Teetasse geklammert, sah ernst vor sich hin. Sie wollten das zukünftige Vorgehen besprechen, doch noch immer war sie mit ihren Gedanken bei den Vorfällen von vor drei Tagen. »Als wir erkannt haben, was der Klimawandel auf der Welt anrichtet, wie viele Todesopfer er jetzt schon fordert, da waren wir mehr als nur bereit, Opfer zu bringen. Wir wussten, dass irgendwann auch die Zeit kommen könnte, wo wir Gewalt anwenden würden. Aber nun, wo wirklich Blut an unseren Händen klebt …«

»Es war Notwehr. Sie haben nur Ihr Leben verteidigt«, unterbrach sie Dr. Jakobs.

»Natürlich haben Sie recht. Und trotzdem …« Leyla sah weiterhin bedrückt vor sich auf den Tisch.

»Wo sind die Leichen?«, meldete sich Ean zu Wort.

»Die sind fort. Sie sollten sich darum keine Sorgen machen.«

Ean massierte seine Schläfen. Die direkte Konfrontation mit dem Töten besaß etwas Endgültiges. Es war wie ein böser Geist, der sie in seiner Welt willkommen hieß und voller Schadenfreude hinter ihnen die Tür zum vergangenen Leben zustieß.

Sven sah Leyla an. »Ich kann sehr gut verstehen, dass die Situation schwierig für euch ist.«

»Für mich nicht«, kam es von Hektor.

»Na schön. Dass sie schwierig für manche von euch ist.« Er holte tief Luft. »Leyla – das Szenario, dass du in deinem Notizbuch skizziert hast – das ergibt nun mehr Sinn als jemals zuvor. Es muss umgesetzt werden, unbedingt und bald!«

Dr. Jakobs nickte. »Es klingt vielleicht unverfroren. Aber mit eurer medialen Position geht auch eine gewisse Verantwortung einher.«

Ean schnaubte verächtlich. Die Worte hatte er schon mal gehört.

Dr. Jakobs fuhr fort. »Die Möglichkeit der Einflussnahme nicht zu nutzen, wäre den Menschen gegenüber, die Hoffnung in Sie setzen, nicht gerecht. So eine Chance hatte vor Ihnen noch niemand. Die Gelegenheit ist einmalig. Und es geht längst nicht mehr nur um Sie als Personen. Sie müssen größer denken.«

Ean starrte Dr. Jakobs an. Jetzt wäre ein guter Zeitpunkt, den Tisch einfach zu verlassen, aber er blieb, wo er war.

»Wir sind weder Roboter noch Marionetten«, sagte Leyla ruhig, aber bestimmt.

Sven hob beschwörend die Hände. »Das verstehen wir nur zu gut, und wir möchten euch auch gar nicht unter Druck setzten.«

»Tut ihr aber«, entgegnete Ean.

Eine Weile herrschte Schweigen. Schließlich räusperte sich Dr. Jakobs. »Eine Option wäre natürlich, dass Sie Ihre Masken an andere Personen weitergeben …«

Ean schnaubte: »Niemand bekommt meine verdammte Maske. Es ist drei Tage her, dass ich fast getötet wurde. Es ist drei Tage her, dass ich zum Mörder wurde. Ich habe mein bürgerliches Leben aufgegeben, um für die Umwelt und für die Menschen zu kämpfen. Und da kommen Sie und wollen mir erzählen, dass ich größer denken soll? Wir sind die mächtigsten Umweltaktivisten aller Zeiten, nicht Sie, nicht U.M.A.N., sondern wir, die Grünen Tiger. Wir sind unseren Weg bis hierher alleine gegangen und werden auch weiter alleine gehen, wenn U.M.A.N. nicht weiß, wo ihr Platz ist.«

Dr. Jakobs lehnte sich zurück. Er sah Ean mit großen Augen an, sichtlich überrumpelt von der Reaktion. Dann beugte er sich wieder vor. »Na schön. Okay. Wie viel Zeit benötigen Sie?«

Ean sah zu Hektor und der sah zu Leyla. Ihre Freundin zögerte. Dann nahm sie das iPad, das vor ihnen auf dem Tisch lag, und öffnete den Ordner mit den Scans ihrer Zeichnungen, die sie Jakobs und seinen Leuten geschickt hatte. Ean und die anderen kannten sie bereits in und auswendig. Trotzdem sahen alle hin, als Leyla sie jetzt noch einmal nacheinander aufrief. Ean fröstelte. Wenn dieses Unterfangen gelang, dann wären sie tatsächlich Terroristen und die politische Welt würde im Chaos versinken.

»Keine«, sagte er schließlich. »Wir brauche keine Zeit mehr. Wir sind bereit. Und vergesst nicht noch einmal, wem die Masken gehören!«

Dr. Jakob nickte bedächtig. Er sah zu Zora, die sich bislang noch nicht geäußert hatte. Die junge Frau hatte den Vorfall von vor drei Tagen augenscheinlich gut überwunden, den Schlag ins Gesicht ebenso wie den Verrat ihrer engsten Mitarbeiter. Sie saß stolz und aufrecht da, das rote Haar zu einem adretten Dutt gebunden.

»Also schön«, sagte sie. »Dann lasst uns keine Zeit verlieren. Wie ihr wisst, muss es zunächst darum gehen, die weltweit relevanten Umweltschutzbewegungen zu koordinieren und vereint hinter den Grünen Tigern in Stellung zu bringen. Dazu ist es wichtig, dass ihr Maisie Young einmal persönlich kennenlernt. Sie wartet bereits.«

Die Grünen Tiger sahen einander verwundert an, während Zora ihr MacBook aufklappte und mit ihrem Fingerabdruck entsicherte. Ein paar Klicks später erschien die Ikone der weltweiten Act-Now-Bewegung auf dem Bildschirm.

»Ihr könnt weiter deutsch reden«, sagte Zora, »ein Übersetzungsprogramm übersetzt simultan in die jeweils andere Sprache.«

»*Hey, alle zusammen*«, sagte eine etwas monotone Synchronstimme, die nicht recht zu der fröhlichen Maisie Young passen wollte, die ihnen jetzt zuwinkte. »*Wie geht's?*«

»Hey Maisie«, begrüßte Zora sie. »Darf ich dir vorstellen? Die Grünen Tiger.«

»*Es ist mir eine große Ehre. Hallo!*«

»Wir müssen uns geehrt fühlen«, entgegnete Ean und er meinte, was er sagte. Er konnte es kaum fassen, dass sie mit der Frau sprachen, mit der für sie alles begonnen hatte. Maisie Youngs Auftritt vor vielen Monaten hatte sie inspiriert. Er war der Auslöser gewesen für ihre erste kleine Aktion in ihrer Heimatstadt. Und jetzt saßen sie hier …

»*Ihr seid also meine Nachfolger*«, sagte Maisie, und Ean hatte das Gefühl, dass in ihrem Tonfall nicht nur Melancholie mitschwang, sondern auch Erleichterung.

»Nein«, sagte Zora. Sie schüttelte den Kopf. »Sie sind nicht deine *Nachfolger.*« Sie lächelte entschuldigend. »Noch nicht jedenfalls.«

»Ganz wie du meinst, Zora. Ich wollte nur sagen, dass ich es bewundere, wie ihr es schafft, Druck auszuüben auf die Mächtigen weltweit.«

»Aber wir haben es dir zu verdanken, dass wir heute überhaupt hier sind«, sagte Leyla.

Maisie lächelte. *»Ich habe mein Bestes getan. Am Ende hat es nicht ganz gereicht. Ich freue mich, dass ihr von jetzt ab übernehmt.«*

Zora sagte: »Fürs erste solltet ihr euch ergänzen, Maisie. Ich habe dir ja einen Überblick über die weitere Planung geschickt.«

»Ja.«

»Es wird der Kampf der Grünen Tiger sein, nicht der von Maisie Young, aber ohne deine Unterstützung können auch die Grünen Tiger nicht erfolgreich sein. Sie werden jede Unterstützung benötigen, die wir ihnen bieten können. Bluepeace, VVF, 360.COM, World Witness, sie alle werden Teil des Kampfes sein. Doch zunächst geht es darum, dass von dir der Aufruf kommt, den Grünen Tigern nach Luxemburg zu folgen. Darauf muss sich jetzt alles konzentrieren. In Luxemburg wird sich vielleicht die Zukunft der Menschheit entscheiden.«

Die Übertragung war einen Moment gestört, man sah Maisie nur verzerrt. Dann war das Bild wieder klar.

»Ich bin dabei. Natürlich.«

Sie tauschten noch einige Informationen aus, alles weitere würden sie über verschlüsselte Mails klären. Dieses Gespräch sollte nur dem Kennenlernen dienen. Nach zehn Minuten verabschiedeten sie sich.

»Gut, war es das?« Hektor war im Begriff aufzustehen, doch Dr. Jakobs hob die Hand.

»Eine Frage habe ich noch«, sagte er. Er sah in die Runde. »Was ist mit dem vierten Grünen Tiger?«

Die Augen der Freunde waren auf Ean gerichtet. Sie hatten das Thema bis jetzt vermieden. Nachdem Piet sich unbemerkt aus dem Staub gemacht hatte, hatte er Ean eine Nachricht aufs Handy geschickt.

»Er kommt nicht zurück«, sagte Ean und holte sein Handy hervor. Er öffnete die Nachricht und reichte das Handy Zora. Sie las laut vor.

»Ean, sorry Brudi, das ist alles zu viel für mich. Ich bin nicht der Typ dafür. Ich muss nach Hause. Ich glaube, Hektor macht es Spaß, Leute zu killen. Und auch du und Leyla, ihr seht nur noch … Das kann nicht richtig sein. – Piet.«

»Feigling«, kam es von Hektor.

Leyla warf ihm einen vorwurfsvollen Blick zu. »Seit du in den Norden gezogen bist, war er immer ein Freund für dich. Du solltest lieber akzeptieren, dass er den Druck nicht mehr aushält. Er ist wenigstens ehrlich.«

Hektors Kiefermuskeln spannten sich an. »Er denkt, *wir* machen was falsch«, stieß er aus.

»Du bist ungerecht, Hektor, und du weißt es. Außerdem war es absehbar, dass es früher oder später so kommen würde.«

Sven sah Leyla fragend an. »Absehbar? Inwiefern?«

»Na ja«, Leyla sah in ihre leere Teetasse, als würde sich die Antwort dort finden. »Er hat von Anfang an nur unseretwegen mitgemacht. Als wir dann so etwas wie eine Marke wurden, hat es ihn natürlich auch interessiert. Es war plötzlich cool, ein Grüner Tiger zu sein. Und das hat ihn durchaus verändert. Aber als der Punkt kam, wo es ernst wurde, da sah er diese Veränderung als Gefahr an. Er liebte sein altes Leben mehr als wir anderen. Er hatte zu viel Angst, das alles zu verlieren.«

»Ich sag doch – Feigling«, sagte Hektor erneut.

Leyla legte ihre Stirn in Falten. »Vielleicht ist er das. Aber wir sollten eins nicht vergessen. So wie Piet denkt ein großer Teil der Menschen. Sie fürchten um das, was sie haben, sie wollen vielleicht, dass die Umwelt geschützt wird, aber sie wollen keine radikalen Veränderungen, sie wollen ihr normales Leben leben. Und das, was in der Wohnung in Berlin passiert ist …«, Leyla sah ihre Mitstreitenden an, »nun, das war natürlich alles andere als normal.«

Alle am Tisch schwiegen. Schließlich stand Ean auf und verließ die Küche. Als er kurz darauf zurückkam, hatte er Piets Tigermaske in der Hand. Er betrachtete sie eine Weile, als würde er Abschied nehmen von ihrem bisherigen Träger. Dann trat er entschlossen zu Zora und legte die Maske vor sie auf den Tisch. »Sie gehört jetzt dir.«

30

Luxemburg, Universität, Großer Hörsaal

Bellmann ließ seinen Blick über die mit Politikerinnen und Politikern gefüllten Ränge schweifen. Fünfzig Reihen mit jeweils über hundert Sitzplätzen waren nicht leicht zu überschauen, doch in seinem Beruf hatte er gelernt, den Blick zu fokussieren. Zwei jeweils zwei Meter breite Gänge führten vom Podium hinauf zu den beiden Türen auf der oberen Ebene. Er stand zwischen zwei Ausgängen. Wer in den Saal hinein- oder aus dem Saal herauswollte, musste an ihm vorbei und sich legitimieren. Bellmann war einer von zahlreichen Security-Mitarbeitern, die hier ihren unterbezahlten Job machten. Man hatte Demonstrationen und Störaktionen erwartet, die bislang ausgeblieben waren. Aber die Anspannung war groß. Die Augen der ganzen Welt waren in diesen Tagen auf den UN-Klimagipfel und die Vertreter der knapp zweihundert teilnehmenden Staaten gerichtet.

Bellmann schloss für einen Moment die Augen. Schweißperlen hatten sich auf seiner Stirn gebildet. Er hörte die Schritte der Menschen auf den Stufen, das Klappern der Stühle, das Stimmgewirr, hier und da wurde gelacht, gerufen. Alles im grünen Bereich …

Er öffnete die Augen und seine Routine begann von neuem. Ein aufmerksamer Blick in alle Ecken, danach das Suchen nach Auffälligkeiten. Das Glasdach ließ viel Tageslicht herein, dennoch waren alle Lampen eingeschaltet. Bellmann wusste, dass hier wichtige Fragen des Umweltschutzes diskutiert wurden, aber wenn er ehrlich war, ging ihm das Thema am Allerwertesten vorbei. Und die Dauerpräsenz dieser englischen Göre Maisie Young auf allen Kanälen ging ihm sogar gehörig auf die Nerven. Was kratzte ihn der Klimawandel? Wenn es im Sommer bei ihnen ein paar Grad wärmer war, warum nicht? Umso besser.

Eine junge rothaarige Frau kam durch die Tür. Sie war spät dran. Das Palaver würde jeden Moment losgehen. Sie warf Bellmann ein Lächeln zu, während er einen flüchtigen Blick auf ihre Akkreditierung warf. Sie war eine außergewöhnliche Erscheinung. Er schaute ihr noch eine Weile hinterher. Dann zwang er sich, das Podium mit dem langen Tisch wieder ins Visier zunehmen, auf dem in diesem Augenblick zehn Männer und Frauen Platz nahmen. Über dem Podium füllte ein Bildschirm die gesamte Wand. Eine Kamera fing den Mann in der Mitte des Podiums ein. Sein Kopf erschien überlebensgroß auf dem Bildschirm, während er die Begrüßungsworte an die Anwesenden richtete.

Bellmann holte seine Wasserflasche hervor und trank einen Schluck. Draußen war es schon fast winterlich frisch, doch hier im Saal stand die Hitze wie in einem Gewächshaus. Als sich gerade ein wohltuendes Gefühl der Erfrischung in seiner Kehle ausbreitete, verschluckte er sich – denn der riesige Bildschirm war plötzlich schwarz geworden. Totalausfall. Bellmann sah sich hektisch um. Er wollte sichergehen, dass die Störung rein technischer

Natur war und nicht von außen verursacht wurde. Er griff nach seinem Mikrofon: »Hey Luc, bei euch alles ok?« Bevor Luc oder ein anderer Kollege reagieren konnte, begann der Bildschirm zu flimmern. Wie Blitzeinschläge zuckten weiße Streifen über ihn hinweg, und schließlich erschien das Bild einer grünen Maske. Selbst Bellmann kannte das Erkennungszeichen dieser Gruppe von deutschen Umweltrettern, die sich Grüne Tiger nannten. Ihm wurde flau zumute.

»*Willkommen in Luxemburg*«, grollte die Tigerstimme über die Lautsprecheranlage. Ein Raunen ging durch den Saal. Die Abgeordneten sahen sich erschrocken um, ob von irgendwoher Gefahr drohte. Doch im Saal war alles unverändert. »*Die Menschheit hat eine Botschaft für euch*«, fuhr der Grüne Tiger auf dem Bildschirm fort.

Bellmann hatte bislang über die Typen mit den Masken nur gespottet. Er konnte nicht begreifen, dass sich irgendwer von diesen Möchtegern-Revoluzzern einschüchtern ließ. Doch jetzt verstand er es. Es war der Ort und die Zeit. Die Tigermaske hätte nicht da sein dürfen. Hier saßen Hunderte hochrangige Politiker und Wissenschaftler, Medien aus aller Welt waren anwesend. Das ganze Uni-Gelände war zur Hochsicherheitszone erklärt worden. Sicherheitsfirmen wie die von Bellmann sollten einen reibungslosen Ablauf garantieren.

Und dann so etwas …

Als der Tigerkopf nicht fortfuhr, wurde das Stimmengewirr im Saal lauter, erste Abgeordnete protestierten. Doch dann verschwand der Tiger vom Bildschirm, stattdessen erschien ein kleines Mädchen, braune Haut, braunes langes Haar. Das Kind mochte aus der Südseeregion stammen, doch seine Augen hatten nichts Kindliches. Tränen liefen dem Mädchen über die Wangen, als es sagte:

»Danke, dass ich das nächste Jahr nicht erleben werde.«

Das Gesicht verschwand und ein neues erschien. Diesmal war es ein Junge mit noch dunklerer Haut.

»Danke, dass ich seit meiner Geburt hungere.«

Wieder ein Schnitt und ein junges Kind mit verfilzten Haaren erschien.

»Danke, dass meine Schwester am Dengue-Fieber starb.«

Im nächsten Bild erschien ein älterer Mann, wahrscheinlich ebenfalls aus Afrika stammend. Seinen Augen glühten vorwurfsvoll.

»Danke, dass mein ganzes Dorf an Malaria erkrankt ist.«

Danach ein junger Mann.

»Danke, dass auf unserem Land nichts mehr wächst.«

Es folgte ein Kind, das aus Indien zu stammen schien.

»Danke für das Asthma.«

Ein afrikanisches Mädchen.

»Danke, dass ich nicht weiß, wie es ist, Eltern zu haben.«

Es folgten immer mehr Menschen aller Nationalitäten und Ethnien.

»Danke, dass die Flut unsere gesamte Ernte vernichtet hat.«

»Danke, dass wir kein Trinkwasser mehr haben.«

»Danke, dass unser Haus unter Wasser steht.«

»Danke, dass ihr lieber Mauern baut, anstatt uns zu helfen.«

»Danke, dass ich bereits drei Kinder verloren habe.«

»Danke für den Smog.«

»Danke, dass zwei meiner Kinder auf der Flucht vor der Dürre starben.«

»Danke, dass mein Bruder mit acht Jahren Lungenkrebs hat.«

»Danke, dass mein Vater in den australischen Buschbränden verbrannt ist.«

»Danke, dass ich mein Neugeborenes durch verdrecktes Wasser verloren habe.«

Die Frequenz der wechselnden Bilder wurde immer höher, bis von jeder eingeblendeten Person nur noch das Wort *»Danke«* zu hören war. Aus der ruhigen Traurigkeit wurde eine hektische Abfolge aggressiver Rufe: *»Danke, danke, danke …«*

Das Bild eines blassen Kindes wurde eingeblendet, während im Hintergrund die Köpfe weiterhin im Höchsttempo wechselte. Das blasse Kind übertönte mit seiner zarten Stimme alle anderen:

»Danke, dass ihr so viel Leid über uns alle gebracht habt! Ich hoffe, euer Reichtum ist es wert, dass wir dafür sterben.«

Selbst Bellmann war wie gefangen von diesen Gesichtern, von diesen Stimmen, es war ein Chor der Entrechteten auf der ganzen Welt, die sonst auf diesen Veranstaltungen nie gehört worden wären. Die Politiker saßen hier wie die Maden im Speck, fraßen sich an meterlangen Büfetts durch und richteten danach schmatzend über das Schicksal der Erde und ihrer Bewohner. Als ein Abgeordneter rief: »Schaltet das endlich aus!«, hätte er nicht übel Lust gehabt, ihn hinauszuwerfen.

Im nächsten Moment war wieder ein einzelnes Bild auf der Leinwand zu sehen. Eine alte Frau mit Kopftuch. Ihre Stimme krächzte aus den Lautsprechern.

»Warum habt ihr es nicht verhindert?«

Schnitt. Ein Jugendlicher aus dem Nahen Osten.

»Hättet ihr gehandelt, wäre mein Bruder heute noch am Leben!«

Ein neues Gesicht.

»Wir hassen euch dafür.«

Wieder beschleunigte sich die Abfolge der Bilder.

»Ihr verdient es nicht, noch länger über uns zu entscheiden.«

»Wenn ihr nicht endlich was unternehmt …«

»Tut was oder geht.«

»Ihr habe so viele Menschen auf dem Gewissen …«

»In meiner Fami…«

In diesem Moment erlosch das Bild. Anscheinend hatten die Saaltechniker die Kontrolle wiedererlangt. Aber noch immer starrten alle wie gebannt auf den Bildschirm. Auch Bellmann war noch ganz benommen. Die Bilder hatten etwas Hypnotisierendes an sich.

Jetzt meldete sich der Vorsitzende erneut zu Wort. »Entschuldigen Sie die kleine Unterbrech…«

Doch die Gestalt des Grünen Tigers erschien erneut auf dem Bildschirm. Die grollende Stimme wirkte noch wütender als zuvor. Sie donnerte durch den Saal:

»Zu feige, um der Wahrheit ins Gesicht zu sehen! Dies ist unsere letzte Warnung und eure letzte Chance! Nutzt sie, denn danach wird es keine mehr geben!«

Worte wie ein Klauenhieb. Genauso plötzlich wie die Übertragung begonnen hatte, endete sie. Die Gestalt war verschwunden. Einige Sekunden herrschte Totenstille – dann begannen die ersten Teilnehmer im Auditorium auf die Tische zu klopfen. Immer mehr schlossen sich ihnen an. Es waren vor allem die Mitglieder von Umweltorganisationen und die Abgeordneten aus den benachteiligten Staaten, die minutenlang dem Statement der Grünen Tiger auf diese Weise Beifall zollten.

Ean schaute aus dem Fenster ihrer Wohnung in Luxemburg. Zehn Tage waren vergangen seit dem Beginn der Klimakonferenz mit ihrer kleinen Begrüßungs-Performance. Draußen stürmte es, dunkle Wolken zogen vorüber.

Ean musste an den Tag denken, an dem er vor vielen Monaten an der Haltestelle auf den Schulbus gewartet hatte. Er dachte daran, wie er sich über Jakob lustig gemacht hatte. Ean konnte sich nicht genug wundern, wie er sich verändert hatte seitdem. Sein Leben hatte eine Kehrtwende um hundertachtzig Grad genommen. Und was sie seither erreicht hatten, war größer, als er es sich jemals hätte vorstellen können.

Ean berührte den Heizkörper unter dem Fenster. Er war heiß und dennoch war es kühl in der Altbauwohnung. Das Mietshaus, in dem sie sich einquartiert hatten, war alt und ziemlich heruntergekommen, aber die Wohnung war zweckdienlich, mit großen, hohen Zimmern. Vor allem hatten sie einen hervorragenden Internetanschluss. Hinter Ean saßen an verschiedenen Computern die von U.M.A.N. angeheuerten Hacker. Unter ihnen war Henry. Zwar besaß der Armenier nicht die Fähigkeiten der anderen, doch nach dem Vorfall in Berlin war es beruhigend jemanden dabei zu haben, dem man vertrauen konnte. In der vergangenen Woche war Ean nicht im Hörsaal gewesen, doch die Botschaften der Umweltorganisationen und NGOs hatten den Abgeordneten wohl immer wieder die Kehlen zugeschnürt. Darin waren sich die

Berichte von Eans Kontaktpersonen einig, wozu unter anderem auch Zora gehörte.

Leyla trat neben ihn ans Fenster und schaute ebenfalls auf die nassen Pflastersteine.

»Regen bedeutet Veränderung, das Alte wird weggewaschen, Neues kann gedeihen.«

Ohne den Blick abzuwenden, sagte Ean: »Manchmal braucht es einen Sturm und nicht bloß Regen.«

Leyla schaute auf das gegenüberliegende Gebäude, in dem sich ebenfalls Mitarbeiter von U. M. A. N. befanden. Obwohl ihnen ein Strategieteam für die Beratung gestellt worden war, hatten sie die Entscheidungsgewalt behalten. Gleichzeitig mussten sie keine organisatorischen Aufgaben mehr erledigen. Die gesamte Technik und die Kommunikation mit ihren Anhängerinnen und Anhängern wurden in ihrem Namen von U. M. A. N. ausgeführt. Leyla rieb ihr Handgelenk an der Stelle, wo auch sie jetzt ein unsichtbares Tattoo trug.

»Noch ist nicht sicher, dass wir überhaupt etwas machen.« Ean sah Leyla verwundert an. »Du gehst davon aus, dass auf der Konferenz noch etwas Sinnvolles beschlossen wird?«

In den vergangenen zehn Tagen hatten die Politikerinnen und Politiker noch keinerlei Resultate vorzuweisen, abgesehen von den gewohnten Lippenbekenntnissen, mit denen sie zum Schluss die internationalen Medien abspeisten. Presse und Fernsehsender sprachen bereits vom größten politischen Versagen der Menschheitsgeschichte.

Mit jedem neuen Tag, den sie untätig in der Wohnung hockten, nahm Eans Frustration zu.

Leyla dagegen schien noch voller Zuversicht. »Wir haben ihnen das Leid der Menschen präsentiert. Jetzt sind sie an der Reihe. Wenn die Konferenz scheitert, holen wir zu unserem entscheidenden Schlag aus – aber auch nur dann. Warte ab, bis die Zeit gekommen ist, Ean … *Ean?*«

Ean hatte ihre letzten Worte kaum noch gehört. Er presste die Hände gegen die Schläfen. Seitdem der Schläger in Berlin ihn malträtiert hatte, plagte ihn immer wieder dieser Schmerz, der von einem Ohr zum anderen ging. Unter normalen Umständen hätte er längst einen Neurologen aufgesucht, doch das war zurzeit nicht möglich.

Leyla hatte ihm die Hand auf die Schulter gelegt und sah ihn besorgt an, als die Wohnungstür aufgestoßen wurde und eine regennasse Zora zu ihnen ins Zimmer gestürmt kam. Ihr Make-up war verwischt.

»Was ist denn mit dir los?«, fragte Leyla.

»Das Segelschiff ist untergegangen«, stieß Zora hervor.

»Welches verdammte Segelschiff?«, fragte Ean gereizt. Er konnte laute Stimmen im Moment nicht vertragen.

»Maisie Youngs Segelschiff! Maisie und alle anderen an Bord sind tot«, rief Zora.

Leyla und Ean starrten Zora an. Eans Kopfschmerz war augenblicklich vergessen. Vor zwei Tagen hatten sie noch mit Maisie über Videochat gesprochen – und jetzt war sie tot? Ertrunken?

»Wie ist das Schiff untergegangen?«, fragte er Zora.

»Durch eine Explosion.«

Ean drehte sich zu Leyla um.

»Haben die das wirklich getan?« Sie nickte. Doch in ihrem

Blick war nicht nur das Entsetzen zu lesen, sondern auch eine wilde Entschlossenheit. Ihre Stimme war kaum zu hören, aber Ean verstand jedes Wort, als sie sagte: »Ich glaube, die Zeit ist gekommen.«

31

Bellmann trat unruhig von einem Bein auf das andere. Seit elf Tagen ging diese Konferenz nun schon und er war längst mit den Nerven am Ende. Nicht nur war der ganze Tag angefüllt mit öden Reden. Am Abend ging es weiter, meist in kleinen Arbeitsgruppen, und die fanden oft kein Ende. Bellmann hatten in den vergangenen Nächten oft keine fünf Stunden Schlaf gefunden. Und von Tag zu Tag nahm die Zahl der Demonstranten zu. Sie schienen die Stadt übernehmen zu wollen. Aus der Region wurden verstopfte Zubringerstraßen gemeldet. Die Leute kamen in Reisebussen. Die Züge waren überfüllt, von den Bahnhöfen ganz zu schweigen.

Natürlich hatten sie gewusst, dass viele Menschen rund um die Stadt ihre Zelte aufschlagen würden, doch mit diesen Massen hatte niemand gerechnet. Europas Jugend strömte über die Grenzen. Die Fan-Aufmärsche vor Champions-League-Spielen waren dagegen die reinsten Kaffeefahrten.

Unruhig verlagerte Bellmann sein Körpergewicht auf das andere Bein. Er war sicher, dass dieser ganze Zirkus eskalieren würde. Jetzt kam noch der Tod von Maisie Young dazu. Der Vorfall hatte einen Boykott ausgelöst. Heute war die Hälfte der Sitzplätze leer geblieben. Viele Abgeordnete aus den Entwicklungsländern waren nicht erschienen, ebenso viele Vertreter der Umweltorganisationen. Bellmann konnte es ihnen nicht verübeln, doch viel ausrichten würden sie damit nicht.

Als die USA gerade zum wiederholten Mal ihr Veto einlegten, vernahm der Security-Mann ein Dröhnen, das ihn in Alarmbereitschaft versetzte. Er hielt hektisch nach seinen Kollegen Ausschau. Das Dröhnen wiederholte sich, rhythmisch, bedrohlich, als würde jemand im Sekundentakt auf eine gigantische Pauke hauen. Bei jedem Schlag schienen die Fensterscheiben zu vibrieren.

Bellmann wollte per Funk Kontakt zu seinen Kollegen aufzunehmen, doch in diesem Moment erhielt er selbst einen Funkspruch.

»*Achtung! Achtung! Hier spricht die Einsatzleitung der Polizei. An alle Sicherheitskräfte. Höchste Alarmstufe. Wir haben einen unerwarteten Zuwachs an Demonstranten, und sie marschieren direkt auf das Areal zu. Verstärkung ist angefordert.*«

Wie aufs Stichwort erschien jetzt auf dem großen Bildschirm im Saal das Tigergesicht. Alle Gespräche erstarben. Bellmann sah gebannt auf die bedrohlich Visage.

»*Hallo Abschaum!*«

Viele der Abgeordneten waren aufgesprungen, Protest wurde laut, doch Bellmann wusste – diese Übertragung würde niemand stoppen können.

»*Maisie Young ermordet und die Erde am Rand des Todes … Heute ist der Tag, an dem ihr euch als Lenker der Welt verabschiedet. Im Namen von über sieben Milliarden Menschen entlassen wir euch aus euren Pflichten!*«

Die Männer und Frauen auf dem Podium diskutierten heftig, der Vorsitzende zuckte hilflose mit Schultern. Wild gestikulierende Abgeordnete schrien ihnen etwas zu. Doch die Stimme des Tigers übertönte sie alle.

»*Ihr habt zum letzten Mal bewiesen, dass ihr keinen Respekt vor irgendeinem Wesen auf der Erde habt außer vor euch selbst. Wie kann man noch immer so rücksichtslos sein, selbst wenn Hunderte von Kindern, Müttern, Großvätern es einem direkt ins Gesicht sagen? Eure Dummheit, eure Gier, eure Arroganz ist der Tod der menschlichen Empathie, und empathielose Wesen dürfen nicht regieren.*

Wie Götter habt ihr in eurem Reich regiert und alles ignoriert, was euch hätte warnen sollen und was euch hätte nachdenklich machen müssen. Nachdenklich und demütig. Dies war nun die letzte dumme Entscheidung, die ihr getroffen habt. Jetzt wird sich zeigen, wie gottgleich ihr wirklich seid.«

Das Chaos war perfekt. Es kam unter den Abgeordneten zu Handgreiflichkeiten – viele wollten den Saal verlassen, kamen aber nicht dazu, da sich an den Ausgängen heftig debattierende Pulks gebildet hatten. Bellmanns Kollegen konnten weder von unten noch von oben zu ihnen vordringen.

»*Die Zeit ist reif, um euch die Konsequenzen des Klimawandels am eigenen Leib spüren zu lassen. Seit heute Morgen pumpen wir die Erreger des Hantavirus in den Saal. Eine Krankheit, die sich im Verlauf des Klimawandels massiv ausbreitet. Leidet nun also, wie die Millionen, die dank eures Versagens ebenfalls leiden!*«

Jetzt brach offene Panik aus. Hilfeschreie wurden ausgestoßen. Menschen hielten sich den Ärmel oder Taschentücher vor Mund

und Nase und starrten auf den Bildschirm, als die grausame Stimme des grünen Tigers weitersprach.

»*Spätestens jetzt dürfte euch klar werden, dass weder die Umweltorganisationen noch die armen Staaten einen Streik durchführen. Vielmehr sind sie Teil einer weltweiten Rebellion, die jetzt beginnt und die sich gegen euch richtet. Gegen jeden einzelnen der hier Anwesenden.*«

Immer mehr Menschen verließen fluchtartig den Ausgang. Immer wieder stolperten einige von ihnen. Die Nachrückenden stiegen einfach über sie hinweg.

»*Rennt nur, rennt! Weit werdet ihr nicht kommen, denn das Gebäude ist umstellt und zwar von dreieinhalb Millionen Menschen! Dies ist nur ein Drittel aller Menschen, die wegen eures Versagens im letzten Jahr starben. Jeder einzelne da draußen ist so wütend, als ginge es um* sein *Leben oder das Leben seiner Familie. Geht nach draußen! Werft euch in die Arme von denen, die euch mehr hassen als alles andere auf der Welt. Sie warten auf euch.*«

Das Geschrei im Saal war ohrenbetäubend. An den Ausgängen ballte sich alles, niemand kam mehr voran, wer strauchelte, war verloren. Bellmann hätte längst eingreifen müssen, doch er schaute wie gebannt auf die riesige Tigergestalt, die unter den sonst so besonnen Politikern für Entsetzen gesorgt hatte.

»*Wir haben euch vor diesem Tag gewarnt, wir haben es mehrfach getan, doch ihr habt uns nicht zugehört und nicht ernst genommen. Ihr habt die Menschen auf den Straßen nicht ernst genommen. Ihr habt die Wissenschaftler ignoriert und die Umweltorganisationen verhöhnt. Dafür bekommt ihr, was ihr verdient! Den Grünen Terror!*«

Die letzten Worte brüllte die Gestalt hinaus, im nächsten Augenblick donnerte etwas mit markerschütterndem Knall auf das verglaste Dach. Das ganze Gebäude erzitterte, als würde es jeden Moment in sich zusammenbrechen. Bellmann war unwillkürlich auf die Knie gesackt. Er hatte seine Arme schützend über den Kopf gelegt. Doch als er vorsichtig nach oben schaute, entdeckte er nicht die Auswirkungen einer Bombe. Er sah hektoliterweise Blut am Gebäude hinunterlaufen.

Ean blickte auf seine Uhr – noch fünf Minuten bis zum Countdown. Er hockte mit Leyla auf dem Dach des zehnstöckigen Hochhauses, von dem aus sie das Areal überblicken konnten. Sie trugen ihre Masken und die dunkelgrüne Jacken. Ean sah zu dem gläsernen Dach des Auditorium Maximum und ließ seinen Blick dann über die Straße schweifen. Sie führte, abgesehen von der Nordseite, einmal um den Platz, auf dem sich das Glasgebäude befand und grenzte es von den umstehenden Häusern ab. Die Straße vor ihnen sowie alle Zufahrten war voller Demonstranten. Im Hintergrund näherten sich weitere Menschen. Wer sich in diesem Moment auf dem Platz oder im Audimax befand, war gefangen. Ean und Leyla hatten eine mächtige Armee im Rücken. Ihre Uniform bestand aus dunkelgrüner Kleidung, bewaffnet waren sie mit Entschlossenheit. Fahnen mit dem Tigerlogo wurden geschwenkt, Transparente mit den Slogans der Grünen Tiger oder einfach nur dem Wort »*Danke!*« wurden hochgehalten.

Die Nordseite des Platzes wurde vom Flusslauf der Alzette begrenzt. Falls die Politiker und anderen Teilnehmer der Klimakonferenz nicht schwimmen wollten, war die Brücke der einzig mögliche Fluchtweg. Sie war zweihundert Meter lang und zweispurig. Doch auch die Brücke würde den Flüchtenden wenig helfen, denn auf der anderen Seite des Ufers versperrten weitere Zehntausende Demonstranten die Straßen. Die Abgeordneten saßen in der Falle.

»Ein faszinierendes Bild, findest du nicht?«, fragte Leyla und wies auf die Polizeikräfte, die damit beschäftigt waren, einen Ring um das Gebäude zu ziehen. Bei ihrem Versuch, die Konferenzteilnehmer zu schützen, wirkten sie ungeordneter als die Demonstrierenden, die sich ruhig und ohne jede Hektik voranbewegten. Es mochten etwa dreitausend Einsatzkräfte vor Ort sein, mehr als zwei Dutzend Einsatzfahrzeuge standen vor dem Gebäude, doch gegen die Demonstrantenmassen würden sie nichts ausrichten können.

In Absprache noch mit Maisie und mit anderen NGOs hatten die vier Tiger alle Aktivisten darauf eingeschworen, betont friedlich aufzutreten, um die Illusion zu erzeugen, dass keine Krawalle drohten. Die meisten von ihnen befanden sich bereits seit mehreren Tagen in Luxemburg. Es wäre auch ausgeschlossen gewesen, eine dermaßen große Zahl von Menschen in wenigen Stunden ins Land zu bringen. Große Ansammlungen waren vermieden worden, um keine schlafenden Hunde zu wecken. Ein Täuschungsmanöver, das zu Eans großer Freude offenbar bestens funktioniert hatte. Im Morgengrauen hatten sich die Demonstranten in Bewegung gesetzt. Sie hatten die Stadt förmlich besetzt und waren nun hier. In Erwartung der kommenden Ereignisse.

Leyla sah Ean an. Ihre Stimme klang bewundernswert ruhig, als sie fragte: »Fangen wir an?«

Ean nickte. Er holte sein Handy hervor und öffnete eine App, die eigens für diese Aktion programmiert worden war. Sie diente dazu, die Massen auf den Straßen zuverlässig zu koordinieren. Nicht nur er besaß die App, sondern fast alle Anwesenden. Ean gab einen Code ein, drückte die Enter-Taste und der Countdown begann. Es war ein Donnerschlag, der erklang und der jedem Menschen weit und breit durch Mark und Bein ging. Die Computertüftler von U. M. A. N. hatten den Sound entwickelt, eine Art Paukenschlag, aber ein Paukenschlag wie nicht von dieser Welt. Es war, als würde sich ein schrecklicher Dämon machtvoll gegen die Brust schlagen. Und genau das taten die Demonstranten jetzt, während auf ihren Handys die Sekunden heruntergezählt wurden – sie schlugen sich machtvoll auf die Brust …

30 … 29 … 28 … 27 …

Es war überwältigend. Der Klang, der über versteckte Lautsprecher in der ganzen Stadt übertragen wurde, vereinigte sich mit dem Klang der Menschen, die sich mit ernsten Mienen gegen die Brust schlugen. Es war, als würde ein gewaltiges Heer aufmarschieren. Die aufgeschreckte Polizei begann sich neu zu formieren.

11 … 10 … 9 … 8 …

Ean sah auf sein Handy. Leyla hielt Ausschau am Himmel – noch war nichts zu sehen. Dann verändert sich der Sound des Paukenschlags. Ein dröhnendes Vibrieren ertönte, als würde ein Erdbeben stattfinden.

3 … 2 … 1 … 0 …

Ein letzter dumpfer Schlag ließ die Stadt erzittern. Dann ertönte eine Stimme.

»Spürt den Zorn, der auf euch gerichtet ist und leidet …«, hörte Ean seine verzerrte Stimme aus der Videobotschaft.

In diesem Moment war das flatternde Geräusch von Rotoren zu hören. Er näherte sich aus Süden dem Platz – einen Augenblick später schoss ein schwarzer Eurocopter EC 135 zwischen zwei Hochhäusern hervor, gefolgt von einem zweiten. U.M.A.N. hatte über ihr Netzwerk und verschiedene Drittparteien Sondergenehmigungen erhalten, Bildaufnahmen aus dem sonst strikt überwachten Luftraum machen zu dürfen. Irgendjemand oder vielleicht auch eine ganze Abteilung würde für diese Genehmigung ihren Job verlieren, denn für Aufnahmen waren die zwei Helikopter nicht hier. In einer langgezogenen Kurve flogen sie über den Platz, um dann Kurs auf das Glasgebäude zu nehmen. Unter beiden Helikoptern hingen riesige Löschsäcke. Wie monströse schwarze Insekten flogen sie auf das Glasgebäude zu. Niemand hätte sie noch abwehren können. Die Helikopter flogen über das Glasgebäude hinweg, erst platzte der eine, danach der andere Sack auf dem gläsernen Dach. Kunstblut spritzte in alle Richtungen, bevor es an den Seiten des Gebäudes hinunterrann. Es war, als wäre das Gebäude und alles, wofür es stand, geschlachtet worden. Ein atemraubendes Bild, das sich in die Köpfe aller Anwesenden einbrannte. Ean fasste sich ans Ohr und aktivierte das Mikro seines Headsets.

»Seht das Blut, das an euch klebt. Seht es und ertrinkt darin!«

Seine Stimme füllte den Platz über die verborgenen Lautsprecher. Eans Herz schlug wild, doch seine Stimme war ruhig.

»Krank werdet ihr werden. Doch das ist nur der Anfang. Leidet, wie Millionen durch euch gelitten haben. Und brennt!«

Ean drückte einen Button in der App und gab damit Hektor den Einsatzbefehl.

Leyla und er schauten zur Brücke, auf der jetzt eine Gestalt auf die Brüstung kletterte. Hektor. Im nächsten Moment schnellte ein brennender Pfeil in den Himmel. Eine einsame Sternschnuppe auf dem Weg, die Welt ins Chaos zu stürzen. Denn das Kunstblut, das das Dach inzwischen vollständig bedeckte, war mit Benzin gemischt worden.

Während das Geschoss auf sein Ziel zuflog, hielt das Donnern von hunderttausend Menschen an, die ihre Fäuste gegen die Brust schlugen. Der Pfeil traf die Wand des hohen Gebäudes und prallte ab. Wie ein toter Vogel stürzte das Stück Holz nach unten. Zunächst geschah gar nichts, doch dann begann am Glas ein kleiner Punkt zu leuchten. Das Gebäude hatte Feuer gefangen. Zügig breiteten sich die Flammen aus. Gleichzeitig wurde in der App die Frequenz der Schläge erhöht, als würden die Flammen auf diese Weise angefacht werden. Überall, wo das Kunstblutgemisch das Glas getroffen hatte, stachen bald hohe Flammen in den Himmel. An vielen Stellen rann die brennende Flüssigkeit abwärts. Es war, als würde das Gebäude Feuertränen weinen.

Aus den Ausgängen des Glasgebäudes strömten die Menschen, Politiker rannten um ihre Leben. Bis zu diesem Augenblick war die Polizei von den Ereignissen überrumpelt gewesen und hatte sich passiv verhalten, doch jetzt traten die Einheiten in Aktion. Sie begannen in Formation gegen die Menschen vorzugehen. Mit Schilden und Schlagstöcken drängten sie gegen die vordere Reihe der Demonstranten. Doch es waren einfach zu viele, um sie auf diese Weise zu zerstreuen.

»Okay, es ist an der Zeit. Ich gehe runter«, sagte Ean.

Leyla drückte auf ihr Mikrofon im Ohr und die knurrende Tigerstimme dröhnte über den Platz.

»Ihr Menschen dieser Welt! Dies ist der Tag, an dem wir uns gegen die Politiker erheben und ihnen klar machen, dass sie keinen einzigen mörderischen Schritt mehr gehen werden. Sollen ihre Polizisten doch kommen, sollen sie ihre Wasserwerfer auf uns richten, sollen sie mit ihren Knüppeln auf uns einschlagen. Wir werden standhaft bleiben. Denn uns allen gehört die Welt.«

Im selben Moment trat Ean in seiner Tigermaske auf die Straße, die vor Menschen überquoll. Als man ihn aus der Haustür des Wohnblocks kommen sah, brach Gejohle unter den Demonstranten aus, doch Ean hob nur sein Handy in die Höhe und deutete auf die App. Damit erinnerte er sie daran, dass sie sich weiterhin ruhig verhalten sollten. Es sollte kein Gerenne geben, kein Geschrei, keine Randale, keine Verwüstung. Nur die Paukenschläge der menschlichen Leiber würden die Stadt zum Erzittern bringen. Ean schaute in die Gesichter. Überall sah er Loyalität, Entschiedenheit und die Bereitschaft, heute die Welt wachzurütteln. Im Takt mit den anderen begann Ean, seine Faust gegen die Brust zu schlagen. Es war ein überwältigendes Gefühl, Teil dieser machtvollen Masse zu sein, jeder Schlag fühlte sich an wie das Pochen eines großen gemeinsamen Herzens. Energie lag in der Luft, ein Gefühl von Unbesiegbarkeit. Vor Ean bildete sich eine Gasse und er schritt durch sie hindurch in Richtung des brennenden Gebäudes.

Eine Minute später befand er sich an einer Stelle auf dem Platz, wo die Polizei versuchte, eine Schneise zu schlagen, damit die schwarzen Limousinen der Politiker entkommen konnten. Trotz des Gewaltausbruchs gab es auch hier kein Geschrei, nur das Donnern der Faustschläge. Doch die Polizei wurde immer aggressiver.

In diesem Moment hörte Ean ein heftiges Zischen und spürte einen brutalen Schlag. Die Härte des Wasserstrahls schleuderte Ean fast zu Boden. Sein Körper verkrampfte sich. Er stemmte sich mit aller Kraft gegen den Strahl, in der Hoffnung das dieser bald weiterwandern würde. Doch das war nicht der Fall, stattdessen wurde noch ein zweiter auf Ean gerichtet. Dann geschah es. Die Halsmuskulatur versagte, sein Kopf wurde in den Nacken geschleudert, im nächsten Moment lag Ean auf dem Boden. Er röchelte, rang nach Atem. Er sah nichts mehr, hörte nichts mehr, spürte nichts als Schmerz. Als er schützend seine Arme vor das Gesicht hielt, schlug erneut ein Strahl auf ihn ein. Für einen Moment war Ean versucht, aufzugeben, sich einfach dem Schmerz zu überlassen, bis hoffentlich bald das schwarze Nichts kam. Doch im selben Augenblick war der Strahl verschwunden. Ean öffnete die Augen. Er musste die Maske erst in Position rücken. Dann erkannte er, was geschehen war. Vor ihm hatten die Demonstranten eine menschliche Mauer gebildet. Wie ein Bollwerk hielten sie den Wasserwerfern stand. Doch die Polizei reagierte sofort. Grelle Sirenen erklangen, die nicht nur das Trommelfell angriffen, sondern auch die Nerven im Schädel zu zerreißen drohten. Ean, der sich mühsam erhoben hatte, presste die Hände gegen die Ohren, obwohl er damit kaum etwas bewirkte. Er taumelte, krallte seine Hand in die Schulter der klitschnassen Frau, die neben ihm stand. Dann erfolgte eine Explosion, direkt neben ihm. Alles um ihn her wurde in grelles weißes Licht getaucht. Und noch immer war da dieses Piepen in seinem Ohr, das Ean den Verstand raubte.

Leyla hatte von ihrem Standort aus entsetzt verfolgt, was geschehen war. Offenbar hatte die Polizei beschlossen, keinerlei Rücksicht mehr zu nehmen. Zuletzt hatte sie tatsächlich begonnen, Blendgranaten einzusetzen.

»Ean!«, rief sie ins Mikro.

Keine Reaktion.

Soweit Leyla es überblicken konnte, tobte an allen vier Seiten des Gebäudes eine Schlacht. Das Feuer war fast erloschen, das Benzin aufgebraucht. So war es geplant. Geplant war allerdings auch, dass Ean jetzt die nächste Stufe des Aktionsplans auslösen sollte. Leyla zögerte, dann beschloss sie, selbst die Initiative zu ergreifen. Per App gab sie den Befehl.

Unmittelbar danach sah man, wie aus der Menschenmenge Dutzende von Granaten aufstiegen und im hohen Bogen über die Polizei hinwegflogen. Sie schlugen rings um das Gebäude ein, Rauch strömte aus den Projektilen und hüllte alles in einen undurchdringlichen Nebel. Leyla aktivierte das Mikro an ihrem Headset.

»*Dies ist der Smog, den ihr nicht bekämpfen wollt*«, rief sie mit dunkler Stimme. »*Der Smog, den ihr für ungefährlich erklärt. Rennt nur weiter umher und atmet ihn ein. Dann wird sich zeigen, wie ungefährlich er wirklich ist …*«

Der hohe Sirenenton war endlich verstummt, und auch die Wasserwerfer hatten sich zurückgezogen. Ean öffnete die Augen und versuchte sich zu orientieren, doch der Nebel nahm ihm die Sicht. Leyla hatte die nächste Aktionsstufe ausgelöst!

Doch seine Erleichterung währte nicht lang. Die Wasserwerfer hatten sich zwar zurückgezogen, dafür waren jetzt offenbar bewaffnete Einsatzkräfte vorgerückt, die blindlings mit Gummigeschossen in die Menge feuerten. Die Schreie der Getroffenen gellten über den Platz. Neben Ean sank ein Mädchen zu Boden. Verletzte wurden fortgetragen. Ean wollte dem Mädchen zu Hilfe kommen, das weinend und zitternd auf dem Boden kauerte. Ihr Arm war sonderbar verdreht. Schreie. Gewalt. Schmerzen, immer mehr Schmerzen. Ean hoffte, dass Leyla nicht länger zögern würde.

Als Leyla die Schüsse hörte, wusste sie, dass nicht länger warten durfte. Per App wies sie die Demonstranten hinter der Brücke an, sich zu teilen. Eine breite Schneise entstand, breit genug für Einsatzfahrzeuge und edle Limousinen. Die Polizei reagierte prompt. Die Einsatzkräfte begannen, sich zurückzuziehen. Der Beschuss der Demonstranten wurde eingestellt. Leyla beobachtete, wie die ersten Fahrzeuge auf die Brücke zusteuerten.

»Hektor, sie kommen«, sagte sie in ihr Headset.

»Gut«, kam es zurück.

Inzwischen waren wohl alle Konferenzteilnehmerinnen und Teilnehmer in ihren Limousinen verschwunden, während sich die Personen, denen kein Fahrzeug zur Verfügung stand, auf dem großen Platz sammelten. Der Rauch begann sich aufzulösen. Angeführt von einem gigantischen Einsatzfahrzeug, reihten sich die schwarzen Wagen hintereinander ein und steuerten auf die Brücke zu. Aufmerksam verfolgte Leyla die Szenerie. Wenn alles nach Plan lief – und davon ging Leyla aus –, dann waren in diesem Moment fünf Motorboote gestartet und würden in vollem Tempo auf die Brücke zurasen.

Hektor hielt sich mit beiden Händen an der Metalllehne des Sitzes vor ihm fest, während das Schlauchboot über den Fluss raste. Das Boot war Teil der Bluepeace-Flotte und ganz nach seinem Geschmack. Der Fahrtwind pfiff durch seine Maske und der Rumpf des Bootes ditschte über die Wasseroberfläche. Eine Flagge mit dem Logo der Grünen Tiger flatterte im Wind hinter ihm. Aus dem Augenwinkel nahm er die anderen Schlauchboote wahr, die sich der Brücke näherten. Ihre Einheit würde den letzten Schlag ausführen. Hektor war zu allem entschlossen. Wenn es nach ihm gegangen wäre, hätte der Aktionsplan weniger pazifistisch ausgesehen. Aber natürlich hatten sie sich für Leylas Version entschieden, die vor allem auf passiven Widerstand setzte. Wenn auch nicht nur.

Als sie die Brücke fast erreicht hatten, drosselten die Boote das Tempo und kamen schließlich unter ihr zum Stehen. Die Männer und Frauen in den Booten holten die Sprengkörper hervor, die sie in Taschen mit sich geführt hatten, und befestigten sie an den Brückenpfeilern. Längst war auch die Polizei auf sie aufmerksam geworden, aber sie konnte sie nicht aufhalten. Die Operation unter der Brücke, dauerte keine Minute, dann fuhren die Boote weiter. Nach hundert Metern hielten sie erneut. Sie wollten das Schauspiel aus nächster Nähe verfolgen.

Es kam, wie erhofft. Vor der Brücke brach das Chaos aus. Die Fahrer waren umgehend informiert worden, dass ein Anschlag auf die Brücke geplant war. Der Konvoi mit Polizeifahrzeugen und Limousinen kam abrupt zum Stehen, so abrupt, dass viele Wagen ineinanderkrachten. Das Geräusch von knackendem Blech und berstenden Scheiben war Musik in Hektors Ohren. Vor

Genugtuung mahlte er mit den Zähnen. Dann drückte er den Button in seinem Handy.

In rascher Folge detonierten sechs Sprengkörper. Die Brückenpfeiler knickten weg. Zuerst begann die linke Seite des Bauwerks ins Wasser zu sacken, dann folgte, wie ein schlaffer Körper, der Rest. Fontänen schossen empor, hohe Wellen schwappten den Fluss entlang. Voller Freude sah Hektor zu, wie das Bauwerk fast vollständig in den Fluten versank.

Als das klopfende Geräusch von Rotoren laut wurde, blickte Hektor auf. Helikopter näherten sich, und diesmal waren es nicht ihre eigenen. Mit einer Handbewegung bedeutete Hektor dem Kapitän, dass er zur stadteinwärts gelegenen Kaimauer gebracht werden wollte. An dieser zog er sich hoch. Mehrere Hände halfen ihm dabei. Er war kaum zwanzig Meter von der Straße entfernt, auf der die Fahrzeuge jetzt wild hupend zu wenden versuchten. Die Demonstranten hatten bis jetzt Abstand gewahrt, doch als der Grüne Tiger jetzt wild entschlossen auf die Fahrzeuge zuging, schlossen sie sich ihm an.

Sie waren bis auf fünfzig Meter zu den rangierenden Wagen vorgedrungen, als ein Trupp Soldaten im Laufschritt aufzog und vor ihnen in Stellung ging, die Sturmgewehre im Anschlag. Hektor hob die Hand und mehrere tausend Demonstranten hinter ihm blieben stehen. Bis eben war die Luft noch erfüllt gewesen von aufgeregten Stimmen, von Rufen und Parolen. Jetzt senkte sich eine gespenstische Stille auf die Szenerie. Hektor sah sich um und entdeckte ein Stück weiter hinten Zora.

»Zora, zieh dich sofort mit den Leuten zurück. Das sind Soldaten! Das war so nicht geplant«, hörte Hektor die Stimme von Leyla

in seinem Kopfhörer. Offenbar wusste sie nicht, dass er auch hier stand. Gut so, dann würde sie ihn nicht nerven.

»*Zora, sofort!*«, meldete sich jetzt auch ein keuchender Ean.

Hektor war fest entschlossen, standhaft zu bleiben. Hinter sich hörte er Rufe: »Rückzug!« Leyla musste den Befehl auch über die App ausgegeben haben. Ihm war es gleich. Sollten sie fliehen.

In diesem Moment eilte Zora an seine Seite. »Hektor! Wir müssen verschwinden. Die verwenden keine Gummigeschosse!«

Hektor rührte sich nicht. Sie alle wussten, dass sich die gesamte zivilisierte Welt erheben würde, wenn Soldaten hier auf unbewaffnete Demonstranten schossen. Er würde bleiben. Er sah Zora an. Wortlos griff er in die Tasche seiner grünen Jacke und holte eine Rauchgranate heraus.

Warnschüsse wurden in die Luft gefeuert und Zora zuckte zusammen. Im nächsten Moment wurde er von den Beinen gerissen. Mit schreckgeweiteten Augen sah Hektor an sich hinunter. Er war am Knie getroffen worden. Sein Herz raste. Schwer atmend versuchte er, sich wieder auf die Beine zu kämpfen. Er sah sich um. Zora war verschwunden. Dafür rückten jetzt die Soldaten näher.

Mühsam richtete Hektor sich auf. Er schwankte, doch er stand. Er würde sich nicht ergeben. Niemals. Noch einmal griff Hektor in die Tasche seiner Jacke. Keine weitere Rauchgranate. Nein, es war ein Sprengkörper. Er würde es beenden, er musste es tun …

Doch dann geschah es. Die Soldaten eröffneten das Feuer. Hektor wurde in die Brust getroffen. Die Wucht des Einschlags riss ihn herum. Er stürzte zu Boden und blieb reglos liegen. Immer wieder wurde geschossen. Hektor hörte die panischen Schreie der Fliehenden und die Schmerzenslaute der Verwundeten. Doch all das erreichte ihn kaum noch. Die Schmerzen in seinem gesamten Körper erfüllten ihn mit Stolz und Zufriedenheit. Die über die Jahre angestaute Verbissenheit fand ein Ende. Er hatte es getan – er hatte sein Leben gegeben für Mutter Erde.

32

Ean schaute auf den grau polierten Stein vor ihm, las die eingravierte Schrift:

HEKTOR
GRÜNER TIGER
STARB IM KAMPF FÜR MUTTER ERDE

Ean atmete tief ein. Zwei Monate lagen die Ereignisse von Luxemburg hinter ihnen, und noch immer kamen sie ihm ganz irreal vor. Aber sie waren mehr als echt. Die Welt kannte sie nun. Es hatte nicht lange gedauert, bis man die Identität der Grünen Tiger gelüftet hatte. Mit dem Verlust der Anonymität war auch eine Sicherheit verloren gegangen. Ean dachte an Rob und seine Eltern. Noch immer vermutete er, dass sein Vater ihn damals in eine Falle locken wollte. Deswegen war es ihm auch nicht schwergefallen, endgültig mit ihm zu brechen. Aber er vermisste seine Mutter und seinen Bruder. U.M.A.N. hatte ihm davon abgeraten, Kontakt zu ihnen aufzunehmen. Es sei noch zu früh. Ean wusste allerdings, dass es irgendwann auch zu spät sein konnte.

Er hockte sich hin. »Falls es dich interessiert, Hektor. Wir haben uns vorerst von Kelly getrennt. Sie muss Sozialstunden leisten nach ihrer Verhaftung in der Elbphilharmonie, aber man konnte ihr keine direkte Verbindung zu uns nachweisen. Sie kann daher bald schon wieder im *Veggiebound* arbeiten. Und was Piet angeht – wahrscheinlich wären die Ermittler ohnehin auf unsere Fährte gestoßen, aber mich würde nicht wundern, wenn er ihnen einen Tipp gegeben hat. Leyla hat ihm schon vergeben, ich noch nicht. Du hättest ihn wahrscheinlich längst zur Strecke gebracht.« Ean konnte sich ein Grinsen nicht verkneifen. »Du kannst übrigens stolz sein«, fuhr er fort. »Millionen von Menschen trauern um dich. Du wirst von ihnen gefeiert wie Maisie Young.«

Das war nicht übertrieben. Überall auf der Welt wurde geradezu ein Kult um ihn betrieben. Hektor war der Märtyrer der globalen Klimabewegung. Aber es gab auch Hass. In den Augen vieler waren die Grünen Tiger nichts als Terroristen, die die Welt ins Chaos stürzen wollten.

»Apropos Maisie Young. Sie lebt. U.M.A.N. hat den Mordanschlag auf sie nur inszeniert. Sie haben es uns auch erst viel später gesagt. Zora wusste allerdings Bescheid.« Ean schüttelte den Kopf. »Sie ist wirklich eine gute Schauspielerin. Na ja, ich wollte, dass du es weißt. Die gute Maisie lebt jetzt außerhalb der EU im Exil.« Zurückkommen würde sie nicht. Die Nachricht, dass ihr Tod eine List war, würde die Glaubwürdigkeit sämtlichen Umweltschutzinstitutionen schwächen. Abgesehen davon hatte sie ihren Beitrag geleistet, vielleicht würde sie mit den Jahren wieder ein gänzlich normales, unscheinbares Leben führen können. Ean erhob sich.

Er wurde ernst. »Bereust du es, nicht zurückgewichen zu sein?«

Ean lauschte, als erwarte er ein Zeichen aus dem Jenseits, aber er glaubte die Antwort ohnehin zu kennen.

Zweiunddreißig Menschen waren in Luxemburg gestorben, Demonstrantinnen und Demonstranten, die in vorderster Front bei Hektor gestanden hatten. Kein einziger Politiker, keine einzige Politikerin hatte ihr Leben verloren. Sie waren nie ernsthaft in Gefahr gewesen. Einige hatten eine Rauchvergiftung erlitten, andere hatte sich im Gedränge leicht verletzt, aber gestorben war niemand. Nicht am Hantavirus. Nicht am Feuer. Nicht am Herzinfarkt.

»Über dreißig Menschen hast du durch deine Sturheit mit in den Tod genommen. War es das wert, Hektor?«

Ean war sich da nicht sicher. Wenn sie wirklich eine Wende in der Umweltpolitik herbeigeführt hätten, dann wären die Toten vielleicht gerechtfertigt gewesen. Aber leider war es nicht dazu gekommen. Wochenlang hatte das Thema die Berichterstattung in den Medien und die Kommentarspalten in den sozialen Netzwerken beherrscht. An den Börsen war es zu dramatischen Kurseinbrüchen gekommen. Aber dann setzte das alte Spiel ein. Politiker kamen zu Wort, die Versäumnisse einräumten und Verbesserungen versprachen. Konzerne legten aktuelle Studien vor, die belegten, dass ihre Emissionen sich im Rahmen hielten und ihre ökologischen Fußabdrücke den üblichen Standards entsprachen. Und so hatten sich die Gemüter bald wieder beruhigt.

Zugegeben – die Grünen Tiger waren nun endgültig weltberühmt – verhasst von den einen und verehrt von den anderen –, doch die erhoffte Klimawende hatten auch sie nicht erreicht. Und so bleibt die eine Frage unbeantwortet: Wie ist der richtige Weg?

ENDE

Aufruf

Das Vorhandensein der Umweltkrise ist unumstritten,
umstritten ist der Weg hinaus.
Wie sieht dieser Weg für dich aus?
Teile uns deine Meinung mit:
www.grünetiger.de

Danksagung

An diese Stelle gehören eigentlich Worte des Dankes an all die Personen, die dazu beigetragen haben, dieses Werk an die Öffentlichkeit zu bringen. Doch all diese Menschen kennen schon längst unsere Dankbarkeit.

Die einmalige Chance der Aufmerksamkeit möchten wir deswegen nutzen, um diejenigen anzusprechen, bei denen wir uns bisher noch nicht bedanken konnten. Und es sind eben jene Menschen, die gar nicht erst nach Dankbarkeit streben, jene, die ihre Taten und Worte aus reinster Überzeugung hervorbringen.

Wir möchten uns hier und jetzt bei den Menschen bedanken, die allem Widerstand zum Trotz die Welt zu einem besseren Ort machen. Aktivisten, die für Gerechtigkeit kämpfen. Journalisten, die Wahrheit verkünden. Unternehmer, die Pflichtbewusstsein für die

Gesellschaft und Umwelt haben. Politiker, die über ihre Wahlperiode hinausdenken. Wissenschaftler, die nicht müde werden uns zu warnen. Jugendliche, die schreien, bis man sie endlich erhört. Eltern, die aus Liebe zu allen Kindern, diese Erde schützen wollen.

Wir möchten uns bedanken bei allen Menschen, die verstanden haben, dass es am Ende unsere Taten sind, die über Leben und Tod entscheiden. Dass wir diesen Planeten zerstören und es in unserer Pflicht liegt, jetzt die Balance zwischen Menschheit und der Erde wiederherzustellen. Wir können es tun, und wir müssen es jetzt tun.

Dieses Buch soll kein Aufruf sein zu zerstören oder zu morden. Dieses Buch soll ein Aufruf sein, nicht mehr zu zerstören oder zu morden. Ein Aufruf, Systeme zu ändern, Grenzen zu setzen und als Welt zusammenzustehen. Dieses Buch, so überzogen es auch sein mag, soll unsere Bitte sein, unser Versuch, die Dringlichkeit der Veränderung in die Herzen der Menschen zu tragen.

Nik Aaron Willim und Asadullah Haqmal

Über die Autoren

Nik Aaron Willim, geboren 1996, studiert Internationales Management und ist einer der besten deutschen Segler. Die Olympiaausscheidungen für Tokio hat er nur knapp nicht gewonnen, sein neues sportliches Ziel ist eine Medaille bei den Olympischen Spielen 2024 in Paris. GRÜNE TIGER sind sein Erstlingswerk. Nach seiner Idee hat er den Roman im Austausch mit seinem Freund Asadullah Haqmal verfasst. Es ist ein All-in für eine nachhaltigere Welt.

Asadullah Haqmal, 1995 geboren, studiert Wirtschaftsingenieurwesen. Er interessiert sich für das Schöne der Welt, aber auch für das Schlechte. Er spricht fünf Sprachen. Später wird er in seine Heimat nach Afghanistan zurückkehren.

© KJM Andreas Fromm

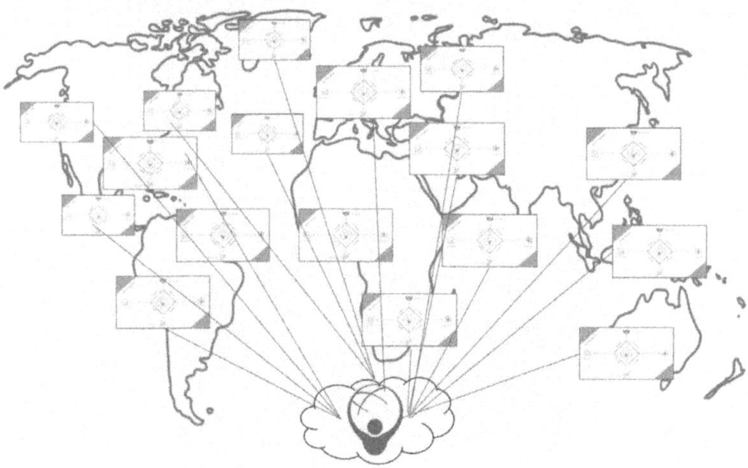

Claus-Peter Lieckfeld
DIE WIEDERKOMMER
Erzählungen und eine Bestandsaufnahme
Mit Illustrationen von Lena Winkel
144 Seiten, 14,5 x 21,5 cm, Hardcover
16,00 € (D), ISBN 978-3-96194-114-8